LA PUISSANCE ET LES RÊVES

DU MÊME AUTEUR

Philosophie

CRITIQUE DE LA RAISON POLITIQUE *(Gallimard)*

LE POUVOIR INTELLECTUEL EN FRANCE *(Ramsay)*

LE SCRIBE *(Grasset)*

Romans et nouvelles

UN JEUNE HOMME À LA PAGE *(Le Seuil)*

L'INDÉSIRABLE *(Le Seuil)*

LA NEIGE BRÛLE *(Grasset, Prix Femina)*

Littérature

JOURNAL D'UN PETIT-BOURGEOIS ENTRE DEUX FEUX ET QUATRE MURS *(Le Seuil)*

LES RENDEZ-VOUS MANQUÉS *(Le Seuil)*

Essais politiques

RÉVOLUTION DANS LA RÉVOLUTION? *(Maspero)*

ESSAIS SUR L'AMÉRIQUE LATINE *(Maspero)*

CONVERSATION AVEC SALVADOR ALLENDE *(Maspero)*

LA CRITIQUE DES ARMES *(Le Seuil)*

LES ÉPREUVES DU FEU *(Le Seuil)*

LA GUÉRILLA DU CHE *(Le Seuil)*

LETTRE OUVERTE AUX COMMUNISTES FRANÇAIS ET À QUELQUES AUTRES *(Le Seuil)*

MODESTE CONTRIBUTION AUX DISCOURS ET CÉRÉMONIES DU Xe ANNIVERSAIRE *(Maspero)*

L'ESPÉRANCE AU PURGATOIRE *(Alain Moreau)*

RÉGIS DEBRAY

La puissance et les rêves

GALLIMARD

AVERTISSEMENT

Il va sans dire que les opinions ici exprimées n'engagent que leur auteur; que la documentation dont il s'est servi appartient au domaine public; et que l'expérience qu'il réfléchit est celle d'un lecteur assidu des journaux et des livres d'histoire, voyageur aussi, enclin à écouter ceux qui parlent d'ailleurs.

N'étant ni d'un diplomate de profession, ni d'un spécialiste des relations internationales, les pages qui suivent ne s'adressent pas aux chercheurs mais à l'honnête homme, citoyen français sans préjugés ni ankylose, et en particulier à celui ou celle que son cœur et sa fidélité portent du côté gauche. On voudra bien excuser leur tournure un peu scolaire au motif que, visant à l'aide-mémoire plus qu'à l'essai, elles ont pour but d'expliquer, non d'impressionner, d'instruire, non d'étonner.

LIVRE I

L'héritage

« Nous courons sans souci dans le précipice, après que nous avons mis quelque chose devant nous pour nous empêcher de le voir. »

PASCAL.

Rien ne coûte plus cher que le dédain des origines. Trop d'acteurs agis, de programmateurs programmés, d'amnésiques maniaques agissent et parlent à découvert ; nous faisons crédit à ces immémorants ; viennent les échéances, et voilà un espoir en berne.

La gauche n'a pas de temps à perdre à des antiquités, elle a raison. Mais si l'avenir n'est que de l'histoire en sursis, n'aurait-elle pas intérêt, quelquefois, à suivre sa pente en la remontant ? Des embouchures vers les sources ? Il arrive que perdre un peu de temps à la théorie, et à l'examen du passé, en fasse gagner beaucoup à la pratique, et aux urgences du jour.

Les marcheurs connaissent ces chemins de forêt, soudain grands ouverts, qui ne mènent nulle part. Combien s'y jettent pour avoir simplement oublié d'emporter une carte. Glissons donc dans notre poche, au moment de partir, ces quelques feuilles de l'atlas national.

I. L'ORTHODOXIE

Il n'y a pas de *théorie* socialiste en matière de relations internationales, nous verrons bientôt pourquoi. Il y a en revanche, invariant des variations doctrinales, une *orthodoxie* qui articule une fin sur des procédures.

La fin, bien sûr, c'est la *paix.* « Juste et durable. »

Les procédures, ce sont l'*arbitrage,* le *désarmement,* la *sécurité collective.*

Codifiée par le Protocole de Genève de 1924 [1], invulnérable aux outrages du temps, la Sainte Trinité surplombe encore, pieusement, nos oraisons politiques [2].

Preuve que la foi peut sauver sans les œuvres.

Car le verdict des faits a été sans pitié. Si l'histoire était vraiment le tribunal qu'on dit, il y a des demandes cent fois déboutées que la vertu d'espérance elle-même n'oserait plus former sur la place publique.

1. Protocole rédigé par un Tchèque, Beneš, et un Grec, Politis, rendant obligatoire le recours à l'arbitrage, sous peine de sanctions collectives. Signé par quatorze gouvernements (dont Herriot pour la France), mais rejeté par les Communes de Londres. Ce texte fut salué en son temps comme l'annonce d'un nouvel ordre international.

2. « La tradition socialiste est celle de la paix, du désarmement et de l'arbitrage » : *incipit* de la déclaration du bureau exécutif du parti socialiste français sur « Paix, sécurité et désarmement » (25 mai 1982).

Passons en revue, brièvement, les réponses du siècle à nos vœux de nouvel an.

1. *Arbitrage international.*

Sa promotion doctrinale s'opère au siècle dernier, avec la première vague pacifiste européenne, à la veille du « printemps des peuples ». Elle a d'emblée une forte coloration religieuse. L'organisation de l'arbitrage apparaît en tête de l'ordre du jour du premier Congrès mondial des sociétés de paix, à Londres, en 1843 ; la question en revient à Paris, en août 1849, au Congrès international de la paix, à l'initiative d'Elihu Burritt, protestant américain, directeur du journal *Christian Citizen.* Dans le cadre d'une « Société des nations européennes », dotée d'une assemblée internationale élue et d'une Constitution unique, une juridiction morale serait dévolue à une cour de justice qui aurait à connaître de toutes les controverses internationales. L'idée d'arbitrage fut reprise aussitôt par les libre-échangistes comme une mesure d'économie idéale, destinée à soulager les peuples des charges financières liées à la guerre. En 1849, Richard Cobden déposa aux Communes une pétition forte de deux cent mille signatures, invitant le gouvernement anglais à conclure avec les gouvernements étrangers un traité qui « obligerait les parties contractantes à soumettre à l'arbitrage les litiges auxquels le débat diplomatique ne pourrait pas donner une solution »[1]. La nouveauté du projet, c'est que l'instance arbitrale ne serait pas constituée par une puissance souveraine neutre, mais par des individus désignés par les gouvernements. La sentence exclurait toute sanction par les armes : elle ramènerait le contrevenant à la raison en le menaçant d'une mise au ban de l'opinion européenne. Palmerston répondit

1. Voir Pierre Renouvin, Jean-Baptiste Duroselle, *Introduction à l'histoire des relations internationales,* chap. VIII, « Le sentiment pacifiste », Paris, Éd. Armand Colin, 1964.

qu' « aucun gouvernement ne pourrait accepter de se lier d'avance aux décisions d'une tierce partie ». Qui seraient ces tiers ? D'éminents juristes ? Mais de quels pouvoirs disposeraient-ils ? Des gouvernements ? Mais s'ils ont un esprit de justice, ils n'ont pas besoin d'arbitrage ; et s'ils n'en ont pas, quel arbitrage pourraient-ils rendre, et *a fortiori* respecter ? L'affaire en resta là. En 1849 donc, tout était dit. En vain.

La procédure elle-même, d'origine chrétienne, avait connu une longue éclipse après la fin du « Moyen Âge », avec l'instauration des grandes monarchies, pour reparaître au XIXe siècle. Le premier traité d'arbitrage des temps modernes, entre la Colombie et le Pérou, remonte à 1822. Le traité de Paris de 1856, en son « protocole 23 », exprime le vœu que les gouvernements fassent appel aux bons offices d'une puissance amie avant d'en venir aux prises. L'invocation de cette clause se révéla vaine dans le conflit gréco-turc de 1869 et en 1870, à la veille de la guerre franco-prussienne. Pie IX s'offrit alors en arbitre, mais la partie allemande écarta l'offre en invoquant l' « honneur national ». En effet, les traités bilatéraux d'arbitrage de l'époque faisaient expressément réserve des intérêts vitaux, de l'indépendance des contractants et de leur honneur national. En 1909, on comptait encore cent quatre-vingt-quatorze accords d'arbitrage, dont douze signés par la France. Tous avaient un objet limité, excluant à peu près les litiges politiques.

L'arbitrage *obligatoire* et le caractère *exécutoire* des sentences rendues restèrent au début de ce siècle les principaux objectifs du mouvement pacifiste, et au premier chef de la Deuxième Internationale ouvrière. La lutte des socialistes pour faire reculer la guerre reposait sur ces deux orientations : le recours à la grève générale et la procédure d'arbitrage. La résolution du Congrès de Stuttgart (1907) déclare : « Le Congrès est convaincu que, sous la pression du prolétariat, la politique sérieuse de l'arbitrage obligatoire se substituera, dans tous les litiges, aux pitoyables tentatives des gouvernements bourgeois et qu'ainsi pourra être assuré aux peuples le bienfait du désarmement général qui permettra d'appliquer aux progrès de la civilisation les immenses ressources d'énergie et d'argent dévorées par les armements et les guerres. » Jaurès, à la fin de sa vie, en vint à voir dans l'arbitrage général obligatoire la clef de la solution pacifique des conflits (c'est pourquoi la S.D.N. devait s'inscrire dans le droit fil des aspirations socialistes). En effet, riposter à une agression suppose d'abord qu'on s'accorde précisément sur l'identité de l'agresseur, c'est-à-dire qu'on puisse distinguer d'après un critère objectif entre une agression provoquée et une agression non provoquée. À cet éternel problème, Jaurès crut trouver la réponse (qui resservira au lendemain de la Grande Guerre) : sera désigné comme agresseur celui qui refuserait le recours à l'arbitrage ou la décision de l'arbitre. C'est cette idée (avec celle d'une fédération balkanique n'excluant personne) qui anima en filigrane, au Congrès de Bâle, en 1912, l'appel pathétique de Jaurès — « Je briserai les foudres de la guerre qui menacent dans les nuées... » — prononcé dans la cathédrale mise par le clergé protestant à la disposition de l'Internationale. Cathédrale où vint se recueillir en novembre 1982 l'Internationale socialiste au grand complet, pour commémorer cet appel par un autre, prononcé par Willy Brandt, son président. « Les cloches de Bâle » ne rouillent pas.

Au plan juridique, c'est à la première conférence gouvernementale de La Haye que fut décidée la création d'une Cour d'arbitrage internationale (1899), dont les interventions furent recommandées en 1907, à la deuxième conférence de La Haye, « dans les questions juridiques et, en premier lieu, dans les questions d'interprétation ou d'application de conventions internationales ». La Cour internationale de Justice a remplacé en 1945 la Cour permanente de Justice internationale, mais sa saisie n'est pas obligatoire. Sur le plan contentieux, ses arrêts sont exécutoires, mais elle requiert l'accord préalable de toutes les parties en cause. Si l'une des parties n'accepte pas l'arrêt, l'affaire est soumise au Conseil de sécurité, donc à la paralysie par droit de veto. Sur le plan consultatif, la Cour peut être saisie à la requête de l'Assemblée générale des Nations Unies mais en ce cas ses avis ne sont pas obligatoires.

Dans le cadre de la S.D.N., la procédure rendit quelques services, au début, sur des litiges mineurs : îles d'Aland, disputées par la Suède et la Finlande (1921) ; Haute-Silésie, disputée entre Polonais et Allemands, conflit gréco-bulgare (1925), etc. En 1928, voulant passer à la vitesse supérieure, la Société des Nations, dans un *Acte général pour le règlement pacifique des différends internationaux,* établit le principe de l'arbitrage obligatoire pour les conflits d'ordre politique. L'Allemagne se déroba. En fait, chaque État demeurait individuellement libre de décider si un conflit relève ou non d'une décision arbitrale, et les recommandations du Conseil ne pouvaient faire autorité que si elles étaient prises à l'unanimité. Malgré ou à cause de ses clauses de sauvegarde, l'escalade des antagonismes — conflits sino-japonais et italo-éthiopien — démontra rapidement l'aporie de toutes les procédures d'arbitrage : la S.D.N. ne put faire respecter ses arbitrages que lorsque les grandes puissances étaient d'accord pour la laisser agir, c'est-à-dire lorsque la S.D.N. ménageait les intérêts vitaux des États susceptibles de déclencher une guerre générale.

En définitive, lorsque l'arbitrage est nécessaire, il est impossible ; lorsqu'il est possible, il n'est pas nécessaire (il y aurait eu entente de toute manière pour éviter la guerre). On ne sort pas de ce cercle.

2. *Sécurité collective.*

Cette notion est entrée dans le champ de l'expérience avec les années vingt, avant l'expression elle-même, qui devient d'usage dans les années trente. C'est sur l'idée de sécurité collective que reposa dès 1919 l'organisation de la paix, incarnée par le système de la Société des Nations [1]. De quoi s'agit-il ? Fonder une morale

1. Le théoricien en fut le juriste Léon Bourgeois, premier radical président du Conseil (1895). Délégué de la France aux deux conférences de La Haye, auteur de *Solidarité* (1896) et de *Pour la Société des Nations* (1910).

de la solidarité internationale sur un mécanisme de garanties réciproques entre nations unies par l'intérêt mutuel. Cette conception ne prône pas le droit contre la force ; elle entend mettre la force au service du droit. Le ressort du dispositif consiste en ce qu'une guerre déclenchée par un État en violation du droit international doit être considérée par tous les États comme une guerre déclarée contre chacun d'eux. Principe inscrit au cœur du pacte de la Société des Nations (un préambule et vingt-six articles), dans l'article 10 : « Les membres de la Société s'engagent à respecter et à maintenir contre toute agression extérieure l'intégrité territoriale et l'indépendance politique de tous les membres de la Société. » Le plan français approuvé par le ministère Clemenceau prévoyait la création d'une armée internationale composée de contingents fournis par chaque nation, avec un état-major international en service permanent. Plus confiants, ou plus évangéliques, les Anglo-Saxons firent prévaloir l'idée de sanctions économiques et financières obligatoires, automatiques, et de sanctions militaires facultatives (article 16). Mais même s'il se refuse à envoyer un contingent contre l'agresseur, tout membre de la Société doit accorder droit de passage sur son territoire à la force internationale chargée d'exécuter les résolutions du Conseil [1]. Reste que le recours à des mesures coercitives, une fois épuisés les moyens pacifiques de solution des litiges (arbitrage, conciliation, etc.), est impliqué par la conception de départ. Il s'agit de promouvoir entre les États un système juridique tel qu'il enlève à n'importe quel État non seulement le droit mais la possibilité de se faire justice soi-même. Ce système n'est cohérent (égal à son concept) que s'il *a*) couvre l'ensemble des États existants et *b*) rend automatiques les sanctions militaires. Dans un monde ainsi organisé, la guerre ne survivrait plus que sous forme d'opération de police interne, la force armée ne pouvant plus être employée

1. Lord Robert Cecil : « L'arme sur laquelle nous comptons est l'opinion publique. Si nous faisons erreur sur ce point, toute notre œuvre est une erreur. »

que dans l'intérêt commun, et sous l'autorité du Conseil de la Société (ou de l'O.N.U.).

Artefact verbal destiné à abolir en pensée les contraintes dérivant du fait national, la sécurité collective est ou bien un cercle vicieux ou bien un cercle carré.

Cercle vicieux en tant que pétition de principe, qui tient pour accordé ce qui est à instituer : si un organisme international a les moyens d'imposer aux puissances une décision collective, concernant les litiges politiques graves, c'est que toutes les puissances concernées y consentent. De deux choses l'une : si ce consentement est acquis ou possible, un tel organisme est superflu (on peut se passer de lui). Et si le consentement est hors d'atteinte comme tout l'indique, un tel organisme est inutile (condamné à l'impuissance).

Cercle carré en tant que « contradiction dans les termes » : un système de sécurité collective a pour raison d'être d'instaurer la suprématie du droit sur la force, afin de prévenir la guerre. Mais il ne peut fonctionner qu'à la condition d'employer la force contre le délinquant, en sorte que le moyen d'éviter la guerre reconduit à la guerre.

Tel fut au demeurant l'argument des délégations anglaise et américaine contre le plan français d'une armée internationale permanente. Ne serait-ce pas tomber de Charybde en Scylla que de « substituer le militarisme international au militarisme national »? C'est pourquoi l'Angleterre devait refuser en 1924 de s'associer au Protocole de Genève qui entendait remédier à l'insuffisance des sanctions envisagées mais qui, selon elle, ferait de la S.D.N. « un instrument de guerre entre les nations » dont la fonction serait moins de « préparer une coopération amicale et une bonne harmonie entre les nations que de sauvegarder la paix en préparant la guerre, et peut-être de préparer une guerre sur une plus vaste échelle ».

Ce que Chamberlain exprimait en négatif, pour refuser d'aller jusqu'au bout de l'idée, le colonel de Gaulle l'exprima en positif, lorsqu'il demanda en 1934 qu'on voulût bien tirer toutes les conséquences de la sécurité collective, en allant *Vers l'armée de métier.* De Gaulle fut en effet l'un des très rares esprits de l'époque à déceler le paradoxe d'un système qui commande à un État d'intervenir dans des litiges où ses intérêts nationaux ne sont pas directement en jeu. Une telle intervention ne peut être demandée (sauf à supposer une Sparte moderne à la fois internationaliste, éprise de droit public et ultra-militarisée) qu'à une armée de métier, « sous peine de nous trouver ici, puis là, ailleurs encore, devant des faits accomplis, et d'être un jour seuls, sans alliés et sans amis, entourés du mépris du monde, en face d'adversaires affermis par leurs succès »[1]. Si nous n'intervenons pas pour les autres (Mandchous, Éthiopiens, Tchèques, citoyens de Dantzig...), comment et pourquoi les autres interviendront-ils pour nous ? Or, le citoyen Dupont, né à Nogent-le-Rotrou, n'est certainement pas prêt à mourir pour Moukden, Addis-Adeba, Dantzig — ou Beyrouth. En sorte que « le soldat de métier devient le garant nécessaire des grandes espérances humaines »[2]. Rigoureux tête-à-queue dialectique — si vous voulez la démocratie jusqu'au bout, formez un corps de « prétoriens » — qui rencontra l'écho que l'on sait.

En politique, le plus difficile est de vouloir les conséquences de ce que l'on veut. Elles sont d'ordinaire en apparente contradiction avec les prémisses. Les idéologues de la sécurité collective commencèrent par reculer d'horreur devant le cercle carré (1919-1924), avant de tourner dans le cercle vicieux (1926-1931), jusqu'à « la faillite finale » (1931-1939). Le Japon avec l'affaire de Mandchourie (1931), l'Italie avec l'invasion de l'Éthiopie (1935), démontrèrent à leur profit et dans les faits l'inanité conceptuelle de la « sécurité collective », implacable facteur d'insécurité.

La deuxième fois n'est pas nécessairement une comédie. Le système des Nations Unies (le préambule de la Charte, dont un des rapporteurs fut Paul-Boncour, ancien délégué français au

1. Charles de Gaulle, *Vers l'armée de métier,* Paris, Éd. Presses-Pocket, p. 78.
2. *Ibid.,* p. 80.

Palais des Nations, fut rédigé par le vieux maréchal Smuts, pionnier de la S.D.N.) présente une version améliorée de la Société des Nations, mais sans solution de continuité quant au fond. Corollaire du principe effectif de la souveraineté des États, la règle de l'unanimité qui s'appliquait aux décisions du Conseil de la S.D.N., et les rendait impossibles sur les questions de fond, fut remplacée par la majorité simple ou des deux tiers pour la nouvelle Assemblée. Qu'importe, puisque le droit de veto, équivalent de l'unanimité transposé ici aux Cinq Grands, reconduit même cause et même effet. Le Conseil de sécurité, nouvel agent de police de la communauté internationale, devait avoir cette fois les moyens d'action qui avaient manqué à la S.D.N. (chapitre VII de la Charte), et des buts encore plus ambitieux, ceux de prévenir tout conflit ou agression en assurant la sécurité de tous sans exception ni exclusion. La nécessité de sanctions armées est admise. Et si le Conseil n'a pas plus compétence que celui de la Société des Nations pour intervenir dans les affaires « qui sont du ressort de la juridiction interne » des États, il est autorisé à le faire lorsque la paix internationale est menacée. Quant aux compétences de l'Assemblée générale, elles furent élargies puisqu'elle pourrait se saisir de n'importe quelle question tout en laissant au Conseil la responsabilité première du maintien de la paix. Les membres de l'O.N.U. doivent respecter des principes encore plus contraignants que ceux de la S.D.N., comme celui de « s'abstenir, dans leurs relations internationales, de recourir à la menace et à l'emploi de la force, soit contre l'intégrité territoriale ou l'indépendance politique de tout État, soit de toute autre manière incompatible avec les buts des Nations Unies » ; de donner à l'O.N.U. « pleine assistance à toute action entreprise par elle conformément aux dispositions de la présente Charte » ; et s'abstenir « de prêter assistance à un État contre lequel l'organisation entreprend une action préventive et coercitive ». Il devenait en outre obligatoire pour tous les États membres de concourir aux opérations militaires décidées par le Conseil de sécurité (raison qui rendit impossible l'entrée de la Suisse), en même temps qu'ils devaient s'engager à mettre à la disposition du Conseil des contingents armés nécessaires. S'il n'était pas question de créer une armée permanente internationale, la Charte met à la disposition du Conseil de sécurité un Comité d'état-major international, qui en 1946 prévoyait de très importantes forces armées sous pavillon des Nations Unies (allant jusqu'à vingt divisions terrrestres, trois mille avions, deux cents bâtiments de guerre). Où ces forces seraient-elles stationnées ? Par qui seraient-elles financées, commandées, équipées ? Selon quelle clef de répartition fixerait-on les contingents ? Questions insolubles. Le Comité d'état-major de l'O.N.U. cessa ses travaux en 1948, pour ne jamais les reprendre.

Sans doute, peu après, vit-on le premier et seul exemple d'une organisation internationale décidant un recours à la force devant une agression flagrante, lorsque le Conseil de sécurité adopta une résolution invitant les membres des Nations Unies « à apporter à la République de Corée toute l'aide nécessaire pour repousser les assaillants » (27 juin 1950). Les U.S.A. tirèrent ainsi ingénieusement parti, non sans bousculer les textes, de l'absence du délégué soviétique au Conseil pour faire endosser par la « majorité automatique » d'avant la décolonisation (pro-occidentale) leur propre décision d'intervention déjà prise. Même dans ce cas exceptionnel, l'O.N.U. n'a ni fait l'événement ni modifié le rapport de forces existant : elle les a avalisés, en lui prêtant ses couleurs [1]. Juridiquement, la guerre de Corée fut une opération de police internationale : mais la guerre aurait eu lieu de toute façon, par la volonté de Truman, avec ou sans cet habillage.

Ne revenons pas sur les crises, blocages et conflits qui depuis ont rendu évidente l'impuissance politique et militaire du système des Nations Unies. La paralysie du Conseil de sécurité, lucidement exposée et dénoncée en 1982 par l'actuel Secrétaire général, n'est pas due à une inobservance des principes posés par la Charte mais

1. MacArthur opéra comme commandant des Nations Unies, et le corps expéditionnaire occidental combattit Coréens et Chinois sous le drapeau bleu clair de l'O.N.U.

à leur nature même, qui est « inobservable ». L'O.N.U. est un système de sécurité collective amplifié dont les défauts intrinsèques ne peuvent donc qu'être aggravés. Une S.D.N. améliorée est une S.D.N. encore. L'inexistence suit l'essence, aujourd'hui comme hier.

Lorsque le système global de sécurité collective ne peut plus cacher son inefficacité, au lieu d'interroger la façon dont le problème est posé, on en recherche la solution dans une simple modification d'échelle. En 1927, Georges Scelle montrait que la Société des Nations ne pouvait vraiment fonctionner que sur « une base régionale », ou continentale de type panaméricain ou européen (Aristide Briand présente en 1930 son projet d'Union européenne). En 1983, il s'agit encore « d'organiser la sécurité collective dans un cadre régional », de « créer des zones d'indépendance et de solidarité ». « Un pas décisif en ce sens pourrait être l'établissement de structures régionales permettant soit la mise sur pied rapide, à la demande des États concernés, de forces locales d'observation de la paix soit l'entretien de contingents permanents chargés de vérifier, voire de garantir les obligations librement consenties entre États voisins [1]. » L'esprit d'analyse voit dans les ensembles organisés le résultat d'une addition d'éléments susceptibles de déterminer librement leur mode de combinaison. Mais de même que les structures naturelles sont structurées par un élément dominant et que toute totalité historique — fédération ou communauté — est nécessairement inégalitaire, une organisation régionale fonctionne en relais d'hégémonie ou ne fonctionne pas. L'Organisation des États américains a fonctionné tant qu'elle put organiser au mieux la domination de l'Amérique du Nord sur celle du Sud, mais non après. Il y a eu une communauté européenne à dominante française, il peut y en avoir une à dominante allemande, mais il n'y aura pas de communauté européenne strictement « européenne ». Comme il n'y a pas de structure centro-américaine capable de « se placer en dehors de tout lieu extérieur

1. Claude Cheysson, intervention aux Nations Unies (11 juin 1982).

à la zone en matière de défense », pour des raisons matérielles évidentes (aucun des six États de l'isthme ne peut fabriquer ses armements, former ses officiers aux techniques modernes de combat ni construire ses infrastructures) — mais aussi parce qu'aucun État centro-américain n'est assez puissant pour fédérer ses voisins autour de lui. Le cadre n'y fait rien : nul système de sécurité collective ne peut dissoudre magiquement, dans une idéale réciprocité des garanties, l'inégalité des nations et la pesanteur des rapports de force. Le système de la Charte est mondial ou n'est pas : la division du monde en zones d'influence l'annule, rendant impossible l'intervention des forces de police en tous lieux et moments. Les puissances hégémoniques protègent leurs alliés contre toute « ingérence extérieure », les soustrayant de ce fait à leurs devoirs en tant que membres de la « communauté internationale ». Imagine-t-on la Tchécoslovaquie participer à une force internationale de sécurité destinée à refouler l'Union soviétique d'un pays tiers envahi ? Ou l'Italie envoyant des soldats ailleurs pour repousser une intervention militaire américaine ?

Sans doute la Charte de l'Organisation réserve-t-elle la possibilité expresse de conclure des accords régionaux de sécurité. « Aucune disposition de la présente Charte, stipule l'article 52 du chapitre VIII, ne s'oppose à l'existence d'accords ou d'organismes régionaux destinés à régler les affaires qui, touchant au maintien de la paix et de la sécurité internationales, se prêtent à une action de caractère régional. » Mais ces organisations sont censées se placer sous l'autorité du Conseil de sécurité. L'article 53 stipule précisément l'autorisation préalable du Conseil pour toute action coercitive entreprise en vertu d'un accord régional de sécurité. Il y a donc une solution de continuité radicale entre le système des Nations Unies tel qu'il est organisé par la Charte sur la base de la sécurité collective et les coalitions militaires de type classique actuellement en vigueur. Palliatifs et non corollaires, l'Alliance atlantique comme le Pacte de Varsovie ne sont pas des applications régionales de l'idée de sécurité collective mais l'effet de son caractère inapplicable. On ne sache pas que le Conseil de sécurité ait été consulté par les grandes puissances au moment de conclure ces « alliances militaires défensives ».

Les mêmes causes produisant les mêmes effets, on ne voit guère comment les regroupements régionaux à caractère permanent pourraient aujourd'hui servir de cadre à des microsystèmes de sécurité collective, plus efficaces que le grand. Ces consolantes échappatoires redoublent la question posée, sans y répondre. Organisation de l'Unité africaine, Organisation des États américains, Ligue arabe, Conférence islamique, Communautés européennes, etc. : la dégradation — l'entropie accélérée — de ces organisations n'est pas accidentelle. En se démultipliant, la souveraineté porte le ferment de l'arbitraire jusqu'aux derniers recoins de la planète : guerres tribales, disputes d'héritage, conflits frontaliers, sécessions et annexions de territoires. Ainsi se désagrègèrent en Europe les empires romain, carolingien, habsbourgeois ; ainsi se désagrègent sous nos yeux, hors d'Europe, les empires turc, britannique, français, américain, russe. Il n'est pas sûr que le désordre suscité par l'apparition de la forme « État national » dans les anciens ordres impériaux ou coloniaux constitue un simple moment dialectique susceptible d'être dépassé — synthèse en souffrance ou radieuse promesse de stabilité. Cet effritement au Nord, cet éclatement au Sud font simplement proliférer l'ordre propre à l'autonomie de l'État singulier. « L'État a ce côté d'être la réalité *immédiate* d'un peuple *singulier* et déterminé *naturellement*. En tant qu'*individu isolé*, il est *exclusif* envers d'*autres individus* de la même espèce. Dans leur rapport, l'*arbitraire* et le *hasard* ont lieu, parce que l'universel du droit *doit* seulement être entre eux mais n'est pas *réel*, à cause de la totalité *autonome* de ces personnes [1]. » Exclusif, donc hostile. Hostile, donc constitutif. Le regroupement régional ne tient que du *contre* qui le cimente. L'idée panhellénique a pris corps contre la Perse ; panchrétienne, contre le Turc ; panaméricaine, contre l'Européen ; paneuropéenne, contre la Russie soviétique, panafricaine, contre les puissances coloniales.

1. Hegel, Encyclopédie, § 545.

Et le Forum du Pacifique sud, quasiment la seule organisation régionale florissante du moment (avec l'A.S.E.A.N., association à caractère économique plus que politique), ne traduit pas que la « dominance » australienne : mais d'abord, irremplaçable facteur de cohésion, l'hostilité à la présence française dans le Pacifique.

3. *Désarmement.*

Au départ, cette gentillesse : les hommes se font la guerre parce qu'ils détiennent des armes. Qu'ils renoncent à leurs armes d'un même mouvement et la paix descendra sur la terre. La tradition socialiste récuse évidemment ce simplisme — les armements sont la conséquence des menaces et des tensions, non leur cause. Ce n'est pas l'armement qui engendre l'insécurité (même s'il y contribue), mais l'insécurité des États qui engendre le recours préventif à l'armement. Aussi bien le désarmement général complet et contrôlé ne saurait-il constituer, en bonne doctrine, un objectif en soi. La fin véritable demeure l'organisation collective de la paix. Quel État accepterait de désarmer sous la menace, ou à l'horizon d'un conflit possible ? C'est pourquoi le désarmement est le dernier terme de la trilogie, la conclusion en quelque sorte du syllogisme. Il y a un raisonnement politique précis derrière cette place, celui qu'opposa, au début de la S.D.N., la France à la Grande-Bretagne pour laquelle le désarmement général était la panacée (ou qu'on oppose encore aujourd'hui à l'Union soviétique). Aux yeux de Paris, il n'y avait pas, il n'y a pas de désarmement possible si chaque État ne reçoit pas d'abord une garantie précise de secours en cas d'agression. En attendant, les moyens de sécurité traditionnels demeurent indispensables.

Reste que paix stable et désarmement son indissociables. La paix armée est instable : c'est un armistice. Cette précarité évidente explique que le projet de réduire au minimum les armements soit presque aussi ancien que le plan de paix international[1].

Le Pacte de la Société des Nations (28 avril 1918) proclame dans son article 8 que « le maintien de la paix exige la réduction des armements nationaux au minimum compatible avec la sécurité nationale ». Malheureusement, un an plus tard, le traité de Versailles (1919) impose le désarmement immédiat et effectif aux vaincus, comme étape préalable à une limitation générale des armements de tous, promesse partiellement remplie dans le domaine naval (traité de Washington, 1922). Les premières commissions d'études du désarmement se créent en 1920 et 1921. En 1925, est signé un protocole prohibant l'emploi des armes biologiques et chimiques[2]. Avec le traité de Locarno, qui démilitarise la Rhénanie, les conventions d'arbitrage signées entre l'Allemagne, la Belgique, la France, la Tchécoslovaquie et la Pologne garantissent à chaque signataire l'appui de tous les autres contre la partie qui romprait l'accord. La voie paraît ouverte au désarmement : on lance la Commission préparatoire de la Conférence du désarmement (C.P.D.) en 1925. Six sessions jusqu'au Projet de convention de désarmement de 1930, qui permet la tenue

1. Citons pour mémoire, pour s'en tenir au siècle dernier et aux initiatives des gouvernements, Alexandre Ier de Russie en 1816, proposant à la Grande-Bretagne une réduction simultanée de leurs forces armées ; Louis-Philippe suggérant une Conférence des cinq Grands de l'époque : Autriche, France, Grande-Bretagne, Prusse et Russie, sur le désarmement général ; les propositions de réduction proportionnelle des forces lancées par Robert Peel, Premier ministre de Sa Majesté ; le discours du trône de Napoléon III, en 1863 ; l'interdiction des balles explosives dites dum-dum par la Conférence de Saint-Pétersbourg en 1868 ; la Conférence de La Haye de 1889, à l'initiative de Nicolas II, qui interdit « le lancement de projectiles du haut des aérostats » et l'usage de gaz toxiques ; l'échec de la deuxième Conférence (1907), due à l'iniative du président Théodore Roosevelt, malgré la participation de quarante-quatre États.

2. Cette Convention de 1925, qui interdit l'usage en premier des armes chimiques, est encore en vigueur. La France en est la dépositaire. Elle a été prolongée par la Convention d'interdiction des armes biologiques de 1972. On ne saurait néanmoins attribuer à l'accord international de 1925 le fait que les gaz toxiques n'aient pas été employés au cours de la Deuxième Guerre mondiale. Aucun belligérant n'y avait intérêt (guerre de mouvement, représailles inévitables, confiance de Hitler, qui avait été gazé lui-même au cours de la Première Guerre, en ses armes spéciales).

en 1932 de la Conférence générale, réunissant soixante et un États, sous la présidence d'un socialiste anglais, Henderson. Elle suscite une immense ferveur (même si le projet de résolution auquel la Commission avait travaillé cinq ans durant disparut aussitôt dans les tiroirs). Le 30 janvier 1933, Hitler était élu chancelier. Peu après, l'Allemagne se retirait de la S.D.N. et dénonçait les accords de Locarno (mars 1936). Imperturbable, la Conférence continua ses débats, en grand appareil, avec ses quatre commissions permanentes jusqu'en 1935, et à petit feu jusqu'à la guerre (elle ne fut jamais officiellement close). Boudée par l'histoire, la S.D.N. est morte de sa belle mort mais il y a toujours quelque part une conférence en cours ou en préparation sur le désarmement, un comité qui poursuit ses travaux à Genève, un Conseil des sages qui écoute un rapport.

Sisyphe retrouva son rocher à San Francisco, en avril 1945. L'article 26 de la Charte des Nations Unies répond à l'article 8 du Pacte de la S.D.N., remplaçant juste le terme français de « restriction » par celui, anglais, de « régulation » des armements. Et la première de toutes les résolutions de l'Assemblée générale des Nations Unies — résolution I (1) — institue la Commission de l'énergie atomique (composée de représentants de chaque membre du Conseil de sécurité plus le Canada). Le plan Baruch fut la première tentative de désarmement nucléaire, dans un cadre supranational : échec. Le contre-plan Gromyko (1947), la seconde. Le plan franco-anglais, dit plan Moch, de réduction progressive des forces conventionnelles et d'élimination totale des armes nucléaires, la troisième (1957). Arrêtons la liste : chaque millésime à sa cuvée.

Commissions et comités n'ont pas cessé depuis janvier 1946 de s'engendrer les uns les autres. Fusion en 1952 des deux commissions moribondes des armements classiques et de l'énergie atomique en la Commission du désarmement des Nations Unies. Qui crée un sous-comité restreint en 1954. (Lequel doit faire rapport à la Commission de désarmement, qui le renverra à la Commission politique de l'Assemblée générale, laquelle saisira l'Assemblée.)

Qui expire en 1957 et transmet le flambeau à la Commission des Dix-huit à Genève en 1961, coprésidée par les deux superpuissances. Le général de Gaulle se retira de cet organisme, condamné en cela par les démocrates et socialistes français, qui réclamèrent par la suite le retour de la France dans toutes les enceintes où se poursuivent des négociations sur le désarmement. Le désarmement à l'O.N.U. compte aujourd'hui (1983) une Commission, organe délibérant composé de tous les États membres (successeur de la commission créée en 1952), un Comité de désarmement, à Genève, organe de négociation composé de quarante pays, un Conseil consultatif pour les études sur le désarmement, et un Comité *ad hoc* pour la Conférence mondiale du désarmement.

L'appel à renforcer le rôle des Nations Unies en matière de désarmement est un leitmotiv de l'Internationale socialiste, dont le désarmement est aussi le thème n° 1, en tête de l'agenda à chaque réunion ou congrès [1].

Le terme de désarmement recouvre une réalité, décevante mais tangible, lorsqu'il résulte de négociations bilatérales entre grandes puissances estimant de leur intérêt de contrôler et régler réciproquement la croissance de leurs arsenaux. L'*arms control,* sur lequel nous reviendrons, a fait depuis vingt ans des pas en avant notables, bien qu'ils n'aient pas arrêté, ni peut-être même ralenti, la course aux armements. Ces accords politiques peuvent être enregistrés auprès des Nations Unies, après coup, mais ils ne sont pas le résultat des travaux d'organismes des Nations Unies. Ils ne rentrent donc pas, *stricto sensu,* dans le champ de l'orthodoxie socialiste.

1. L'I.S. dispose d'un Conseil consultatif sur le désarmement, présidé par Kalevi Sorsa, Premier ministre de Finlande, et d'une Commission indépendante sur le désarmement et la sécurité, présidée par Olof Palme (qui a remis son rapport en 1982).

LE LAC

(Intermezzo 1)

Ce qu'on appelle une tendance *politique, c'est d'abord un tempérament, un psychisme et sans doute un inconscient. On l'éprouve avant de la choisir. L'existence précède l'essence veut dire ici : le fantasme précède l'idée. S'enracinant dans une intimité affective dont le discours théorique n'est qu'un incommode effort de traduction, sinon une politesse superflue, l'adhésion irraisonnée que suscite une « idéologie » ressortit à l'imaginaire. Avant d'être une entreprise objective, une diplomatie est une expérience mentale, voire onirique. Appelant moins le bilan que l'évocation — mais le premier n'est-il pas tout entier dans la seconde ? — cette diplomatie de la fiction, dont tant d'acteurs furent des poètes (Alexis Léger, Giraudoux, Claudel, Morand...), est justiciable plus que nulle autre d'une psychanalyse de l'imagination. Les chancelleries attendent leur Bachelard.*

Pas de vision du monde qui ne se trahisse dans des cadres, des paysages, des substances de prédilection. De même que la diplomatie des empires commerciaux, de vocation libérale, est une diplomatie de l'Océan — la Charte atlantique fut signée en 1941 par Churchill et Roosevelt en haute mer au milieu de l'Atlantique — et que la diplomatie impériale russe, autocratique de nature, a partie liée avec la terre (avec ses rêves de volonté, de patience et de forces lentes), la diplomatie du droit international est une diplomatie d'eau douce. Lausanne, Genève, Locarno, Stresa : on sait l'affection qu'elle portait entre les deux guerres aux lacs européens — italiens et suisses —, aux villes d'eaux, aux stations thermales plutôt que balnéaires (la mer n'étant acceptée que par défaut, sous les espèces intimistes et protégées du golfe ou de la rade méditerranéenne). C'est bien d'une psychanalyse du lac que relève « la paix par la loi », rêverie douillette et fluide. « L'eau est portée au bien », et le lac à la conciliation. Cliché sépia des palaces d'antan : véranda, fauteuils d'osier, plantes vertes. Lumière mousseuse et douce. Barques et clapotis — « charme discret » et rêveuse bourgeoisie. Ce lac printanier, espace clos mais aéré, exalte et dédramatise à la fois. Sa vue inspire sans transporter, filtre les impuretés du siècle, berce sans secouer. C'est un lieu de non-violence, à la fois de bonheur physique et d'élévation morale, prédisposé à l'imperceptible glissement du fluide à l'insubstantiel, du doux au fade. Cet on ne sait quoi d'asexué qui date ces ronflants protocoles, ces serments sermonneurs, aurait-il résisté aux souffles du grand large ? Velléitaire, élégiaque et normative, la diplomatie lamartinienne (qui est à la diplomatie de puissance ce que la poésie est à la prose puisque la forme y est sa propre fin) se satisfait d'elle-même, comme si « l'exercice », faisant fonction d'exorcisme, se suffisait à lui seul. Une diplomatie foncière, tellurique ou terrienne, échange des gages territoriaux, délimite des frontières, détermine des conditions ou des mesures de contrôle. Contemplative, dolente, ostensiblement humanitaire, la diplomatie du bord de l'eau s'enchante de procédures plus que de résultats, et vise moins au contrat conditionnel et contraignant qu'à instaurer entre les Hautes Parties, pour un bref moment d'éternité (Ô temps suspends ton vol), une fugitive mais exemplaire harmonie. Ses « accords », accidents pompeux mais vite oubliés, cachent l'essentiel, qu'on nommera un « esprit » (l' « esprit de Locarno », l' « esprit de Genève »), douloureux farfadet qui papillote quelque temps dans la mémoire collective des chancelleries comme un bonheur trop vite enfui : le paradigme perdu. Les diplomates, qu'on dit circonspects, sont volontiers superstitieux ; l'atmosphère, la « chimie », le « feeling *», sont chez eux des maîtres mots. Quand, à court d'arguments, ils invoquent l'esprit d'un lieu (d'Ottawa ou de Cancun), ils deviennent animistes sans le savoir. Les ministres et les étés passent, l'esprit qui plane sur ces eaux féminines demeure. Les lacs, ne l'oublions pas, ont* *ceci d'avantageux sur les fleuves qu'on peut se baigner deux fois dans le même.*

L'obscure attirance que nous gardons pour ces lieux emblématiques, symboles d'une période particulièrement schizophrénique de notre histoire comme d'un certain état économique de l'Europe, stationnaire et repu, révèle une tentation permanente : celle du narcissisme, que L'Eau et les Rêves *associe aux eaux douces. Dans la mesure où il s'adonne au « principe de plaisir », dont la variante politique est le plaisir des principes, le libéralisme de gauche se définit peut-être comme un narcissisme de l'intellect. Se mirer l'esprit sur une surface liquide, immobile, sans résistance ; contempler l'image de ses rêveries morales ou doctrinales au creux d'un isolat surélevé, concentré sur lui-même, loin des souillures et des surprises — bref, jouir de soi à l'intérieur des terres et des eaux —, n'est-ce pas s'abandonner à sa plus forte pente ? Ajoutons que l'eau dormante est triste et le lac naturellement mélancolique. Ne devinons-nous pas derrière ces thèmes, ces figures de style, ces personnages eux-mêmes où sénile et puéril jouent à cache-cache, un pressentiment un rien funèbre de leur propre vanité ? Comme une tristesse de soir d'été ; un illusionnisme sans illusion ; comme le théâtre de Giraudoux, où l'on attend Ondine et devine Ophélie... Les féeries trompeusement « futuristes » de la Société des Nations étaient peut-être nostalgiques de naissance : en les regrettant, si peu que ce fût, nous cédons encore, non sans volupté, à la nostalgie d'une nostalgie. Il n'y a jamais loin du principe de plaisir à l'instinct de mort — ni des principes moraux au suicide physique. Aristide Briand est mort dans son lit mais on peut à bon droit voir dans le pacte Briand-Kellogg, « ce monument de la futilité humaine », un sommet du tragique politique. Quelle source plus féconde de tragédies modernes que l'optimisme historique, qui précipite les hommes yeux bandés vers leur mort ?*

Les diplomaties du droit international fleurissent dans les entre-deux (guerres ou crises) ; intermèdes de repos dont on découvre trop tard que c'étaient des répits. La guerre de Troie a bien eu lieu. L'illusion vient de ce que les entractes de l'histoire durent plus longtemps que la pièce elle-même. Crimes fondateurs et guerres instauratrices disparaissent dans ce qu'ils engendrent, ces longs états de paix qui les refoulent dans l'oubli. Mais quand se lèvent les orages non désirés, Shakespeare fait refluer Giraudoux, comme Churchill, Briand : les flots virils et brutaux de l'Océan imprègnent une diplomatie de reconquête et non de conservation, d'affrontement et non de glose : dynamique, visionnaire, elle épouse la fureur et le bruit... jusqu'au retour à l'équilibre, et aux eaux de bonne composition. La bévue des champions du grand large, à Yalta, ayant été de prendre la mer Noire pour un lac. Staline, il est vrai, avait bien préparé son décor[1]. *« Les pentes méridionales de la chaîne principale des montagnes de Crimée protègent la ville des vents du nord et du nord-est. Dès lors le climat est doux toute l'année... Le pays est admirable, poétique et incite à la rêverie. Des forêts de pins et de hêtres, coupées par des rangées de cyprès, recouvrent le doux vallonnement des collines. L'on découvre à la fois, dans le même paysage, les eaux sombres de la mer Noire et les hautes cimes enneigées du Caucase. Le tableau incline aux sentiments du bien-vivre et de la conciliation*[2]. »

1. Staline avait refusé l'Écosse, Athènes, Chypre, Constantinople, Malte, alléguant qu'il ne pouvait aller plus loin que la mer Noire. Hopkins ayant suggéré à Gromyko la Crimée, Staline suggéra, après Odessa, repoussé par Roosevelt, Yalta, « ville de bains aristocratique ».

2. Emprunté à Baedeker, *in* Arthur Conte, *Yalta ou le partage du monde,* Paris, Éd. Laffont, 1974.

II. LA FAILLE

1. *L'État de tous les États?*

La résorption des unités politiques existantes dans une « unité humaine supérieure » est bien le foyer optique de toutes les perspectives socialistes. Dans *L'Idée de la patrie et l'Internationale* (*L'Armée nouvelle,* « L'Humanité » éditeur), Jaurès précise la méthode :

« Il n'y a que trois manières d'échapper à la patrie, à la loi des patries. Ou bien il faut dissoudre chaque groupement historique en groupements minuscules, sans lien entre eux, sans ressouvenir et sans idée d'unité : ce serait une réaction inepte et impossible, à laquelle d'ailleurs aucun révolutionnaire n'a songé; car ceux-là même qui veulent remplacer l'État centralisé par une fédération ou des communes ou des groupes professionnels transforment la patrie; ils ne la suppriment pas; et Proudhon était français furieusement... Ou bien il faut réaliser l'unité humaine par la subordination de toutes les patries à une seule. Ce serait un césarisme monstrueux, un impérialisme effroyable et oppresseur dont le rêve même ne peut effleurer l'esprit moderne. Ce n'est donc que par la *libre fédération de nations autonomes, répudiant les entreprises de la force et se soumettant à des règles de droit, que peut être réalisée l'unité humaine*[1]. »

1. Jean Jaurès, *Pages choisies,* Paris, Éd. Rieder, 1922, p. 444.

Ainsi, à l' « antagonisme des patries », aux « préjugés chauvins et aux haines aveugles », aux « violences d'orgueil et de convoitise », succédera la « patrie universelle » qui n'est pas la « suppression des patries » mais leur anoblissement. Teilhardien avant la lettre — un teilhardisme où Dieu s'appelle le Droit — Jaurès revient sans cesse sur le magnifique mouvement ascendant « de la nature à l'esprit, de la force à la justice, de la compétition à l'amitié, de la guerre à la fédération », où le supérieur suppose l'inférieur, s'y appuie sans le supprimer ; où « toute la puissance de l'idée s'approprie toute la force organique de l'instinct »[1] : « la loi supérieure de l'ordre humain », c'est-à-dire l'unification des fragments d'humanité par soumission à la loi internationale. C'est donc « dans les grands groupements historiques que doit s'élaborer le progrès humain », c'est à l'Internationale socialiste de rassembler en un corps glorieux les membres morcelés des nations, « organes de l'humanité nouvelle *fondée sur le droit* et façonnée par l'idée ». La *paix* humaine (ne pas « laisser aux mains de la force la solution des conflits ») suppose l'*unité* (des prolétariats, des peuples et des nations), qui suppose la *loi* (l'arbitrage). Pacifisme, fédéralisme, légalisme : la séquence s'inscrit ici dans un lyrisme de la raison.

Écoutons Léon Blum maintenant. Après deux guerres mondiales, la problématique jauressienne demeure, inaltérée mais affinée. Un constat d'évidence, d'abord : « C'est sur le plan international que se posent tous les grands problèmes ; et, en tout cas, aucun ne peut recevoir de solution satisfaisante que sur le plan international[2]. » Un rappel de méthode, ensuite. « C'est l'intérêt international, c'est-à-dire *l'intérêt commun des hommes, apprécié selon le droit et la justice,* qui demeure pour nous le pôle d'attraction permanent. Il

1. Jean Jaurès, *Pages choisies,* Paris, Éd. Rieder, 1922, p. 447.

2. Léon Blum, *Le Socialisme démocratique,* Paris, Éd. Denoël/Gonthier, « Bibliothèque Médiations », 1972, p. 159.

est le critère infaillible[1]. » Un souhait en forme d'objectif enfin : « Notre but, notre idéal est et demeure de substituer, en tant que garantie de la paix, une souveraineté internationale aux armements nationaux[2]. » Léon Blum transfère ainsi la gravité de l'effort politique de l'Internationale socialiste (mal remise, et pour cause, de la guerre en cours) vers l'idée d'une Société internationale des États, mais la logique fédérale ne change pas de nature en passant des partis prolétariens à des États démocratiques. En 1941, rédigeant *À l'échelle humaine,* Léon Blum réfléchit moins aux causes théoriques de la faillite de la S.D.N. qu'à la grandeur morale du projet lui-même, dont l'échec pratique, pense-t-il, n'est pas dû au concept sur lequel il s'était construit mais à la timidité de sa mise en œuvre.

« La Société des Nations instaurée par les traités de Versailles a échoué parce que les grandes puissances indispensables comme la Russie et les États-Unis lui ont manqué dès le départ, parce que *ses fondateurs,* pour désarmer certaines préventions ou certaines craintes, *n'avaient pas osé la doter des organes et de la puissance vitale que sa fonction exigeait,* parce qu'elle n'était pas *une grande Souveraineté,* distincte des souverainetés nationales et supérieure à elles, parce qu'elle ne possédait, pour faire exécuter ses décisions, ni une autorité politique ni une force matérielle qui prévalût sur celle des États, parce que ses attributions limitées et intermittentes ne lui permettaient pas d'épouser tous les modes des activités nationales. À l'appui de chacun de ces articles, il serait aisé d'apporter les arguments et les faits. Qu'on prenne le contre-pied de chacun d'eux et on obtiendra les principes dont l'application permettra d'obtenir cette fois *un Corps international vivace et efficace.* Il faut que toutes les grandes puissances, les États-Unis et la Russie au premier chef, soient parties au nouveau Pacte. Il faut que le Corps international soit pourvu des organes de la puissance qui lui permettront de remplir sa fonction; je veux dire qu'il soit-

1. *Ibid.,* p. 138.
2. *Ibid.,* p. 158.

franchement et hardiment installé comme un État Suprême, sur un plan dominant les souverainetés nationales, et que par conséquent les nations associées concèdent d'avance, dans toute la mesure où l'exigera cette Souveraineté supérieure, la limitation ou la subordination de leur propre souveraineté particulière. Il faut que le Corps international soit mis en état d'imposer l'exécution de ses sentences aux nations réfractaires, ce qui comportera nécessairement soit une prépondérance armée tenant à la détention exclusive de certains engins comme les avions de guerre, soit au désarmement suffisamment accentué de chaque État particulier. Il faut qu'au lieu d'être régi par des conférences de délégués, dont chacun reste soumis aux intérêts et aux instructions de l'État qu'ils représentent, le Super-État possède ses institutions et sa direction spéciales. Il faut que la permanence de son action soit assurée par la complexité de ses attributions, car une véritable Communauté internationale est autre chose qu'une cour arbitrale ou qu'un lieu de réunion diplomatique. Elle doit créer un ordre si elle veut maintenir la Paix ; or la création de cet ordre exige une action continue et les conflits et les crises économiques le menacent aussi bien que les litiges politiques. »

On touche ici à la racine — là où la raison socialiste révèle sa déraison secrète : sans même aller jusqu'au « Super-État », la seule idée de souveraineté internationale est un concept vide. Nulle expérience ne peut lui correspondre, en vertu d'une inconsistance intrinsèque. En amont même de la multiplicité conflictuelle des intérêts nationaux, et en supposant possible, par hypothèse, une harmonie des intérêts particuliers ou conjoncturels entre tous les États du globe, la « communauté internationale » ne peut être qu'un faux-semblant, par nécessité. Laquelle ? Celle d'*une loi logique* : *l'incomplétude.*

L'Organisation des Nations Unies comme ensemble de tous les ensembles que sont les États existants est une fiction institutionnelle et non une réalité politique parce que l'ensemble de tous les ensembles finis n'est pas un ensemble. Pour qu'un ensemble fini existe, il doit faire entrer en scène l'infini, seul opérateur de clôture possible. Ce qu'on appelle, par relâchement de langage, le système international procède soit d'un vœu pieux, soit d'une métaphore littéraire car en réalité aucun système ne peut se clore à l'aide des seuls éléments intérieurs au système. Nul *ensemble de relations n'est relatif à lui-même* ou alors ce n'est plus un ensemble. Un système logique ou politique se sature par défaut, en référence à un infini manquant, un trou fondateur, ou absolu de référence. L' « autorité publique universelle » ne saurait donc découler d'une simple addition de volontés nationales, ou d'une association d'États « égaux en droit ». L'institution d'une unité humaine supérieure, sans même en arriver à l'État de tous les États, supposerait le problème résolu, soit la disparition préalable des États, qui par définition ne peuvent admettre, dans l'ordre politique, un absolu supérieur à celui qui fonde leur propre clôture, sauf à se détruire comme États vis-à-vis de leurs propres citoyens. En conséquence de quoi l'Organisation des Nations Unies ne constitue pas une communauté, ni même un collectif, mais une simple collection, qui ne saurait donner à ses membres nul sentiment d'appartenance, donc d'obligation, envers une « unité humaine supérieure ». « Pareilles associations font penser, disait déjà Hegel, à un tas de pierres rondes qui voudraient constituer une pyramide tout en restant rondes absolument et non liées. Dès que la pyramide commence à se mouvoir vers la fin qui a présidé sa formation, l'édifice de désagrège ou se trouve à tout le moins incapable d'offrir une résistance quelconque. » L'autorité échappe aux hommes, disait Bossuet, parce qu'elle est sacrée. Nous savons que c'est l'inverse : c'est parce qu'elle leur échappe que l'autorité apparaît aux hommes comme sacrée. Le secrétaire général des Nations Unies n'a pas (d')autorité sur ses membres parce qu'il ne leur échappe pas : ce sont eux qui lui donnent mandat, comme les quinze membres d'un Conseil d'administration, où siègent cinq gros actionnaires, en représentation de cent cinquante petits porteurs de parts, désignent un P.D.G. Le Secrétaire général, qui n'incarne aucune transcendance collective (comme le fait un président élu, un souverain ou tout chef d'État), a des obligations envers les États dont il dépend, non l'inverse. Un plus petit dénominateur commun peut faire communiquer les facteurs entre eux, non opérer leur mise en communauté. Il n'y a pas plus de Communauté internationale en 1983 que de culte de l'Humanité en 1793, la somme des morts chez Auguste Comte ne « fait » pas plus le Grand Être que la somme des nations chez Léon Blum « un corps international vivace et efficace ». Il n'y a décidément pas de religion horizontale.

Ce n'est pas parce que l'Organisation des Nations Unies, à la différence de la Société des Nations, s'étend à l'univers entier, soit à l'ensemble des États de la planète, moins la Suisse et les deux Corées, qu'elle constitue un « universel concret », totalité unique ou indivisible, ou encore une individualité réelle et vivante analogue à l'État national ou toute unité politiquement déterminée. L'universalité n'est pas une affaire de nombre mais de logique : elle cheville un infini à une singularité. En ce sens, si une organisation interétatique universelle par son extension atteint à peine à l'universalité abstraite, ce n'est pas par défaut mais par *excès de généralité.* Pour qu'un organe représentant en quelque sorte *l'unité* de l'espèce humaine devienne « unité humaine supérieure », il lui faudrait se saisir comme *particulier,* c'est-à-dire se poser en s'opposant. Mais à qui ? Au « Super-État » de Léon Blum, ou à l'État des États rêvé par les juristes, s'appliquent les remarques de Hegel sur les projets kantiens de Ligue fédérative des princes ou de Confédération destinées à régler pacifiquement les conflits entre États : « L'État est une individualité et la négation est essentiellement contenue dans l'individualité. Si donc plusieurs États s'unissaient pour constituer une famille, il faudrait que cette union, en tant qu'individualité, se crée un opposé ou un ennemi. Ce ne sont pas seulement les États qui sortent renforcés par la guerre, mais les nations qui ont des querelles intestines acquièrent par la guerre au-dehors la paix à l'intérieur [1]. » Autrement dit,

1. Hegel, *Principes de la philosophie du droit,* Paris, Éd. Vrin, 1975, § 324, *addendum,* p. 325.

l'instrument supranational de la paix internationale n'aura de réalité qu'en état de guerre. Les dissensions du Conseil de sécurité, qui l'empêchent à chaque crise grave d'agir efficacement, ne cesseront que du jour où l'humanité comme telle se découvrira un ennemi commun, l'étranger absolu. À la minute même ou un E.T. posera le pied (?) sur la Terre, M. Perez de Cuellar, ou son successeur, deviendra responsable.

2. *La souveraineté de chacun.*

Incessamment, l'État de tous les États vient s'échouer sur la *souveraineté* de chaque État. On entend par là le droit de se faire justice soi-même. Son premier explorateur, Bodin, écrivait en 1576, dans *La République* (livre I, chap. x) : « La première marque du prince souverain, c'est la puissance de donner la loi à tous en général et à chacun en particulier... ; sous cette même puissance de donner et casser la loi sont compris tous les autres droits et marques de souveraineté. » L'égalité de tous les hommes devant la loi, expression de la volonté générale, définit, à l'intérieur, l'État de droit. Mais l'égalité de tous les États devant l'absence de loi applicable à chacun d'eux — car si un État devait subir une autre loi que celle qu'il se donne, il ne serait plus lui-même — définit, à l'extérieur, l'état de jungle. « Comme le rapport des États entre eux a pour principe leur souveraineté respective, ils se trouvent les uns par rapport aux autres dans l'état de nature, et leurs droits n'ont pas leur réalité effective dans une volonté générale constituant une puissance au-dessus d'eux, mais dans la volonté particulière de chacun d'eux [1]. » Il y a donc solution de continuité entre société civile et « société internationale », entre les rapports

1. Hegel, *Ibid.*, § 333, *addendum*, p. 325. C'est pourquoi, ajoute Hegel, « il n'y a pas de juge pour trancher les différends entre les États mais tout au plus seulement des arbitres ou des médiateurs, lesquels, toutefois, ne peuvent intervenir que d'une manière *contingente* en accord avec la volonté particulière de chacun des pays intéressés ».

de l'individu et de l'État et les rapports des États entre eux. Les premiers doivent et peuvent être régis par la loi ; les seconds ne peuvent se soustraire aux rapports de force. Dans la sphère civile, nul ne peut « se faire justice à soi-même » (Pascal) ; dans la sphère internationale, aucun État ne peut se dessaisir du droit de se faire lui-même justice, car c'est cette prérogative qui le définit en tant qu'État. Une fois entré dans la société politique, un individu ne peut plus être juge de sa propre cause : la voie judiciaire définit la civilisation. Mais la procédure judiciaire est sans objet pour les litiges sérieux entre États car, pour le dire dans les termes brutaux de Hobbes, « aucune notion de justice ne peut exister dans l'état de nature » (Léviathan, chap. XV).

La civilisation semble s'arrêter aux portes des relations internationales — l'arbre des conventions de Genève sur le traitement des prisonniers de guerre ne pouvant cacher la verte forêt des génocides, agressions, occupations, représailles, terrorisme et chantage. Personne ne doute qu'elle *doive* les franchir. Le *peut*-elle ?

Les armées ne sont pas des polices en plus grand. Les premières font respecter des règles qu'elles posent elles-mêmes et interprètent à leur façon (elles, ou l'exécutif qui leur commande), les secondes sanctionnent des violations de la loi, qui existe indépendamment d'elles et que personne ne conteste. Il ne peut y avoir qu'une police nationale dans un État ; il ne peut y avoir une Force armée et une seule dans le monde. Ici on soumet les différends à une épreuve de force, effective ou simulée ; là à un tribunal et un code préexistants. Le partage, indubitable au plan interne, entre États de droit et États despotes se brouille sitôt que leur existence est en jeu, sur le terrain des hostilités internationales ; c'est pourquoi jurisconsultes et théoriciens des Droits de l'Homme font l'impasse sur la question économique comme sur l'état de guerre, bref sur le commerce entre les États. Les critères sont clairs, qui distinguent un État démocratique d'un État totalitaire ou autoritaire. Ils s'effacent dès lors que leurs intérêts s'affrontent dans l'arène commune.

L'agression est un crime au regard de la loi internationale. Mais ceux qui sont appelés à en juger — les États membres du Conseil de sécurité par exemple — sont eux-mêmes des coupables actuels ou potentiels[1]. Donc des complices, si l'on veut. Chaque État se reconnaît le droit, lorsque ses intérêts vitaux sont en jeu, de se livrer à ce qu'il appellera un « acte de légitime défense », ou de « répondre à l'appel » d'un gouvernement ami, légalement constitué ou en voie de l'être. Et nulle menace de condamnation par les Nations Unies n'a jamais retenu alors un État de lancer ses troupes sur un voisin qu'il juge mortellement menaçant pour sa sécurité. Quel État peut laisser à d'autres que lui — *a fortiori* à des adversaires — le soin de décider si son intégrité est ou non en danger ? La survie ne se délègue pas. L'ingérence dans les affaires intérieures est un délit grave. Elle se pratique tous les jours et dans les deux sens, ouvertement et secrètement (services d'intelligence et de manipulation). En ce combat douteux, on ne compte plus les victimes mais on cherche encore les arbitres...

De l'individu à la nation, l'ascension spirituelle de Jaurès passe d'un seul et même élan : « La démocratie fait du consentement des personnes humaines la règle du droit national et international. Le socialisme veut organiser la collectivité humaine ; mais ce n'est pas une organisation de contrainte, et sous la loi générale de justice et d'harmonie qui préviendra toute tentative d'exploitation, il laissera aux nations la libre disposition d'elles-mêmes dans l'humanité, *comme* aux individus la libre disposition d'eux-mêmes dans la nation[2]. » Ou encore, l'égalité de rapports posée par Blum entre démocratie sociale et démocratie internationale : « Ainsi doivent s'étager les assises du monde nouveau. À l'intérieur de la nation la Démocratie politique se justifie et se consolide par la Démocratie

1. Quand les armées de la Corée du Nord ont franchi le 38e parallèle, en 1950, le Conseil de sécurité (en l'absence du délégué soviétique) rendit son verdict et ainsi furent baptisées « armées des Nations Unies » les armées occidentales, composées essentiellement de divisions américaines et sud-coréennes. Mais les garants de la Charte internationale, quelques années plus tard, agressèrent à leur tour le Guatemala, en 1954, l'Égypte en 1956, le Vietnam du Nord, la république Dominicaine, etc.

2. Jean Jaurès, *op. cit.*, p. 411.

sociale. L'ensemble des Démocraties nationales supporte un ordre international qui les couronne et qui maintient leur équilibre [1]. » La justice internationale viendra ainsi parachever l'œuvre intérieure de justice sociale. Le même mouvement de progrès qui a instauré les juridictions civiles et les organes de coercition légitime au sein des communautés nationales en formation instaurera demain les juridictions d'arbitrage et les forces de maintien de la paix au sein de la communauté internationale en formation. De même qu'hier l'État central est parvenu à substituer aux turbulences féodales un monopole de l'usage légitime de la violence, demain l'État universel substituera aux turbulences nationales ses propres forces de police au service de la loi. La politique internationale sera devenue la politique intérieure mondiale. Les soldats, des policiers volants.

On le voit : *la racine de l'erreur réside dans l'analogie* subreptice entre droit interne et droit international, politique intérieure et politique étrangère. Sans apercevoir l'hétérogénéité des deux plans de consistance, elle extrapole au second ce qui n'est valable qu'au premier. D'où l'inconsistance des propositions : de ce que l'interdiction légale du *duel* (1626) ait permis sa disparition chez les gentilshommes, il ne se déduit pas que la mise hors-la-loi de la *guerre* (1928) puisse avoir des effets analogues entre les souverains. Car si tous les citoyens peuvent être et sont égaux devant la loi, l'égalité de droit entre une superpuissance et un petit pays sous-développé n'a pas de sens assignable. (Qui a la maîtrise d'un réseau de satellites d'observation se donne droit de regard sur le territoire des autres, et nul ne songe à le lui contester.)

Il n'y a pas, disions-nous bien légèrement, de théorie socialiste des relations internationales. Rectifions : il y a une théorie selon laquelle les relations internationales n'ont pas d'originalité propre. Aplatie sur le droit public, rabattue sur celle des relations civiles, leur essence est appréhendée en ricochet par la conscience de gauche, non comme un ordre positif singulier, mais comme une

1. Léon Blum, *À l'échelle humaine,* Paris, Gallimard, p. 164.

soustraction de rationalité, un manquement provisoire à l'ordre final de la loi. Elle ne saisit pas que ce que Locke a gagné à l'intérieur des collectivités politiques réconciliées, Hobbes ne peut le perdre dans le champ irréconciliable des affrontements stratégiques ; et que les millions de bras qui ont fait reculer Hobbes *dans* la Cité ne l'empêcheront pas de régner *entre* les Cités. En d'autres termes, l' « imperfection du droit international » est de nature, et la plénitude normative du droit des gens ne nous attend pas au bout du chemin de nos peines. Éternelle attente, éternellement déçue. Et s'il n'y avait rien d'autre à attendre que *ce qui est déjà*? Inhumaine, trop inhumaine blessure : que cet état d'anarchie de la scène mondiale, où se déchaînent à l'envi les forces de mort et de violence, nous offre un spectacle interminable et logique, car rigoureusement conforme au canevas de la pièce et au talent des États, seuls acteurs disponibles. L'état de jungle : un cauchemar dont on ne se réveille pas.

HANDICAPS

(Intermezzo 2)

Tout devrait éloigner les hommes de gauche, qui sont les plus intelligents des politiques, d'une sobre intelligence de la politique internationale : sensibilité ; éthique ; raison. Leur bon cœur ; leur bonne conduite ; et leur bon sens.

Premier handicap : la générosité. L'homme est naturellement bon, dit la vulgate. Mais les États naturellement méchants — par-delà le bien et le mal si l'on préfère. Résultat : Justine chez les monstres froids. Bécassine dans la jungle, diront les esprits forts, pour qui toute générosité est niaiserie. Chacun sait qu'on ne fait pas de bonne politique avec des bons sentiments ; lesquels font en revanche les meilleurs militants : à la longue, le sentimental est plus fiable que le doctrinaire (valsent les doctrines, le cœur ne se refait pas). Compatissante pour deux — délicate envers les goujats, altruiste avec les égoïstes, conciliante avec ses assassins — la gauche démocratique prévoit mal les retours de bâton à l'intérieur : ses ennemis du dehors, plus carnassiers encore, n'en feront qu'une bouchée. Il y a belle lurette que le bonheur n'est plus une idée neuve. En politique étrangère, qui est la gestion du malheur d'être plusieurs sur une même planète, ce n'est jamais qu'une idée fausse.

Prenons garde cependant à la critique rebattue de la naïveté et du romantisme — pain quotidien des gazettes : elle peut révéler elle-même beaucoup de naïveté. Il est loisible aux commentateurs, qui n'ont pas à faire l'histoire mais de l'esprit sur l'histoire si souvent faite par des naïfs, de prendre un machiavélisme de poche pour un réalisme désabusé. Comme si la ruse du réel n'avait pour nom « l'idéalisme ». Rien de grand ne se fait sans passion — et une grande politique internationale a partie liée avec le rêve. Reste qu'il ne faut pas se tromper de rêves, et si les imaginaires de convocation servent de levain à la pâte des affaires, encore l'imaginaire doit-il pouvoir résonner avec les forces motrices à l'œuvre dans les sociétés réelles.

À l'inverse, tout conspire à une sorte d'harmonie préétablie entre le tempérament de droite — ou ce qui passe pour tel — et la nature des relations extérieures. Ce qui en lui repousse comme infirmités, dans l'ordre interne, refleurit en vertus dans l'ordre international. Le cynisme *moud en prise directe le grain des conduites, sous la paille des courtoisies. L'*égoïsme *n'est-il pas en l'espèce « sacré », comme le territoire de la patrie dans les minutes de vérité ? La* mesquinerie *? Mais se demander ce que telle ou telle démarche peut rapporter à son pays, par une estimation serrée des coûts et avantages, n'est-ce pas en fin de compte le meilleur critère de choix diplomatique, propre à dissiper les nébulosités rhétoriques et les plaisirs d'amour-propre ? Les champions de l'*économie de marché *ne sont-ils pas les mieux placés pour faire respecter la règle élémentaire du* marchandage *: ne rien concéder sans contrepartie, ce* do ut des *qui est le béaba du métier. Le goût de la* concurrence sauvage *entre les agents économiques prédispose à la compétition sauvage des États civilisés pour la maîtrise stratégique des biens rares (matières premières, sources d'énergie, mais aussi océans, espace, Antarctique). La vieille* défiance à l'égard de la loi *— qui protège le faible et compense l'inégalité — met de plain-pied avec la loi du plus fort, éludée ou déguisée par la loi internationale. Ce qu'il y a de sommaire, d'expéditif et de leste dans la conduite de droite — allégée des* impedimenta *de la doctrine et de la phrase — s'accorde d'instinct au fait accompli et à la brutalité inhérente aux rapports internationaux, où la prise de gage décide avant que la déclaration de principe ne justifie. Il n'est pas jusqu'à la* bêtise *qui ne soit ici avantage : tant il est vrai que trop d'intelligence nuit aux chances de survie dans un espace d'action où il est des visions du monde qui peuvent rendre aveugle au* *bout de son nez. Telle droite peut être la plus bête du monde sans, dans ce monde-là, perdre le nord.*

Bref, dans l'état de jungle, la survie du plus apte bénéficie à l'animal de droite. Le corps diplomatique n'incarne-t-il pas en blason ce règne animal de la droite, lui donnant la patine d'une tradition sociale : effet d'une sélection naturelle, qui devrait moins à M. de Norpois qu'à Charles Darwin ?

*

Deuxième handicap : la vertu. On connaît cette vieille figure de l'École : l'opposition weberienne entre l'éthique de conviction et l'éthique de responsabilité. La première serait à gauche, la deuxième à droite. Les saint Sébastien de l'idéal démocratique auraient la vocation du martyre; les Bayard de l'idéal patriotique, celui de l'héroïsme. Encore qu'au sommet de la responsabilité civique, Lorenzaccio, qui accepte de se perdre pour sauver sa république, n'est pas moins « homme de gauche » que l'auteur du Sermon sur la montagne. *Ce contrepoint des deux morales d'Épinal défraie tous les jours la chronique dominante, sous les traits d'une polémique ressassée : réalisme contre idéalisme. Classique jeu de miroirs : on est toujours le réaliste (ou l'idéaliste) de quelqu'un et tout idéaliste trouvera plus idéaliste que lui pour le traiter de réaliste. Ces qualificatifs, jugements de valeur en raccourci (de dévaluation ou de valorisation), ne livrent qu'une seule information certaine : les valeurs professées par l'auteur du jugement. Chaque système de références tient pour réel ce que son idéal lui recommande pour tel, cette attribution sélective de réalité s'appelle une idéologie.*

En 1983, un diplomate français tiendra pour une billevesée l'arme absolue de la guerre des étoiles que M. Reagan présente à ses compatriotes comme le début tangible d'une nouvelle ère pour l'humanité. Un diplomate américain tiendra pour baliverne ce que nous appelons un mouvement de libération nationale, simple projection de la seule réalité politique existante qu'est à ses yeux le Politburo soviétique. Un gaulliste réputera chimère la « conscience universelle » ou l' « Eu-

rope des travailleurs ». Un moderniste verra, dans les notions de « grandeur » ou d' « indépendance nationale », fantasmagories archaïques d'un songe-creux maurrassien. De même que l' « idéologie » est la pensée de mon adversaire, et les « mots creux » les idées qui contredisent les miennes, une diplomatie « idéaliste » sera d'abord celle de mon concurrent. À croire que le terme, d'élogieux au privé, devient honteux sitôt appliqué à la conduite des collectifs.

Mais qu'en est-il de l'antithèse ?

Une politique consistant à dire le droit sans chercher à le réaliser ne serait pas un idéalisme, mais une imposture. Le droit étant ce qui doit valoir, qui ne se bat pas, hic et nunc, pour son droit, dénie au droit toute réalité. Un idéal éthique qui ne se projette pas dans une pratique est un cercle carré (aussi bien ceux que le sens commun nomme « les grands idéalistes » furent-ils tous meneurs d'hommes, sinon « grands capitaines » : Saint Louis, Ignace, Gandhi, etc.). À l'inverse, il n'est pas de « realpolitik » qui ne repose sur quelque idée de l'homme, et les politiques les plus « idéalistes » ne sont peut-être pas celles qu'on pense. La conception « businesslike », selon laquelle un ministre des Affaires étrangères est d'abord un commis voyageur, outre qu'elle ne garantit nullement de meilleurs marchés et contrats qu'une autre, n'est pas moins utopique que celle qui en ferait un don Quichotte du droit des peuples.

La morale de conviction, avec ses doubles fonds et sa courte noblesse, ne concerne à la rigueur que le socialisme subjectif (à l'instar de cette religion subjective, celle du vicaire savoyard, que Hegel opposait parfois à la religion objective), qui face aux dégénérescences du socialisme objectif, structure d'autorité engoncée dans le siècle, fait retour aux principes et aux intentions. Vieux débat : « petite gauche » contre « gauche institutionnelle », la nouvelle contre la vieille, clubs et mouvements contre partis et appareils. Notre propos n'est pas ici de comparer une non-politique de l'intériorité morale à une politique extérieure immorale, mais de saisir de l'intérieur les logiques de responsabilité, dans leurs apories propres. « N'oubliez jamais, disait Proudhon, qu'en matière pénale on juge des actes par des intentions mais qu'en matière politique on juge des intentions par les actes. » On *a assez montré que l'apriorisme moral peut être* aussi *un confort intellectuel, celui de la belle âme, auquel n'échappent pas facilement les oppositions qui, renonçant à toute « vocation majoritaire », préfèrent le témoignage à la pesée sur le monde. Opposer l'infini des principes au fini des pratiques, soustraire l'absolu socialiste aux relations sociales (et* a fortiori *internationales), cette religion de (la) fuite, purement privée (d'État, de base nationale et de moyens d'action), appelle « exigence » sa passivité. Les pensées étrangères à la puissance ne sont pas les dernières à s'agenouiller devant les puissances étrangères. Voir le destin des pacifistes de l'entre-deux-guerres, et la carrière en France, sous l'occupation, de quelques syndicalistes-révolutionnaires...*

« Nous, nous ne défendons pas des intérêts mais des idées. » Une politique étrangère désintéressée *est sans doute une politique* idéale, *au sens propre : telle qu'aucune expérience réelle ne peut correspondre à son énoncé. Autant dire irresponsable : qui n'aurait à répondre de rien, ni devant personne. Tentation du néant, ou de la pose. À la longue, nul n'échappe au jeu des intérêts nationaux — toute la question étant de savoir comment sont compris les « intérêts bien compris ».*

Troisième handicap, la culture. Le bon sens est ce qui reste de tous les savoirs qu'on a oubliés. Scientifique ou non, le mouvement socialiste est né, dès le siècle dernier, de la découverte des lois de l'économie. Il aborda ensuite, au XXe *siècle, les terres nouvelles de la sociologie. Quand il se mêle, chose rare, d'histoire concrète, le marxiste étudie encore aujourd'hui les « formations économico-sociales », la deuxième gauche les « nouveaux mouvements sociaux ». Les phénomènes de société qui captivent beaucoup d'intellectuels, et retiennent spontanément l'attention du militant, n'ont curieusement ni identité, ni frontière, ni langue. Ce qui reste « hors champ » : l'*État, *la* nation, *la* guerre. *Soit la matière et le moteur des relations internationales. Ne pas penser la puissance ne facilite guère l'insertion dans le jeu de la passion et de l'intérêt qui sert de trame à la vie internationale. Dis-moi ce que tu n'as pas pensé, je te dirai ce qui te tuera.*

L'histoire réelle du socialisme démocratique européen est son propre tribunal. Mais ce tribunal est d'abord un jury d'examen : il sanctionne les « impasses » et les « trous » de l'étudiant. D'où ce paradoxe :

internationaliste par nature, culture et vocation, la social-démocratie, qui aligne d'incomparables réussites sociales, n'a guère brillé jusqu'à présent par sa politique internationale (qui ne se réduit pas à une somme de « déclarations » et « résolutions » de Congrès). Marxiste ou pas, la doctrine socialiste stipule qu'il n'y a d'action efficace qu'internationale. Mais, historiquement considérée, l'action de l'Internationale socialiste s'est révélée jusqu'à présent inefficace. Quand elle performe, il y a fort à parier que la performance sera en porte à faux avec les principes. France, 1981 : un gouvernement socialiste peut faire bonne figure sur la « scène internationale » (qui n'a pourtant rien de théâtral). Mais quand une politique effective marque des points ici et là, ce n'est pas en tant que socialiste mais en tant qu'elle ne l'est pas. L'équilibre des forces, la solidarité atlantique, le souci des droits de l'homme, voilà des notions qui ne caractérisent pas précisément le legs historique du mouvement socialiste.

Il faut donc que Justine apprenne la puissance. Non seulement à survivre dans la jungle des nations mais à y imposer sa volonté, sans y perdre son âme. Question de vie ou de mort.

III. SYSTÈME DE LA RAISON SOCIALISTE

Remontons maintenant des gauches constituées à la *gauche constituante.* Nous entendons par là une *personnalité de base,* dispositif constant de traits distinctifs, sous-jacente à l'éthique comme à la mythique de la gauche contemporaine, et dont la relative invariance permettrait de passer, sans véritable solution de continuité, du républicanisme libéral de la IIe République au socialisme humaniste de la Ve, en passant par les radicaux de la IIIe. En réalité, cet inconscient politique en forme de patrimoine collectif embrasse une histoire plus longue que celle du courant socialiste proprement dit. Lucien Herr voyait dans l'idéal socialiste la forme moderne de l'universalisme de 1789, et Jaurès, son disciple et ami de la rue d'Ulm, faisait même remonter jusqu'à Luther « les origines du socialisme allemand » (thèse en latin de 1891). C'est aux Lumières à tout le moins que commence notre généalogie, car singulièrement en matière de projet international il n'y a *pas de coupure entre l'idée démocratique et l'idée socialiste.* Jaurès en 1914 tourne les yeux et ses espoirs vers Wilson, dont les « quatorze points » recevront l'appui des socialistes français en 1918 ; comme Blum en 1939 vers Roosevelt ; comme Auriol en 1947 vers Truman ; comme les socialistes d'hier vers Kennedy et Carter. À l'intérieur, c'est au Cartel des gauches que remonte la trilogie toujours actuelle, lancée à Genève par Herriot, alors flanqué de Paul-Boncour. (« Pour nous, Français, ces trois termes, arbitrages, sécurité, désarmement, sont solidaires. ») Malgré quelques réticences à l'origine, Léon Blum soutint avec chaleur la politique genevoise de Briand [1]. Dans les années soixante, le club Jean Moulin et celui des Jacobins irriguent les programmes de la S.F.I.O. En règle générale, les socialistes, qui peuvent regarder à gauche en matière de politique économique et sociale, regardent toujours vers leur droite en politique étrangère, et surtout en temps de crise : en 1936 Blum s'aligne sur les radicaux. C'est une règle que la fédération des démocrates et des socialistes s'effectue sous l'hégémonie et aux conditions des premiers.

On aurait donc tort de chercher des clefs du côté des *Hommes et idéologies de 1840*[2]. L'idéologie quarante-huitarde fait pratiquement l'impasse sur la question internationale (et pour cause), lacune des systèmes colmatée dans la pratique par un épanchement religieux de fraternité universelle. Bien plus structurée, en revanche, fut la pensée historique de l'*Aufklärung*. Le pacifisme socialisant, comme la conception fédéraliste contemporaine, a ses titres théoriques dans l'œuvre de Kant. L'Europe de Jean Monnet et de Léo Tindemans a trouvé l'ordre de ses raisons, voici deux siècles, avec *L'Idée d'une histoire universelle d'un point de vue cosmopolitique* (1784) ; et nous sommes tributaires du *Vers la paix perpétuelle,* brochure qui défraya la chronique du Königsberg en 1795, si nous voulons comprendre la dernière proposition de zone dénucléarisée en Europe centrale. Lamartine n'est pas contemporain de Tocqueville, son successeur au ministère des Affaires étrangères, mais de Briand. Les familles d'esprit enjambent les dates et les frontières. Systématiser une sensibilité, en isolant, comme on le fera ici, ses formes *a priori,* ne signifie nullement qu'on veuille réduire une adhésion vécue à un raisonnement déductif, ou à une pure

1. Dans sa nécrologie de l' « apôtre de la paix » (*Le Populaire,* 8 mars 1932), Léon Blum identifie la politique de Briand avec la sienne propre.
2. Pour reprendre le titre de l'ouvrage très éclairant d'Armand Cuvillier, Paris, Éd. Marcel Rivière, 1956.

combinaison d'éléments intellectuels. L'anatomie ne contredit pas le désir ; ni la cardiologie, les élans du cœur.

Le socialisme, « cette foi acharnée dans la raison humaine » (Jaurès), est dans son principe un *rationalisme de l'âge classique.* Prenons « principe » dans le sens que lui donne Montesquieu dans *L'Esprit des lois.* Comme la république veut la vertu, la monarchie, l'honneur, le despotisme la crainte, le socialisme veut la raison. C'est à la fois son idéal et son ressort. Principe d'explication — qui permet l'intelligence de ses menus et grands choix — et principe de conduite — celui qui le fait agir et lui sert de condition concrète d'existence. Si les citoyens comme les nations ne sont pas mus par la raison, l'idée socialiste se rabougrit en abstraction. À mi-chemin du romantisme révolutionnaire et du scepticisme conservateur, coincé entre l'âme incendiée et le bel esprit, le socialisme du possible, cet être de raison, en appelle obstinément contre les préjugés et les dérèglements à « ce qui permet à l'homme de juger, de connaître et d'agir conformément à des règles ». Certains, dit-on, se font une religion de l'incroyance. Le socialiste a la passion de la raison. Passion-martyre chez les héros d'antan, passion-folie chez les poètes de l'intellect, les utopistes du siècle passé ; passion-vocation chez les responsables d'aujourd'hui. « C'est convaincre qui m'importe, non vaincre », lance François Mitterrand en mai 1981 à sa prise de fonctions. Mais le goût individuel pour le *logos* — le discours, l'argumentation, la persuasion — renvoie au fond à un modèle philosophique. Retraçons-en le parcours, en gardant à l'esprit l'avertissement pascalien : « Deux excès, exclure la raison, n'admettre que la raison. »

Quand la raison se limite à son sens subjectif, comme faculté de raisonner, elle désigne la politique de l'humanisme, sagesse un peu rassise, réfractaire aux superstitions cléricales comme aux passions sectaires, nationalistes ou extrémistes. C'est la raison hexagonale à son étiage, pipe, charentaises et chapeau mou, celle des radicaux de la grande époque. « Le radicalisme, disait Herriot, c'est le rationalisme en politique. » Il voulait dire le raisonnable. Un peu plus loin, entre le bon sens et la doctrine, vient le radical-socialisme : quand la « raison souveraine » regimbe à la facilité qui est un peu trop la sienne de s'adapter aux circonstances et d' « évoluer dans l'espace et le temps », comme disait Édouard Herriot pour annoncer les abandons baptisés compromis. Quand elle commence à penser organisation, structure, discipline de vote, voici Daladier et les jeunes Turcs qui en 1932 ouvrent la porte au Front populaire. Comme Mendès France plus tard, au Front républicain (1954). Mais c'est quand la *raison* prend son sens fort de *faculté supérieure de synthèse* que l'histoire est conçue comme synthèse en action réduisant progressivement les diversités naturelles — familiales, tribales, nationales et culturelles — à l'unité rationnelle du genre humain. Le socialisme démocratique ne cultive pas pour lui-même l'esprit de système que lui reprochent ses adversaires : il se contente de lire l'histoire des sociétés comme l'inexorable émergence de la raison dans le chaos : de l'organisé dans le spontané, du réfléchi dans l'instinctif, de l'un dans le divers, bref de l'ordre dans le désordre. L'esprit de système est dans l'objet. Les sujets s'y conforment par ricochet, sans plaisir et souvent à contrecœur.

La raison est d'abord la faculté de l'unité. Devient raisonnable l'histoire qui à l'intérieur des frontières substitue à l' « agrégat inconstitué de peuples désunis » la république « une et indivisible ». Et qui, à l'extérieur et dans la foulée, plie la liberté sauvage des États à une loi commune. « Ordonner l'Europe et le monde, à moins de se livrer encore au chaos et à la guerre » (Blum). Chaos, *donc* guerre : état de nature. L'état de droit instaurera la paix par l'ordre, et l'ordre par la loi — la même pour tous, qui subordonne le divers à l'Unité —, tendance rationnelle à la supranationalité conforme à l'aspiration morale. Pour conforter ou accélérer ce mouvement ascendant, il conviendra de convaincre les récalcitrants par une campagne inlassable d'explications, de programmes, de diffusion internationale des justes idées de la justice (congrès, résolutions, brochures, déclarations, etc.). Car nul n'est méchant volontairement.

Or les États ont des raisons que la raison ne connaît pas. Le socialisme est un rationalisme humilié : souffrance morale dont on ne voit pas la fin. Pour un homme de gauche dans l'opposition, la vie internationale effective relève du *scandale* : son rapport à la politique étrangère est donc fondé sur la « dénonciation », la « véhémente protestation », l' « indignation », etc. Parvenu aux affaires, le socialiste de conviction, tel Léon Blum entre l'Espagne et Munich, tanguera bon an mal an entre le « cœur déchiré » et le « lâche soulagement ». Quant aux succès, ils sont si peu ceux des principes ou du programme qu'ils appellent, face aux militants de base, force explications, voire des excuses. Un militant socialiste qui « arrive aux affaires » n'a-t-il le choix qu'entre humilier ses raisons ou résilier ses fonctions ?

Contingence oblige. À ne pas confondre avec les contingences. Bien entendu, on ne planifie pas les relations internationales, comme on peut subordonner un développement économique ou une allocation de ressources budgétaires à un plan, fût-il incitatif : chacun sait bien que sur ce terrain le hasard et l'aléa pulvérisent chaque jour des intentions et prévisions de la veille. Les relations entre États sont entachées de contingence d'une façon bien plus essentielle : à cause de la pluralité des centres de violence légitime. Cette *multiplicité* des acteurs internationaux, nécessairement irréductible à l'unité postulée (de la Loi suprême ou du Genre humain), a pour conséquence que nul ne peut rendre raison en droit des intérêts ou des mobiles de ces acteurs, tous particuliers, et qui ne se peuvent déduire d'aucune valeur universelle ni s'insérer dans aucun syllogisme, acceptable par tout être doué de raison. Est contingent ce qui ne peut se déduire d'aucune loi générale ; ce qui relève donc de l'expérience brute et non de la raison. Contingence d'abord géographique : le fait est que la France est un pays de cinquante-cinq millions d'habitants, sans pétrole, située au bout de l'Europe, adossée à l'Atlantique, sans défense naturelle à l'est. Cette *donnée,* aucun Français ne l'a choisie. Elle explique beaucoup de conduites ou de décisions, mais elle n'est pas elle-même explicable. De ce fait tout bête — bête comme le mont Blanc, *das ist,* c'est là — découlent des impératifs permanents mais qui n'ont rien de catégorique puisqu'ils ne sont pas inconditionnés mais conditionnés, pas universalisables mais particuliers [1]. Ces commandements que la raison ne se donne pas à elle-même, comme chez Kant, mais qu'une donnée naturelle dicte à la volonté politique, prédéterminent les choix les plus rigoureux, qu'ils soient de gauche ou de droite, d'aujourd'hui ou de demain. « Pourquoi me tuez-vous ? — Eh quoi ! ne demeurez-vous pas de l'autre côté de l'eau ? » : la belle raison que voilà n'a pas changé depuis Pascal. Gouverner c'est choisir ? J'ai choisi d'être socialiste, mais je n'ai pas choisi d'être né en France. J'ai voté pour tel ou tel, qui adoptera telle ou telle loi, mais je n'ai pas voté pour telle ou telle langue maternelle. Or le fait que je suis et parle français ne me permet pas de choisir n'importe quelle politique ni n'importe quel socialisme. La contingence n'est pas seulement celle des autres, à l'extérieur ; celle du nombre ou de la taille ; il y a cent cinquante-huit États aux Nations Unies, *il aurait pu* y en avoir deux fois moins, il *pourrait* y en avoir deux fois plus.

La contingence nationale me transit dans mon intimité, sans que je puisse y réchapper. Quand dans un congrès de l'Internationale un responsable du parti socialiste français avoue à un camarade étranger : « Si j'étais danois comme toi, je serais pacifiste ; mais je suis français, donc je défends la force de dissuasion nucléaire », il avoue que ce qui fait critère, dans les « prises de position » politiques, ce n'est ni leur rationalité objective ni la volonté morale de leur auteur mais la position dans l'espace de son groupe d'appartenance ; que la nature de mes choix ne dépend pas d'un choix ; bref, que la nature tout court détermine l'histoire des hommes ; ma finitude physique, ma loi morale ; et par ricochet — un malheur n'arrive jamais seul — que l'Internationale socialiste, ce mythe utile, ne peut être en dernière instance qu'une organisation de politesse ou un club de bonnes

1. L'impératif catégorique fondamental s'énonce ainsi : « Agis toujours d'après une maxime telle que tu puisses vouloir en même temps qu'elle devienne une loi universelle. »

manières. La nécessité de la contingence (soit la pérennité des oppositions d'intérêts et des inégalités de fait entre groupes territorialement organisés), c'est le destin. Mot tabou chez les humanistes. Mais le refus de tout destin est encore un destin.

On comprend mieux maintenant pourquoi le dire et le faire socialistes peuvent se gêner mais non se rencontrer : les plans ne sont pas sécants. Le socialisme démocratique parle selon la logique universaliste du droit mais agit selon la logique particulière du fait (intérêts économiques ou stratégiques, alliances, équilibres, sphères d'influence, etc.). Le programme est ouvert, l'exécution fermée : n'importe quel citoyen doué de raison peut discourir sur les relations internationales (et dire n'importe quoi) mais n'importe qui ne peut pas les pratiquer : sauf à représenter un sujet de droit international, en maîtrisant un État, qui donc vous maîtrise. Dilemme : le projet (socialiste) est sans sujet (l'État national). Le sujet (l'État) vient-il à s'assumer qu'il y perd son projet. Or, il n'y a ni symétrie ni homogénéité entre une logique universaliste du droit, logique d'opposition sans réalité, et une logique empirique de puissance, réalité d'État sans logique. La posologie (un peu de principes avec beaucoup d'intérêts nationaux ou l'inverse) ne fait pas une politique, celle-ci est un bloc, on en prend la charge ou non. Sur terre, pas d'accommodements avec le ciel. La piété rhétorique évoque les « infléchissements » du programme, « renversement » serait plus approprié. Qui tournait le dos au réel ne peut l'affronter qu'en faisant volte-face (où la morale n'est pas en cause). Les choix de gouvernement n'altèrent ni ne tempèrent le texte des programmes, ils sont *autre chose,* et le plus souvent, mais bien involontairement, le *contraire.* Conversion classique de l'ultrapacifisme à l'ultramilitarisme (Gustave Hervé par exemple, du « Drapeau dans le fumier » à « C'est Pétain qu'il nous faut ») ; de l'internationalisme lyrique au nationalisme autoritaire hier, comme avant-hier du mythe de la grève générale à celui de l'union sacrée ; du néo-socialisme au néo-fascisme (Déat,

Spinasse, Lagardelle) ; du marxisme orthodoxe au colonialisme orthodoxe (Mollet).

1. *Fédéralisme.*

Si la raison classique est un vide unificateur, on comprend que le *fédéralisme* représente une constante commune, par-delà Proudhon, à tous les courants de pensée socialistes. En tant que modèle constitutionnel, la solution fédérale, optimum d'harmonie, désigne un certain type d'État mais aussi de rapports entre les États. On retrouve ici la loi du raisonnement analogique. Ce qui est possible pour les communautés à l'intérieur d'un État fédéral doit l'être *a fortiori,* et le sera un jour, pour les États nationaux à l'intérieur de l'État mondial : la solidarité dans et par la hiérarchisation des compétences. Dès lors que la guerre est imputée au dogme de la souveraineté nationale, et telle fut la leçon tirée par les socialistes du fiasco d'une Société des Nations purement confédérale, encore trop prisonnière du vieux monde, celui du principe national, l'idée fédéraliste dérive logiquement de l'idée de paix. Seul un monde qui aura surmonté la division en États nationaux, en passant de la simple *coopération* internationale à l'*organisation* fédérale, pourra connaître un véritable « dépassement des conflits » par la transformation des rapports de force en rapports de droit. Le fédéralisme n'est pas seulement une technique juridique relevant du droit constitutionnel ; c'est une disposition d'esprit dépendant d'un système de valeurs. Dans le règne de la raison, tout procès d'*agrégation* est positif, car producteur d'ordre, et tout procès de *ségrégation* négatif, car producteur de désordre. Le socialisme n'admet dans son panthéon que les fédéralismes d'association — étapes sur la route qui mène à la République mondiale comme « fédération d'États libres » —, et non ceux de dissociation, étapes menant de l'empire unitaire à la formation d'États indépendants. Encore ces derniers seront-ils d'autant mieux acceptés qu'ils peuvent se confondre avec les premiers. Ainsi, en France, des socialistes virent-ils avec faveur dans la Constitution de 1946 l'avènement de l'Union française, construction de type confédéral. Ils en accentuèrent sagement l'évolution en accordant l'autonomie interne aux territoires d'outre-mer (loi-cadre de 1956), et l'instauration de la « Communauté », avec la Constitution de 1958, ne fit pas peu, à l'époque, pour leur ralliement à la Ve République.

La Raison ne supprime pas les diversités empiriques; le fédéralisme non plus. Il subordonne les collectivités composantes, respectées dans leurs compétences propres (loi d'autonomie), à la collectivité fédérale globale (loi de superposition). Seule cette dernière est régie par le droit international : l'État fédéral détenteur unique de la souveraineté est seul responsable devant la communauté internationale. De même, les États membres de la république mondiale de demain n'auront-ils qu'une compétence internationale limitée : dans la fédération des provinces européennes, la France garderait peut-être, à l'instar du Québec d'aujourd'hui, un droit de légation mais aura renoncé au droit de guerre. La paix internationale, au sens fort (celui qu'a la « paix perpétuelle » chez Kant), est à ce prix. L'astuce, et la force, des propositions fédéralistes viennent de leur ambiguïté constitutive. Elles sont à double entrée. Elles reconnaissent dans son principe la valeur de l'indépendance nationale tout en la subordonnant, dans les faits, à l'équilibre international, clef de la sécurité collective, valeur suprême impliquant une limitation des souverainetés. L'indépendance devient alors *autonomie,* celle de la partie dans le tout. Il en irait de la nation comme de l'individu dans la société, dont la liberté s'exerce dans le cadre de la loi commune. On comprend pourquoi l'appétence fédérale est à son plus fort au lendemain des grandes guerres mondiales, qui apporte à chacun la preuve que la division égale la mort. Les guerres de la Révolution et de l'Empire inspirent directement Saint-Simon et Proudhon. Plus près de nous, le « mouvement Pan-Europe » de Coudenhove-Kalergi prend corps en 1922, comme le « Comité de coordination des mouvements pour l'unité européenne » (qui prit l'initiative du premier Congrès de l'Europe en 1948). Les années vingt (Herriot,

Briand, Streseman) comme les années cinquante (Monnet, Schuman, Adenauer) furent les périodes fastes de l'idée fédérale, pour les mêmes raisons. Légitime réflexe d'après-guerre, le projet fédéraliste ne semble pas résister à l'épreuve du temps (autre nom de la réalité). Mais ce moment de bonheur rationaliste ponctue utilement le cycle du sourire et des larmes.

TRADUCTIONS DIPLOMATIQUES :

● *La priorité européenne.* Les socialistes sont des Européens de cœur, de tradition, et de raison. Tradition historique : Saint-Simon et son opuscule de 1814, *De la réorganisation de la société européenne,* Victor Hugo et ses *États-Unis d'Europe* (1849), Proudhon et son *Du principe fédératif* (1862). Tradition politique : avant Blum, après Herriot (qui dès 1925 exaltait à la tribune de l'Assemblée l'Europe unie), Aristide Briand présente en 1929 à la Société des Nations un projet d'Union européenne (« une sorte de lien fédéral »), développé dans un *Mémorandum sur l'organisation d'un régime d'union fédérale européenne* (rédigé par Alexis Léger). François Mitterrand, qui devait devenir l'ami de Saint-John Perse, assista au Congrès de La Haye en 1948, et choisit en 1981 un commissaire européen pour ministre des Relations extérieures. Entre les deux lectures du traité de Rome — la Communauté comme association classique d'États souverains ou bien comme construction fédérale en gestation —, le socialisme choisit en fait, et en droit au nom de l'Europe des travailleurs, la deuxième. À chaque croisée des chemins les socialistes comme parti (un moment divisés sur la C.E.D.) ont emprunté la voie de l'approfondissement communautaire, supposée conduire à l'intégration (élection du « Parlement européen » au suffrage universel) avant de suggérer, au gouvernement, une « relance » contre vents et marées. Visite symbolique du président Mitterrand au Conseil de l'Europe. « Espace social » européen. Interprétation généreuse de l' « arrangement » de Luxembourg (1966). Fin du boycott de la Cour de justice.

Maintien dans le S.M.E. Réactivation de l'Union de l'Europe Occidentale (U.E.O.).

● *La préférence multilatérale.* L'approche bilatérale, qui aura la préférence des sensibilités nationalistes, apparaîtra au socialiste à la fois étriquée et inefficace. D'où la réhabilitation des mécanismes d'aide multilatérale au développement, l'insistance mise sur les organisations internationales de toute sorte, depuis les Nations Unies, cadre idéal des « négociations globales » Nord-Sud, jusqu'aux institutions spécialisées, cadre idéal d'accords multilatéraux limités (Banque mondiale, F.M.I., B.I.R.D., etc.). La prédilection pour la forme « conférence », l'équivalent international de la forme « colloque », la plus accueillante au talent oratoire mais aussi à la simple déclaration de principes, ne va pas sans dangers, la prolifération des organisations internationales n'étant que l'autre face d'une entropie accélérée (toujours plus de forums internationaux qui signifient toujours moins). Parler peut dispenser d'agir — ou faire prendre un discours pour une décision, ce qui peut être un avantage. La morale du forum, le lieu par excellence de la moralité internationale, a néanmoins un effet pervers : la démoralisation, dans la mesure où trop de résolutions et déclarations s'avérant sans effet contraignant se dénoncent elles-mêmes comme faux-semblants. Plus profondément, la morale du « forum le plus large » place une diplomatie devant cette aporie : la démocratie assigne les débats de fond aux assemblées les plus universelles possibles car on ne peut pas confier le sort du monde à un club choisi de puissances cooptées ; mais l'universalité (ou l'extension) de ces assemblées contraint à des débats de pure forme, interdisant la prise de décision. Il n'est pas sûr que la recherche de forums moyens ou régionaux puisse résoudre la contradiction.

● Une *méfiance instinctive* envers les mouvements d'indépendance de caractère *séparatiste* ou sécessionniste. Autant la décentralisation, administrative et politique, d'un État unitaire rapproche, au plan intérieur, de l'idéal fédéral, autant la dislocation d'un État fédéral existant, à l'extérieur, apparaît comme intrinsèquement réactionnaire. Le « Vive le Québec libre » du général de Gaulle illustrerait bien, en ce sens, le comble de la déraison nationale. Encourager le particulier à s'assumer comme singulier, dans une perspective qui fait du « particularisme » un archaïsme à la fois nocif (pour l'ordre de la loi) et non viable (comme entité indépendante), c'est un non-sens de principe qui prend l'histoire à rebours. Un soutien de type gaulliste à la cause québécoise, comme à la sécession manquée du Biafra, ou à celle, plus réussie, du Pakistan oriental (Malraux et son projet de Brigades internationales), heurte le sens de l'histoire socialiste.

L'approche multilatérale n'exclut pas les questions militaires internationales. C'est à juste titre, par exemple, que notre gouvernement a demandé que fussent placées sous l'égide des Nations Unies les forces dites d'interposition (U.S.A., France, Italie) au Liban (juillet 1982). La justesse diplomatique de la condition posée avait pour contrepartie évidente de limiter d'emblée la portée de l'initiative : simple moment d'une action humanitaire complexe, et non continuation d'une politique par d'autres moyens.

On peut plus généralement s'interroger sur l'expression convenue de « force multinationale » — l'équivalent opérationnel de la grand-mère à deux roues. Une force des Nations Unies peut porter témoignage, symboliser une présence, consacrer un accord déjà conclu par ailleurs. Elle ne peut résister à une force contraire, c'est-à-dire qu'elle n'est pas elle-même une force (si les mots ont un sens). Des casques bleus, l'acier se perd dans l'azur. Les « forces de maintien de la paix » ne servent qu'à la condition que personne ne veuille faire la guerre, la solution suppose le problème résolu. La *Force multinationale du Sinaï* (avril 1982), comme la *Force chargée du maintien de la paix à Chypre* (depuis mars 1964), séparent des combattants, pour le temps qu'ils ont décidé de ne plus combattre, ou d'évacuer un territoire conquis. En contre-preuve, la *Force intérimaire des N.U. au Liban* (F.I.N.U.L.), mandatée par le Conseil de sécurité en février 1982 (résolution 501), destinée à séparer les belligérants, n'a pu retarder d'un quart d'heure, malgré ses sept mille hommes, l'avance des colonnes blindées israéliennes vers Beyrouth (juin 1982). Sauf accident du travail, et quels que soient le contenu du mandat, les effectifs, le commandement et la qualité des hommes, on ne meurt pas pour les Nations Unies. Les « forces » d'une organisation sans force propre ne peuvent être que postiches ou potiches : camouflage ou bien accessoire, Congo ou Sud-Liban, Corée ou Chypre, pas de troisième terme. Implacable logique. Pas d'État, pas de souveraineté, pas de responsabilité. Et donc pas de résolution (au singulier). On n'engage le combat que pour sa patrie : le Fidjien mourra sans doute pour Fidji, comme le Finlandais l'a déjà fait et le refera pour la Finlande, comme le Nigérian, etc. Mais le mixage annule au lieu d'additionner.

On se souvient du projet de Force nucléaire multilatérale, échafaudée par les États-Unis en 1962, pour contrôler et absorber la toute nouvelle force de dissuasion française. Il s'agissait d'embarquer sur des navires de surface aux équipages multinationaux des missiles nucléaires prêtés par les U.S.A. à la France et à la Grande-Bretagne, la décision d'emploi revenant, bien sûr, par le système de la double clef, à la seule Maison-Blanche. Ce projet obnubila pendant deux ans (1962-1964) les diplomaties européennes et américaine, sauf la française, qui déclina d'emblée, sans discussions, concertations ni comités d'étude, l'invraisemblable proposition.

2. *Juridisme.*

Si la raison classique est par essence législatrice, puisqu'elle obéit aux lois qu'elle s'est elle-même fixées, on comprend que le socialisme ait l'esprit juridique. Montesquieu : « La loi, en général, est la raison humaine en tant qu'elle gouverne tous les peuples de la terre. » La terre de la raison, qui se sera unifiée sous et par un Tribunal, s'anticipe dans un présent où les dirigeants politiques sont le plus souvent des hommes de loi : aux maîtres du barreau, logiquement les meilleurs à la tribune des républiques parlementaires, de conduire, avec les professeurs de droit constitutionnel et les conseillers d'État, le Parti et, le cas échéant, le gouvernement. L'institution judiciaire est l'enfant chéri des champions de la justice, et le Conseil constitutionnel, gardien de la loi fondamentale, le maréchalat des vétérans. Chacun le sait : l'État de droit n'a pas de meilleur garant que les héritiers de Léon Blum, « l'homme qui s'interdit, sa vie durant, toute infraction aux lois » (Colette Audry). Ainsi que l'a montré en France l'abolition en quelques mois de gouvernement de la peine de mort, des juridictions d'exception, de la loi « sécurité et liberté », des extraditions de caractère politique, le respect scrupuleux du droit d'asile, la révision des procédures d'expulsion, etc., la France « socialiste » peut à juste titre se présenter comme à l'avant-garde des droits de l'homme en Europe. Et quand le chef de l'État entend rendre irréversible l'abolition de la peine de mort, ce n'est pas un hasard qu'il choisisse pour verrou la signature d'un protocole additionnel à la Convention européenne des droits de l'homme, qui n'admet aucune dérogation, même en cas de « danger public menaçant la vie de la nation » (28 avril 1983). Ayant valeur de traité, ce protocole du Conseil de l'Europe l'emporte sur toutes les autres sources de droit interne, la Constitution et les lois. C'est bien là un « choix de principe » : celui de limiter volontairement une prérogative de souveraineté à la norme impérative du droit international.

Tout se tient en effet : la paix, l'Europe et le droit. Une organisation à vocation fédérale ne fonctionne que par la subordination librement acceptée à la loi commune, et à quelle condition la paix peut-elle régner entre les nations sinon par leur commune soumission à une ordre international raisonnable ? Le primat de la Constitution sur le pouvoir exécutif est un postulat du fédéralisme, comme on le voit aux États-Unis, et il est logique que le premier État fédéral de l'histoire, les États-Unis d'Amérique, où il n'existe pas de ministère de l'Intérieur (ni de l'Éducation), ait instauré le jugement constitutionnel des tribunaux et la suprématie de la

Cour suprême. « Le gouvernement des juges » explique en partie la fascination exercée par l'Amérique du Nord sur le socialisme français, et plus largement européen. La Cour de justice des Communautés européennes n'a pas le lustre ni les compétences de la Cour suprême; mais l'Europe des juristes est déjà une réalité et celle des travailleurs, encore une espérance.

Tout se tient en aval car tout est tenu par l'amont. Rejetons des lumières, les socialistes, rappelons-le, sont les petits cousins du *droit naturel*, selon lequel c'est une convention juridique qui assure le passage, à l'aube des temps, du néant de société à la société réelle. Le *contrat* social crée le lien d'association entre les hommes; l'institution politique, instaurée par l'artifice d'un pacte originaire, est donc une œuvre de l'esprit ou de l'art humain. Le juridisme est un optimisme : rien n'est impossible, tout est affaire d'institution. Pas de violences qu'un bon Code (civil ou de conduite) ne puisse prévoir ou apaiser. Le socialisme est bien un humanisme théorique : les hommes, par le droit, deviennent les auteurs de leur histoire sociale. Comme les rapports sociaux, les rapports internationaux sont régis par des règles juridiques. Ces règles de droit, outre les conventions, traités et coutumes, reposent sur des *principes* — égalité des États, non-intervention ou coexistence pacifique, respect des indépendances nationales — qui tous interdisent le recours à la force comme mode de règlement des litiges internationaux sauf sanctions appropriées ou cas de légitime défense. Relève du juridisme cette forme de pensée qui explique la violence, viol de la loi, par une infraction au droit, et conçoit la paix comme le résultat d'obligations accrues, établies par une autorité souveraine, au bout du chemin qui mène du coercitif au consensuel. Faites de bonnes lois (internationales), et vous aurez une bonne société (interétatique). Ainsi le pacte Briand-Kellogg condamne-t-il le recours à la guerre « en tant qu'instrument de politique internationale »; ainsi la Charte de l'O.N.U. dans son article 2, § 4 prohibe le recours à la menace ou à l'emploi de la force. L'équivoque du concept de loi fait le jeu de cet optimisme. Tous les êtres obéissent à des lois — les pommes qui tombent, les hommes qui rêvent, les nations qui s'entre-tuent, et même les législateurs qui légifèrent — mais la loi scientifique, rapport constant entre deux séries de phénomènes, n'est pas la loi morale ni celle, amendable, du Parlement. De ce qu'ici nécessité fasse loi ne s'ensuit pas l'inverse là. Le politique se propose des fins, le savant constate des faits. Quand je dis : « il faut », cet impératif n'est pas un indicatif d'anticipation : la tradition socialiste consiste à halluciner la fin proposée en fait annoncé — l'espérance conjuguant l'optatif au futur. L'idéalisme ne conclut-il pas de la pensée à l'être ? Le moralisme, lui, prend le devoir-être pour un être actuel. Le juridisme, l'énoncé de la loi pour ses conditions d'application. Et le socialisme, parfois, des formes pour des forces. Par exemple, quand il fétichise des entités morales passives telles que la « conscience universelle » ou le « droit international » en causalité active (ou à défaut, en facteurs déterminants) des processus politiques.

Le malheur du Juste, c'est que l'universalité morale siège au fond de tout un chacun ; et donc de ses adversaires aussi. Les patrons y ont droit autant que les salariés. La conscience universelle, qui par définition fait fi des oppositions d'intérêts et des antagonismes de classe, chaque individu l'a tout entière et tous en ont leur part. Le socialisme démocratique est curieusement un individualisme dans la mesure même où c'est un moralisme (ce qui définit un style de travail quotidien chez les responsables aussi bien qu'un rapport vécu au monde extérieur). Ce moralisme intime a un effet pervers : il livre pieds et poings liés ses victimes, militants et dirigeants, au chantage moral de cette partie de la société qui a les moyens de faire passer ses propres jugements de valeur, très peu socialistes, pour la conscience publique elle-même : car si la conscience morale, dans le silence des cœurs simples, se distribue équitablement entre tous, il est notoire qu'elle penche publiquement du côté des maîtres du papier, des ondes et des dîners en ville. « La soumission aux normes de l'adversaire, le besoin de se faire reconnaître de lui et de conquérir malgré lui son estime, dont mourut Salengro et que l'on retrouve si fort chez Léon

Blum, ne sont pas autre chose qu'un aspect de leur foi en la morale universelle, laquelle comporte nécessairement l'existence d'un tribunal universel et universellement valable qui siégerait dans le for intérieur de tout être humain quel qu'il soit. Le suicide de Salengro et la réaction de ses amis traduisent à leur façon une faiblesse profonde du parti socialiste tout entier, à savoir la dépendance intérieure de ses adhérents à l'égard de l'opinion générale, qui est une forme d'intégration à la société existante[1]. » Un révolutionnaire dénie à ses ennemis le droit de le juger. Mais la presse quotidienne a le droit de déposer chaque matin aux pieds des socialistes sa gerbe de calomnies légitimes et de dénigrements démocratiques — donc intériorisables. Se voir par les yeux de ses ennemis, penser avec leurs mots, faire siens leurs critères de légitimité — bref, s'excuser à tout instant d'être soi-même —, cette peur de faire peur n'a pas vieilli. Elle procède moins, chez la gauche au pouvoir, d'une timidité psychologique que d'une très noble abnégation morale. Ce vice est l'effet d'une vertu.

Reprenons la très belle plaidoirie de Luna-Park où Léon Blum, le 6 septembre 1936, devant quarante mille militants qui l'accueillent au cri « Des canons, des munitions pour l'Espagne », explique pourquoi « le seul moyen de salut », face à la rébellion franquiste et à l'internationale fasciste, consiste en la signature d'une « convention internationale » par les puissances européennes qui s'obligeront ainsi, par contrat, à ne pas livrer d'armes aux belligérants. Alors que partout en Europe, depuis 1933, le camarade Mauser a la parole, Blum fait aux militants un cours de droit — et de morale — international. Sans doute les mobiles de la décision d'abstention gouvernementale étaient-ils de nature politique : crainte de mécontenter, au-dehors, l'Angleterre conservatrice, hostile à la République rouge de Madrid — alors que l'amitié avec la plus puissante démocratie européenne, dont la neutralité financière importait au maintien du franc, est le pilier de

1. Colette Audry, *Léon Blum ou la Politique du Juste,* Paris, Julliard, 1955, p. 136.

la politique étrangère française [1] ; crainte de heurter, au-dedans, Daladier et Paul Faure, les radicaux et l'aile droite, pacifiste, du parti, effrayés par une furieuse campagne de la presse dominante — « cette presse partiale jusqu'au crime et jusqu'à la trahison, faisant passer par-dessus tout certain esprit personnel de représailles ou certain égoïsme collectif de classe » [2]. Face aux appels au secours de l'Espagne étranglée, c'est la sourde peur de la guerre (« éviter des complications internationales », « écarter de l'Europe le danger d'une conflagration générale ») qui s'habille alors en question de droit public, à laquelle devaient être finalement sacrifiés, malgré une tardive et modeste aide clandestine, bonne conscience oblige, l'intérêt national français (éviter l'encerclement aux frontières) comme celui des ouvriers européens (affaiblir le front du fascisme international). N'appelons pas « idéaliste » la position de Blum : c'est un réalisme inexact, qui prête une force contraignante à un traité, tient pour réel ce qui ne l'est pas, et pour accordé que « la garantie peut-être la plus solide de la sécurité matérielle (le peuple français) la trouvera dans ces engagements internationaux, dans l'organisation internationale de l'assistance et du désarmement » [3]. Car l'exposé ici ne se veut pas élégie mais calcul. Léon Blum ne se plaint pas, il raisonne : impossible, dit-il, d'assister la République sans que d'autres assistent les rebelles. Cette escalade a toutes les chances de tourner à l'avantage des fascistes. Sans doute le gouvernement légal de Madrid, issu du suffrage universel, a-t-il seul le droit de recevoir des armes de gouvernements étrangers ; mais en ce cas la junte rebelle de Burgos serait à son tour reconnue par l'Allemagne et l'Italie, qui

1. Près d'un demi-siècle après, tandis que « l'Alliance atlantique est la base de notre politique étrangère » (Cheysson) et que la plus puissante démocratie du monde, hostile à la République rouge du Nicaragua, dissuade par tous les moyens son meilleur allié de répondre aux appels au secours de Managua, qui osera prétendre que l'histoire se répète et que le deuxième tour est à la comédie ? Il y a eu incontestablement progrès.

2. Léon Blum, *Le Socialisme démocratique* (Denoël/Gonthier, 1972), La guerre d'Espagne et le dilemme de la non-intervention, p. 91.

3. *Op. cit.*, p. 101.

pourraient alors lui livrer officiellement du matériel en grande quantité. « La solution, ce qui permettrait peut-être à la fois d'assurer le salut de l'Espagne et le salut de la paix, c'est la conclusion d'une convention internationale par laquelle toutes les puissances s'engageraient, non pas à la neutralité, ce mot n'a rien à faire en l'espèce, mais à l'abstention en ce qui concerne les livraisons d'armes [1]. » À qui de commencer ? À nous : douloureuse mais exemplaire abnégation. Aussi avons-nous « en Conseil des ministres décidé de suspendre les autorisations d'exportation au profit du gouvernement régulier d'une nation amie (...) Nous l'avons fait en espérant par cet exemple *piquer d'honneur les autres puissances* et préparer ainsi la conclusion très rapide de cette convention générale qui nous paraissait le seul moyen de salut » [2]. Hitler et Mussolini oublièrent de relever le gant mais le légalisme du sacrifice, par la voie du chevaleresque, atteignait au sublime gandhien. Ce n'est pas un hasard si le procès de Riom, quelques années plus tard, marque le couronnement de la carrière morale de Léon Blum. « Nul n'est plus fort qu'un Juste persécuté. Nul n'est mieux à sa place », écrit Colette Audry. Quel meilleur théâtre pour la Passion d'un apôtre du droit qu'une salle d'audience ?

Le juridisme des hommes de cœur et de loi ne peut qu'être torturé : dans la société internationale, le cœur est toujours à gauche, mais la loi souvent à droite. Le droit y est conservateur par définition puisqu'il entérine un *statu quo*, légitime une supériorité de fait, perpétue une inégalité. On ne voit pas des vaincus faire la loi ; ni les exploités, ni les colonisés, ni les sous-développés. Le droit international public, histoire et civilisation obligent, est de facture européenne ; la superstition du droit est aussi une forme élégante d'européocentrisme. Au siècle dernier, du Japon d'avant Meiji au Panama, de la Chine au Sahara, l'Ouest colonial a posé tout autour de la planète un filet serré de *traités inégaux*, sources de droit mais symboles d'injustice dont chaque maille qui saute, au

1. *Op. cit.*, p. 95.
2. *Ibid.*

xxe, fait guerre ou crise. Exemple : Suez. En 1854, Lesseps, ingénieur français, avait obtenu de Saïd pacha la concession en privilège exclusif de cette bande de terre allant de Suez à Tineh. C'est la convention touchant la Compagnie universelle du canal de Suez, signée en 1869, que Nasser viola en nationalisant le canal en juillet 1956. Et c'est au nom de la défense du droit international que le gouvernement socialiste de l'époque décida le débarquement franco-britannique à Port-Saïd (« nous avons agi guidés par un réflexe antimunichois »). Quand, juriste ou parachutiste, on invoque le respect des traités, ne nomme-t-on pas empire du droit le droit des empires ? Le nationalisme des pays dominés a en commun avec celui des pays dominants de violer la légalité établie par des coups de force : les identifier pour autant et prendre Nasser pour Hitler, c'est à peu près confondre l'incendie du Reichstag avec la prise de la Bastille.

La prééminence du droit est la fille de la Révolution, mais certainement pas sa mère. La violence accoucheuse de l'histoire l'est aussi, historiquement, des « droits de l'homme et du citoyen ». Par nécessité, une révolution est un acte illégal. D'où le conflit socialiste des facultés, et l'intime déchirure, entre le besoin de légalité et celui de reconnaître comme légitime le recours à la violence des opprimés. Les révolutions, il faut à la fois les condamner et les comprendre, saluer leur avènement et souhaiter leur fin, leur faire entendre raison et se mettre à leur écoute. Un demi-siècle après le remords espagnol, « tiers-mondisme » et « juridisme » jouent encore à cache-cache dans les consciences militantes. Sympathie et méfiance font un alliage souvent paralysant, authentifié par l'écroulement du mythe soviétique et les despotismes pseudo-révolutionnaires issus de la décolonisation. Le « oui mais » aux révolutions glisse alors vers un « non » poli et gêné.

Le droit des peuples est particulier, le droit des gens universel. Le premier engendre des États, le second protège les individus. Les libertés individuelles ont tant souffert des libérations nationales qu'on comprend comment le droit des gens a pu se transformer, dans la sensibilité occidentale, dont le socialisme démocratique est autant tributaire que champion, en une sorte de tribunal permanent faisant comparaître devant lui, en suspects et non en témoins, les processus révolutionnaires qui ont le malheur de survenir un siècle après que l'Europe a clos, pour son compte, l' « ère des révolutions ». D'après ses canons actuels, l'Internationale socialiste rappellerait sévèrement à l'ordre la Révolution française, sans attendre 1793, dès 1791, au nom des droits de l'homme. Ne parlons pas, *horresco referens,* de la Commune de Paris : le massacre des otages aurait d'emblée débouté les plaideurs. On appelle « *jus cogens* » une disposition fort curieuse du droit international, introduite en 1969 par l'article 53 de la Convention de Vienne, selon laquelle « est nul tout traité qui, au moment de sa conclusion, est en conflit avec une norme impérative du droit international général » [1]. On dira par analogie qu'un mouvement révolutionnaire ou populaire délie du devoir de solidarité internationale dès lors qu'il entre en conflit avec une norme reconnue du droit des gens [2].

TRADUCTIONS DIPLOMATIQUES :

● *Une politique du « dire le droit »*, donnant à ses agents une fonction essentiellement tribunitienne. À la France, donc, le tribunal de la plèbe mondiale. Une diplomatie socialiste se fera l'avocat, au Nord, des revendications légitimes du Sud, dans les « enceintes internationales ». Mais ces dernières n'étant pas des tribunaux, sans compétence pour décider, la parole des messages, appels et plaidoyers s'expose à l'usure, tandis que la pratique obligée des énoncés déclaratifs et non performatifs peut restreindre l'activité

1. Est impérative, selon l'article 64 de la même Convention, « une norme acceptée et reconnue par la Communauté internationale des États dans son ensemble en tant que norme à laquelle aucune dérogation n'est permise ».

2. Si l'on pense par exemple au cas de prise en otage d'un personnel d'ambassade (tolérée ou encouragée par Téhéran en 1979) et que l'immunité physique, sinon juridictionnelle, des agents diplomatiques est une norme impérative du droit international général, qui fait corps avec le droit des gens et la naissance de la civilisation, on comprend le soutien du parti socialiste français à la tentative américaine de libération *manu militari* des otages.

diplomatique à un art oratoire, où les adversaires verront bientôt alibi et faux-semblant. Les « résolutions » qu'on suscite dans la communauté internationale, entité sans signification précise, moyennant participation à d'innombrables conférences où les principes sont à l'honneur (alignement par ordre alphabétique des États en vertu de leur égalité de droit, par exemple), s'apparentent à celles votées par l'Assemblée générale à l'O.N.U. : on adjure, déplore, exhorte, condamne, prie, exige, etc. Centriste, intermédiaire entre l'être et le faire, le dire a ses vertus propres, méritoires. Plus honorable qu'une intention muette, moins périlleuse qu'un acte nu, une déclaration d'intentions peut parfois tirer à conséquence. Les socialistes le savent bien : le régime linguistique de l'exhortation et de la persuasion, qui fait avantageusement contrepoint à celui de la sommation et de l'ukase, doit accompagner toute politique, sans pouvoir en tenir lieu.

● *Le strict respect des obligations internationales antérieurement souscrites.* « Nous sommes liés par ce qui a été fait. » « La signature de la France est sacrée. » Le scrupule de la parole donnée (y compris par d'autres, adversaires politiques inclus) caractérise une diplomatie du contrat, qui se doit de « réassurer » traités, pactes et conventions. On imagine mal un démocrate socialiste procéder à la dénonciation et abrogation unilatérales d'un traité international, en arguant par exemple de la clause « *rebus sic stantibus* ». Un traité caduc devra s'éteindre de lui-même : on peut demander sa révision, mais s'en retirer serait violer le droit (décidément conservateur, par la nature des traités). (Le retrait unilatéral de la France à l'O.T.A.N., en 1966, fut censuré par le S.F.I.O. de l'époque comme un acte non seulement insensé par son contenu mais formellement arbitraire par la procédure employée. En revanche, le soutien à la Grande-Bretagne dans la crise des Malouines était inscrit dans le droit des traités et la rupture unilatérale, par la partie argentine, des négociations en cours.) D'où, dans le domaine commercial, certains dilemmes qui n'opposent pas le droit à l'intérêt, mais un impératif de droit à un autre : d'un côté, il faut moraliser les ventes d'armements ; de l'autre, honorer la signature de la France. La dérogation à la règle est permise dans certains cas symboliques (Chili, Afrique du Sud).

3. *Pacifisme.*

Si violence et passion font la paire, si la guerre nous dit l'absurdité et l'arbitraire du monde, raison sera synonyme de paix; et la paix la raison d'être du socialisme. Antimilitariste de tradition (du moins, en France, depuis 1851), le démocrate socialiste cultive un pacifisme rationnel dans ses principes mais raisonnable dans ses méthodes. Le quaker qui refuse le service militaire, n'admet aucune forme de guerre, même défensive, et prône la non-résistance y compris en cas de légitime défense, relève de l'histoire des religions, non de l'histoire politique. Il est au militant de la paix ce que saint François d'Assise est à Marc Sangnier, le fondateur du *Sillon,* le catholique auteur du « pacifisme d'action » qui préférait, à la pureté des sanctuaires, la purification du canton. Soucieux des résultats de son action mais fort des postulats de sa pensée, le socialiste de raison ne pose pas la paix comme une fin abstraite et inconditionnée. S'il sait se contenter dans son action immédiate d'une paix d'équilibre, précaire et contingente, comme toutes, il croit savoir qu'une autre paix est possible, fondée sur l'*impossibilité de la guerre,* donc proprement nécessaire et « perpétuelle ». L'homme politique travaillera à la première comme à un pis-aller, sans renoncer à la deuxième, comme sa fin ultime. En attendant le règne des fins, la guerre devra être traitée comme une maladie de l'humanité et soignée avec les moyens du bord (tel Roosevelt en 1937 lorsqu'il parlait d'imposer une quarantaine aux États agresseurs). Mieux vaut prévenir que guérir? Le socialiste guérit, le socialisme prévient.

Pour que la paix un jour devienne l'*état du monde,* il faut y voir d'abord une *tâche* à effectuer et un *principe* à observer. Le principe de conduite exige la condamnation du recours à la force; l'objectif pratique, la construction d'un monde où ce recours devienne sans objet. Les deux ensemble font une longue patience. Le socialisme est une éthique élevée, non déchue, à la hauteur d'une politique.

Issu comme corps de doctrine, au fil du siècle de la paix (1814-1914), d'une longue inexpérience de la guerre internationale et pour en *dogmatiser la fin*; institué en mouvement ouvrier européen (1883-1914) à l'ombre d'une menace de guerre européenne, pour en *exorciser le spectre*; restauré mais derechef scindé en partis politiques après la Première Guerre mondiale (le Congrès de Tours, 1920, se décide aux cris poussés en commun de « à bas la guerre »), pour en *conjurer le retour* — le socialisme a fait de la guerre son repoussoir absolu, et de la révolte contre la guerre son creuset de sentiment et de recrutement. La peur de la guerre a pu amener des électeurs au socialisme ; mais la hantise, l'horreur, la haine y ont conduit les militants, anciens combattants de la « der des der » pour la plupart. Quant aux dirigeants et « auteurs intellectuels », dénégation d'abord, réprobation ensuite, désolation enfin : tout aura été tenté pour ne pas comprendre la chose elle-même, en esquiver l'intelligence. Le refus de la guerre est la *matrice* historique du mouvement et des doctrines socialistes. On comprend dès lors leur répugnance à considérer les rapports entre États dans leur triviale crudité, si c'est la guerre qui sert de *matrice* aux relations internationales. La guerre comme actualité donne son moule à chaque état historique du système international — par le biais du traité de paix ou de l'accord (Versailles ou Yalta) qui formalisent et cristallisent la dernière décision des armes. La guerre comme potentialité donne à chaque moment de la vie internationale son horizon et son intensité propres. À ce double titre, la guerre ponctue la chronologie et caractérise la logique de la relation internationale. Qui lui refuse son esprit se refuse au temps et au monde.

Y penser toujours, la penser, jamais. Conjurer n'est pas empêcher, dénoncer n'est pas expliquer. « Plus jamais ça. » Hélas, ça revient, encore et partout. Cent quarante conflits militaires depuis la fin de la Seconde Guerre mondiale, en période de paix officielle. Problème. Qui trouvera le pourquoi du phénomène saura par quel bout le prendre, et en viendra à bout. L'examen des causes de la guerre, dans la tradition libérale, puis socialiste, n'est jamais séparable de la proposition de paix. L'étiologie ne précède pas la thérapeutique, elle la suit comme son ombre. Réflexe magique : le médecin de la guerre se propose d'abord en prophète de la paix. Expulsez le mauvais objet que je vous dis et vous serez délivrés du fléau. Quiconque souffre, faute de mieux, s'en remet au sorcier.

Telle prescription, telle maladie. Défilé des mauvais objets successifs, du XVIIIe au XXe , avec, en vis-à-vis, les promesses non tenues : la paix par la vertu, la diffusion des Lumières, le droit, le progrès industriel, le marché libre, la révolution prolétarienne, les étoiles. La guerre est le fruit de l'ambition des princes (Condorcet, abbé Grégoire, Emmanuel Kant) : bâtissez des républiques et vous aurez la paix (décret du 22 mai 1790 : « La nation française renonce à entreprendre aucune guerre dans la vue de faire des conquêtes »). C'est le fruit de l'ignorance et des progrès : expulsez les jésuites et ouvrez des écoles, instituts et universités. De l'égoïsme sacré et des excès du nationalisme : faites des fédérations, des conventions internationales et des instances d'arbitrage. De l'âge métaphysique, agraire et militaire : enrichissez-vous, construisez des usines et abaissez des tarifs douaniers (Benjamin Constant, Auguste Comte, Proudhon, Littré). Non, la guerre provient de la diplomatie secrète (Wilson) : la S.D.N. est la solution; des restrictions apportées à la liberté des échanges (Roosevelt) : méfiez-vous du protectionnisme. Non, des sociétés de classes et du capitalisme : faites la révolution, renversez la bourgeoisie (Marx, Lénine, Trotski). De la « destruction mutuelle assurée », faute d'un bouclier anti-missiles (Reagan) : votez les crédits et faites confiance aux ingénieurs. Peu importe ici l'objet de l'engouement, relevons la permanence du dispositif : dans la pharmacopée utopique, le remède se révèle chaque fois poison — selon l'étymologie du *pharmacos*. La solution supposée du problème le relance au cran supérieur. De même que les religions d'amour avaient engendré les guerres de religion, sans supprimer les anciennes, les révolutions démocratiques ont démocratisé la guerre des princes, l'essor de l'industrie l'a industrialisée, les progrès techniques l'ont rendue technologique, et la conquête de l'espace, spatiale. Tautologie automatique. Le dernier cri du moment — laser ou microprocesseur — vient prendre sa place dans la même case à mirage où l'ont précédé le commerce, l'économie ou la culture.

La défaillance optimiste se reconduit d'âge en âge; pas de progrès dans le Progrès ; et les Lumières filtrent, intactes, à travers les barbelés. De même que Fénelon revit en Briand, et Volney en Léon Blum, le Préambule de convention instituant l'U.N.E.S.C.O (1945) fut pensé et rédigé en 1725, comme en fait foi son libellé : « Les gouvernements des États parties à la présente convention, au nom de leurs peuples, déclarent : que, *les guerres prenant naissance dans l'esprit des hommes, c'est dans l'esprit des hommes que doivent être élevées les défenses de la paix*; que l'incompréhension mutuelle des peuples a toujours été, au cours de l'histoire, à l'origine de la suspicion et de la méfiance entre nations, par où leurs désaccords ont trop souvent dégénéré en guerre. » Léon Blum s'en alla présider la première assemblée générale de l'U.N.E.S.C.O en 1946; et prêta à cette institution, jusqu'à la fin de sa vie, une attention sourcilleuse. L'U.N.E.S.C.O., qui adopta la Déclaration universelle des droits de l'homme, visait alors à mettre fin au cloisonnement intellectuel du monde en recherchant un plus petit dénominateur commun aux diverses cultures, qu'elle crut trouver dans l' « humanisme scientifique mondial » de Julian Huxley, son premier directeur général. Cet équivalent philosophique de l'espéranto connut le même sort que lui, et l'on en revint dès les années cinquante aux bienfaits de l'instruction. Le Vatican rêvé de la pensée rationaliste demeure un haut lieu du socialisme démocratique international et français, siège de manifestations solennelles et point de référence. On y célèbre, à travers le mot de Culture, une transcendance à la fois spirituelle et solaire dont les rayons sont appelés à dissiper malentendus et préjugés, nationalismes et racismes. Hélas, il a fallu découvrir, en contrepoint à la « guerre économique », que le développement des moyens de la diffusion portait dans ses flancs non la réconciliation des peuples mais la plus performante des formes d'hostilité modernes : la guerre culturelle. Et les États se battent en groupe à l'U.N.E.S.C.O, comme partout ailleurs, selon les mêmes lignes de force qu'au Conseil de sécurité [1]. Tant que les puissances occidentales dominèrent l'U.N.E.S.C.O (comme, au même moment, les Nations Unies), ses débats laissèrent indifférents ceux auxquels l'U.N.E.S.C.O. avait vocation de s'adresser : tiers monde et pays socialistes. Quand le groupe « Europe » y devint minoritaire, ce fut l'inverse : intérêt du tiers monde, indifférence, et parfois indignation, des opinions publiques occidentales, américaine au premier chef (et donc des gouvernements). La culture n'est-elle pas à tous et à personne ?

(La perception du site culturel comme neutralité sublime, point vélique des sociétés où viennent s'annuler, au « *meeting-point* » des grands esprits, antagonismes et différences, apparaît comme une constante du socialisme démocratique. La culture est la solution de la crise, à tous les sens du mot, parce qu'elle est elle-même hors-crise. Le choix culturel devient alors celui du non-choix ; et le moyen d'afficher, en haut à droite, une sortie de secours dans la salle des conflits, vers une non-histoire commune à tous, qui réconciliera les hommes le jour venu. Ce sentiment premier explique un trait singulier par où se distingue la tradition démocratique de la gauche de la tradition marxiste : une incompréhension délibérée de l'hégémonie, au sens gramscien du mot. La culture n'est pas une affaire politique — ce qui en fait la valeur

1. Voir, en 1974, l'affrontement à propos d'Israël, qui avait demandé à faire partie du groupe « Europe ». Et, de 1976 à 1980, la vaste confrontation autour de la liberté d'information à propos des moyens de communication de masse entre le tiers monde, soutenu par l'Est d'un côté, et l'Europe de l'autre (groupe qui à l'U.N.E.S.C.O. inclut les U.S.A., le Canada, l'Australie et Israël), soutenu par les mass media et agences de presse du Nord. Voir également les répercussions en Occident de la Conférence mondiale sur les politiques culturelles à Mexico en 1982 (discours de Jack Lang).

politique comme facteur de rassemblement national et international — parce qu'elle ne concerne pas la direction des esprits mais leur mise en convergence vers un foyer suprapolitique, beauté, intelligence, raison.)

La guerre a toujours tenu beaucoup plus de place dans l'histoire des hommes que dans leur pensée. Dans l'histoire du socialisme, cette dissymétrie devient tragi-comique. Ne parlons pas du « socialisme réel ». Les sociétés militaires de l'Est, à économie de guerre, obsédées de hiérarchie et saturées de valeurs martiales, se réclament non sans drôlerie d'un philosophe, Marx, qui n'a pour ainsi dire jamais prêté attention à la stratégie, à la guerre et aux armements (Engels, il est vrai, s'en préoccupa beaucoup plus). Depuis 1917, la guerre est la mère et la fille du communisme ; les deux guerres mondiales furent ses couveuses, et les guerres civiles, déclenchées à leur chaleur, ses forceps. Quant au socialisme occidental, la guerre lui a inspiré des chansons — *L'Internationale* en premier lieu —, des pamphlets, des beaux discours, des plans de paix, mais point ou presque pas (Jaurès) d'études historiques et de réflexions scientifiques [1]. La question « pourquoi la guerre » ne se déploie jamais pour elle-même, évacuée sitôt que posée dans l'expulsion rhétorique du corps étranger, l'*isme* maléfique mais transitoire dont la disparition rétablira la paix : le nationalisme pour le socialiste ; l'impérialisme, pour le marxiste-léniniste. Le socialisme démocratique est une entreprise de construction de la paix qui présente cette bizarrerie de ne pas s'intéresser au phénomène de la guerre, comme si la première pouvait être menée à bien sans une connaissance préalable des mécanismes, formes et fonctions de la seconde. Sans doute est-il vain de demander à une *doctrine* de se conduire en *théorie,* mais si, au lieu des neuf dixièmes

1. La strophe oubliée de l'hymne de Pottier : « Les rois nous saoulent de fumée/Paix entre nous, guerre aux tyrans/Appliquons la grève aux armées/ Crosse en l'air et rompons les rangs/S'ils s'obstinent ces cannibales/à faire de nous des héros/Ils sauront bientôt que nos balles/sont pour nos propres généraux. »

de son temps historique passés à échafauder des plans de désarmement et des projets de sécurité collective, il en avait consacré la moitié à l'examen des faits de guerre... Dans *Mars ou la guerre jugée,* Alain invente, à la manière de Platon, « un homme construit comme nous sommes tous, tête, poitrine et ventre et cherche ce qui dans cet assemblage fait naturellement paix, guerre ou commerce ». Le socialisme a un savoir du ventre — analyse du travail, des richesses et des échanges ; une expérience de la tête, siège des principes et berceau de la paix ; il ignore la poitrine. La religion de la raison hérite des mêmes zones d'ombre que les Lumières, qui s'appellent inconscient, appartenance, pulsions, affects. Ces banlieues guerrières sentent encore le fagot.

D'où une certaine distraction en aval, tant à l'égard des données statégiques que des questions de défense. Plus encore que l'institution, qui embarrasse, la chose militaire indispose. La doctrine militaire de la gauche socialiste s'est pendant un demi-siècle arrêtée à l'*Armée nouvelle,* celle de 1914 (oui à l'armée, mais comme expression de la nation). La logique parlementaire voulait naguère qu'on s'abstienne chaque année de voter les crédits de la Défense, ainsi que les « lois de programmation » pluriannuelles (la première remonte à 1960-1964) ; que l'on se montre plutôt inattentif envers la pensée stratégique et son évolution (car, ô surprise, les militaires pensent) ; ou qu'on se défausse de la chose sur une poignée de spécialistes[1]. Le débat intellectuel américain subordonne la politique internationale à l'examen des données stratégiques. Aux U.S.A., où le défaut de tradition socialiste gêne moins la réflexion, les relations internationales s'enseignent dans les centres ou les départements d'études stratégiques des universités. Si c'est une erreur d'oublier que la stratégie est au service de la politique, c'en est une autre, plus française, de penser la politique indépen-

1. Grâces soient rendues à la commission de défense du parti socialiste qui, sous l'égide de Charles Hernu, Jean-Pierre Chevènement et Jacques Huntzinger, mit de 1972 à 1981 l'ensemble du Parti à l'heure nationale nucléaire.

damment de la stratégie. Ce travers bien connu est aggravé par l'alignement de l'international sur le national (implicite encore dans l'appel de *L'Internationale* à la « grève aux armées »). Le but interne d'une collectivité est d'assurer le respect de la loi afin que ses membres vivent en paix ; le but ultime d'une collectivité face à d'autres est d'assurer sa propre survie. Dans le premier cas, l'art politique est immédiatement constitutionnel (ou juridique) ; dans l'autre, immédiatement stratégique (il inclut dans son concept l'art de la guerre). *Salus populi suprema lex esto.*

Là où les fins sont illimitées et indéterminées (la paix universelle, la justice ou le nouvel ordre international, le bonheur de l'humanité), la question stratégique est sans objet, car la stratégie n'est jamais que l'art de mettre en œuvre des moyens pour atteindre un but *limité* (comme le sont les « buts de guerre »). La globalité générique des buts déboute dans son principe la question des moyens, tout comme une métaphysique universaliste de la vérité (dont l'essence irradiante s'impose de soi aux esprits) déboute la question des media (réduits à de simples supports d'évidence). C'est pourquoi, au-delà des répugnances du sentiment, la gauche humanitaire est brouillée avec la réflexion stratégique (Lénine doit lire Clausewitz, et Churchill Liddell Hart — Briand y aurait perdu son temps). Puisqu'il s'agit d'apprendre aux hommes ce qu'ils sont et de reconduire l'histoire à son essence méconnue, le seul énoncé des évidences (« dire le droit ») ramènera les agités à la raison. La gauche des principes se condamne logiquement à la pétition de principe; sa stratégie s'annule en tautologie. De même que « nous lutterons contre le chômage par une vigoureuse politique de l'emploi », « l'action pour la paix passe par la mise en œuvre des principes fondamentaux de l'égalité des États et du règlement pacifique des différends ». La seule question est de savoir *si et comment* cette mise en œuvre peut s'opérer; mais déployer la question du *comment,* ce serait déjà reconnaître que le principe fondamental n'est pas le fondement du problème posé.

Quiconque postule un dépassement possible de la violence ne

peut tenir pour *essentielle* la logique des jeux de la force et de la volonté, dût-il en reconnaître l'actualité ou même l'utilité[1]. Le *conflit* — comme la dimension indépassable des relations internationales — est rebaptisé *compétition,* car « conflit » implique que la rivalité des puissances admet l'affrontement des volontés dans l'épreuve de force sanglante tandis que « compétition » s'en tient à une rivalité technique à l'intérieur des règles mutuellement acceptées. La première notion ouvre à la guerre, qui fait craquer toutes les conventions, la seconde au sport, sommet de l'entente sociale. Le voilement du conflit en compétition permet d'escamoter l'instance politique et son inexorable cruauté dans et derrière les catégories de l'instance économique, plus familière et rationnellement maîtrisable. On dissout ainsi d'un mot les apories propres au gouvernement des hommes dans les embarras de l'administration des choses. La guerre dans cette perspective devient un accident, « une pure contingence extérieure qui aurait elle-même sa cause également contingente dans quoi que ce soit, dans les passions des gouvernants et des peuples, l'injustice, etc., ou en général dans tout ce qui devrait ne pas exister »[2]. En réalité, les « circonstances » n'expliquent pas ce qu'elles déclenchent, le hasard (l'attentat de Sarajevo, l'élection d'Hitler, le coup de menton du général argentin aux abois, etc.) n'arrive pas par hasard. Le principe de l'individualité étatique ou/et nationale contient en lui-même la « dureté des oppositions extrêmes ». Si le groupe est essentiel à lui-même, et il ne peut pas ne pas l'être sous peine de se dissoudre comme groupe, le moindre différend particulier avec un groupe voisin ou connexe recèle en puissance l'escalade aux extrêmes. « La volonté des États de maintenir leur

1. Trait sympathique des démocrates : le dédain des mesures de sécurité personnelle. À la différence des communistes, et aussi des révolutionnaires, le responsable socialiste doit se faire violence pour penser service d'ordre, gardes du corps, surveillance, filtrage. La pagaille des congrès de l'Internationale socialiste les distingue avantageusement mais dangereusement de ses concurrents (assassinat de Sartaoui à Albufera, 1983). Qui ne peut s'imaginer auteur de violence sur les autres ne peut s'imaginer victime de la violence des autres.

2. Hegel, *Principes de la philosophie du droit,* Paris, Éd. Vrin, 1975, § 324, p. 324.

indépendance transforme (tôt ou tard) leurs conflits en une hostilité ouverte, en un état de guerre[1]. » Plus précisément, l'alternance de la guerre et de la paix, *Janus bifrons* de la coexistence des collectivités humaines stables, s'inscrit à l'intersection du droit des gens et de la souveraineté des États, au cœur de leur antinomie. Hegel encore : « Le principe fondamental du droit des gens, en tant que droit universel qui doit, en soi et pour soi, s'imposer dans les relations entre les États, et par là est différent du contenu particulier des traités effectivement conclus, est que ces traités, puisque c'est sur eux que reposent les obligations des États les uns envers les autres, doivent être respectés. *Mais* comme le rapport des États entre eux a pour principe leur souveraineté respective, ils se trouvent les uns par rapport aux autres dans l'état de nature et leurs droits n'ont pas leur réalité dans une volonté générale constituant une puissance au-dessus d'eux, mais dans la volonté particulière de chacun d'eux. Cette destination universelle du droit des gens reste donc au niveau du devoir-être. Il en résulte que, dans les relations réelles entre les États, on voit alterner des rapports conformes à ces traités et la suppression de ces rapports[2]. »

TRADUCTIONS DIPLOMATIQUES :

● *La dissociation de la force et du droit.* C'est ainsi que la France de l'entre-deux-guerres commit à son insu le péché capital dénoncé sur le moment par de Gaulle : ne pas avoir l'armée de sa diplomatie (en l'occurrence, une force mobile d'intervention motorisée et blindée, sinon une armée de métier), ni la diplomatie de son armée (une diplomatie hexagonale, défensive et sans prétentions européennes). En termes d'organisation, la non-saisie du rapport nécessaire unissant la politique étrangère et la guerre

1. Hegel, *Encyclopédies,* § 545.
2. Hegel, *Philosophie du droit,* § 333.

débouche sur la non-coordination des deux administrations — qui eut en 1940 les résultats qu'on sait au niveau des états-majors. Le Conseil supérieur de la Défense nationale, créé en 1906, réunissait bien, sous la présidence du chef de l'État ou du gouvernement, les ministres de la Guerre, de la Marine, des Colonies, des Finances (« l'argent est le nerf de la guerre ») et des Affaires étrangères (principalement pour le rapport avec les alliés), mais, malgré l'adjonction en 1921 d'un secrétariat général permanent, la coordination restait formelle et lente, impropre à maîtriser des situations de crise. La sous-estimation de la force par la mystique du droit, faisant de la guerre l'apanage des armées seules, a pour conséquence une conception étroite de la défense nationale, cloisonnée des autres administrations, et qui assigne à la population civile un rôle passif au lieu de faire converger toutes les forces d'un pays vers la victoire, dans le cadre d'un « phénomène social total ». L'administration des armées s'appelait à l'époque « ministère de la Guerre » — lequel ne prit définitivement le nom de « Défense nationale » qu'en 1946 (Tardieu en 1932 l'avait rebaptisé ainsi, mais sans lendemain). Sans doute ne peut-on oublier que Léon Blum fonda en 1936 le « Collège des hautes études de Défense nationale » (ancêtre de notre I.H.E.D.N.) pour créer « une unité de sentiment, de pensée et de doctrine ». Le même Léon Blum qui, dans ses *Mémoires,* s'accuse d'une seule faute : avoir dédaigné en 1935, en public et en privé, le génie stratégique et les propositions du colonel de Gaulle, mais sans établir le moindre rapport de cause à effet entre cette « faute » et ses convictions pacifistes (« Je ne crois pas, je n'admettrai jamais que la guerre soit inévitable et fatale », disait-il en 1936). Sans doute ne peut-on passer sous silence un plus haut lignage dans la gauche française, patriotique, jacobin et populaire, celui de la Convention et de la « levée en masse » de 1793 — et qui se réveille en son sein, par périodes, à chaque guerre : gouvernement de Défense nationale (Gambetta) et Commune de Paris (Rossel), Grande Guerre (Clemenceau), Résistance et Libération. Cette tradition nous a légué, de Pierre Mendès France à François Mitterrand, l'heureux élargissement des facteurs de la sécurité à la sphère économique, sociale, industrielle. Reste que si l'interpénétration des armées de terre, d'air et de mer s'est finalement traduite à l'échelon administratif dans un ministère unique, on ne peut pas dire encore que l'actuel secrétariat général de la Défense nationale (1962) traduise une interpénétration du militaire et du diplomatique organique et rigoureuse (c'est-à-dire conceptuelle) [1]. Rien d'équivalent au National Security Council (1947) des États-Unis d'Amérique [2].

La suprématie du civil sur le militaire est intrinsèque à l'État de droit. En république, il n'est de *pouvoir* que civil, le militaire n'a qu'*autorité,* subordonnée au premier. Mais cette distinction juridique essentielle n'implique nullement une dissociation pratique des instances. Rien ne remplace, en temps de crise, la « *task-force* », à quoi répugne hélas notre cloisonnement administratif traditionnel.

● « *La gauche contre la bombe.* » Face à l'arme atomique, il a fallu presque vingt ans à la gauche française pour traverser l' « idéologie du militant ». Cette longue marche (dont les étapes chez les socialistes issus d'Épinay furent les Congrès de Suresnes, Bagnolet, Épinay) conduisit de la proclamation d'une volonté abstraite, la paix par le désarmement, au constat d'une impossibilité concrète (les politiques effectives sont négatives), celle du désarmement nucléaire unilatéral. Les réticences tenaces de la sensibilité socialiste à la « force de frappe » reflétaient instinctivement un « ordre de raisons », en profondeur. Le discours de la gauche française d'opposition semble être parti d'une certaine confusion entre les notions de sécurité et de désarmement ; passé ensuite par un stade intermédiaire de compromis (où la fin idéologique

1. Elle est néanmoins inscrite dans l'organigramme qui prévoit un officier général dans le poste de secrétaire général et un diplomate dans celui de secrétaire général adjoint.

2. Voir à ce propos Gombin, *Les Socialistes et la guerre, La S.F.I.O. et la politique étrangère française entre les deux guerres mondiales* (Paris, Mouton, 1970) ainsi que Bernard Chantebout, *L'Organisation générale de la Défense nationale depuis la fin de la Seconde Guerre mondiale* (Paris, L.G.D.J., 1967).

commence de découvrir ses effets sur la société réelle) — rechercher la paix dans le monde sans réduire la sécurité nationale; jusqu'à la responsabilité stratégique actuelle, par l'acceptation plénière de la logique de dissuasion. Mais si les *impératifs techniques* sont désormais résolument assumés (modernisation, planification à vingt ans des systèmes d'armes, cohérence interne de l'outil de défense), il est permis de demander si toutes les *conséquences politiques* de la dissuasion nationale autonome ont bien encore été tirées.

Le Commissariat à l'énergie atomique est créé en France en 1945. En 1946, le représentant du gouvernement à l'O.N.U. précise que les projets et orientations de l'effort atomique français « sont entièrement orientés vers la paix et le bien de l'humanité ». Au début de 1952, le colonel Ailleret est nommé directeur des armes spatiales, et c'est un radical, Félix Gaillard, ministre chargé des questions atomiques, qui préside à la mise en chantier de nos premiers réacteurs à Marcoule. Mendès France (avec l'approbation du député radical Charles Hernu) prend en 1954 la décision de lancer les études d'armement atomique, relayé par Edgar Faure. En 1956, le gouvernement du Front républicain augmente les crédits pour la mise au point de la première bombe. Curieusement c'est la gauche non communiste qui se trouve à l'origine de ce qui allait devenir la « force de frappe ». Comme si on était alors prêt à accepter l'objet technique, mais sans l'effet — diplomatique et politique.

Le 13 février 1960, l'explosion de la première bombe A déclenche les réprobations des oppositions de gauche [1]. Surgissent comités, mouvements, fédérations contre l'armement atomique. En mars 1963, la Ligue nationale contre la force de frappe (Daniel Mayer, Pierre Cot, Jules Moch, Charles Tillon, etc.) appelle les Français à se réunir « nombreux et résolus pour rendre à la France son vrai visage, pour la faire abandonner un chauvinisme étroit,

1. Voir *L'Humanité* du 14 février 1960 (communiqués du Bureau politique du P.C.F., et du parti socialiste autonome, etc.).

périmé et dangereux, pour lui restituer une place qui pourrait être décisive dans les négociations sur le désarmement, renoncer à une vaine et ruineuse force de frappe et proposer au monde le patriotisme de l'espèce humaine »[1]. Aux élections présidentielles de 1965, François Mitterrand parle d' « interdire » la force de frappe. À gauche, la « bombinette » sera pendant de longues années accusée d'être *militairement inefficace* (au regard des arsenaux des super-grands), voire dangereuse (elle exposerait notre territoire aux représailles atomiques) ; *diplomatiquement illusoire* (car ce ne serait pas un réel instrument d'indépendance) ; et *financièrement ruineuse* (gaspillage d'hommes et de ressources). Sans doute l'affaiblissement redouté des liens atlantiques, à la S.F.I.O., compte-t-il pour beaucoup dans la dénonciation du facteur de sous-développement économique que serait la force nationale de dissuasion[2].

Le programme commun de gouvernement entame en 1972 son chapitre consacré à la défense : « le désarmement général universel et contrôlé sera l'objectif principal du gouvernement », mais il annonce, nuance capitale, la « renonciation » à la force de frappe et non sa « destruction » (comme le demandaient les communistes). « On ne noie pas les sous-marins nucléaires comme des petits chiens », lance François Mitterrand. La conversation qui s'amorce renverse lentement la priorité jusqu'alors accordée au *mal virtuel* que représente la dissémination nucléaire pour l'*humanité* au

1. Voir Jules Moch, *Non à la force de frappe,* Paris, Laffont, 1963.

2. L'amendement dit Bérégovoy à l'avant-projet socialiste, présenté contre un autre de Charles Hernu au Congrès de Suresnes du parti socialiste, en 1972, s'inscrit dans cette lignée. Critiquant la politique gaulliste de défense comme « un nationalisme outrancier, inadapté à la situation actuelle de la France et aux données de la situation internationale », il recommande d' « interrompre la construction de la force de frappe. Cela se traduira immédiatement par l'arrêt des expériences nucléaires et l'adhésion de la France aux traités d'interdiction des explosions nucléaires et de non-dissémination des armements nucléaires ». Ce texte obtint la majorité contre 15 % des mandats à celui d'Hernu et d'Huntzinger, qui, prenant acte du fait nucléaire français, préconisait une « force de dissuasion minimale ». Voir Charles Hernu, *Soldat-Citoyen, Essai sur la défense et la sécurité de la France,* Paris, Flammarion, 1975.

bénéfice du *mal certain* que représenterait pour le *pays* l'abandon de l'avantage acquis [1]. Dans le même temps que, les générations d'armes nouvelles gagnant en crédibilité, la montée en puissance de l'outil à trois composantes (air, terre, et surtout mer) modifiait les données de départ, il s'avérait qu'une dissuasion gelée ou laissée « en l'état » n'avait pas de sens opérationnel. Le renversement longuement mûri des positions originelles, officialisé entre 1977 et 1978 (Convention du parti socialiste de janvier 1978), se présente néanmoins comme le ralliement à un fait accompli jugé irréversible plutôt que comme adhésion à une logique en elle-même positive. On se résigne à l'inévitable sans renier le souhaitable. Aussi n'oublie-t-on pas d'ouvrir le parapluie, en plaçant la reconversion à couvert des saines traditions d'organisation collective de la paix et dans le cadre d'une « action résolue » en faveur du désarmement nucléaire.

Pour que le pragmatisme devienne adhésion, et l'héritage volonté, il suffira que la gauche, en mai 1981, accoste définitivement le réel, ce monde dangereux des réciprocités, où la loi de survie du groupe exposé à la menace d'autres groupes (qui estiment eux-mêmes leur survie menacée) expédie dans les cintres de l'exorde oratoire la loi universelle de la Raison. La question du choix entre la sécurité des principes et celle du pays ne se pose même plus, dès lors que la Constitution et la nature des choses donnent en charge au président de la République beaucoup moins et un peu plus que les intérêts de l'humanité : l'indépendance de la nation et l'intégrité de son territoire. Sur cette terre ferme, il apparaît que la meilleure prévention de la guerre nucléaire est encore l'arme nucléaire elle-même ; et que, paradoxe supplémentaire, la dissuasion qui a pour objet d'en empêcher l'usage ne peut

1. Durant l'été 1973, un groupe de personnalités, dont le général de La Bollardière, Jean-Jacques Servan-Schreiber, un député socialiste et des pasteurs, se rendent à Tahiti pour protester contre les expériences nucléaires dans l'atmosphère.

l'exclure sans s'annuler elle-même. Que reste-t-il alors du principe ancien, inscrit dans les chartes internationales, qui condamne « l'emploi *ou la menace* d'emploi de la force » ?

● « *Prendre une part active aux négociations sur le désarmement.* » La diplomatie gaullienne, qui jouait la sécurité tous azimuts, n'était pas ambitieuse pour les Nations Unies, ni pour les programmes de désarmement. Elle ne prenait pas le risque de se décourager, en voyant de faux espoirs démentis. De Gaulle méprisait le machin, qui le lui rendait bien — une large majorité de l'O.N.U. condamna la France pour ses essais du Sahara. Pas plus qu'il n'avait accepté de siéger dans un Comité de Genève coprésidé par les deux superpuissances, le Général n'accepta de signer le traité de Moscou d'interdiction des expériences dans l'atmosphère de 1963. À l'inverse, ce fut de tout temps, mais plus encore sous les septennats de De Gaulle et de Pompidou, une constante de la gauche démocratique (et communiste aussi) que de réclamer la présence de la France dans toutes les conférences et enceintes où se débat, multilatéralement, la question du désarmement, ainsi que l'adhésion aux conventions et traités déjà signés par d'autres (T.N.T., Tlatelolco, armes chimiques, etc.). Giscard d'Estaing a, du reste, pris les devants en lançant la proposition, dans le cadre de la C.S.C.E., d'une conférence sur le désarmement en Europe (plan 1978) ; ou de la constitution d'un fonds du désarmement pour le développement (idée avancée par Edgar Faure en 1955) ; bref, en généralisant le retour de la France sur la scène où elle avait joué, sous les IIIe et IVe Républiques, un rôle traditionnel de proposition (Comité du désarmement de Genève, Helsinki, M.B.F.R.). Son statut de puissance moyenne permit ainsi à la France, dans les années soixante-dix, un assez beau rôle sur ce théâtre d'opérations rhétoriques : « ne s'opposant aux Grands que dans la mesure où elle n'a pas les moyens de leur ressembler et ne parlant pour les petits que dans la mesure où elle est sûre de ne pas être rattrapée par eux » (Denis Delbourg).

« Il faut permettre l'espoir[1]. » Au-delà du devoir d'opinion — le débat international comme exutoire, moyen de calmer les « légitimes aspirations des populations » —, il y a une croyance intime — la conférence comme procédure morale, moyen de développer sinon la communion des cœurs, du moins une conscience collective contraignante. On demandera alors que l'O.N.U. lance une « grande action d'information et de réflexion »; qu'elle aide à faire circuler les idées par-delà les frontières pour instaurer la « confiance mutuelle entre les peuples »; ou bien qu'un « Conseil des consciences », composé d'hommes éminents (religion, science, morale), vienne flanquer le « Conseil consultatif pour les études sur le désarmement (déjà existant, depuis 1978) et assister de ses lumières la communauté internationale.

Ces exercices ne seraient irréalistes que si la réalité faisait critère. Personne ne va dans ces conférences pour entendre ou dire la vérité mais pour sacrifier collectivement au principe de plaisir qui sert à faire baisser les tensions dans la psyché internationale comme dans le fonctionnement mental des individus. L'assertion du délégué chinois à la première session spéciale de l'O.N.U. en 1978, selon laquelle « nous ne devons pas placer l'espoir de sauvegarder la paix mondiale dans le désarmement », bien que — ou parce que — démontrable par le raisonnement et validée par l'expérience, est aussi déplacée dans ce contexte que le serait dans une église un curé expliquant à ses ouailles que « nous ne devons pas placer notre espoir dans l'immortalité de l'âme et la résurrection des corps ». Gageons que les fidèles n'entendraient rien.

Le champ diplomatique du désarmement a ceci de commun avec celui de la culture, d'être une arène qui se prend pour un forum. On aimerait y voir le lieu de repos où la stratégie fait halte et dépose son sac. On doit y reconnaître un instrument parmi d'autres de la politique de puissance, qui s'élève difficilement à

1. Intervention de Claude Cheysson devant la seconde session extraordinaire de l'Assemblée générale de l'O.N.U., 11 juin 1982.

l'hypocrisie véritable. Les hommages rendus à la paix pour tous laissent ostensiblement percer le souci qu'a chacun de garder les moyens de son indépendance, tout en culpabilisant l'adversaire et en se disculpant soi-même d'avance si la force des choses obligeait à ne pas tenir ses promesses [1].

Constatant que la fin pour laquelle ils ont été conçus, financés et réalisés est hors d'atteinte, ces organes sans fonction n'ont d'autre issue que se prendre eux-mêmes pour fin. Il est convenu de dire, après chaque cérémonie onusienne, qu'elle n'aura pas été inutile. La seule avancée notable des conférences pour le désarmement consiste à modifier la composition des organismes chargés de poursuivre l'étude du problème en vue de la conférence suivante. Face à un rassemblement quel qu'il soit, les hommes comme les États préférant être dedans, même s'ils n'ont rien à y faire, que dehors, même s'ils ont beaucoup mieux à faire par ailleurs, ces modifications vont à chaque fois dans le sens de l'élargissement.

1. La « France socialiste », et il ne saurait en être autrement, soutient par exemple la constitution de zones dénucléarisées au Proche-Orient, en Amérique latine, en Afrique, mais fait justement l'impasse sur l'Europe et le Pacifique.

HISTOIRE-GÉO

(Intermezzo 3)

Le tour de France par deux enfants. Petits, ils potassaient à l'école leur « histoire-géo », chacun sa préférence. Ils ont grandi : le fort en histoire est allé à gauche ; le fort en géo, à droite. Vous trouverez dans le bureau d'un homme d'ordre une mappemonde ou une carte au mur, et si c'est un chef d'État, un globe dans un coin. L'homme du changement se détachera en revanche sur ses volumes d'histoire reliés. Michelet contre Vidal de La Blache. L'exception libertaire, Élisée Reclus, confirmant la vieille règle nationale. Espérons-la surannée, mais prenons acte du fait.

La gauche (l'ersatz chimique évidemment idéal que nous mettons sous ce nom), qui sous-estime la géographie, fût-elle humaine, a la folie de l'histoire ; et l'histoire devenue folle accouche d'une idéo-politique. *Car l'Idée a besoin du temps pour mûrir et se déployer : l'humanité kantienne doit parcourir la voie sanglante des guerres pour se délivrer de la violence et accéder à la paix en s'éduquant à la raison. La droite (ici encore chimiquement considérée), qui se méfie de l'avenir, a la folie de l'espace. La* géopolitique *est l'avatar contemporain de cette géographie devenue folle. Il est vrai qu'on ne peut vanter et préparer la guerre sans rendre un culte à la géographie physique ; ni gagner de batailles sans bonnes cartes. Un homme qui a une expérience militaire saura toujours faire un croquis. Le pacifiste préférera le long discours. La continuité cumulative du temps tient l'humain au chaud, la sécheresse des espaces physiques, sensibles aux « accidents » (de terrain) et rebelle à l'idée, satisfait ceux qui privilégient la nature des choses, sans doute parce qu'elle les privilégie. Les conservateurs aiment à se convaincre que toute la politique étrangère d'un pays est contenue dans sa situation géographique, comme l'intelligence d'un individu dans ses gènes, la valeur d'une bru dans sa dot, l'être dans l'avoir. Le « réel petit-bourgeois, disait Barthes, ce n'est même pas ce qui se voit, c'est ce qui se compte ». La carte politique permet au bon sens propriétaire de voir en comptant (le sol occupé, les terres annexées, etc.). Aveugle aux phénomènes de dépendance, de suprématie, d'influence (non quantifiables), il ne décèle que l' « expansionnisme », car, territorial, il est mesurable (en kilomètres carrés, nombre de pays, etc.), conforme donc à la « structure numérative de la propriété » (Barthes). Si l'Empire américain n'est pas visualisable, la tache rouge de l'Empire soviétique définit un monde homogène, tangible, accessible à l'arithmétique simple de l'endiguement, de la récupération ou de la riposte. Ce monde ordonné et court, tout d'immanence, sans lignes de fuite, parle de lui-même mais n'a pas grand-chose à dire. L'autre, le nôtre, le monde des flux, des asymétries et des dépendances invisibles, doit se décoder, laborieusement.*

La gauche des grandes espérances procède à une lecture historique de la géographie, la droite des grandes peurs à une lecture géographique de l'histoire. Plus exactement, le chef de gauche affectionne la grande histoire et la petite géographie ; il marie la fresque messianique de l'humanité en marche avec les sucs du terroir et l'odeur de la maison natale : Michelet et Chardonne. Le chef de droite cultive la grande géographie et la petite histoire ; la fresque stratégique et le goût des Mémoires, anecdotes et confidences : Mackinder et Historia. *Les effrayants apophtegmes du géopoliticien, du style « Qui règne sur la terre centrale règne sur l'univers », sonneront creux aux oreilles du premier ; dont les échappées millénaristes feront sourire le second.*

Il n'est pas indifférent que la France, où est née cette bizarrerie qu'est la notion, et le terme, de gauche, ait été si longtemps la patrie universitaire et littéraire de l'histoire, ancienne et nouvelle. Il n'est pas étonnant que la dissolution de la singularité française dans un mondialisme libéral de bon aloi ait été accompagnée par l'évacuation de l'histoire politique dans l'enseignement (et d'abord de l'histoire de France) ; ni que notre pays si frileux et claustrophile, qui avait fait du temps sa profondeur, ouvre à présent sa diplomatie et sa réflexion à la « géopolitique »[1]. *Cette spécialité académique anglo-saxonne (Mackinder, anglais, Mahan, américain) était jusqu'ici surtout fréquentée par les pangermanistes d'hier (Ratzel, Haushofer) et leurs disciples latinos d'aujourd'hui*[2]. *Jamais en France, depuis Vichy, la marée conservatrice n'avait atteint ce niveau.*

Les socialismes reposent sur des philosophies latentes ou explicites de l'histoire ; les doctrines de réaction — « espace vital » ou « sécurité nationale » — sur des métaphysiques de la nature. La cruauté de la droite consiste à enfermer les hommes dans leur contingence (physique, héréditaire, civile, statutaire, nationale ou autre) : tu n'es et ne seras jamais que cette part de toi-même que tu n'as pas choisie. S'il est une cruauté de la gauche, elle est involontaire et plus féconde : faire croire aux hommes qu'ils ne sont que liberté pure — sans données contraignantes. Le résultat de gauche déçoit, le principe de droite décourage.

À vous de choisir : entre partir battu et arriver défait. Kif-kif ? Non pas. Avec l'à-quoi-bon, vous restez derrière vos murs. Avec le changer la vie, vous vous mettez en marche. La gauche sent la sueur mais la droite le renfermé.

1. Voir l'*Institut de géopolitique internationale,* et la *Revue* du même nom (1983). Cette mode réactionnaire ne doit néanmoins pas occulter le sérieux et l'importance des travaux d'Yves Lacoste (Revue *Hérodote*), ni l'indispensable *Atlas stratégique* de Gérard Chaliand et Jean-Pierre Rageau.

2. Le général Pinochet est diplômé de géopolitique, discipline qui fait l'objet d'un enseignement officiel dans les écoles militaires et universitaires du Chili.

IV. TARDIVE RELIGION

Religion de la raison : à ne pas entendre comme du sacramentel plaqué sur du profane, rose mystique attachée à la glèbe. Le Panthéon est un temple où reposent des libres penseurs ? C'est l'inverse. Le Panthéon, temple réaffecté, est un lieu de pèlerinage parce que les saints de la République sont des témoins de la Providence. Le socialisme institué est du profane plaqué sur du sacré. L'histoire est à célébrer parce qu'elle abrite en son sein une raison religieuse. Raison, pseudonyme moderne de Dieu. Histoire, providence athée. « On peut envisager l'histoire de l'espèce humaine en gros, écrit Kant dans son *Idée d'une histoire universelle,* comme la réalisation d'un plan caché de la nature pour produire une constitution politique parfaite », et ce plan de la nature vise à une unification politique totale de l'espèce [1]. Et l'*Essai sur la paix perpétuelle* signale en toutes lettres la Société des Nations comme l'ultime achèvement de ce plan divin. Le socialisme démocratique est la forme contemporaine de l'éternelle croyance selon laquelle l'histoire a une fin. La fin fut d'abord le règne de Dieu, puis, au début du XVIIIe siècle, celui de la raison, qui se métamorphose naturellement au milieu du siècle dernier, dans le règne de la justice internationale, raison réalisée. Millénarisme fatigué, le socialisme demeure un messianisme rationnel. Ses affinités avec la

1. Kant, *La Philosophie de l'histoire,* Aubier, 1947, pp. 73 et 76.

franc-maçonnerie remontent, en deçà des avatars politiciens, à cette source commune : le *spiritualisme laïc.* Alliage instable, dont le noyau dur n'est pas celui qu'on croit. Poussée dans ses retranchements par la vieillesse ou l'épreuve, la croyance religieuse perce sous la gangue matérialiste. Un socialiste conséquent est un spiritualiste qui s'avoue. Guillemin a mis en évidence dans la pensée et la vie de Jaurès ce qu'il appelle l' « arrière-pensée »[1]. L'humanisme final de Léon Blum a des accents mystiques qui révèlent qu'en dernière instance et poussée à son terme la foi en la loi ne saurait être athée. Et chacun connaît le spiritualisme, essentiellement judéo-chrétien, de François Mitterrand[2]. Qui, président de la République, n'a pas commémoré d'un mot le centième anniversaire de la mort de Karl Marx (1983), mais celui de la naissance de Teilhard de Chardin (discours à l'UNESCO, 1981).

La sainte trinité des procédures de la paix remonte en droite ligne aux pratiques de la Chrétienté. L'arbitrage a pour origine le

1. Henri Guillemin, *L'Arrière-pensée de Jaurès,* Paris, Gallimard, 1966.

2. Qui éclaire et explique sa solidarité constante avec l'État et le peuple d'Israël, au-delà des souvenirs de l'holocauste et de l'après-guerre, comme des motivations politiques profanes. Le lien est charnel parce que spirituel. Hérité de l'enfance (« La Bible est la source de ma propre culture »), trempé non dans la mystique mais dans la connaissance des fondements mystiques du droit public (« La Bible est un contrat passé entre Dieu et le peuple juif »), renouvelé par l'espérance de voir advenir l'universel concret sur terre (« Jérusalem apparaîtra fatalement un jour comme le lieu où se rassembleront les frères séparés »). En Israël se rencontrent la rationalité horizontale du droit humain, puisque la création de l'État a pour base un contrat entre la communauté internationale et le peuple juif, scellé par les Nations Unies en 1948, et la légitimité verticale de la transcendance (assignation biblique de la Terre sainte au peuple élu de Dieu). C'est pourquoi, s'il y a un « problème palestinien », Israël est de l'ordre du postulat, en amont et à l'abri des argumentations historiques ou des divergences politiques séculières. D'où une certaine modulation des affects, pour la région : le Liban réveille un attachement *sentimental* ancien : il est cher au *cœur.* La nation palestinienne suscite un intérêt *politique* nouveau : il préoccupe l'*esprit.* Israël sollicite notre part d'éternité (obligation morale + sympathie affective) : il touche à l'*âme.* Dans cette perspective, la relation franco-israélienne est immédiate (intuitive, n'a pas à s'expliquer), la relation franco-arabe, médiatisée (moment d'un raisonnement économico-politique).

devoir chrétien de conseil fraternel. Il n'entra pour de bon en vigueur qu'au temps de la suprématie spirituelle, donc politique, de la papauté. Le pape, vicaire du Christ, arbitrait les querelles royales, comme il déposait les empereurs (Innocent III, Frédéric II) ou les faisait venir à Canossa (Grégoire VII et Henri IV). Au XIIIe siècle, Saint Louis, fort de l'autorité du Croisé, arbitra les conflits de l'époque : il fit conclure en 1270 une trêve de cinq ans entre les républiques italiennes de Pise, Gênes et Venise. La sécurité collective avait alors pour ressort non la sanction militaire mais une arme internationalement bien plus efficace : l'excommunication papale. Le désarmement limité et contrôlé trouve origine et modèle dans la *Trêve de Dieu,* réglementée par le concile de 1095, qui interdit les actes de guerre quatre jours par semaine (du jeudi au dimanche), pendant l'Avent et le Carême; comme nos conférences pour la paix, dans les assemblées de paix des conciles; et notre droit de la guerre, dans la paix de Dieu, réglementée au concile du Latran. Comme, plus largement, la militance dans le sacerdoce; les propos édifiants dans l'édification des âmes, l'appel à la paix dans l'exhortation papale; et notre vieille propagande dans le *De propaganda fide* de la Ville éternelle. La généalogie n'est pas anecdotique. La théologie et la scolastique du socialisme sont faibles; mais ses raisons aussi fortes que celles du christianisme. C'est pourquoi elles ne sont nulle part plus logiquement exposées que chez les doctrinaires et les pontifes de la foi. Benoît XV en 1917, dans son *Exhortation à la paix adressée aux chefs des peuples belligérants,* ne se contente pas de pousser un cri de désolation devant le déchaînement des passions guerrières : wilsonien avant la lettre, il préconise le désarmement simultané réciproque et contrôlé, l'arbitrage obligatoire et la sanction collective (soit le retour aux traditions chrétiennes) ; blumiste méconnu, il pose en exergue que : « le point fondamental doit être qu'à la force matérielle des armes soit substituée la force morale du droit ». De même les vues de Jacques Maritain sur l'unification politique du monde, clef de toute paix durable ou permanente, ne témoignent pas seulement d'un sens dialectique plutôt rare chez les visionnaires socialistes, puisqu'il a su déceler, contrairement aux fadaises traditionnelles, dans l'interdépendance croissante des nations un gage de guerre plutôt que de paix, et dans l'entrecroisement des économies un motif d'exaspération des revendications d'autonomie politique, source de conflits intenses [1]. Sa référence à saint Thomas d'Aquin donne un sens réaliste à l'autorité politique mondiale dont il réclame la création, car, en vertu de la loi d'incomplétude, un tel organisme ne peut avoir d'autorité effective que s'il est de nature spirituelle, transcendante à la nature des États qu'il aurait mission de fédérer. De même que le bien commun universel n'est pas la somme des biens particuliers, la société politique mondiale ne peut être supranationale sans être suprarationnelle, ordonnée en abscisse à un absolu fondateur. Un fédéraliste conséquent est un théocrate qui s'ignore. On peut le féliciter de se montrer aussi souvent inconséquent ; tout en observant que le monde socialiste parfait ne serait encore qu'une Chrétienté imparfaite, où Dieu peut être présent mais non le pape, cheville ouvrière du système. Le socialisme emprunte (ou empruntait) à Marx ses instruments d'analyse, sans les moyens d'action, mais à saint Thomas le concept de sa fin, sans l'instrument correspondant : le souverain pontife. Le règne du droit suppose que la Croix, non l'épée, soit l'axe du monde. Car l'épée peut s'aligner sur la Croix, plus grande qu'elle parce que universelle, non sur le Code, plus petit parce que particulier. Le socialisme démocratique, tardive défectuosité chrétienne, apparaîtra-t-il dans l'histoire comme un simple accroc dans la tunique sans couture de la Chrétienté ?

L'extrapolation de la justice sociale à la justice internationale, où s'enracine l'espoir socialiste, est un principe caractéristique de l'enseignement de l'Église. Répété avec force par l'encyclique *Pacem in terris* (1963), qui infère l'ordre à instaurer entre les communautés politiques de l'ordre entre les individus, réglé selon la loi : « La même morale qui régit la vie des hommes doit régler

1. Jacques Maritain, *L'Homme et l'État,* Paris, P.U.F., 1953.

aussi les rapports entre les États. » Analogie qui fonde en droit la revendication d'un ordre mondial implicitement mais logiquement catholique (au sens premier, grec, d'universel) : « Le bien commun exige une autorité publique de compétence universelle. » À cette aune, commune à la doctrine du droit naturel et à la créature image de Dieu, la guerre n'est plus maladie mais péché — autre mot, même chose —, entrave inessentielle à la bonne marche de la Providence ou perversion momentanée d'une bonne origine. Lutter pour la paix, c'est lutter pour reconduire l'homme à sa norme, divine, et l'histoire à la normale, pacifique. Les premiers mouvements pacifistes qui s'organisent en Angleterre, aux États-Unis et en France entre 1840 et 1848 réunissent des pasteurs, des prêtres et des fidèles.

*

Lors de la Première Guerre mondiale, le vieux socialisme français, fils spirituel de la Commune, ne se tourne pas vers Lénine ou Zimmerwald, mais vers le « nouveau diplomate » américain, Thomas Woodrow Wilson, « l'homme d'État chrétien venu apporter la lumière au monde capitaliste en paraphrasant le Sermon sur la montagne » (Freud).

On doit à Freud la première « analyse » diplomatique sérieuse, et, par chance, pas de n'importe quelle diplomatie : le portrait psychologique du fondateur de la Société des Nations, le président Wilson, écrit en collaboration avec William Burrit, ambassadeur des États-Unis. Freud montre avec précision, sur la base des documents, que c'est l'identification de l'auteur des quatorze points à Jésus-Christ qui rendit possible sa venue en arbitre sur le théâtre européen. L'intervention américaine était à ses yeux une croisade pour une paix parfaite, même si tout lui indiquait qu'elle serait boiteuse. « L'hypocrisie apparente de Wilson était presque toujours une illusion qu'il se faisait sur lui-même. Il avait une faculté extraordinaire d'ignorer les faits et une foi immense dans les paroles[1]. » S'il avait été obligé de demander l'approbation du Congrès pour la raison que, l'Allemagne ayant commis des actes hostiles nuisibles aux intérêts des États-Unis, il fallait entrer en guerre, il n'aurait été à ses yeux qu'un homme d'État comme tous les autres, intéressé et nationaliste (et l'opinion n'eût peut-être pas suivi). « Son indentification au Christ était si forte qu'il était incapable de déclarer la guerre sinon comme moyen d'établir la paix. Il avait absolument besoin de croire qu'il sortirait de cette épreuve en sauveur du monde. » Il prit donc son désir pour la réalité, et ses idéaux pour de véritables buts de guerre. Aliénation féconde mais risquée, qui lui fit plus tard accueillir le traité de Versailles comme « une assurance à 90 % contre la guerre ».

À la Conférence de la paix, il entendait bien imposer la loi du Seigneur aux nations corrompues du Vieux Monde. Mais Clemenceau, chef de gouvernement du pays-hôte, vola la présidence à l'envoyé de Dieu sur terre. Le Tigre voulait que le débat portât d'abord sur les conditions de paix avant d'en venir au projet de Société des Nations, afin que celle-ci pût servir de garantie à celles-là. Wilson accepta de passer outre, convaincu que son exemplaire abnégation convertirait ces vieux renards de Clemenceau, Lloyd George et Orlando à l'amour du genre humain. Il rédigea dans cet esprit, celui d'une « féminité sans mélange », au dire de Freud, les statuts de la S.D.N., sûr d'ouvrir de la sorte une ère nouvelle, et déclara le 14 février 1919 : « Le mal a été vaincu et le reste du monde a pris conscience, comme jamais encore, de la majesté du bien. Des hommes qui se méfient les uns des autres pensent maintenant et désirent vivre en amis, en camarades formant une seule grande famille. Les miasmes de la méfiance et de l'intrigue sont dissipés. Les hommes se regardent dans les yeux et disent : Nous sommes frères et nous avons un but commun. Nous ne le comprenions pas autrefois mais le sentons maintenant. » Wilson voulait être aimé ; qu'il le fût si peu, et de ses obligés, le plongea

1. *Le Président T. W. Wilson,* par S. Freud et W. Burrit, Paris, Albin Michel, 1967.

dans la dépression. L'ombre du bolchevisme planant sur l'Europe, il n'osa jamais se servir de ses armes, économiques et financières, pour conformer la paix aux principes énoncés dans les quatorze points. « Wilson parla et capitula », persuadé que la Société des Nations reviendrait sur les clauses du traité de Versailles, dont il voyait bien le caractère néfaste. Plus exactement, comme le notait à l'époque le colonel House : « Wilson parle comme Jésus-Christ et se conduit comme Lloyd George. » Lors de son dernier voyage dans l'Ouest américain en 1919 : « Nous pouvons être sûr, dit Freud, que dans son inconscient, en montant dans le train, il monta sur un âne pour entrer dans Jérusalem. » Quelques jours après, il s'effondrait, frappé par la thrombose.

POLYTECHNIQUE

(Intermezzo 4)

L'eschatologie de gauche est du genre technicien. L'au-delà — de la rareté, des guerres, du surarmement, des tyrannies, de l'injustice — bref « des flammes, des passions, des douleurs d'aujourd'hui » — est déjà là : dans la dernière avancée du progrès industriel, machine à vapeur, télégraphie sans fil, station orbitale, ordinateur. Voilà la Bonne Nouvelle, le Message des Messies modernes. On croit qu'on sait mais sait parce qu'on croit. Quoi ? Que le « monde malheureux » ne l'est que par erreur et défaut de science. Qu'en changeant les outils on changera les âmes — et que l'innovation technique porte dans ses flancs la « fin de la préhistoire » (Servan-Schreiber). L'annonciation des temps nouveaux, cette inusable vieillerie, fait depuis Saint-Simon peau neuve chaque décennie : du chemin de fer de 1840 à la télématique de 1980, on attend la Pentecôte du dernier fétiche de la modernité, c'est-à-dire le remplacement d'un monde d'adversaires par un monde de partenaires, ou la transformation des « vieilles nations archaïques » en groupements d'intérêts économiques. La société informatisée, nous dit-on, sera politiquement *différente de la société industrielle, dont on oublie qu'en son temps déjà on attendait d'elle la fin des maux politiques propres aux sociétés agraires ou religieuses (tels la rareté, les guerres, le surarmement, les tyrannies, l'injustice, etc.). Le spiritualisme socialisant trouve son supplément de chair dans le modernisme technocratique. Rien ne sert donc d'opposer la berceuse humaniste à la stridence du manager, ils font couple parce que opposés. Servan-*

Schreiber ne cite-t-il pas le Jaurès de l' « *arrière-pensée* » *à la fin du* Défi mondial, *cet exemplaire post-daté de la vulgate idéologique des années 1860 ?*

Le polytechnicien dans l'arène ressemble souvent au poisson sur le sable : frétillant mais perdu[1]. *Il est pourtant promis, d'un point de vue social, à un plus bel avenir car cristallisant la bévue focale, son offre de lendemains différents satisfait mieux que toute autre la demande d'illusions des contemporains. L'erreur gratifiante consiste à confondre le rapport de l'homme aux choses, qui est de type cumulatif et ouvert (le* « *progrès scientifique et technique* »*), avec le rapport de l'homme à l'homme, qui est de type répétitif et fini (les* « *bégaiements de l'histoire* »*). Et ce faisant, à extrapoler du premier au second, en transposant sur l'*enjeu *politique les caractéristiques de l'*objet *matériel. Cette confusion entre deux types d'historicités, imbriquées l'une dans l'autre mais répondant à deux logiques distinctes, entretient et ressuscite à chaque période les pires désillusions — chaque époque devant s'apercevoir à son grand dam que le progrès technique n'a pas résolu le problème politique; et pour cause, puisqu'ils ne sont pas de même nature*[2].

Les polytechniciens sont en retard sur leur époque pour la raison qu'ils ne lisent pas Platon, qui avait pourtant prévenu son monde avec le mythe de Prométhée. Que l'essence de l'histoire politique de l'humanité ne soit pas historique — il n'en est au demeurant pas de meilleure preuve que la pérennité des règles ou le caractère exemplaire *et non simplement* documentaire *des archives diplomatiques. Il n'y a pas plus de sens à parler de* « new diplomacy » *(comme Wilson) que de* « *nouvelle philosophie* », *car, de même que les hommes ont toujours* pensé *aussi bien (Platon est-il un moins bon philosophe que Leibniz parce qu'il a vécu deux millénaires avant lui ?), les groupes organisés ont toujours* agi *aussi bien (ou aussi mal, peu importe ici) vis-à-vis les uns des autres. (Question absurde : la diplomatie du State*

1. Tous les anciens de Polytechnique ne sont pas nécessairement « polytechniciens » (au sens saint-simonien du mot) ni vice versa.
2. Voir *Critique de la raison politique,* Paris, Gallimard, Introduction.

Department est-elle meilleure ou pire que celle de Richelieu ?) En matière politique, Thucydide et Talleyrand restent nos stricts contemporains, plus utiles à l'homme d'action que Leontief et Toffler, qui seront « dépassés » dans un demi-siècle.

L'histoire fait nappe en surface mais elle est en profondeur à double fond. Les deux niveaux ne doivent ni ne peuvent se substituer l'un à l'autre. Ni se disqualifier l'un l'autre. On peut savoir (et expliquer) que l'O.N.U. en tant que projet d'organisation mondiale est condamnée à l'échec sans cesser de soutenir les agences de l'O.N.U. spécialisées dans le domaine humanitaire, technique ou médical, aux remarquables performances (U.N.I.C.E.F., O.M.S., H.C.R., U.N.W.R.A., etc.). Ce n'est pas parce que l'homme est mortel (statut répétitif et fini) qu'il faut renoncer aux formidables progrès de la médecine (ouverts et cumulatifs). Que l'organisation du groupe stable, territorialement délimité, porte avec et en elle le principe du conflit n'empêche pas de soigner les blessés ennemis ni de former ici et là des « commissions de paix » et des « forces d'interposition ».

Proprement technocratique est l'espoir que la poursuite et la diffusion du progrès technique emportent avec elles la solution du problème politique. De ce que l'amélioration des données techniques permette de mieux poser un problème donné, ne se déduit pas que ce dernier soit de nature technique. Le satellite d'observation a modifié les conditions du contrôle international des armements (de certains d'entre eux), en rendant possible une limitation vérifiée des arsenaux, mais il n'apporte pas avec lui la clef du désarmement général et contrôlé. Cette question des armes et des hommes offre aux naïfs modernes leur scandale préféré. « Toute la folie des hommes d'aujourd'hui éclate ici », s'écriait sans cesse Jules Moch (qui représenta pendant dix ans la France à la Commission du désarmement). N'est-ce pas dans ce domaine en effet que se paye le plus cher le « retard » de la politique sur la science ? La sempiternelle dénonciation de ce retard (Jules Moch : « Rattraper un tel retard est le devoir principal des générations montantes ») témoigne à sa manière du sidérant retard de la science politique. « Il est profondément décourageant de comparer les avances de la science aux déficiences de la raison humaine[1]. » *Nul ingénieur, nul économiste, ne devrait admettre semblable gaspillage des forces productives, s'exclame notre polytechnicien socialiste, en rappelant les millions de milliards consacrés par la planète à ses « œuvres de mort »*[2]. *Le bon sens commanderait bien évidemment de consacrer ces sommes, inflationnistes et improductives, au bien-être de tous — éducation, santé, industrie. Ne commanderait-il pas aussi de savoir pourquoi la mise en évidence d'une telle absurdité logique n'est jamais suivie d'effets pratiques ?*

Le désastreux Popper a donné récemment une aura « théorique » à la vieille bévue ; et des hommes politiques instruits filent encore le coton. « Nous vivons une époque scientifique. » La science, nous dit-on, exclut le sectarisme, l'agressivité, la passion, la mauvaise foi — qui caractérisent encore notre vie politique. Le temps serait donc venu — souligne par exemple Edgar Faure — de « rationaliser et démythifier » la vie politique, nationale et internationale, pour la transmuer en une sorte de recherche scientifique du bien commun. Cette réclamation en dit long sur l'opacité qui entoure la chose politique chez nos meilleurs politiciens. Et si le plus fou était encore le sage qui dénonce la persistante « folie » des humains — sans se demander à quelle raison elle obéit ?

1. Avant-propos du *Destin de la Paix,* Paris, Mercure de France, 1969.
2. On estimait en 1982 les dépenses annuelles d'armement dans le monde à 650 milliards de dollars.

Arbitrage, sécurité collective, désarmement : ces mythes survivent étrangement à leur déconfiture. Étrangement : nul témoin socialiste ne se ferait égorger pour eux, mais aucun non plus ne s'assoira dessus. On les voit vivoter jusque dans la bouche des plus sceptiques en clauses de style, tics de langage, stéréotypes. De même les grandes messes à quoi se réduisent la plupart des exercices diplomatiques que nous avons évoqués : nul ne voudrait y faire faute. Automatisme scrupuleux où se reconnaît le cérémonial du rite religieux : le caractère obligatoire et consciencieux de la référence ou de l'assistance, fût-elle *pro forma,* indique qu'on croit, sinon dans la validité du mythe, du moins que son omission aurait quelque chose de sacrilège. Les postulats du socialisme démocratique ne sont pas des *erreurs,* passibles de rectifications — aussi bien mille exposés comme celui-ci resteraient-ils sans danger aucun pour la bonne marche des organisations socialistes et les bonnes mœurs internationales. Ce sont encore moins des *mensonges,* qui supposent une connaissance préalable de la vérité et l'intention de l'escamoter aux yeux d'autrui. Ce sont très exactement des *illusions,* au sens donné par Freud à ce terme dans *L'Avenir d'une illusion :* « Nous appelons illusion une croyance quand, dans la motivation de celle-ci, la réalisation d'un désir est prévalente. » Le rapport de ce type de croyances à la réalité est donc un faux problème, et notre critique fondée sur l'histoire réelle, en porte à faux. L'illusion politique se nourrit de ses échecs, comme le rêve nocturne des blessures libidinales de la veille. Moins ça marche (objectivement), mieux ça marche (chez le sujet). Et pour cause : la fonction de l'illusion progressiste est de nous permettre d'esquiver les immuables contraintes de la réalité historique dont le poids, et la permanence de ce poids, nous seraient autrement intolérables. Le secret de la force d'une illusion est la force des désirs qui se réalisent en elle. Nous ne pouvons pas ne pas désirer la paix désarmée parce que l'homme estime avoir un droit sur sa propre vie et que la seule possibilité de la guerre est une négation de ce droit. Nous ne pouvons pas ne pas désirer que la « folie des hommes » s'abolisse un jour devant un ordre international qui assujettirait la vie instinctive des peuples aux injonctions de la raison universelle, car un tel État mondial maximiserait les aménités de la vie en commun en minimisant ses inconvénients. Et de conclure : il faut que le droit l'emporte sur la force. Comme disait Léon Blum dans son dernier article (*Le Populaire,* 29 mars 1950) : « Je l'espère et je le crois. Je le crois parce que je l'espère. » Conclure de son désir à la réalité, ou encore faire d'une idée régulatrice de la raison un concept de l'entendement pratique, c'est verser dans la spéculation et, au sens philosophique, dans l'idéalisme, aux traductions politiques coûteuses. « Je connais cette catégorie d'erreurs, écrit Blum à la fin de sa vie, qui n'était pas un adepte de la psychanalyse. Je les confesse mais je n'en rougis pas, car elles sont d'une espèce noble. Plutôt que des erreurs, ce sont des illusions [1]. » Personne n'a à rougir en effet de la Charte et de l'Organisation des Nations Unies. Dépositaire des « plus hautes aspirations de l'humanité », l'O.N.U. se range, à ce titre, parmi les *réalités délirantes* de la civilisation contemporaine (chaque époque a les siennes) : constructions bien réelles mais reposant sur des fantasmes inconscients. Bâtiments, personnel, procédures, dépenses attestent la matérialité de la construction mais l'absence d'effets tangibles sur le cours des choses politiques

1. Léon Blum, *À l'échelle humaine,* pp. 40-41.

nous rappelle la nature purement mentale des fondements de l'édifice. La « communauté internationale », avec son auréole de représentations juridiques et de buts idéaux, ne renvoie à aucune vérité théorique mais constitue une *fiction pratique.* Il est finalement plus utile à l'humanité d'y croire que de s'en moquer, même si, théoriquement considérée, elle ne devrait pas mériter créance. Aussi bien s'accorde-t-on inconsciemment à faire *comme si.* La preuve : les membres du Conseil de sécurité se regardent sans rire.

Il y a donc un bon usage de l'illusion socialiste, comme des idéaux démocratiques qui l'escortent dans l'arène internationale. Au même titre que les idées religieuses, les idées socialistes sont à la fois nécessaires et indigentes, respectables et dérisoires, comme tout ce qui forme le surmoi collectif de l'humanité historique. C'est un moment incontournable du développement de la culture, dont on sait qu'elle a pour fonction de nous protéger contre la nature, et d'abord de la nôtre, moyennant « une éviction progressive des fins instinctives, jointe à une limitation des réactions impulsives »[1]. Les garde-fous du droit international limitent effectivement, en mélangeant l'intimidation du dehors et la compulsion du dedans, l'usage effréné de la force, et cette limitation est l'autre nom de la civilisation. « Il faut admettre la prééminence des grands principes universels ou bien renoncer à faire avancer la société internationale », disait dernièrement le président Mitterrand. La faire avancer est sans doute impossible; mais faire comme si permet déjà de maintenir quelque chose comme une société internationale, en l'empêchant de retomber totalement et à chaque instant dans l'état de nature, absolue détresse et permanente insécurité. Si le meurtre n'était originaire, le « tu ne tueras point » n'aurait pas eu lieu d'être. Mais si l'interdiction n'avait pas pris la forme de l'interdit religieux, le meurtre des origines serait devenu carnage sans fin. De même le principe qui enjoint aux États : « Tu

1. *Pourquoi la guerre?* Réponse de Freud à Einstein, en réponse aux questions posées par ce dernier au nom de l'Institut international de coopération intellectuelle (1932). Reproduit in *Revue française de psychanalyse,* novembre-décembre 1957.

n'agresseras pas ton voisin », ou : « Si l'agression est provoquée, remets-t'en à un arbitre », ne supprime pas la guerre ; mais sans lui, la guerre succéderait à la guerre et les nations s'extermineraient les unes les autres. Si le socialisme est l'âme d'un monde sans âme, le cri de la créature en détresse est un peu plus qu'une protestation contre cette détresse et un peu moins qu'un sauvetage définitif : une intériorisation des impératifs idéaux de la survie. Sans doute le mythe d'une histoire rationnelle, réalisation progressive du règne de la justice, est-il un beau lot de consolation pour l'animal qui se découvre le jouet de forces naturelles, économiques, politiques et militaires, qu'il ne contrôle pas et comprend à peine. Mais la fiction, par ce qu'elle entraîne d'interdictions réelles et d'institutions de contrôle, humanise l'inhumain, métamorphose la pulsion de puissance, canalise l'odieux. L'inhibition par le surmoi des instances internationales a deux aspects : le premier, pur effet du principe de plaisir, tend à faire disparaître de la conscience civique le contenu déplaisant des cités (les unes pour les autres) — du socialisme comme opium militant. Mais la fausse conscience a sa contrepartie dans la réalité, en ce qu'elle affecte les sources objectives du déplaisir — du socialisme comme œuvre de culture. La répression des « forces de violence et de mort », mieux la vaut morale que physique, préventive que chirurgicale. Dialectique de la force et du droit (qui n'était lui-même à l'origine que force brutale). C'est en ce sens que l'illusion de la loi internationale peut être dite féconde et vitale, non moins que les forces du même nom. Les troupes de T. W. Wilson, qu'il envoya en Europe libérer le saint sépulcre, ont mis fin à une guerre stérile. Paris vaut bien un fantasme.

Le groupe humain stable ne peut se passer de religion — assertion rationnellement démontrable[1]. On sera donc fondé à dire que la religion socialiste, indigne, peut-être, de l'intelligence individuelle, est digne de foi, mais collective. L'intelligence de la

1. Voir *Critique de la raison politique* (livre II : Analytique. Première section : Logique de l'organisation).

foi ne se cache pas en effet que les promesses intenables sont les seules qui fassent « tenir » une communauté cohérente et durable. Le paradoxe est donc ailleurs. Il pourrait s'énoncer ainsi : comment la primauté de la raison sur les forces instinctives du groupe peut-elle faire l'objet d'un désir instinctif ? Le socialisme démocratique apparaît comme une religion dangereusement abstraite, sans incarnation, dépourvue en conséquence de sentiments forts et de liens d'identification personnelle. C'est pourquoi il est régulièrement balayé dans les moments critiques, guerre civile ou internationale, lorsque remontent en surface les couches archaïques, les plus puissantes, de la personnalité collective. Que pèse le respect d'un principe intellectuel à côté d'un Dieu d'amour qui regarde le pécheur au fond des yeux ? Une charte ou un code en comparaison d'un catéchisme et d'une histoire sainte ? Un siècle de socialisme témoigne que l'illusion rationnelle survit, mollement, à l'illusion lyrique.

Cette langueur a de quoi inquiéter. Si nulle société ne peut survivre dans l'agnosticisme, et si le socialisme est une Internationale par addition mais sans appartenance, un *eros* unificateur mais sans érotisme, une grâce intellectuelle mais sans charisme, il n'est pas sûr que l'idéal d'une Société des Nations puisse longtemps résister à la remontée de religions concurrentes plus anciennes et donc plus impérieusement émotives. Les liens de tendresse des socialistes apparaissent trop ténus, au regard des appartenances affectives de la nation, de la culture ou des ciments confessionnels. On aurait aimé qu'en Occident les sociétés adultes puissent adopter par consentement le socialisme démocratique comme obsession sociale dominante, après le christianisme, épousé dans l'adolescence. Processus économique, puisque « l'acceptation de la névrose universelle dispense l'individu de la tâche de se créer une névrose personnelle ». Tout porte à craindre, hélas, que les diverses communautés humaines vont devoir inventer, chacune pour leur compte, leur absolu délimitatif, sous une forme qui fera regretter l'ère classique des nationalismes. Si l'on admet que l'impuissance humaine est la grandeur humaine, cette extrême précarité de l'idée socialiste, dans un monde où la « déflagration archaïque », qui n'en est qu'à ses débuts, peut achever de briser nos derniers mécanismes de défense et de censure, en ferait précisément le prix.

En attendant, on se réjouira que notre névrose obsessionnelle ne tourne pas plus souvent à la psychose hallucinatoire, et que l'idéal socialiste détermine parfois un trouble du comportement mais rarement de la personnalité. Ce qui l'en protège, c'est l'épreuve périodique du pouvoir, à entendre comme *épreuve de réalité* où force est de distinguer, sous peine de mort, entre perceptions du monde et représentations mentales ; partant, de mettre fin aux plaisirs hallucinatoires de l' « idéologie ». Malgré ses extérieurs rigoristes, voire hypocondriaques, le socialiste est *un homme de plaisir, dont la jouissance s'appelle « morale »*, qui consiste à donner libre cours au désir en enfouissant la réalité extérieure sous un amas de satisfactions symboliques : déclarations de principe, programmes, projets, plans, etc. Il arrive dans ces conditions que la venue au pouvoir, et donc au contact « infernal » du monde réel, inspire au socialiste de stricte observance un intense sentiment de culpabilité dû à une frustration narcissique prolongée (face à l'indécence des armes, des agressions, des mensonges et des manœuvres des États, alliés ou adversaires, tels qu'ils sont). Il aura le choix alors entre l'auto-accusation qui engendre des accès répétés de mélancolie, ou bien l'inculpation du bouc émissaire, qui engendre l'obsession du complot et de la trahison.

Rien n'interdit de briser l'alternative en assumant sereinement les apories de son époque. La preuve par neuf : François Mitterrand, dans la France des années mil neuf cent quatre-vingt.

*

« Si tu as le choix entre deux solutions, choisis toujours la troisième. »

On peut être un homme de « principes » et d'État. Ce qui ne pardonne pas, en revanche, c'est la croyance au bonheur. Celui de l'humanité, s'entend. L'épreuve de réalité, en broyant l'illusion, brise alors le croyant. Que de désastres à porter au compte de l'optimisme. Les pires tragédies sont encore celles qu'engendre le refus de la tragédie. Redonner à la gauche le sens du tragique, qu'est-ce sinon demander à une volonté démocratique qui a l'âge de Kant et se dit post-marxiste, quand elle n'est que préhégélienne, d'ouvrir les yeux sur le monde, et d'abord sur elle-même ?

L'univers mental du socialiste humanitaire garantit de rudes surprises, mais pathétiques, non tragiques. Pathétique est le bonheur manqué dans les larmes, tragique le malheur assumé avec le sourire — jusque dans le choix du moindre mal. N'est pas tragique le conflit décidé d'avance dans le lumineux partage du juste et du condamné, qui oppose un droit à un non-droit, une raison à une passion, une vision prémonitoire à une myopie rédhibitoire. Un tel conflit est un sursis, non un combat. La tragédie oppose un droit à un droit, une raison à une autre. Créon a raison, selon la loi humaine ; Antigone aussi, selon la loi divine. Israël a raison, selon la loi de groupe ; les Palestiniens aussi, selon la leur. Les deux parties ont raison ensemble, et on ne peut pour autant les renvoyer dos à dos. Gouverner c'est choisir, dit-on. Choisir c'est exclure, et donc s'amputer. Il n'y a pas d'homme d'État heureux.

Qui rêve s'endort. Ceux qui ne peuvent pas penser l'histoire sans lui prêter de fin en viennent bientôt à rêver d'une fin de l'histoire. La société sans classe de l'utopie communiste comme le gouvernement mondial du rêve démocrate séduisent en ce qu'ils suggèrent, par-delà une suspension des hostilités, l'arrêt du temps par épuisement des contradictions. Ces idylles à feuilles persistantes nous font attendre pour demain soir le jardin d'Éden. Larmoyantes pastorales qui préparent mal aux travaux et aux jours. Rien n'est inéluctable, rien n'est irréversible.

Point n'est besoin de supposer une fin de l'histoire pour lui trouver du sens, ici et maintenant. Admettre que la marche du monde n'a pas de but n'expose pas plus au désespoir qu'à l'espoir. À la responsabilité, peut-être. À l'apathie, certainement pas : que tout n'aille pas vers le mieux ne signifie pas que tout soit pour le mieux. Celui qui recherche désespérément un ordre international meilleur risque de se décourager plus vite que celui pour qui, si le pire n'est jamais sûr, il est toujours possible; et qui, le sachant, prend à temps ses dispositions. Malicieuse alacrité des résistants, qui donne un temps d'avance sur le « cœur déchiré » du coupable malgré lui. Le sourire à travers les larmes ne vaut-il pas mieux que son contraire? Le voilà, notre troisième homme : un Candide tragique et gai qui après avoir couru l'Amérique à pied, souffert l'Inquisition en terres d'Espagne et mille morts chez les Turcs, s'en retournerait, bravant l'impopularité, cultiver son jardin public; sûr que le bien de sa Cité, qui dépend un peu de lui, le requiert davantage que le bien de l'humanité, qui n'en dépend quasiment pas.

LIVRE II

Le noyau dur

« *Sur dix erreurs politiques, il y en a neuf qui consistent simplement à croire encore vrai ce qui a cessé de l'être. Mais la dixième, qui pourra être encore plus grave, sera de ne plus croire encore vrai ce qui l'est pourtant encore.* »

BERGSON.

Donnez-nous des raisons d'espérer — prière du militant à son chef. « *Segui il tuo corso e lascia dir le genti* » — conseil de Dante au chercheur. Entre les impératifs de l'heure, toujours électorale, et l'appel de la vérité, toujours rebutante, Candide pourrait sentir quelque embarras. Mais pour abattre sa besogne de chaque jour, il lui suffit de répondre à cette simple question : de quoi ne faut-il pas aujourd'hui désespérer, et à quelles conditions ?

La nature militante ayant horreur du vide, une déconstruction des illusions de la gauche ancienne se paiera-t-elle aussitôt de nouveaux schibboleths ? Trop d'impatience rend frivole, qui ne prend pas son temps ne le comprendra pas. La réponse à la question du non-désespoir sera *devenue* ou ne sera pas. L'erreur est première en tout ; et chaque vérité, une erreur rectifiée. Futile est donc la gloire des aphorismes ; plus utile, le travail du redressement qui met à l'école d'une histoire effective, avec ses essais, erreurs et sanctions. Gardons-nous de la vulgarité des grandes idées (celles qui font les petites réputations, l'espace d'une saison) ; nous voulons des idées simples mais qui résistent à l'usure des saisons. Assez d'idées neuves : nous ne demandons qu'une idée viable, qui tienne la mer, par mauvais temps. La gauche ne fera du neuf qu'avec du vieux — ainsi font la pensée et l'histoire elles-mêmes.

La critique de l'héritage socialiste nous a déjà mis en garde contre les conceptions du monde qui ne commencent pas par concevoir le monde tel qu'il va — quitte, si la réalité est inconcevable, à forger, comme disait l'autre, des concepts inconcevables. La phobie des idées générales qu'inspire la conduite des grands ancêtres égarés dans le combat des nations doit maintenant accoucher d'une règle de méthode : ne pas dissocier un projet politique des moyens d'exécution, le choix de l'objectif des ressources matérielles.

Cette précaution n'insinue pas un déterminisme par les conditions existantes mais qu'il existe des conditions historiquement déterminées derrière toute grande querelle à soutenir. Il est faux qu'un pays ne puisse avoir que la politique étrangère de ses moyens ; mais il est vrai qu'une politique internationale ne se mène pas de n'importe où, en état d'apesanteur économique, financière et démographique. Un déterminisme matériel sanctionnerait l'effacement : moyenne puissance, la France peut, si elle l'ose, ne pas se limiter à un rôle moyen, régional et subordonné. Un flou lyrique en revanche aurait pour sanction une nouvelle « *furia francese* » au souffle court, donnant raison à Richelieu : « Il n'y a point de nation au monde si peu propre à la guerre que la nôtre. La légèreté et l'impatience qu'elle a dans les moindres travaux sont ses deux principes... (Les Français) ne craignent pas le péril mais ils veulent s'y exposer sans aucune peine ; les moindres détails leur sont insupportables[1]. » Et à Tocqueville, lorsqu'il voyait la nation française « plus capable d'héroïsme que de vertu, de génie que de bon sens, propre à concevoir d'immense desseins plutôt qu'à parachever de grandes entreprises »[2]. Un projet historique qui ne se contentera pas d'être gratifiant devra se coltiner avec les détails, au milieu des contraintes intérieures et extérieures existantes[3].

1. Richelieu, *Testament politique,* Paris, Laffont, 1947, pp. 383 et 385.
2. Tocqueville, *L'Ancien Régime et la Révolution,* Paris, Gallimard, 1952, t. II, p. 250.
3. C'est donc quand nous aurons appris ce que sont l'Alliance atlantique, l'Europe communautaire, le monde soviétique, la structure du commerce

Reste qu'il faut au voyageur des repères pour ne pas perdre le nord, dussions-nous nous contredire. En voici. Idéologues s'abstenir. Nous avons déjà appris que stratège et diplomate « bricolent dans l'incurable ». Portons maintenant le débat sur le moindre mal, non sur le souverain bien. À savoir, question : sur quoi fonder une « *Realpolitik* de gauche », par laquelle un *projet socialiste se hausserait à une politique de puissance sans se renier comme idéal politique*?

Réponse (« Faites vite : il vous reste une minute ») :

Principe I — L'*intérêt national* est la base et la fin d'une politique extérieure légitime.

Principe II — Une telle politique exige que soit partout défendu et promu l'intérêt national *des autres.*

Principe III — L'application du principe II ne peut se faire que *sous les conditions et dans les limites* fixées par le principe I.

La belle affaire ! Fallait-il donc passer par Jaurès pour en revenir à Richelieu ? Ces postulats triviaux chacun dira, à droite surtout, qu'ils vont sans dire. On aimerait simplement savoir ce que l'on dit quand on en répète la tradition, et si la droite classique est digne de cet apparent classicisme. Car il nous semble à nous que si les trois propositions avancées circonscrivent le monstre chaleureux que serait un État à la fois moderne et singulier, survivant honnêtement à la fréquentation des grands fauves, chacune d'entre elles recèle un paradoxe méconnu. Comme si, dans les affaires dites étrangères, le bon sens était la chose du monde la moins partagée.

Pas de politique sans une certaine idée de l'homme ; pas de conception de l'homme sans une certaine idée de ce qui met les hommes en mouvement. Concrètement : selon quelles lignes distribuer les forces en travail ? Selon quelle articulation découper le système mondial en ses unités premières, réelles et non

---

extérieur, la répartition des enveloppes budgétaires, les découpages administratifs des Relations extérieures, l'assiette des intérêts et des ressortissants français à l'étranger, nos dépendances technologiques, le statut du franc, la masse critique de l'investissement dans telles industries de pointe, etc., que nous pourrons *in fine* articuler un faisceau cohérent de perspectives pratiques.

complaisantes ou apparentes ? Telle est l'opération initiale, inavouée et décisive. Car ce sont ces unités de base qui serviront d'étalon à la prévision, à l'analyse des événements, au choix des mots et des moyens. Une politique étrangère se fait d'abord avec des ciseaux et selon des pointillés. Le malheur veut qu'elle l'avoue rarement, et d'abord à elle-même : ce non-dit de départ renforce d'autant plus l'emprise du *découpage* sur les agents et leurs actions qu'ils se croient vierges d'*a priori.* Sans dogmatiser, le socialiste traditionnel avouait : il étalonne et raisonne à partir d'entités morales — « justice », « conscience universelle », « paix ». Le marxiste qui a la théorie de son projet, à partir d'entités économiques — « classe », « mode de production », « impérialisme ». Quiconque propose l'unité historique appelée, faute de mieux, « nationalité », comme principe de base des découpages (diplomatiques et stratégiques), et qui le dit sans fard — ne se trompe-t-il pas de siècle ? Est-il bien au courant de ce qui se passe ? Joue-t-il, l'ahuri, à l'imbécile ou fait-il le malin ?

Projet donc d'une « troisième gauche », qui rejette la gauche molle, sans noyau dur, et la gauche dure, qui n'est pas bonne : trouver le *bon noyau.*

À quel substantif peut correspondre aujourd'hui ce nonchalant, fripé, machinal et tenace adjectif de « national » ?

Encore une minute, monsieur le bourreau. Ô journaliste sardonique et pressé, avant de convoquer Barrès, Déroulède et Maurras pour l' « allumage » de rigueur, avant de railler les fils prodigues pour stéréotyper un malentendu de plus, acceptez de révoquer en doute, l'espace d'une vingtaine de pages, idées et opinions reçues, comme celle d'appeler « nationaliste » quiconque se demande ce qu'est nation devenue, à l'heure du Spacelab et de Spot-1. Souffrez qu'on s'élève par degrés à la modernité, notre beau souci commun, en conduisant par ordre nos pensées, à l'instar d'un cavalier français jadis parti d'un si bon pas : « Il y a déjà quelque temps que je me suis aperçu que, dès mes premières années, j'avais reçu quantité de fausses opinions pour véritables, et que ce que j'ai depuis fondé sur des principes si mal assurés ne pouvait être que fort douteux et incertain ; de façon qu'il me fallait entreprendre sérieusement une fois en ma vie de me défaire de toutes les opinions que j'avais reçues jusques alors en ma créance, et commencer tout de nouveau dès les fondements, si je voulais établir quelque chose de ferme et de constant dans les sciences. Mais cette entreprise me semblant être fort grande, j'ai attendu que j'eusse atteint un âge qui fût si mûr que je n'en pusse espérer d'autre après lui, auquel je fusse plus propre à l'exécuter ; ce qui m'a fait différer si longtemps, que désormais je croirais commettre une faute, si j'employais encore à délibérer le temps qu'il me reste pour agir [1]. »

Puisqu'il nous reste peu de temps, remontons aux principes, quitte à commencer par le béaba.

1. Descartes, *Première Méditation,* « Des choses que l'on peut révoquer en doute ».

I. DE L'INTÉRÊT NATIONAL

1. *Qu'il vaut mieux en parler.*

L'histoire rend au centuple la monnaie des pièces perdues : la prévoyance commande aux prétendants de vider leurs poches en public. Le retour du refoulé collectif a assez montré, depuis un siècle, de quel bois il se chauffe pour se décider à « en parler » plutôt qu'y céder en cachette. Si la chose figurait plus clairement dans l'histoire des idées socialistes, elle ferait moins d'ombre à la conduite des gouvernements du même nom. Que l'on avoue enfin l'inavouable et, la fausse honte envolée, la transparence des actes fera tomber comme gangues mortes nos langues de bois et de bloc.

La honte vient de loin. La gauche « 1900 » — celle de ce matin mais non d'avant-hier (car les révolutionnaires français de 1792 étaient au net) — avait rangé l'intérêt national au magasin des sophismes moisis que viendrait balayer bientôt le vent du Nouveau Monde, qui, au début du XXe siècle, pouvait souffler des deux côtés, tour à tour d'est et d'ouest : « internationalisme prolétarien » et « *new diplomacy* ».

Souvenons-nous des imprécations de Lénine en 1914 contre les unions sacrées d'Europe, les chauvinismes de la « belle France » et de l' « infortunée Belgique ». Il faut prendre au sérieux les arguments rabâchés du matérialisme historique lorsqu'il dévoile les ruses de la domination : de même qu'au nom du droit divin, l'intérêt du prince faisait bon marché de celui de ses sujets, la bourgeoisie, au nom de la souveraineté nationale, fait passer ses intérêts très particuliers pour ceux, supérieurs, de l'État, tout comme elle revêt d'universalité ses ambitions nationales d'expansion : « *gesta Dei per francos* » et « la République vaisseau pilote de l'Humanité ». Les monarchies défendaient la religion et l'honneur, ou les deux, avec les premières conquêtes coloniales ; les démocraties coloniales parlent toujours (en tout cas depuis le Congrès de Berlin et la création, peu avant, de l' « Association internationale africaine » par Léopold II) de sauver la Démocratie en danger lorsqu'il s'agit d'emporter un morceau d'Afrique et d'Asie. Et, au-delà de ces vieilles ruses de classe, il y a, encore et toujours, la légitimation de l'arbitraire et ses stratagèmes. Cercle connu de tous les actes d'autorité : « L'intérêt national me commande de prendre cette (amère) décision », dit le Prince. Évidemment, murmure son fou : « Il appelle " intérêt national " ce qu'il a décidé, pour sucrer la pilule. »

Souvenons-nous de Wilson à Versailles face aux « nationalismes étriqués » de Clemenceau, Lloyd George et Orlando, de ses appels à surmonter les « mesquines politiques de puissance » pour prendre en compte les « intérêts généraux de l'humanité ». 28 mars 1919 : « Le sentiment qui a rapproché dans le combat des peuples venus de tous les points de la terre, c'est le sentiment qu'ils combattaient ensemble pour la justice... ici, nous représentons moins des États que l'opinion du monde. » Tout n'est pas dérisoire dans l'idéalisme historique, comment sinon expliquer jusqu'à nos jours son entêtement à renaître ? Son malheur est qu'il se laisse assez bien décrypter par son adversaire matérialiste auquel il offre la plus belle de ses leçons de choses. Wilson et Lénine se méprisaient l'un l'autre, mais le second comprenait mieux le premier que l'inverse. La conviction américaine selon laquelle « l'Amérique est née dans le monde pour rendre service à l'humanité » (discours de Pittsburgh) réconcilie Marx avec La Rochefoucauld : « L'intérêt parle toutes sortes de langues et joue toutes sortes de personnages, même celui du désintéressé. » Il est dans la nature des empires d'étalonner la vertu, et de se prendre pour l'humanité dont ils deviennent ainsi juges et parties. Wilson, comme ses successeurs jusqu'à Carter et Reagan compris, ne parlait que sa langue maternelle, *lingua franca* de l'honnêteté humaine (à quelques sabirs et patois près). Vivre ses intérêts nationaux comme ceux de toutes les nations libres, proposer la moindre de ses guerres particulières en croisade et imposer sa monnaie en monnaie universelle de réserve — cette hallucination œcuménique définit l'égoïsme suprême ; mais ne le transcende pas. Apparaît au contraire une sorte de proportion entre le degré d'identification à l'essence humaine et le dédain des groupes humains concrets où s'incarne l'essence. Plus c'est intéressé dans le fait, plus c'est pastoral dans le discours ; comme si le pire des égoïsmes nationaux était celui qui ne s'avouait pas. D'où ce paradoxe : le gouvernement d'un pays européen décidé à assumer toutes ses responsabilités pour ce qui a trait à son outil de défense, à son développement technologique, à son action mondiale, s'entendra souvent mieux avec une administration américaine républicaine que démocrate. Un démocrate américain aura tendance à s'attribuer la « destinée manifeste » de représenter, et donc de conduire, l'entité unique appelée Occident : le rapport avec les « alliés » ne peut dès lors être que celui du général au particulier, toute affirmation propre valant pour insubordination (et donc « désertion devant l'ennemi »). Le républicain pourra dilater son ego national jusqu'à la « *high frontier* » de l'espace interplanétaire, reste que toute affirmation nationale ne lui semblera pas *a priori* intolérable, à tout le moins sur ses marches. De Gaulle a un dialogue de sourds avec Kennedy, et nul avec Johnson ; mais Nixon l'entend, et parfois l'écoute (lui ou Pompidou). Il n'est pas dit que François Mitterrand se serait mieux entendu avec Carter qu'avec Reagan.

La notion d'intérêt national n'est pas de l'intérêt de tous, ni même, à égalité, de toutes les nations existantes. Elle est née dans la vieille Europe, et si certains théoriciens américains (Morgenthau) l'ont faite leur, elle ne s'acclimate pas n'importe où. Le mépris de l'argent est un privilège de riches, et les bien-portants ne s'intéressent pas à la santé. Il faut avoir souffert dans sa chair d'une dépendance pour réfléchir à ce qu'indépendance veut dire [1]. Les très grandes nations comme les très petites n'érigent pas spontanément, ni ouvertement, en principe l'intérêt national. L'humanisme planétaire fleurit sur les cimes de la puissance, tout en haut des échelles statistiques (ou tout en bas, pour la raison inverse). Un peuple qui n'a jamais fait l'expérience de sa vulnérabilité physique (qu'il doive ce privilège à sa position géographique, son relief, ses ressources ou sa suprématie militaire), sera spontanément porté à l'universalisme, humanitaire ou messianique. J. F. Kennedy : « Les Américains sont plus par destinée que par choix les sentinelles sur les remparts de la liberté du monde. » Il faut être ou très fort ou très faible, ou les U.S.A. ou San Marin, qui ont en commun de n'avoir jamais connu l'occupation militaire ni l'assujettissement politique, pour tenir en suspicion les États qui ne confondent pas leur drapeau avec celui de l'Humanité. La prédilection pour le supranational traduit soit un sur soit un sous-nationalisme, empire ou canton, New York ou Genève. Luxembourg est « communautaire », et pour cause; comme on est plus volontiers « européen » à Bruxelles qu'à Londres. Remontons d'un cran : l'idée nationale surgit — et survit — dans l'histoire comme la petite monnaie de l'universel. Religieux ou politique; mais les deux vont ensemble. À la jointure d'un trop et d'un pas-assez de puissance; dans le précaire interstice qui sépare un empire qui meurt d'un autre qui naît. Leur nationalité est ce qui reste aux communautés humaines quand elles ont perdu leur Père commun : Saint-Père, Imam ou Petit Père des peuples; lorsque, ainsi désaffiliées, les orphelines se résignent à devenir leur propre père : des patries. Dure épreuve de

1. Les souffrances du général de Gaulle, à Londres en 1940, lorsqu'il dépendait du bon vouloir britannique ne serait-ce que pour expédier un télégramme, prendre un avion ou rémunérer ses premiers collaborateurs, sans parler d'autres dépendances plus politiques, n'étaient pas une mauvaise propédeutique au « *Zeitgeist* ».

maturité, dont les prolongements agnostiques peuvent à tout instant déraper chez les peuples historiquement formés à la domination (plutôt au nord de la planète) dans une nouvelle idolâtrie païenne (nationalisme intégral ou fascisme).

La nation-supériorité est une séquelle messianique ; la nation-singularité une fragile conquête laïque, à protéger jour après jour. Et tout ce qui exalte une singularité en supériorité ramène à l'ancien monde. Le jacobin doit faire comme s'il prenait sa partie pour le tout, en se gardant bien de substituer dans sa tête la première au second. C'est à ce titre un être déchiré, voué à explorer chaque jour la vacuité votive de la pétition de principe papale selon laquelle « le bien commun national (est) inséparable du bien de toute la communauté humaine » (*Pacem in terris,* § 98) — *wishful thinking* qui suppose le problème résolu. Aucun centre de pouvoir à prétention catholique (universelle) n'a intérêt à la décentration nationalitaire — où il verra tôt ou tard forfaiture ou médiocrité. L'intérêt national ne peut retenir et rassembler aujourd'hui, dans une commune dissemblance, que des puissances moyennes et adultes, qui ont *volens nolens* renoncé à la plus vieille des maladies infantiles, vouloir régenter le monde pour le régénérer fût-ce par le biais d'un magistère moral, religieux ou non (Révolution mondiale ou Monde libre).

Clemenceau face à Wilson, Churchill face à Roosevelt, de Gaulle face à Johnson « en ont parlé » ; avec la même intraitable modestie, qu'on prenait pour un orgueil fantastique et qui en était un ; sauf que le fantasme était chez l'autre. Auraient-ils tous les trois gagné à titre posthume (comme le sont toutes les victoires, dans ce combat-là) s'ils n'avaient pris le parti du grain contre la paille ?

2. *Qu'il existe.*

Rien de moins naturel que l'intérêt national. Ce n'est pas une donnée immédiate de la conscience politique, pas plus que la nation, qui est l'histoire faite nature et la nature faite histoire, n'est une donnée de la géographie. Le mariage de mots est déjà par lui-même étrange. Singulier chaud-froid que ce couple officiel — « Nation » est du genre féminin ; lié à l'onirique, à l'affectivité, aux profondeurs du spontané. À l'oppression aussi. Et à la littérature (rôle décisif des écrivains dans l'émergence des nations européennes du XIXe et du tiers monde au XXe). « C'est le type d'une fausse idée claire », disait Henri Hauser de la nation, et pour cause : ce n'est pas une idée, mais cela précisément dont il ne peut y avoir concept pur, ni *a priori* (non tiré de l'expérience) ni *a posteriori* (comme unité d'une pluralité). Il faut s'y résoudre : tout ce qui est obscur n'est pas faux — et les idées-forces, rarement claires. La preuve : « la patrie est née du cœur d'une femme » — rappelle Michelet à propos de Jeanne d'Arc. « Intérêt » est masculin. Il y a du revenu, de l'agio, du dividende là-dedans. Cela sonne mesquin et bas. La nation se sent mais l'intérêt se calcule. Ce mariage de l'amour et de l'intérêt est déjà en soi un intéressant mystère psycho-politique. Comme si la grande politique réclamait des hommes-femmes ; des visionnaires à la vue courte ; une horlogerie cérébrale branchée sur un instinct de poète. Un bergsonien à l'école des jésuites ? Le choc de ces mots, peut-être insignifiant, annonce l'éternel retour de cet androgyne appelé homme d'État, le *cynique passionné.* Tout le contraire de l'amoral émotif : le réaliste hanté.

Si l'intérêt national se voyait à l'œil nu, les luttes politiques intérieures n'auraient pas d'objet. Elles ont précisément pour but de mettre les prétendants en mesure d'imposer aux autres l'interprétation qu'ils s'en font. Et s'il était passible de démonstrations par lignes et figures, la science politique serait une branche de la géométrie, unissant les hommes au lieu de les diviser. Mais de ce qu'il ne soit pas mesurable ni univoque, il ne se déduit pas qu'il est irrationnel ; il n'a pas d'objectivité comme une table ou un théorème ; il en a comme une tendance et une constante.

Hitler ne définissait pas exactement l'intérêt national allemand comme Bismarck ou Kohl ; Nicolas II, le Russe, comme Lénine ;

Édouard Herriot, le Français, comme de Gaulle ; ni ce dernier, comme Saint Louis, pour qui la conquête des Lieux saints relevait, si l'on ose dire, de l'intérêt royal. On connaît les objections du sens commun qui mettent en relief l'indétermination rationnelle de la notion [1]. La plupart sont ou triviales ou captieuses. Triviales, s'il s'agit de montrer que le contenu empirique du concept varie avec les circonstances, les valeurs, et les régimes en place ; captieuses s'il s'agit d'en inférer que la notion elle-même est arbitraire et subjective. L'intérêt national se fonde sur une tendance universelle du vivant, *celle de l'être à persévérer dans son être,* qu'il soit individuel ou collectif. La légitimité du critère historique a pour répondant la nature des choses et des vivants. Une communauté historique a pour fin première de rester elle-même, ce qui veut dire : subsister comme unité souveraine de façon à garder la liberté de ses choix fondamentaux (de ses amis, de ses ennemis, de sa forme de vie, de son régime, etc.). Faire son histoire au lieu de la subir ; et pour cela, sauver son être, moyen de cette fin. L'autonomie suppose l'existence ; aussi bien les Forces armées sont-elles le premier instrument d'une souveraineté, mais non sa fin. La défense est le cœur, non l'âme d'une nation [2]. Car la sécurité est *condition, non valeur,* qui réside dans la capacité sauvegardée de survivre, comme sujet propre de décisions, aux tentatives des autres sujets pour nous assujettir à leurs décisions. Or le trait le plus flagrant des relations internationales est qu'une nation se trouve insérée dans un système de dépendances et d'interdépendances, économiques, techniques, politiques, idéologiques, juridiques, etc., qui l'empêche de se déterminer elle-même librement dans un néant de contraintes extérieures et intérieures. L'audodétermination, comme projet d'existence, est l'enjeu d'un combat sans fin.

1. Raymond Aron, *Paix et guerre entre les nations,* Paris, Éd. Plon, 1962.
2. Il est plus facile de transplanter un cœur que de détruire une âme. Mais qui garde son âme retrouvera tôt ou tard un cœur à soi. Quelle sorte d'indépendance peut avoir un pays qui entrepose sur son sol qui 1 110 qui 6 000 têtes nucléaires dont il ne contrôle pas l'emploi ? Comment supposer naturel, donc durable, un tel état de fait ?

Pour démontrer que l'intérêt national existe objectivement, il faudrait, dit Aron, « démontrer que les hommes d'État, inspirés par des philosophes différents, agissent de même dans les mêmes circonstances et que les partis devraient, s'ils étaient rationnels en tant qu'hommes diplomatiques, estimer de la même manière l'intérêt national. Or une telle démonstration me paraît inconcevable, l'hypothèse elle-même absurde »[1]. L'absurdité en l'occurrence n'est pas celle d'une hypothèse mais de l'expérience la plus banale ; et la charge de la preuve s'inverse. Pour démontrer que l'intérêt national est un mot vide, il faudrait démontrer que des hommes d'État, de partis et de philosophies contraires, n'agissent pas de même dans les mêmes circonstances. Si l'intérêt national n'existait pas, la politique étrangère de la France, par exemple, n'aurait aucune continuité ; zigzaguant d'un président à l'autre et se brisant à chaque ministère ; et François Mitterrand devrait agir en tout point d'une façon contraire au général de Gaulle, pour avoir été son principal adversaire intérieur. C'est cette hypothèse qui est absurde. Les forces de changement ne font pas (beaucoup) changer l'esprit ni les méthodes d'une politique étrangère, pour nombre de raisons dont la première est qu'un pays ne change pas de position sur la carte, ni de langue, ni de sous-sol, ni de commerce extérieur en changeant de coalition gouvernementale. Une France communiste n'aurait pas pour autant plus de pétrole, ni une France fasciste un climat permettant la culture du soja. Lénine ne se faisait pas la même idée de la Sainte Russie que Nicolas II. Mais sur le long terme, avec un demi-siècle de recul, et malgré le remplacement d'un messianisme par un autre, la diplomatie soviétique ressemble beaucoup plus à la diplomatie tsariste qu'aux vues de Karl Marx sur le sujet[2]. Il faudra

1. *Op. cit.*, p. 18.

2. Helmut Schmidt : « Il y a toujours eu un énorme courant impérialiste en Russie. C'est pourquoi croire que ce courant est une conséquence de l'idéologie communiste est tout simplement une erreur. Empiriquement, je pense que le comportement international de l'Union soviétique est pour 75 % russe et, peut-être, pour 25 % communiste » (conférence publiée à Hambourg, 24.4.83, reproduite dans *Politique étrangère,* 2/83).

interroger cette continuité, dont les inconvénients valent bien les avantages. Reste que l'intérêt national ne change pas au gré des idées qu'on s'en fait. Outre que la plupart des citoyens, politiciens compris, qui ont tant d'autres chats à fouetter, ne cherchent pas à s'en faire une idée précise, chacun sait que s'il est permis aux partis d'entretenir des idées différentes dans l'opposition, l'exercice du pouvoir resserre l'éventail des fantaisies car la réalité se charge de faire le tri des idées viables. « Tous les États ont un objet qui est de se maintenir, écrit Montesquieu ; et chacun pourtant en a un qui lui est particulier : l'agrandissement était l'objet de Rome ; la guerre, celui de Lacédémone ; la religion, celui des lois judaïques ; le commerce, celui de Marseille [1]. »

3. *Qu'il est définissable : le travail du négatif.*

Il n'y a pas de mathématiques des relations internationales, il y a des mesures objectives de certains éléments de la puissance nationale : population, production, étendue, arsenal, revenu, etc. ; mais à supposer que ces grandeurs puissent s'additionner, la puissance ne se réduit pas à une addition inerte d'indices. En vain s'efforcerait-on de calquer une théorie de la puissance sur une théorie de la valeur, faute ici d'un équivalent universel comme la monnaie. L'*homo œconomicus,* ce fantôme utile, peut se voir attribuer un but rationnel : maximiser ses revenus pour minimiser ses satisfactions (étant bien entendu que les critères du satisfaisant, et donc de la rationalité du raisonnement, ne relèvent pas de l'économie : l'infarctus du milliardaire surmené, comment en rationaliser le risque ?). Si une nation peut se donner un but, ce dernier peut-il se penser en termes quantitatifs ? Maximiser sa part du revenu mondial ? Outre qu'une croissance maximale n'est pas une croissance optimale (la qualité de la vie n'étant pas proportionnelle à la quantité de biens et services disponibles), on a pu

1. *L'Esprit des Lois,* livre XI, chap. V.

montrer que le gâteau total diminue si chacun ne pense qu'à augmenter sa part[1]. Rendre l'État le plus fort possible ? Cette logique érigée en absolu se traduirait par la guerre au-dehors et l'augmentation des inégalités sociales au-dedans ; élevant à terme les chances d'insécurité et d'instabilité, elle se détruit elle-même. Accroître au maximum son territoire ? Annexions et empiètements ne tarderaient pas à accroître la vulnérabilité de l'ensemble, y compris du pré-carré. Maximiser son potentiel militaire ? Outre les effets en retour des potentiels adverses (résistance, coalition et destruction), une élévation excessive du budget militaire peut compromettre l'indépendance d'un pays si elle accroît son endettement et obère son économie. Bref, il est flagrant qu'optimum et maximum divergent, autant que l'art politique des techniques de rationalisation des choix. Un décideur national peut, dans le cadre d'un plan d'action, juxtaposer un *schéma de causalité* (système de toutes les conséquences de ses actions possibles) à un *schéma de finalité* (système des valeurs liées au résultat obtenu dans chaque cas) ; et déterminer ainsi un *point d'équilibre* en fonction duquel programmer ses actions tactiques — et ventiler notamment le budget de l'État. Mais s'il y a déjà dans le plus simple jeu à somme nulle du « jeu » — celui des valeurs qu'il convient ou non d'attribuer aux variables et celui du choix de l'objectif —, il y en a plus encore dans les relations internationales parce qu'elles ne se réduisent pas à un duel fini entre deux adversaires seulement, parce qu'il y a plusieurs types de décideurs (l'État n'étant plus que l'un d'entre eux), parce que la complexité des moyens et la variabilité du milieu excèdent la modélisation stratégique et la quantification des données. Et même si une logique de l'action internationale était formalisable, elle resterait suspendue en amont à l'arbitraire propre à toute sélection de fin. Le support des calculs stratégiques n'est pas calculable.

La puissance n'est pas une donnée isolable ou absolue. C'est une relation, la substance même des *relations* internationales. On la

1. Michel Albert, *Un pari pour l'Europe*, Paris, Éd. du Seuil, 1983.

définira comme la somme des facteurs permettant à une unité souveraine d'imposer sa volonté à d'autres unités souveraines (étant entendu que ces facteurs ne sont pas tous matériels). Si on définit comme *volonté de puissance* la stratégie d'une nation tendant à « maximiser ses moyens d'agir sur les autres », sera dite *d'intérêt national une stratégie tendant à minimiser les moyens qu'ont les autres d'agir sur soi.* Qui surbordonne donc l'usage offensif de la puissance à un but défensif : ne pas se laisser imposer la volonté des autres. Sans doute est-ce par sa capacité propre de nuisance ou de représailles, par la force de frappe industrielle, technologique, militaire, etc., dont un pays dispose, qu'il peut dissuader les autres d'avoir barre sur lui. Mais si le potentiel de ressources d'un pays détermine son aptitude à limiter les effets qu'aura sur lui celui des autres, il est crucial de ne voir dans la puissance qu'un moyen au service de sa propre liberté. C'est toute la différence entre une politique de force et une politique d'indépendance, entre un empire et une nation. Il y a des bornes nécessaires à l'accroissement de ses moyens d'influence, de pression et de coercition, non seulement parce que « ma liberté finit où commence celle d'autrui » mais parce qu'un maximum de puissance peut contrarier un optimum de liberté.

La notion d'in-dépendance est négative ; c'est précisément pourquoi elle est opérationnelle. Dans les relations internationales, la dépendance est l'état de nature ; et l'État politique, ce qui empêche d'y retomber : un groupe humain ne vit qu'en niant sans cesse ce qui le nie. Relèvera donc de l' « intérêt national » tout ce qui accroît le degré de liberté d'un pays ; qui diminue la part de ce qu'il a à subir en augmentant la part de ce qu'il peut vouloir. La réduction à terme des dépendances : ce *principe directeur* peut, dans chaque occasion, servir de *critère de décision.*

La modestie est l'autre nom de l'efficacité. C'est une utopie de contemplatifs que de s'imaginer qu'un politique durable peut avoir d'autres buts que négatifs. C'est plus exactement l'illusion de ceux qui contemplent du dehors l'État adverse. Aux yeux de l'Occidental, l'U.R.S.S. vise naturellement à la domination du monde ; comme aux yeux du Soviétique, les États-Unis. Il est plus probable que ces derniers visent au jour le jour à prévenir l'installation de nouveaux régimes communistes, comme les Soviétiques à limiter l'expansion des zones d'influence américaines. En politique, le mieux consiste à éviter le pire. Mais si l'exercice du pouvoir est nécessairement pragmatique, donc négatif, le commentaire est spontanément magique, donc parano. L'absolu est spectaculaire, et le théâtre du Bien et du Mal en redemande. On assigne à l'adversaire une fin illimitée, et des moyens correspondants. On voit l'intention maligne derrière toute bavure, le noir complot sous le pis-aller, et dans une suite d'engrenages mal contrôlés le déroulement implacable d'une conspiration. Le maniement des affaires incite à plus de circonspection, car l'expérience quotidienne de l'impuissance relativise la puissance étrangère ; comme celle de l'aléa critique découvre le rôle primordial du hasard dans les crises. C'est toujours plus idiot qu'on ne croit — et que ne l'expliquent les commentateurs trop intelligents, mais pas assez perspicaces pour saisir la triviale imbécillité de la fortune. L'homme de cabinet partage l'illusion de l'homme de la rue : ils s'accordent à voir un Machiavel derrière chaque Prince ; mais les Princes se connaissent assez eux-mêmes pour ne pas trop s'effrayer les uns les autres.

Gouverner c'est vouloir, oui, mais ce qu'il faut refuser, compte tenu des *acquis* et des *contraintes* existantes. Car les décisions sont négatives : on ne choisit que des pis-aller. Le travers d'une opposition, c'est de dire ce qu'elle veut *avant* d'inventorier ce qu'elle aura dans ses tiroirs une fois aux affaires ; car ce qu'on a détermine plus facilement ce qu'on veut que l'inverse. La France par exemple « a » la zone franc ; et trente-trois pays d'Afrique et d'océan Indien bénéficient déjà des prêts et participations de la Caisse centrale de coopération économique. Elle veut aussi développer la solidarité avec le « tiers monde », dans son ensemble. « Mission politique » et « pesanteurs historiques » sont-elles compatibles ? Il est bon de vouloir redéployer les moyens de la coopération, et étendre à l'ensemble des « P.V.D. » (pays en voie de développement) notre aide internationale, au lieu de la concentrer sur l' « héritage colonial ». Les D.O.M.-T.O.M. représentent 50 % de notre aide politique *bilatérale* au développement (l'aide multilatérale se stabilisant aux alentours de 15 % de l'aide publique totale). Le Maghreb et l'Afrique sub-saharienne, 42,9 %. Restent 7,1 % pour l'Amérique centrale et latine, le Proche-Orient, le Sud-Ouest et le Sud-Est asiatique, le Pacifique-Sud. Compte tenu de la limitation des moyens, la question est de savoir si l'ouverture souhaitable est possible sans porter tort à l'acquis (pour un saupoudrage inefficace). On peut et il faut se demander si le poids de l'Afrique francophone, qui assure à la France une position de « grande puissance mondiale », n'empêche pas aussi et paradoxalement la France d'exercer ce même rôle mondial. Une réponse littéraire alignera des vœux contradictoires, agrémentés de « vocation planétaire » et de « combat pour l'Homme » ; une réponse stratégique se contentera de dire : voici ce qu'il faut sacrifier, et à quoi ; et voilà pourquoi tels coûts politiques probables peuvent être raisonnablement jugés inférieurs à tels gains, possibles ici et là.

Rétablir (la parité des euromissiles) ; *rééquilibrer* (les arsenaux) ; *desserrer* (les contraintes extérieures), *atténuer* (les désordres monétaires) ; *résister* (à la concurrence), *amortir* (les chocs pétroliers), *neutraliser* (les effets de la crise), etc. : ces verbes rituels disent assez qu'une action gouvernementale, par nature réactive, ne déploie nulle intention souveraine, nulle positivité autonome devant un parterre d'acteurs respectueux. Sur la scène internationale, chaque pays dans la foule joue des coudes et des pieds pour retrouver le matin sa place de la veille, ce petit espace de souveraineté qu'il lui faut arracher à l'asphyxie environnante. Sauvegarder bon an mal an cette marge d'autonomie contre ses adversaires, ses alliés, les tiers et ses propres ressortissants, c'est le travail de Pénélope d'une diplomatie globale, forte de tous les dispositifs, publics et privés, aptes à contrer le flux incessant des agressions, annexions et subordinations de toute espèce.

4. *Un exemple : l'énergie.*

Testons ces définitions connues sur un cas concret : l'approvisionnement en énergie de la France, et ce qui en découle.

L'autosuffisance énergétique est l'une des bases de la puissance. Avec ses formidables gisements pétroliers, ses réserves de gaz naturel (35 000 milliards de m^3) et malgré quelques difficultés dans le charbon, l'Union soviétique peut se reposer sur ses volumes globaux de production. Les États-Unis, qui consomment le quart du pétrole mondial, ne sont pas non plus, compte tenu de leur « réserve stratégique », à la merci d'une rupture d'approvisionnement. La France, en revanche, avait encore en 1979 un degré d'indépendance énergétique de 28 %, à comparer avec les 84 % du Royaume-Uni, 78 % des États-Unis et 45 % de l'Allemagne fédérale. Terrible handicap : économiquement coûteux (le pétrole se paie en dollars), politiquement menaçant (chantage possible des fournisseurs), militairement dangereux (pour la logistique des armées). Voilà donc en temps de crise une dépendance naturelle, indépendante de notre volonté, dont le premier choc de 1973 a dévoilé avec retard la portée à l'opinion. Outre les précautions de sécurité, comme l'obligation de stocker l'équivalent de trois mois de consommation sur le sol national, instituée après l'embargo consécutif à l'expédition de Suez, la protection des installations et autres mesures élémentaires, cette situation dictait depuis longtemps trois objectifs à toute volonté politique d'indépendance :

— Diminuer la part du pétrole dans le bilan énergétique français (de 66 % en 1973, il n'est plus actuellement que de 49 %, et s'abaisserait à près de 30 % à l'horizon 1990).

— Diversifier les sources d'approvisionnement et d'énergie.

— Protéger les voies de communication (océan Indien) et veiller à la sécurité des terminaux, donc de nos principaux fournisseurs : pays du Golfe essentiellement.

Sont donc d'intérêt national :

— *Le développement de l'industrie nucléaire* (la plus sûre du monde : probabilité moyenne de décès par an inférieure à la chaussure et au textile). Outre l'indépendance militaire qu'il a rendue possible au plan technique des matériels, il permet d'escompter un taux d'indépendance énergétique de 50 % vers 1990. Le nucléaire améliore deux fois la balance des comptes : en économisant sur les combustibles importés (en 1979, 11 milliards de francs) ; en accroissant nos exportations et notre capacité technologique (deuxième au monde pour la puissance électronucléaire installée, après les U.S.A., la France est première sur les créneaux décisifs). Utilisées dans les surgénérateurs, les réserves françaises métropolitaines d'uranium peuvent approvisionner la France pendant plusieurs siècles (à un prix de revient du K.W.H. équivalent à celui des centrales à charbon).

— *La conclusion de contrats gaziers avec l'U.R.S.S. et l'Algérie.* Les réserves prouvées dans le monde suggèrent un potentiel énergétique équivalent à 85 % de celui du pétrole ; or 36 % appartiennent à l'Union soviétique, et 5 % à l'Algérie[1].

— Une politique de présence à long terme dans le Golfe, et navale dans l'océan Indien. Ce qui implique des *rapports économiques et politiques « privilégiés »* avec l'Arabie Saoudite, l'Irak, le Koweit et les Émirats (depuis les premiers accords pétroliers d'État à État jusqu'à une coopération militaire suivie, sécurité intérieure comprise). 65 % de l'approvisionnement en pétrole de l'Europe provient du Moyen-Orient.

Il va sans dire qu'aucun manichéisme planétaire n'a trouvé là son compte — vert, blanc, rouge ou autre. L'écologisme antiautoritaire qui néglige le caractère international des enjeux et élude les

1. L'U.R.S.S. fournira à partir de 1985 à l'Europe, qui lui vendra en échange tubes et compresseurs nécessaires à la construction des 5 000 km du gazoduc sibérien, 40 milliards de m^3 par an, pour une valeur totale de 11 milliards de dollars. La R.F.A. en recevrait 10,5 milliards de m^3, la France et l'Italie entre 7 et 8, le reste se partageant entre la Belgique, l'Autriche, les Pays-Bas, la Suisse et peut-être l'Espagne. Le contrat à long terme signé en 1982 avec l'Algérie prévoit la livraison à la France de 9,15 milliards de m^3 de gaz par an, à un prix indexé sur celui du pétrole.

données économiques voue aux gémonies le surgénérateur, la filière française par excellence. L'esprit de croisade contre l'Empire du mal décrète l'embargo technologique contre les fabricants européens de turbines travaillant sous licence pour le gazoduc d'Ourengoï (d'autant plus résolument que les États-Unis n'ont eux-mêmes aucun besoin à cet égard). Le progressisme tiers-mondiste verra d'un mauvais œil l'impérialisme français croiser dans la mer Rouge, et les collusions « affairistes » avec des régimes arabes ultraconservateurs (où les droits de l'homme ne sont pas à l'honneur). Chacune de ces idéologies peut s'accommoder par hasard de l'une ou de l'autre de ces démarches, mais jamais des trois ensemble. Et pour cause : aucune ne part des besoins propres de la France (même si les protestataires parlent en français et de France). Les phobies et philies baptisées idéologies ignorent le fond du problème, soit la *dialectique des nouvelles dépendances,* internes et externes, que déclenche toute politique d'indépendance. L'électronucléaire nous libère en partie du pétrole, mais a développé peut-être outre mesure le programme nucléaire civil (risques de surproduction et endettement de l'E.D.F.), au détriment éventuel des énergies renouvelables (dont la contribution, dans la meilleure des hypothèses, resterait marginale) et des recherches d'économie d'énergie (néanmoins en bonne voie grâce en partie à l' « Agence pour la maîtrise de l'énergie »). Une politique de moindre dépendance à l'égard de l'O.P.E.P. ne peut être que bénéfique; faut-il la payer d'un accroissement de la dépendance énergétique, et donc politique, à l'égard de l'U.R.S.S. ? Évidemment non : les importations de gaz soviétique ont été calculées de façon à représenter 5 % seulement de la consommation énergétique totale du pays et des mesures de sécurité sont prévues comme le stockage souterrain, l'interconnexion des réseaux, le caractère interruptible des contrats pour limiter les risques. Les contrats gaziers ne sont qu'un aspect, nécessaire mais limité, d'une stratégie de diversification méthodique des approvisionnements dont les avantages dépassent de loin des inconvénients (multiplication des scénarios de rupture). Quant aux pesanteurs proche-orientales (qui s'allégeront au fur et à mesure de l'exécution des diverses parties du programme d'ensemble), elles peuvent avoir des effets d'entraînement pervers [1]. La prépondérance des États du Golfe dans le marché français des armements, par exemple, appelle, pour des raisons de sécurité, un souci de redéploiement vers d'autres régions (aucune branche industrielle n'a intérêt à devenir captive de ses « marchés captifs »). Mais le risque est surtout de se retrouver identifié à un pôle et un seul, le plus conservateur, du monde arabe, ce qui ne peut être à terme de notre intérêt. Il n'y a plus d'indépendance si les ennemis de nos amis doivent devenir automatiquement les nôtres. Mais il n'y a plus d'amitié si l'on ne répond pas aux demandes des amis en difficulté. Une diplomatie responsable doit se faufiler entre Charybde et Scylla, et le passage est en zigzag. La France a depuis 1974 de tels engagements, plus six mille experts civils en Irak, qu'une défaite militaire du régime baasiste serait, d'après le *Wall Street Journal,* un « désastre financier pour la France » (qui aurait 5 milliards de dollars de créance sur ce pays). De plus, l'Irak dans son conflit avec l'Iran est soutenu par nos fournisseurs, les États du Golfe, qui y voient l'ultime verrou de leur propre sécurité et par ricochet de la nôtre, à un moindre degré. Contrats en cours d'exécution, impayés, dettes donnent à un pays les moyens de prendre un partenaire en otage et lui permettent par exemple de solliciter des matériels militaires sophistiqués (Exocet et Super-Étendard notamment) susceptibles de déclencher contre son gré une nouvelle escalade militaire dans la région. D'où par un engrenage incontrôlable pourrait s'ensuivre l'interruption des enlèvements et une obstruction du détroit d'Ormuz, soit 8 millions de barils/jour soustraits d'un coup au marché mondial [2].

On le comprend, une recherche d'indépendance est dialectique et sans terme assignable. En l'occurrence et en général, la diplomatie française depuis dix ans, quand Michel Jobert refusa

1. La moitié du pétrole importé par la France provient du Moyen-Orient.
2. Voir *The Wall Street Journal,* 22 août 1983.

dignement d'intégrer, sous la houlette américaine et dans la foulée de l'embargo de 1973, l'Agence internationale de l'énergie destinée à aligner les consommateurs contre les producteurs, a permis de passer d'un plus à un moins de dépendance nationale. Mais les moyens du moins peuvent devenir à tout instant les pièges du plus. Il n'est pas permis de dormir.

DEMAIN L'ARCHAÏSME

(Intermezzo 5)

La remontée des pulsions communautaires domine notre fin de siècle : avant la fin de tout, la fin du « tout »? Cette fureur d'appartenance qui éclabousse le globe de sang et d'éclairs, cette explosion ethno-confessionnelle déjoue l'antagonisme des majuscules et des couleurs, se joue de « l'Est/Ouest » et de nos réflexes binaires. Du Liban à l'Inde, de l'Espagne au Golfe, de la Belgique au Nigeria, du Canada à Chypre, du Tchad à la Birmanie, des pays du pacte de Varsovie à ceux de l'Asie du Sud, les ensembles politiques institués éclatent selon des lignes de fracture liées à la religion, à la langue, à l'histoire, fût-ce la plus lointaine, bref non pas à l'économie, mais à la culture. D'horizontales qu'elles étaient (par classes sociales ou camps « idéologiques »), les solidarités se refont à la verticale, de tribu à tribu. Le passé fait craquer les coutures du présent. Le monde n'a jamais été aussi internationalisé dans ses flux et aussi peu internationaliste dans les têtes. Pulsion de morcellement qui, par-delà les grands États multinationaux, de type fédéral, n'épargne pas les États les plus anciennement civilisés et centralisés d'Europe occidentale : Espagne, Royaume-Uni, France. Ni les jeunes États-Unis où les valeurs de l' « ethnic » — *latino et* « black » *d'abord — redécoupent à ciel ouvert la carte des partis et des mœurs. Ce retour universel à tout ce qui peut briser l'universalité ne se comprendra qu'à partir de ce qui le nie. Pour peu qu'on sache compter jusqu'à deux.*

L'unification planétaire a bien eu lieu ; c'est justement pourquoi le morcellement s'intensifie. Chaque progrès appelle son contraire, et l'intégration économique provoque la désintégration politique du monde : ici se noue le vrai « défi mondial ». Vend du vent qui dissocie, à la périphérie, le rabotage des cultures traditionnelles par un modèle de croissance extérieure et le retour intérieur aux traditions culturelles (islamiques, ou judaïques, catholiques ou luthériennes, hindouistes ou shintoïstes) ; au centre, la fièvre migratoire et la crise obsidionale. Un mondialisme économique subi exige un nationalisme culturel voulu comme antidote à l'homogène. Le déficit d'appartenance provoqué par l'effritement de la maisonnée, du village, de la paroisse, de la région, jusqu'au pays lui-même, excite un nouveau prurit de clôtures et d'exclusions. Plus leurs objets sont centrifuges, plus les sujets sont centripètes. En Égypte, comme en Iran et en Tunisie, le fondamentalisme islamique avance par les facultés des sciences, non des lettres, chez les médecins et les ingénieurs plus que chez les paysans et les lettrés. En France, la renaissance religieuse pointe du côté des matheux et des physiciens. La standardisation des produits collectifs exalte la volonté de différenciation des groupes humains, la modernisation technique, l'archaïsme des mentalités. Comme si chaque nouveau mécanisme de déracinement en libérait un autre de contre-enracinement, physique ou symbolique. Comme si le vertige de la déperdition du sens suscitait partout une panique de retrouvailles.

L'homme est un être territorial. Les territoires anciens que le progrès technique efface se recomposent autrement : légende des terres de salut, nos modèles de société; labyrinthe des communautés sectaires ; hystérie des ismes *et des* antiismes. *On interprétera peut-être un jour l'irruption, vers la première moitié du* XXe *siècle, dans la foulée de la première révolution industrielle, des grandes idéologies politiques (communisme, nazisme, fascisme), ces patries d'apatrides, comme les pis-aller d'une frustration généalogique sans précédent, un bricolage de frontières imaginaires suscité par l'effacement des bornes du cadastre. Race, classe, Stato totale, « Internationales » : ersatz d'appartenance. Plus floues nos* circonscriptions *d'enfance, plus forte l'appétence de l'adulte à l'*inscription *— fût-ce à son club de foot ou de rugby. L'affiliation est le dédit des orphelins. Les premières écoles de pensée de* *l'Occident rattachaient — Lycée, Portique, Académie — les individus à un lieu comme métaphore d'un nom propre ; les dernières les rattachent à un nom abstrait comme métaphore d'un lieu perdu. L'* « *idéologie* », *c'est ce qui reste quand les acropoles sont rasées, les colonnades détruites et les platanes du mail coupés. Quand les connaissances remplacent les accointances, et l'affluence la connivence. On ne détruit que ce qu'on remplace, mais on ne remplace jamais vraiment ce qu'on détruit.*

On a pu observer récemment que le renouveau du sentiment islamique chez deux peuples voisins, l'Iran et l'Afghanistan, était de type fondamentaliste et convulsif dans un cas, traditionaliste et plus modéré dans l'autre. La raison en est claire : la révolution iranienne a été l'œuvre d'immigrés de l'intérieur, paysans sans terre et intellectuels déculturés, soudain projetés dans des métropoles par un capitalisme galopant, à l'occidentale ; d'où le besoin compulsif d'un réenracinement compensatoire dans une authenticité culturelle d'autant plus violemment arborée qu'elle avait été plus oubliée. Alors que les tribus résistantes afghanes n'ont pas aujourd'hui à rattraper à marches forcées une identité collective qu'elles n'avaient, dans leurs montagnes, jamais perdue[1]. *On peut voir là une illustration contemporaine, parmi beaucoup d'autres, d'une sorte de* principe de constance, *par lequel serait maintenu un rapport constant, au sein des groupes historiques, entre les facteurs dits de progrès et les facteurs dits de régression. Une sorte de sagesse de l'appartenance, comme il y a une* « *sagesse du corps* », *garantirait alors, comme par un thermostat, la stabilité des identités collectives ; la constance assurée portant sur un rapport de proportion et non sur les séries en rapport, dont l'une relève de l'histoire que nous avons appelée technique (cumulative, ouverte et* « *progressiste* ») *et l'autre de l'histoire politique (récapitulable et répétitive). Il en découle que la tendance à la stabilité peut engendrer des déstabilisations croissantes, dans la mesure même où l'élévation quantitative des facteurs de* « *progrès* » *accroît l'intensité qualitative des* « *régressions* » *requises. Un équilibre dynamique, c'est l'euphé-*

1. Olivier Roy, « L'islam dans la résistance afghane », in *Esprit,* avril 1982 (Devant le totalitarisme).

misme qui désigne une dynamique de déséquilibres croissants dont l'escalade peut devenir incontrôlable. Une nation moderne acculée peut régresser au stade tribal ; mais si la tribu a acquis entre-temps la bombe atomique, le principe de constance tournera au nirvana.

Un homme, c'est beaucoup de territoires, beaucoup de groupes superposés. Le plus dense est généralement celui du dessous ; de deux appartenances, la moindre est la dernière. L'individu très éduqué peut parfois choisir ; mais la conduite spontanée des groupes n'a pas le même degré de liberté. Les allégeances d'un collectif sont chronologiques, comme on le voit en temps de crise, ces fugaces radioscopies de l'histoire ; et comme ne l'avaient pas prévu les théoriciens de l'internationalisme allemand et français, qui s'imaginaient que les ouvriers des nations européennes, en 1914, appartiendraient d'abord à leur classe plutôt qu'à leur patrie, qu'ils feraient donc la grève générale et non l'union sacrée. France et Allemagne ont précédé dans l'existence les sections respectives de l'Internationale socialiste ; et là où la religion précédait de loin l'État-nation, on brisera l'État s'il le faut parce qu'on se doit d'abord à sa plus vieille mémoire : Liban, notre petite planète, ton atroce murmure sera demain notre langue de Babel. Ici et là, les ordres inconscients de priorité politique donnent le pas à la géologie des communautés sur les décisions de la volonté. C'est ce qui rend si poignante la dérision ambiante qui assimile l'archaïque à l'éculé. Pleurera des larmes de sang qui rira le dernier. Cruelle étymologie du mot arché : le commencement est commandement, l'origine a le pouvoir. L'archaïque, ce n'est pas ce qu'une société laisse derrière elle, au fur et à mesure qu'elle devient industrielle, urbaine, professionnelle, internationale ; c'est aussi ce qui l'attend à l'issue de ces transformations. L'annonce de la fin de l'âge idéologique dans les « sociétés industrielles », bévue martelée par un siècle de myopie libérale, de Joseph Prudhomme à Raymond Aron, est une naïveté évolutionniste que dément la courbe du siècle, de Lénine à Jean-Paul II, de Nasser à Khomeyni. Les sociétés de la troisième révolution industrielle retournent au début de l'âge idéologique, c'est-à-dire à la religion révélée, quand ce n'est pas à l'omniprésence du sacré social (le Premier japonais Nakasone revient s'incliner à Yasukuni, devant le *sanctuaire shintoïste du culte des héros). Le shah d'Iran et ses protecteurs croyaient faire moderne et sérieux : industries, armements, autoroutes, tourisme. Ils jugeaient Khomeyni et les mollahs folkloriques. C'est alors que la culture eut raison de l'économie, et même de la force militaire. Une déflagration d'archaïsme aux mains nues — « Allah Akbar » — a vaincu la cinquième armée du monde.*

Toutes les religions sont agraires mais la révolution industrielle ne fait pas pour autant des athées : elle précipite sur les autoroutes des embouteillages de dévots et de pèlerins — banlieusards qui ont un furieux besoin de campagne (que ne ressentent pas des paysans, les « païens » de jadis). À l'horizon de la fin de l'agriculture, se profile la renaissance de toutes les cultures de la terre. Et la culture est affaire de lieux, *non de* voies; *de* récits, *non de* « basic ». *Si la civilisation est l'art et le besoin de faire circuler les différences entre les groupes historiquement constitués, rappelons qu'on ne fait pas une différence avec un courant d'air mais avec une enceinte. Sans quoi il n'y aura plus rien à faire circuler d'un continent à l'autre.*

Les passéistes ne sont donc pas ceux qu'on pense. Les marginaux non plus. Les cousins pauvres du ministère qui rapiècent, rue Lapérouse, le « projet culturel extérieur de la France », l'exportation de programmes audiovisuels et la formation des formateurs à l'étranger — ressemblent à des rois déchus. Ce sont ces traditionalistes qui luttent le mieux contre la « mise à l'écart » de la France hors des chemins de la modernité, en maintenant vaille que vaille notre écart spécifique au zéro planétaire. La grande fille du petit Service des œuvres françaises (celui de Giraudoux, avant-guerre), l'actuelle Direction générale des relations culturelles, scientifiques et techniques (D.G.R.C.S.T.), a beau se voir rogner ses crédits au fil des ans selon la vieille définition administrative, la culture c'est ce qui reste quand on a tout dépensé[1], *le siècle qui vient lui rendra un trône : industrie de pointe aujourd'hui, la culture sera la politique extérieure de demain.*

1. 48,9 % du budget des Affaires étrangères en 1975; 43 % en 1979, 36 % en 1984 (3,286 milliards de francs).

II. UNE RENAISSANCE INATTENDUE

1. *Révolutions dans la Révolution?*

Les relations internationales ont connu à partir de 1945, presque simultanément, deux novations décisives : *l'arme nucléaire* et *les télécommunications*. Interdépendantes, ces révolutions techniques cumulent leurs effets pour produire plus qu'un nouveau système international : un nouveau régime de puissance. Dans l'équation de la puissance, le facteur force — capacité de briser la volonté des autres — décroît au bénéfice du facteur influence — capacité d'affecter la volonté des autres. Le crédit ne se mesure plus à l'encaisse. La puissance ancienne se monnayait dans la guerre, comme conflit des volontés; la nouvelle se déploie à l'horizon de la crise, comme nœud de communications. Faire passer son propre intérêt dans et pour l'intérêt d'autrui, donc abolir à la source le conflit des intérêts en annulant la volonté *autre* — c'est le summum de la puissance, et, dans la mesure où ce « faire passer » peut s'analyser en termes de transmission, la science de la communication devient la science politique par excellence, comme ses techniques, la pointe avancée de la technologie du pouvoir.

La politique, en fin de compte, c'est amener quelqu'un à faire (ou ne pas faire) quelque chose. Il n'y a, pour cela, que deux façons : la force ou le signe ; contraindre ou convaincre. La combinaison des deux est en effet de l'art, et cet art est sans âge ; mais chacune des opérations est déterminée par un état de la technique, variable et daté. Un nouveau mode de production, diffusion et réception des images, des sons et des idées altère et démultiplie les possibilités d'infléchir, sinon façonner, la volonté des autres en modelant de l'intérieur leur façon de croire ou de penser. Un nouveau mode de fabrication, de puissance et portée des engins de destruction physique bouleverse la définition même de la force et donc des rapports de force. À chaque technique de communication et d'armement correspond un régime d'autorité et une dimension territoriale optimale pour l'exercice de la souveraineté. La poudre à canon et l'imprimerie ont « fait », en Europe, la nation. Quelle sorte de communauté sont en train de faire, dans le monde, l'atome et l'électronique ?

On a plus et mieux pensé l'impact international de la première « révolution » que de la seconde. Non seulement parce que la première irruption, plus scénique, si l'on ose dire, porte aux yeux du monde une date et un nom (Hiroshima, 6 août 1945) ; mais parce que les stratèges militaires, qui sont bien forcés d'être des « intellectuels », le sont encore plus lorsque leurs armes aussi deviennent intellectuelles. Outre que l'intelligence stratégique, grâce d'état et devoir de fonction du responsable militaire, n'est pas obligatoire pour les ingénieurs des « télécom », il est toujours plus gratifiant pour un penseur de penser la guerre que de penser les conditions matérielles de sa propre pensée. La stratégie a ses titres de noblesse, la médiologie pas encore [1].

Le président des États-Unis Eisenhower écrivait en 1956 dans une lettre privée : « Nous en sommes déjà au point où la sécurité ne peut plus être assurée par les armes seules. Leur utilité dépend de plus en plus de leurs caractéristiques comme instruments de dissuasion que comme moyens d'obtenir la victoire sur des adversaires, comme en 1945. À cet égard, nous sommes aujour-

1. Ce qui ne saurait tarder, s'il plaisait au C.N.R.S.

d'hui plus loin de la fin de la Deuxième Guerre mondiale que le début du siècle ne l'était du début du XVIe siècle »[1]. Chacun sait de même que le village planétaire, interactif et auditif, place l'écolier de 1984 plus loin de Victor Hugo que ce dernier ne pouvait l'être d'Érasme. Sans entrer ici dans une discussion précise, ni de McLuhan ni du général Gallois, répondons brièvement à la question posée. Le nouvel âge qui s'annonce n'annonce pas la fin du national, mais sa renaissance — sous une forme nouvelle. Encore faut-il traverser les apparences.

*

Apparemment, l'atome et les vecteurs stratégiques rétrécissent la boule terrestre, en effacent les frontières, ainsi que les immémoriales protections du relief et de la distance : en moins de trente minutes, un missile balistique franchit d'un extrême à l'autre du globe l'Océan et les cols de montagne, par n'importe quel temps (sans égard pour le général Hiver ni la saison des pluies). Les équilibres locaux ou régionaux s'en retrouvent mondialisés, et la sécurité du Japon, par exemple, directement branchée, S.S. 20 oblige, sur celle de l'Europe de l'Ouest. La globalisation des questions de sécurité déterritorialise la vieille défense aux frontières, car ce qui est à défendre ce sont moins des *lieux* que des *voies* (maritimes, aériennes, spatiales) ; avec des sytèmes d'armes qui donnent une primauté aux *vecteurs* sur les *charges,* à la *vitesse* sur les *masses,* à la capacité de *pénétration* des défenses adverses et à la *précision* des frappes plutôt qu'à la *puissance* (méga ou même kilotonnique) des ogives. De même ce qui doit désormais résister en priorité et survivre aux frappes de l'ennemi, ce ne sont plus des espaces physiques, des masses combattantes, ni même des vecteurs matériels (avions, bateaux, chars), mais ce système nerveux quasiment immatériel dit de communications, contrôle, comman-

1. Lettre inédite d'Eisenhower à Richard L. Simon, 28 mars 1956, publiée dans le *Herald Tribune* du 7 septembre 1983.

dement et intelligence (le C3 I) : le saint des saints d'un pays n'est plus un *site* localisé, symbolique ou central, mais un pur *réseau* de transmissions planétaires. Rien qu'avec le sous-marin nucléaire lanceur d'engins, la France n'est plus en France. Comme avec la recherche technologique et la guerre de l'information, la guerre elle-même n'est plus dans la guerre. Déterritorialisée, dématérialisée et même démilitarisée, la confrontation déborde sur le temps de paix et imbibe tous les secteurs de la vie sociale.

Ces « apparences » sont bien des réalités objectives. Elles ne deviennent des leurres qu'à se séparer de leur contrepartie, non moins réelle.

L'arme nucléaire a soudain projeté, au beau milieu du Centre opérationnel des armées, le terme le plus archaïque du vocabulaire collectif : celui de *sanctuaire.* Soit l'espace découpé dans la nature par un groupe humain, et qui devient, du fait même de ce découpage (toujours en vertu de l'incomplétude), inviolable ou sacré. L'arme de la dissuasion est l'arme nationale par excellence, et même antinomique avec la notion classique d'alliance, puisqu'elle est celle qu'aucun pays ne peut céder à un voisin, ni partager avec lui (pour la décision d'emploi), ni même penser à utiliser au service d'autrui. La logique de la dissuasion, c'est-à-dire la crédibilité dans la menace d'emploi, compte tenu des représailles en seconde frappe, a pour conséquence que l'usage de l'arme nucléaire stratégique n'est envisageable par son détenteur que si l'existence de son propre pays est en jeu. Révolution (mentale et stratégique) dans la révolution (technique et opérationnelle) qui a pris effet, pour les Américains, en 1957 (une fois que les Soviétiques se furent dotés de vecteurs stratégiques à longue portée susceptibles d'atteindre le territoire américain), mais qui a depuis imposé sa loi aux autres. Pour la simple raison — *ultima ratio* s'il en fut — qu'on ne risque pas sa vie pour un tiers [1]. L'intérêt vital de mon ami et allié n'est vital que pour lui, et

1. La réalité stratégique et technique complique, bien sûr, ce raisonnement simple, mais sans l'infirmer. Nous examinerons dans le tome II cette complexité

seulement important (donc tactique) pour moi : qu'il puisse être rayé en titre de la carte est une chose, monstrueuse ; mais que je prenne le risque effectif de me voir, moi protecteur, rayé de la carte pour éviter que mon protégé ne le soit, en est une autre, dont la générosité serait plus monstrueuse encore (biologiquement anormale). L'évolué a rejoint le primitif : l' « égoïsme sacré », consacré derechef, sur fond de vie ou de mort, par la combinaison de l'énergie atomique et du missile stratégique.

Ensuite, un certain lissage des sommets de la puissance par l' « atome égalisateur » redonne toute sa verdeur au jeu des symétries souveraines. Dès lors qu'avec un arsenal nucléaire réduit une moyenne puissance peut décourager l'agression d'une superpuissance, en la menaçant en retour de dommages intolérables, sans proportion avec les gains éventuels d'une agression, les disproportions de puissance matérielle entre nations se trouvent fortement corrigées, et l'ordre simple des empires défait. Dès lors que la force militaire ultime d'une nation n'est plus proportionnelle à sa démographie, à son étendue, à sa production économique et à ses ressources en matières premières, bref n'est plus affaire d'arithmétique (nombre d'hommes sous les armes, de navires, de bases, de chars, etc.) mais de morale, l'algèbre des nations retrouve ses droits ; et les moyens, sinon les petits, reprennent voix au chapitre des grands, puisqu'ils peuvent compter sur leurs propres forces pour assumer eux-mêmes leur survie. Réducteur de détresse chez soi, mais multiplicateur d'insécurité partout ailleurs, l'atome à usage militaire dévalue la puissance superflue mais réhabilite la puissance minimale. Sanctuaire et grandeur, seuil de crédibilité et redondance stratégique se sont mis à diverger depuis 1945 : assez pour donner espoir à l'Argentine, au Pakistan, à Israël, à l'Afrique du Sud, au Brésil et à quelques autres nations de pouvoir se faire demain une place au soleil de la puissance. Ce qui menace le nouveau monde, prétendument post-national, c'est plus

---

(zones grises, armes nucléaires tactiques, bataille de l'avant, prépositionnement des forces, premier et deuxième échelon, etc.) qui nuance dans les faits la loi du « tout ou rien ».

un trop-plein de souverainetés nationales incontrôlables (pardon pour le pléonasme) qu'un pas assez. Le problème de la prolifération nucléaire est politique avant d'être technique (ou juridique) ; mais c'est cette technique-ci qui a redonné vie à cette politique-là.

Remarquons enfin, pour simple mention, que si la dissuasion interdit la grande guerre, elle a de ce fait ouvert la porte des petites, en contrebas. Ce que Clusewitz a perdu dans les zones centrales, la dissuasion le lui rembourse avec intérêts partout ailleurs. Entre deux ou plusieurs puissances nucléaires, la guerre ne peut plus être la continuation de la politique par d'autres moyens, car ne peut être ordinairement politique l'intérêt qui vaudrait la perte en quelques heures de la moitié de la population d'un pays. Rectifications de frontières et revendications territoriales deviennent, sous ce régime de puissance, d'un autre âge (ce qu'a compris la R.F.A. en 1970 et qu'ont entériné depuis les accords d'Helsinki pour l'Europe). Mais, en dessous de ce plafond dissuasif, le terrain reste libre. La dissuasion stratégique stabilise le jeu au sommet, mais déstabilise la base et la périphérie. Et qu'y a-t-il à la périphérie sinon des tourbillons de nationalités en lutte pour des bouts d'espace — soit la même chose qu'au centre, durant des siècles, avant l'atome ?

*

En un sens, les nouvelles technologies de la communication ont pulvérisé sous nos yeux les défenses régaliennes de l'État-nation. Le lourd « privilège royal » sur la presse n'avait pas tenu devant l'imprimerie. Le monopole du service public ne pourra faire mieux devant les satellites de diffusion directe. L'autonomie des systèmes de communication avait été, avec la monnaie et le monopole de la force publique, la base de l'espace politique national. Quand le vecteur de la communication n'est plus matériel, mais devient électron, les ondes hertziennes passent à travers les frontières. Les bords deviennent flous, et les sources d'émission, décentrées. L'écrit est national, l'image internationale, comme le langagemachine. On n'arrêtera pas l'information venue du ciel avec une législation, d'abord parce que l'espace n'appartient à personne, ensuite parce que le produit audiovisuel circule comme une marchandise parmi d'autres, et que les lois du marché finissent toujours par tourner celles des parlements, avant de les façonner. L'image transmise de New York arrive à Paris (demain à Moscou) plus vite que la dépêche de banlieue. Quel consensus intérieur peut résister à ce télescopage des temps et des espaces — sauf à sous-traiter, par adjonction de sous-titres, le consensus d'un espace politique transnational, américain en l'occurrence ? Industrie culturelle veut dire standardisation culturelle, et les standards sont ceux des entreprises dites multinationales, qui rayonnent en fait du centre mondial de l'accumulation technique et financière. Les enjeux des technologies de la communication ne sont pas technologiques, ni intérieurs ; mais politiques et internationaux. M. Brzezinski, avant d'inspirer la politique internationale américaine, écrit en 1970 *La Révolution technotronique.* Selon laquelle « des mots comme capitalisme, démocratie, socialisme et communisme — et même nationalisme — n'ont plus guère de signification ». Fin des vieilles histoires nationales donc. « La création d'un réseau mondial d'information facilitant les influences intellectuelles réciproques et permettant la mise en commun des connaissances renforcera encore la tendance qui se manifeste aujourd'hui et qui conduit à la formation d'élites professionnelles internationales et à la naissance d'un langage scientifique commun [1]. » Face à cette internationalisation de droit, qui est en fait l'inondation de la planète par les produits les plus performants du système économique qui domine la presque totalité de la planète, que peut opposer une culture nationale moins bien dotée, et *a fortiori* une velléité politique de défense ? Comment répondre par autre chose qu'une division internationale du travail culturel qui donnerait le biniou à Plougastel et le vidéodisque à R.C.A. ? Répartition des tâches déjà inscrites dans la balance de nos échanges actuels. L'industrie

1. Brzezinski, *La Révolution technotronique,* Paris, Ed. Calmann-Lévy, 1971.

culturelle française exporte du passé et importe de l'avenir. « En 1980, les ventes des films français à l'étranger ne représentaient que le dixième des ventes de livres et la moitié des ventes de disques français. Quant à la vente de programmes de télévision, elle ne représentait elle-même que le cinquième de la vente de films. La France achète trois fois plus de programmes de télé qu'elle n'en vend (Rapport Rigaud, 1980). Plus ancien le médium, plus forte l'offre. Plus moderne, plus forte la demande [1]. La France vend le vieux et achète le neuf.

L'âge « postindustriel » est caractérisé par la dominance du savoir, et le monde de la science est sans frontière ; celui des biens et services de l'information aussi. Le village planétaire ne parle pas pour autant l'espéranto : il parle anglais. Celui qui fabrique et vend les machines implante aussi les moyens de communication — les « réseaux pensants » de la planète : I.B.M. devient partie prenante aux lancements des satellites. Et, deuxième étape, qui contrôle les supports fabrique aussi les messages et réglera bientôt les émissions ; de même que celui qui stocke en amont l'information contrôle sur l'aval les développements possibles du savoir. La normalisation technique (normes de fabrication d'exportation et d'utilisation des machines) annonce et commande la normalisation culturelle ; l' « internationale des télécommunications », la déculturation des groupes nationaux ; l'interopérabilité des services, des jeunesses interchangeables. L' « informatisation de la société française » peut-elle être autre chose que la dénationalisation de cette société ? Les sociétés américaines fournissent le monde en ordinateurs (83,5 % des ordinateurs français en 1975). Les États-Unis contrôlent environ 70 % des banques de données mondiales [2]. La modicité des tarifs et les facilités d'accès à ces banques américaines ne facilitent guère la compétition ; et com-

1. Voir « Technologie, Culture et Communication », rapport d'Armand Mattelard et d'Yves Stourdzé au ministre de la Recherche et de l'Industrie (*Documentation française*, 1982).

2. Voir l'enquête de Jacques Decornoy, « Empires des signes ou signes de l'Empire ? », *Le Monde*, 9, 10, 11 août 1983.

ment rattraper le retard technologique ? L'industrie informatique européenne dépend à 97 % de licences étrangères, et la C.E.E. ne produit que la moitié des composants électroniques qu'elle utilise. L'Europe a beau avoir des moyens comparables à ceux du Japon, la fragmentation nationale des efforts et le passéisme des pratiques régaliennes accroîtront sans cesse son retard. Rapidité d'évolution des produits, milliards de francs d'investissements nécessaires en « recherche et développement », insuffisance du marché public dans un cadre national, étroitesse des débouchés intérieurs : les industries de pointe ne sont plus à l'échelle d'un seul pays d'Europe. Le marché de l'électronique est mondial et ne peut plus être conquis sur une base nationale : le marché français fait 5 % du marché mondial, le marché américain 50 %, or le prix de revient unitaire d'un produit est fonction de la longueur des séries. Face à I.B.M., l'entreprise nationale n'atteindra jamais la taille critique. Aujourd'hui, les acteurs économiques, dans les secteurs stratégiques, sont mondiaux ou ne sont pas ; à tout le moins internationaux : européens par exemple. Chacun sait que l'État national est devenu trop petit pour les grands problèmes et trop grand pour les petits ; trop lourd pour la petite entreprise agile et innovante ; trop léger pour tenir tête aux mastodontes et à la circulation mondiale des messages et des produits. L'idée de nation n'est plus seulement dangereuse (« national-socialisme ») ; mais dérisoire car finalement non compétitive. La mobile modernité chasse la stérile immobilité des patries. Hermès, dieu du siècle, congédie Prométhée. Se faire dévorer le foie pour rien, voilà bien une manie de militant attardé...

L'imbrication des économies, la mondialisation des échanges comme l'intégration croissante des outils sont des réalités. Mais quand les réalités sont trop simples, c'est qu'elles en cachent une autre.

2. *Phénix s'il meurt un soir...*

Ce qui est en train de mourir dans les têtes et les faits, c'est la nation domaniale, cadastrale, patrimoniale. La nation comme pré-carré, privatif et exclusif, territoire ombilical et peigné en sillons, apanage d'un « rassembleur de terres ». La « nation en danger », avec ses levées en masse et la marche aux frontières, celle qu'on n'emporte pas à la semelle de ses souliers. La nation comme clôture, stockage, addition tangible de quantités discrètes (hectares, tonnes d'acier, kilowattheure, ressortissants, etc.). La nation à l'affût, crispée derrière ses créneaux, bardée de généalogies et d'excommunications. Les survivances ont la vie dure — elles enterrent souvent ceux qui les enterrent. Mais cette nostalgie sans espoir, survivance de l'âge agraire dans le postindustriel, la statistique la plus rapide en aura raison avec trois chiffres : dans la France des années quatre-vingt, les services occupent 49 % de la population active, l'industrie 40 % et l'agriculture 11 %. Population urbaine : 73 %, rurale : 27 %.

Ce qui est en train de naître : quelque chose qui a plus à voir avec le temps qu'avec l'espace; avec une mémoire qu'avec une comptabilité nationale. Avec un *logiciel* et non un *matériel* commun. Quelque chose qui répugne à la terre et au sang, qui met à l'ordre du jour un avenir plus qu'un passé et propose à défendre plus qu'un avoir, une façon d'être, de parler le monde et de le transmettre. La souveraineté française a décollé d'une portion de territoire vers une aire plus aérienne, économique, technologique et culturelle (modernité de l'idée francophone). Qui se mesurera moins en extension qu'en intensité, par sa capacité d'émission et de réaction aux messages concurrents, son aptitude à l'occupation des ondes (courtes), sa puissance de frayage parmi les voies de signalisation mondiale déjà saturées. Si la puissance joue et se joue du côté des petites énergies, si le code est aujourd'hui infrastructure et non accompagnement, un pôle communautaire en forme de « mémoire vivante » (où l'utilisateur peut écrire de nouvelles données) et non plus marqué comme « mémoire morte » (où il n'est possible que de lire un programme fixe) récuse d'emblée la rhétorique alternative nationalisme/mondialisme, tradition/progrès. Si le Japon n'avait persévéré dans son passé, sa culture et ses cultes, aurait-il pu partir à la conquête des marchés mondiaux ? S'il n'avait laborieusement des siècles durant durci son identité (période Tokugawa), aurait-il résisté aux bombardements du dehors, atomique, culturel, financier, architectural et alimentaire de ce siècle ? C'est la vitalité de ses différences qui a permis à l' « Île absolue » (Thierry de Beaucé) de s'ouvrir, sans s'y perdre, au monde occidental, seule façon de s'y insérer en position de force. L'allocentrique qui prend le Japon pour *modèle* oubliera qu'il a d'abord à récupérer son identité pour devenir mondialement performant. Celui qui se contentera de le prendre en *exemple* se rappellera d'abord l'importance d'être et de rester français, britannique ou portugais — et s'évitera ainsi de trahir deux fois : le modèle et soi-même.

L'erreur nationaliste : faire de la nation une substance, quand elle n'est qu'un ensemble d'*opérations* ; et d'une procédure ouverte de survie, une *Idée* ou une *chose* transcendantes, fermées. Le mort dès lors saisit le vif et transforme l'enjeu en *fétiche.* Dans la vie sociale, les essences — classe, race, nation — sont des étouffoirs qui rendent furieux ceux qu'elles enferment. Les majuscules pourvoyeuses de délires et voleuses d'énergie ont donc fait leur temps, du moins en Europe, et des nations au pluriel minuscule, il faut désormais se répéter que leur existence précède l'essence. Ce ne sont pas des totalités positives, de droit naturel, des agrégats statistiques de choses et de gens, ni d'impérieuses princesses de droit divin. Mais des lacunes à combler, des histoires en pointillé qui ne tiennent qu'à un fil : il est bon que la densité d'une nation soit plutôt celle d'une absence. D'une nostalgie ou d'une attente. Cela garantit un peu d'humilité, d'humour, et de respect des autres.

Sieyès : « Le Tiers ne doit pas craindre de remonter dans les temps passés » *(Qu'est-ce que le Tiers État ?).* Drôle de passé assurément. *Nation* vient du latin *natio,* apparenté à *nasci,* naître. Ce terme savant (« naison » eût été le dérivé populaire) devient explosif à la fin du XVIIIe, avec la Révolution ; le dérivé *nationalisme,* bien que signalé à l'état isolé et péjoratif chez l'abbé Barruel en 1798, se répand avec le second Empire (Prévost-Paradol) : il fait son entrée dans le Grand Larousse en 1874. « Nation » est de gauche, « nationalisme » de droite. Histoire des mots, histoire tout court ? « Quatre-vingt-treize » a accouché de la créature, le 2 Décembre de sa maladie, à un siècle de distance. Et la force réactive du nationalisme nous a depuis dégoûtés de la force subversive de la nation. Les communards n'étaient encore que patriotes (et la Commune, en dépit des légendes marxistes, une insurrection du sentiment national contre un gouvernement bourgeois de capitulation). Vingt ans après, on les eût appelés des « nationalistes ». C'est entre 1885 et 1890 en effet que permutent les places. Un siècle durant, des émigrés de Coblence à la capitulation de Bazaine à Metz, qui forgea la formule : « Plutôt le Prussien que le rouge », la droite monarchiste fut capitularde, pacifiste et internationaliste à sa manière. « La République c'est la guerre », crie-t-on aux oreilles de Gambetta du côté des gens (de) bien, en 1870. Après Boulanger et l'affaire Dreyfus, la République devient antimilitariste, et la droite chauvine, « Français de France » et va-t-en guerre. *Le National* sous la monarchie de Juillet était le journal de l'opposition de gauche, mais, après ce chassé-croisé, les rôles sont répartis : la gauche fera dans le social et la droite dans le national. Un seul ennui : les acteurs ne jouent pas le jeu [1].

« Sacrés nationaux » — s'esclaffait Bernanos dans *Les Grands Cimetières sous la lune.* Rire, on pouvait en 1937, et encore aujourd'hui. Chez la droite conservatrice, dans sa masse, la défense sociale a toujours primé la défense nationale ; la peur de

1. Voir Henri Guillemin, *Nationalistes et nationaux* (Paris, Gallimard, 1974). Avec moins de véhémence littéraire et plus de rigueur historique, les travaux de Raoul Girardet, notamment *Le Nationalisme français, 1871-1914* (Armand Colin), et de Sternhell.

perdre son argent, la volonté de sauver son pays ; l'égoïsme de classe, l'ego collectif. Sécurité des capitaux oblige. Sous le cartel des gauches, en 1928, comme sous le Front populaire en 1936, les possédants exportent leurs fonds et jouent contre le franc, au grand dam des intérêts de la France. *Ibi soldus, ubi patria.* Immuable réflexe de classe, qu'on retrouve en 1981. Mais 1917 et la peur du communisme ont ajouté aux intérêts matériels la passion idéologique, conférant à l'ensemble allure de tragédie historique. La volonté de revanche sociale s'internationalise en croisade (entre les deux guerres et aujourd'hui). De 1934 à 1938, non seulement la droite et l'extrême droite françaises ont craint la guerre, supposée mener à la Révolution, mais elles ont sciemment misé sur l'étranger pour faire pièce à l' « ennemi intérieur » (l'expression est de Maurras). Périsse la nation si la République peut y passer, et la Sociale avec. L'intérêt national poussait à l'évidence la France en 1934, comme l'avait compris Barthou, suivi en cela à contrecœur par Laval (qui le remplaça aux Affaires étrangères après son assassinat), à se rapprocher de l'Union soviétique ; à prendre le parti du Négus contre Mussolini et de la République espagnole contre Franco. Les défenseurs patentés de l'Occident, aux côtés de l'Action française, prirent chaque fois le parti contraire, avec la fureur qu'on sait[1] ! L'ordre intérieur d'abord. Tout plutôt que cela — et donc le chancelier Hitler, rempart des honnêtes gens contre la peste rouge. Alliage de haine et de peur qui fit l' « esprit de Munich » et les accords du même nom, approuvés par la Chambre par 535 voix contre 75 (soit tous les nationaux réunis contre 73 communistes, un député socialiste et un député de droite, Henri de Kérillis).

Cet esprit n'a pas été, en son temps, pas plus qu'aujourd'hui, l'apanage d'un seul camp[2]. Quelques hommes de droite isolés, comme Paul Reynaud, de Kérillis, Louis Marin, furent antimuni-

1. Voir Max Gallo, *L'Affaire d'Éthiopie,* Paris, Éd. Centurion, 1967.
2. Lire notamment, dans *L'Histoire* n° 58 (Les années trente et de la crise à la guerre), l'article de Michel Winock, « L'esprit de Munich », et celui de Jean-Noël Jeanneney, « La solitude d'Henri de Kérillis ».

chois ; et l'opinion socialiste, malgré les réticences de Blum, majoritairement munichoise. L'esprit de Munich est le fruit des amours contre nature du conservatisme social et du pacifisme socialisant. Les « nationaux » choisissent la retraite pour ne pas déclarer la guerre à des régimes amis, les « socialos » parce qu'ils entendent sauvegarder la paix, aspiration populaire, à tout prix. « La politique de résistance à Hitler exigea de la droite qu'elle mît au-dessus de ses intérêts sociaux et de ses passions idéologiques la volonté de défense nationale dont elle se prétendait l'incarnation ; cette politique exigeait de la gauche qu'elle poussât la logique de son antifascisme jusqu'au domaine militaire et diplomatique, nonobstant son pacifisme [1]. » Est en péril l'intérêt national toutes les fois que le poids des intérêts ou des idéologies surbordonne les objectifs extérieurs aux objectifs intérieurs. Munich est un exemple parmi d'autres de cette règle sans démenti : le fiasco est au bout de toute stratégie internationale qui détermine ses choix propres en fonction d'une stratégie intérieure. Il est rare que la droite politique soit assez désintéressée, assez délestée de capitaux et d'obsessions pour réussir le découplage — de Gaulle ne passe-t-il pas pour avoir trahi les siens ? Il est fréquent que la gauche y réussisse, parfois à cause et souvent en dépit de ses idéologies officielles. Sans doute l'interaction des deux ordres intérieurs et internationaux est-elle plus forte en temps de crise ou de révolution, qui brouille les frontières, enchevêtre groupes d'appartenance et vecteurs d'allégeance (Internationales cléricales, dynastiques, idéologiques : des moines ligueurs et des protestants, nos anciens « partis » espagnols et anglais, à l'appareil communiste et aux réseaux d'influence atlantistes, nos actuels « partis » russe et américain). Pesanteurs et servitudes qui imposent un surcroît d'effort pour tenir mentalement et stratégiquement à l'écart la politique extérieure de ce que Victor Hugo appelait déjà en son temps : « La toute-puissante politique, je veux dire la seule omnipotente, la politique intérieure. »

1. Michel Winock, article cité, p. 77.

La « Révolution nationale » emblématise à jamais le tête-à-queue nationaliste : pour que la France soit enfin aux Français, rien de tel qu'une bonne occupation étrangère — nazie par bonheur. Ami devient l'ennemi héréditaire qui règle son compte à l'ennemi intérieur. De bons esprits, résistants qui ne se classent pas à gauche, se sont demandé depuis si le vichysme n'était pas une donnée permanente ou latente des bourgeoisies françaises successives, dont l'outrance nationaliste (ou atlantiste : de l'Occident comme terroir élargi) cacherait un pathétique manque de confiance en soi. Ce complexe d'infériorité balbutierait, à travers les conjonctures, le même syllogisme depuis 1920 : le bolchevik menace l'univers, nos âmes et nos biens ; or nous ne sommes pas moralement assez forts pour lui tenir tête par nos propres moyens ; donc nous devons nous réfugier sous l'aile du pays qui détient la puissance, hier l'Allemagne, empire totalitaire, aujourd'hui l'Amérique, démocratie impériale [1]. Vichysme tous azimuts : à droite même, la logique de la démission peut fonctionner aussi au profit de l'Union soviétique, puissance d'ordre et d'équilibre (comme ailleurs de la Chine, empire retrouvé, dont la suprématie reconnue garantirait la stabilité d'une Asie imprévisible). Il est clair que s'il existe bien en France une tradition longue d'indépendance nationale, nulle famille d'esprit n'en a l'exclusivité historique, et moins que toute autre, celle des « nationaux ». L'observation sur un siècle des comportements en période de crise, chaque fois que l'essentiel soudain se joue, donnerait plutôt un assez net avantage au côté gauche de la tribune [2].

Ces vieilles disputes d'attribution de titre ne devraient pas cacher l'essentiel : il est vraisemblable que *nous assistons aujourd'hui*

1. Les Mémoires de Georges Bonnet, ministre des Affaires étrangères de Daladier, au moment de Munich, *Le Quai d'Orsay sous trois Républiques* (Fayard, 1961), apportent à cette hypothèse une valeureuse contribution.

2. Dénigrer à l'étranger le gouvernement de la France, dissuader les hommes d'affaires d'y investir, les gouvernants de coopérer, les diplomates de s'engager : cette attitude, inconcevable chez un député ou un responsable de gauche dans l'opposition, n'est pas insolite de la part de personnalités de droite quand la gauche gouverne.

à un mouvement inverse de celui qui s'est produit en France entre 1880 et 1890. Retour de pendule, la nation change de camp, et retourne à son lieu d'origine. La stratégie de dissuasion par exemple ne s'est-elle pas décalée en vingt ans de droite à gauche ? N'est-ce pas la droite libérale qui parle aujourd'hui de « désanctuariser », du « nucléaire comme force d'appoint » et du retour à une doctrine commune avec les commandements de l'O.T.A.N. ? Sous les tracés de la carte politique se glisse une nouvelle géographie du désir et de la peur. Adversaires et partisans de la mise en tutelle ne se regroupent plus de nos jours en *obédiences,* mais en *mouvances* ; ni par système d'idées, mais par mode de vie et modèle de conduite, voire de société (le « défi américain », la « révolution conservatrice », etc.). Les intérêts et les idéaux de toutes les catégories sociales ne sont pas également liés aux influences et pressions étrangères. Aucune n'est autarcique et les « troisièmes classes » consomment et travaillent sur le même bateau que les « premières ». Mais, de même qu'il y a dans le système international des pays plus interdépendants que d'autres, toutes les classes sociales aujourd'hui n'ont pas le même degré de « *self-reliance* ». Les relations transnationales (financières, culturelles, idéologiques) exposent la méritocratie managériale, les couches aisées et les milieux traditionnellement dirigeants des vieux pays, sous le couvert avenant de la « communauté globale », ou, plus terrorisant, de « l'intérêt planétaire », à une résignation, voire à une certaine *volonté de dépendance.* La subversion vient désormais d'en haut, les élites transnationales ne sont plus fiables. Un auteur américain affirme qu'au sommet même des États-nations « la fidélité aux intérêts nationaux étroits se relâchera progressivement et sera évincée par la fidélité aux intérêts planétaires » [1]. « Actuellement, écrit-il, une telle subversion a déjà bien avancé — parmi un certain nombre de parlementaires nationaux, chez de nombreux bureaucrates, chez quelques chefs de gouvernement, et parmi un grand nombre de journalistes, d'universitaires, de

1. Cité in *Actualité de la question nationale,* P.U.F., 1980, p. 168.

publicitaires, aussi bien que parmi les jeunes qui viennent d'entrer dans les affaires publiques [1]. » Non seulement l'« idéal du moi » des nouvelles élites n'est plus national (comme le montre la déchéance de l'enseignement de l'histoire à l'école, organisée sous un septennat mondialiste), mais les nouvelles appétences sont d'aliénation : prendre l'autre pour soi, et soi-même pour un autre, devient le mécanisme le plus gratifiant d'identification sociale, par démarcation entre haut et bas, « *in* » et « *out* ». Dans l'ordre imaginaire, l'évanouissement à gauche des mirages de société ainsi que l'effondrement des mythes soviétiques et tiers-mondistes déplacent heureusement sur la droite les terres de salut, déchirent les succédanés de l'extraversion et reconduisent à la rugueuse étreinte des origines. La ruine de tout ce qu'avait charrié la bifurcation léniniste de l'ancien mouvement ouvrier français — culturellement dévoyé de son identité historique au lendemain de la Première Guerre mondiale — s'avère on ne peut plus favorable à un retour aux sources. Ce que la rumeur appelle la déroute intellectuelle de la gauche résonnera peut-être un jour comme un Chant du départ.

Nos bisbilles provinciales (gauche ou droite ?) apparaissent à un Français qui se trouve à Pékin ou à Los Angeles non seulement dérisoires mais nuisibles à l'essentiel, qui est notre aptitude à nous faire entendre au milieu du vacarme. L'important est de voir à temps le temps qu'il fait sur la planète. D'évidence, le nationalisme aujourd'hui a vaincu — le mondialisme libéral et l'« internationalisme prolétarien », entre autres adversaires. Deux siècles après Saint-Just le bonheur est à l'échelle du monde une idée vieille, la nation, une idée neuve. La Révolution française n'a pas triomphé par où on l'attendait, et par où elle l'avait elle-même rêvé. L'ancien concert européen qui fut secoué dans ses fondements par l'éveil et les soubresauts des nationalités, de 1789 à 1939, crut le rideau tombé sur l'idée nationale en 1945. Elle s'en alla alors faire éclater tout le monde colonial et semi-colonial, où

1. John P. Lewis, *World Politics,* vol. 27, n° 1, oct. 1974.

elle germait avec quelque retard — en sorte qu'au moment où l'Europe croyait aborder l'ère supranationale, le « tiers monde » revivait, à une échelle encore plus large, les déchirements européens d'antan. Au centre, pendant ce temps, les « États-Unis d'Europe » — mythe crédible au lendemain de la guerre, dont les Communautés européennes auraient dû être l'étape intermédiaire — régressent à la faveur de la crise au stade supposé révolu des indépassables intérêts nationaux. Rude siècle pour Emmanuel Kant, et les vieux rêves fédéralistes.

3. *L'Europe ou le bon usage des rêves.*

À une nouvelle émergence de la nation, correspond une nouvelle circonscription de l'intérêt national. Transitif et déterritorialisé. Le « tout ce qui est national est nôtre » cède la place à « tout ce qui est étranger nous intéresse ». « La France faible maugrée contre les entreprises multinationales d'origine étrangère. La France forte construit des multinationales d'origine française [1]. » Le patriotisme nomadise. L'intérêt national français se défend à Niamey, à São Paulo et à Djakarta comme à Bonn et New York. Et les voyages d'un président « à l'étranger » ne sont plus de prestige ou de représentation, mais une façon moderne de défendre l'intégrité du territoire. De même, si le microprocesseur et le lanceur spatial ont supplanté la locomotive et le barrage comme enjeux stratégiques commandant l'avenir, il n'est pas dit qu'ils doivent être produits en France, ni seulement par des moyens français. Je ne perçois la sphère qu'en m'inscrivant dans l'Hexagone mais « je ne conçois l'Hexagone qu'inscrit dans la sphère » (Paul Morand).

L'intérêt national, qui a le monde pour moyen et horizon, n'a partie liée avec aucune superstition de localité : le nationalisme est son ennemi intime. Si la modernité n'est mondialiste que dans

1. Michel Cicurel, *La France quand même,* Paris, Éd. Laffont, 1983.

l'utopie managériale des publicistes multimédia, une certaine topologie bleu horizon s'efface sous la transcroissance des unités économiques. Quand un pays importe plus de la moitié de ses matières premières (et la totalité de certaines d'entre elles) ; quand le tiers de ses importations est libellé en dollars (un autre tiers en euro-devises) ; et qu'une appréciation de dix centimes du dollar signifie une charge supplémentaire de deux milliards et demi de francs dans la balance des paiements ; quand plusieurs centaines de milliards d'eurodollars se déplacent en rafale sous le nez des banques centrales, dans le *no state's land* des marchés financiers ; quand le satellite de diffusion directe rencontre l'antenne parabolique et que le chiffre d'affaires du numéro un national équivaut au seul budget de recherche et de développement du numéro un mondial, le nationalisme à l'ancienne devient un danger pour l'indépendance et l'intégrité nationales. L'intérêt national, dans ces conditions, commande de ne pas affronter isolément la concurrence internationale. La mise en commun des ressources propres conditionne leur mise en valeur, du moins partout où la compétition impose la coopération, où la survie passe par la solidarité. Briser le « Yalta » de l'espace, par exemple, pour les satellites de télécommunication (Intelsat d'un côté, Interspoutnik de l'autre) et d'observation (qui possède le lanceur a un droit de contrôle, donc de veto, sur ce qu'il met en orbite), seul un programme spatial européen pouvait y parvenir : Ariane élargit l'espace de souveraineté français, en même temps que communautaire. Nucléaire (Eurodif), aéronautique, informatique, robotique, biotechnologie, physique des hautes énergies, etc. : la relance communautaire sert les intérêts français. Définition des normes, ouverture des marchés publics, protection tarifaire unique, alliances entre firmes, programme commun de recherche et développement : un patriotisme opérationnel appelle un « fédéralisme fonctionnel ». Après le charbon et l'acier, la puce et la particule.

Opposer à une volonté d'indépendance la réalité de l'interdépendance ; déduire de la mondialisation de l'économie que l'ère des nations touche à sa fin ; renoncer, au prétexte que les formules purement nationales en matière d'industrie ne sont plus viables, à la défense nationale des souverainetés — c'est confondre l'ordre des moyens avec celui des fins. Ce vice de raisonnement définit l'illusion technocratique, dont l'euphorie européenne d'après-guerre fut une variante. S'attendre à voir sortir un jour d'une union douanière l'union politique de l'Europe, c'était s'exposer aux déboires de ceux qui additionnent des triangles et des poires [1].

D'abord, ne nous leurrons pas sur les mots. L'astuce des Grands et l'orgueil des petits s'accordent à baptiser « interdépendance » la malséante inégalité des nations. L'interdépendance n'est pas la réciprocité des dépendances mais leur asymétrie : l'indéniable dépendance des pays créanciers envers leurs débiteurs en défaut n'est pas exactement du même type que celle, disons, du Mexique par rapport aux banques américaines. L'affaiblissement des souverainetés ici est l'envers de leur renforcement là. Les écarts de vulnérabilité s'accroissent entre les États, d'où ne se déduit pas la diminution des prérogatives des États en général et des systèmes d'intérêt qui leur sont liés. Le système monétaire international par exemple dépend plus que jamais d'une seule monnaie — depuis la fin en 1971 de la convertibilité du dollar en or. L'interdépendance ne signifie pas que l'état de jungle recule devant l'état de droit, mais que les chaînes alimentaires des gros se réduisent vers le haut et s'élargissent vers le bas. L'équilibre écologique du milieu s'est rétabli à un niveau supérieur : à la prolifération des souverainetés de droit a répondu une reconcentration des dominances de fait, phénomène toujours masqué par l'enveloppe pudique des « communautés » et « systèmes ». De même qu'en 1820 l' « intérêt européen » désignait poliment l'intérêt autrichien, comme aujourd'hui le « système occidental » l'intérêt américain et la « commu-

1. « Europe » désignera ici la C.E.E., à distinguer donc de l'Europe des 21 États membres du *Conseil de l'Europe* (10 C.E.E. + Autriche, Espagne, Chypre, Liechtenstein, Islande, Malte, Norvège, Portugal, Suède, Suisse, Turquie), né en 1949, siégeant aussi à Strasbourg, avec un Comité des ministres, une Assemblée consultative, un secrétariat (800 fonctionnaires) et surtout la Cour européenne des droits de l'homme.

nauté socialiste internationale », l'intérêt soviétique, la « communauté internationale » de 1984 n'a jamais été plus loin de signifier la mise en commun des intérêts nationaux dans une synthèse supérieure. Quel ordre supranational ne reflète pas une prépondérance nationale ?

Ensuite, n'ajoutons pas aux courtoisies du verbalisme les naïvetés de l'évolutionnisme. Hier, les nations européennes se déchiraient sur des enjeux militaires et politiques ; aujourd'hui, elles coopèrent sur des enjeux économiques et techniques. Donc l'unité remplacera la division. Il y a apparence en effet que le « différentiel d'inflation » relègue la « grande querelle » dans les manuels d'histoire ; qu'aux vieilles missions de l'imaginaire collectif — conquérir et influer pour la gloire de quelques-uns — succèdent les objectifs utilitaires des communautés modernes — produire plus et mieux vendre pour le bien-être de tous. Malheureusement, les deux séries d'enjeux ne sont pas de même nature, et leur différence ne les empêche pas de coexister. La réconciliation des peuples ne signifie pas la confusion des intérêts. La construction européenne a cristallisé et continue de garantir la première : le principal acquis communautaire. S'abuser sur les convergences ne renforcerait pas la Communauté : le principal obstacle à l'élargissement. De même que les faits d'interdépendance ne disqualifient pas la notion de souveraineté mais la rendent plus impérative (les enjeux se multipliant avec les risques), l'invasion par l'économie du champ de manœuvre des nations ne dévalue pas la décision politique mais la rend encore plus décisive. Plus s'internationalisent les moyens d'action, plus se nationalise la volonté des acteurs.

L'indépendance n'est pas l'isolement. Et les mêmes qui confondent outils et objectifs, économie et politique, moyens et fins accusent volontiers la première de conduire à la seconde. C'est le contraire. Un pays ne peut plus assurer seul son indépendance. D'où le paradoxe moderne : renoncer à son isolement pour sauvegarder sa liberté. *Accepter moins d'autonomie pour gagner plus d'indépendance.* Là est la légitimité de la construction européenne :

si l'Europe a un sens c'est de permettre aux pays membres d'accomplir ce qu'ils ne peuvent accomplir seuls [1]. Mais aussi sa limite. L'Europe n'est pas un but en soi. D'abord parce que les déterminants de la construction européenne sont extra-européens, d'ordre stratégique et mondial, comme l'évolution du conflit « est-ouest ». Ensuite, parce que le faire est subordonné à l'être. « L'Europe, pour quoi faire ? » a un sens ; « La France, pour quoi faire ? » n'en a pas. Il faut faire l'Europe pour ne pas défaire la France, qui ne peut, seule, persévérer dans son être. Le jour où l'on parlera de l'Europe au passé, peut-être ne pourra-t-on plus parler de la France au futur. Mettre l'outil européen au service d'une mémoire nationale est un pari nécessaire — et tenable. Mais demander à ce qui n'est et ne peut-être qu'un *moyen* plus qu'il ne peut donner exposera le rêveur à d'amers réveils. L'échec des plans d'union européenne, reconnu par l'actuel président de la Commission des communautés lorsqu'il souligne lui-même l'inapplication de larges pans des traités existants, l'affaiblissement de l'esprit de solidarité et le recul de l'idée européenne dans les opinions, constitue la meilleure contre-épreuve des conditions *a priori* de la puissance.

*

Si un quidam, en 1484, avait dit à des ressortissants de la république de Venise, de la république de Sienne, du duché de Modène et de la Florence de Laurent le Magnifique, réunis par hasard dans une auberge, qu'il y aurait un jour un État souverain, royaume ou république, acteur unique et responsable, appelé Italie, ils l'auraient sans doute cru fou. Qu'on dise en 1984 à un Anglais, un Néerlandais, un Italien et un Français qu'ils seront demain les Vénitiens, Siennois, Modénais et Florentins d'un État européen unique, qui représentera souverainement leurs intérêts dans l'arène internationale, ils ne verront là que l'anticipation

1. Conférence de M. Gaston Thorn à l'I.F.R.I., 1er juillet 1982.

raisonnable, presque banale, d'un homme instruit des leçons du passé. Il n'est pas sûr que l'écolier de 2484 puisse mettre en enfilade les deux étapes de l'unité humaine. Le prophète italien de 1484 avait raison et passait pour un fou ; son émule de 1984 passe pour un homme de bon sens mais est peut-être fou.

Il y a loin de Machiavel à Jean Monnet, ou de la raison politique à la raison instrumentale. La preuve : un fonctionnaire de Bruxelles est toujours très fier d'expliquer à ses visiteurs que l'originalité de la construction européenne, qui autorise tous les espoirs, est d'associer des partenaires équivalents, par la taille et le poids, du moins pour les quatre « Grands », sans prédominance de tel ou tel ni volonté d'hégémonie. Ce relatif et jaloux équilibre de puissances, qui se traduit au Conseil par la règle de l'unanimité (sanctionnée en 1966 par le compromis dit de Luxembourg), attesterait que la Communauté européenne est déjà sortie de l'ère ancienne des dominations et des rapports de force. Il est plus probable qu'elle n'y soit pas encore entrée (encore que la « politique agricole commune » — les deux tiers du budget communautaire — reflète clairement la prépondérance des intérêts de l'Europe du Nord sur l'Europe du Sud). Sans doute les mécanismes communautaires sont-ils agencés pour minimiser la puissance des grands pays et maximiser celle des petits. Mais, en faisant d'impotence vertu, l'eurocrate se targue de ce qui rend l'union européenne impossible. Pas de fédération sans fédérateur. Pas de fédérateur ? Pas de fédération. Le traité de Rome, hypocrite comme les autres, ne mentionne pas le mot de « communauté politique », mais telle était bien la finalité de l'entreprise : dans un premier temps l'union douanière, qui conduirait à un deuxième, l'union économique, antichambre naturelle de l'union politique. N'est-ce pas ainsi qu'on avait procédé en Italie, dans l'Allemagne du *Zollverein* et aux États-Unis ? Formellement, oui ; réellement, non. L'unité de ces fédérations s'est faite par le fer et par le feu. On a simplement oublié — l'histoire des batailles n'est pas le fort des juristes — qu'il y avait eu ici Cavour et la Maison de Piémont, là Bismarck et la Prusse, là-bas la guerre de Sécession, Lincoln et le

« *spoil system* », bref que ces « délégations de souveraineté » ne s'étaient pas faites de bonne grâce mais sous l'emprise d'une souveraineté majeure : partout, des opérations de puissance, s'atténuant avec le temps en hégémonie et s'habillant en consensus. Le pouvoir d'institution du suffrage universel venant sanctionner après coup le pouvoir d'instauration de la puissance dominante. Metternich, Napoléon et Hitler, qui avaient leur idée de l'ordre européen, n'ayant pas laissé de bons souvenirs, il va de soi qu'une Europe faite pour et par la paix ne pouvait attendre son unité d'un conflit ouvert entre ses membres. Reste qu'elle n'en a jamais été aussi proche qu'au moment où l'hégémonie française, sinon franco-allemande, proposa à l'Europe économique des Six l'excellent « plan Fouchet » (I et II, 1961 et 1962). Donnez-moi un bon ennemi, je vous ferai un bon ensemble : les meilleurs plans et les premières institutions européennes sont issus de la guerre froide — s'unir face à l'avancée soviétique — Conseil de l'Europe, 1949, C.E.C.A., 1952, C.E.D., 1953. Donnez-moi un chef ou je me désagrège. On s'unit *contre* et *sous*. Pour qu'une confédération ou union d'États, comme celle alors proposée par la France, prît corps, il fallait que l'Europe acceptât d'exister par elle-même, donc remplaçât le fédérateur extérieur par un autre qui lui fût propre. Mise dans le cas de choisir entre Paris et Washington (via Londres), l'Europe des Six s'estima plus en sécurité sous le parapluie déjà troué de l'O.T.A.N., et préféra, à une personnalité française jugée trop arrogante, le statut de non-personne. Faute que l'un des Six puisse imposer une politique aux autres, on s'abstint alors d'en avoir.

Unanimité : incapacité. Quelle langue parlera l'Europe supranationale de demain ? Pour l'instant, l'Europe des Dix en a officiellement six : allemand, anglais, danois, français, italien et néerlandais (un tiers des fonctionnaires des communautés sert d'interprète aux deux autres). Quelle capitale ? On en compte aujourd'hui trois : Bruxelles, Luxembourg et Strasbourg (la question du siège des institutions nourrit toujours de subtils débats). Quelle monnaie ? L'écu, monnaie-panier, scripturale, n'est plus moyen d'échange. Ces questions fondamentales ne seront pas tranchées par un compromis. Sans doute l'Europe a-t-elle depuis 1955 un drapeau — douze étoiles d'or sur fond bleu d'azur ; un jour de fête multinationale — le 5 mai ; un hymne — le prélude à l' « Ode à la joie » : ainsi en a décidé le Conseil de l'Europe. Qui le sait ? Qui le sent ? Ce déficit d'incarnation n'empêche pas dix mille fonctionnaires en quête d'organes de faire tourner la machine de Bruxelles, plus qu'un machin, moins qu'un être. L'Europe a des institutions, elle n'est pas un organisme. Dans l'histoire des peuples, l'organe vivant crée et précède la fonction ; dans les organigrammes, la fonction crée l'organe, qui ne vit pas pour autant. La fonction juridictionnelle a produit la Cour de justice de Luxembourg, la fonction gouvernementale le Conseil, la fonction représentative l'Assemblée européenne, la fonction normative la Commission, gardienne des traités. Ces organes ne font pas un corps car le corps n'a pas d'âme. Et les étapes de l'institutionnalisation de l'Europe, du Bénélux de 1948 à l'élection au suffrage universel de l'Assemblée européenne en 1979, scandent la désaffection progressive des peuples envers l'Europe (et sa disparition des grands media nationaux). Une nation est un fait qui produit du droit, l'Europe est du droit qui a produit du fait. C'est à juste titre qu'on parle de la « construction » européenne. On construit une maison, un concept, un système, mais on engendre une personne, ou plutôt elle s'engendre et grandit toute seule, les inconscients qui lui ont donné vie ne savaient pas ce qu'ils voulaient, et parfois ne voulaient pas d'enfants. L'Europe communautaire a rêvé de pères fondateurs — Adenauer, Schuman, Monnet, de Gasperi ; elle découvre que c'étaient d'ingénieux ingénieurs. Le père fondateur, qui survit rarement à son exploit, meurt assassiné, tué ou en exil, reste le contemporain de ses descendants, Lincoln ou Jinnah, Gandhi ou Marti. Les fabricants, qui meurent dans leur lit, disparaissent avec et dans leur produit : l'image des anciens ne paraît pas hanter, ni guider, ni même se rappeler au souvenir des jeunes fonctionnaires des vingt directions économiques bruxelloises.

Bien que sortie de la tête de démo-chrétiens lotharingiques, l'idée de Marché commun devait ravir les espoirs fédéralistes d'une certaine tradition socialiste (le Labour excepté, rejeton trop excentrique). Belle leçon de choses. Les procédés de fabrication européenne, à partir de la Communauté du charbon et de l'acier, révèlent les ressorts de l'*Idealpolitik de gauche* : la superstition croisée du droit et de l'économie. Le rêve communautaire surgit au carrefour d'un économisme et d'un juridisme, vieux couple d'inséparables. Un homme de loi rencontre un professeur d'économie. Que font-ils ? Le traité de Rome. Valide pour l'éternité car dépourvu de date limite. Excellente initiative, tournée vers l'avenir, mais dont les pleins et les blancs paraissent empruntés au passé. Un contrat ne fait en effet une communauté que dans la philosophie du XVIIIe siècle, et la libre circulation des marchandises ne rassemble spontanément les hommes que dans les théories libérales du XIXe. Sans doute fallait-il bien commencer par un bout, et faire avec ce qu'on avait. Reste à savoir si en commençant par l'abaissement des tarifs douaniers, en enchaînant sur l'harmonisation des législations et des coûts de revient industriel, on arrive, en suivant *le même fil,* à l'Europe politique. Ou si, du Marché à la Fédération, la conséquence est bonne. Il est plus facile de créer l'Europe, cette fausse idée simple, que de créer des Européens : la première opération se décide entre gouvernements, la seconde ne se décrète pas ; c'est un fait de « culture », qui est à la politique ce que la nature est à l'histoire : sa base et sa matière première. Il y a un espace juridique européen, tarifaire, agricole. On vise à juste titre l'espace industriel et social. Un grand perdant : l'espace culturel — autre chose que la pieuse « communauté de civilisation » des discours officiels. Que sont nos amis devenus : le Centre européen de la culture, prévu au Congrès de La Haye de 1948 ? L'université européenne de Florence, créée en 1961 ? Eurovision, qui s'arrête aux festivals de la chanson ? La « Fondation européenne » du projet Gensher-Colombo (1982) ? À quoi rêvent les ministres de la Culture réunis à Dix ? Plus indispensables étaient le C.E.R.N., le L.E.B.M. et l'O.E.B.[1] ? Au décollage économique et technique certainement. Au décollage politique de l'Europe, c'est moins sûr. Les inévitables frictions du moment (répartition budgétaire, P.A.C., élargissement) n'occultent pas les performances de l'Europe utile, ni la valeur des acquis. Ce n'est pas un hasard que, des quatre grandes institutions communautaires, les seules opérationnelles soient la Cour européenne de justice, clef de voûte, et la Commission, cheville ouvrière de la C.E. Qu'est-ce qui tourne à vide ? Les instances politiques. Un Parlement pour rire, qui ne fait pas de lois — raison d'être des parlements — mais émet des « avis », papillonne sur des affaires non européennes pour lesquelles il n'a ni crédit ni compétence ni renseignement, et se rattrape au-dedans sur des chicanes. Un Conseil des soupirs, qui fait des « déclarations » sans conséquence, où chacun bloque par veto les initiatives qu'il juge contraires à ses intérêts. On ne peut forcer sa nature quand on n'en a pas. Monstre à dix têtes, la Communauté est une entité complexe, non une personne unique en ses dix membres. Le droit communautaire, qui n'est pas seulement interétatique, s'applique directement aux États de la communauté, au contraire du droit international qui suppose des procédures de réception, et les particuliers, « opérateurs économiques » ou « partenaires sociaux », peuvent se prévaloir des arrêts de la Cour de Luxembourg contre leur propre législation nationale (si elle est antérieure). Il y a donc bien des ressortissants — mais non des citoyens européens. Des procédures, non un processus. Quelle sorte de « nous » supporte le « nous sommes le premier exportateur de beurre du monde, et le deuxième pour le sucre » ? Le *Journal officiel des communautés,* seul roman supranational produit à ce jour par l'Europe des Dix, n'est pas de nature à sceller un sentiment d'appartenance. Il n'y aura pas d'histoire européenne tant qu'il n'y aura pas de mystique européenne. La mystique n'étant jamais

1. Centre européen de recherche nucléaire, Laboratoire européen de biologie moléculaire, Organisation européenne des brevets.

très loin du sang et des larmes, on peut se réjouir de cette carence. Et préférer la mécanique plaquée sur du vivant, plus propice à la détente. On ne sache pas qu'un gouvernement européen soit prêt à acquitter le prix politique et économique d'une rupture, et peu nombreux sont les citoyens du Continent qui ont envie de voir leur pays sortir de la Communauté : ils savent que sans elle ils vivraient moins bien, et plus dangereusement. Nul n'est cependant prêt à se battre pour l'Europe, qui n'est vitale à personne. Pas plus qu'hier pour un taux de croissance, on ne mourra demain pour la bonne gestion des marchés agricoles. L'aptitude au sacrifice aussi est un facteur, et une mesure, de puissance.

Ses divers potentiels font en droit de l'Europe des Dix (*a fortiori* des Douze) la première puissance mondiale. Ses deux cent soixante millions d'habitants ont le niveau d'éducation et de vie le plus élevé de la planète. L'Europe communautaire est la première puissance commerciale du monde ; économique ; et financière, par le montant de son épargne. Ses forces armées sont considérables. Total : une exemplaire non-puissance. Et dans l'arène internationale, une non-personne. Sans doute la Commission est-elle présente au G.A.T.T., où elle négocie au nom des États membres, et M. Thorn reçoit à Bruxelles les lettres de créance des ambassadeurs accrédités auprès de lui. La Communauté a un statut d'observateur aux Nations Unies, où elle écoute les discours entre le Comecon et l'O.L.P. Elle signe des accords de produit et participe comme telle aux négociations sur le droit de la mer. Il y a, et c'est heureux, une politique commerciale extérieure ; il n'y a pas de politique extérieure de l'Europe, ni de volonté, ni de vision commune du monde. Du « Troisième Grand » en gestation des années cinquante au ronron du « comité politique » des années quatre-vingt, et aux politesses des Sommets, enceintes trop larges et disparates pour qu'aucun « Grand » ait envie d'aller au fond des choses, on est passé de l'harmonie au scandale, du rêve au réel. Quelle puissance dans le monde a-t-elle peur du sujet de droit appelé « Communauté » ? Au plan commercial lui-même, de quelle capacité de négociation dispose la Commission pour affronter sérieusement les exportateurs japonais ? De quels moyens de pression, de rétorsion ou de manœuvre ? L'Europe est une non-puissance parce qu'elle n'a pas d'expression politique, et elle ne peut se hisser au niveau politique parce qu'elle n'est pas en état d'assurer elle-même sa sécurité militaire. La résurgence décennale depuis 1953 du cercle carré baptisé « défense européenne » ne garantit pas sa vraisemblance [1]. Qu'une défense européenne soit souhaitable ne suffit pas à la rendre possible, du moins dès demain. Conventionnelle, elle serait insuffisante ; nucléaire, contradictoire : dix doigts sur un bouton, c'est neuf de trop. La question capitale d'un système de sécurité européen, qui déborde le cadre de l'U.E.O., relève essentiellement du dialogue franco-allemand, le noyau dur de l'Europe, et secondairement de la Grande-Bretagne, dont il faut se rappeler qu'elle n'a la pleine autonomie ni de la décision d'emploi, ni de la technologie, ni même de l'expérimentation de l'arme nucléaire [2]. En attendant cette échéance éloignée, à vingt ans, et qui échappe à la compétence communautaire, l'Europe ne peut qu'obéir au syllogisme : pas d'action cohérente à l'extérieur sans cohésion d'intérêts à l'intérieur. Or les intérêts nationaux divergent. Donc, des phrases.

Nul ne contestera l'existence d'un tronc d'intérêts communs aux membres de la Communauté, dans les domaines de la régulation économique et monétaire, même si la crise met à mal le consensus

1. 1953 : « Communauté européenne de défense ». 1963 : « Force nucléaire multilatérale ». 1973 : « Je ne sais si l'année 1973 sera l' " année de l'Europe " mais je suis sûr que, pendant l'année 1973, le problème de la défense de l'Europe sera à l'arrière-plan de toutes les discussions qui auront lieu en Europe ou hors d'Europe, et peut-être même passera-t-il à l'avant-scène » (Michel Jobert, ministre des Affaires étrangères). 1983 : lire gazettes, revues spécialisées, discours, etc.

2. La Grande-Bretagne procède à ses tirs souterrains dans le centre d'expérimentation américain du Nevada. Quant à l'assemblée de l'U.E.O. (Union de l'Europe Occidentale), qui regroupe des parlementaires des sept pays membres (Belgique, France, Grande-Bretagne, Italie, Luxembourg, Pays-Bas, R.F.A.), elle constitue la seule structure compétente en matière de défense européenne, mais n'a strictement aucun pouvoir de décision.

sur les délégations de compétence concédées à l'origine en période de croissance, de plein-emploi et de stabilité des marchés financiers. Nul ne contestera non plus que les zones d'intérêts communs ne se superposent pas, ni que la Grande-Bretagne n'a pas au fond d'intérêt à l'existence du Marché commun, que son entrée a affaibli, et qu'un nouvel élargissement demain réduira encore le plus petit dénominateur. Ce n'est pas une raison suffisante pour laisser l'Europe politique végéter de sa belle mort sans entreprendre, à côté du cadre communautaire, ou en géométrie variable à l'intérieur, une multiplicité de coopérations concrètes dans le domaine des télécommunications, de l'informatique, de la recherche, indispensables à l'*abaissement des seuils de dépendance* des uns et des autres. Le Marché commun n'est pas le cadre unique ni obligatoire de ce type de décisions, ni la loi et les prophètes de l'interdépendance européenne. Il est déplorable qu'un groupe transnational européen n'ait pas vu le jour depuis les traités de Rome ; il le serait tout autant d'espérer qu'un tel groupe, s'il apparaît enfin, annonce une Europe transnationale. Rien ne remplace la responsabilité nationale. Dans l'immédiat, si une avancée européenne est possible, quel autre pays que la France, qui a la maîtrise de son destin comme personne en Europe, pourrait en prendre l'initiative ?

Faudrait-il un nouveau Jean Monnet pour réussir le saut qualitatif d'une « défense européenne » ? Extrapolation abusive, là encore. Pas plus qu'on n'est passé de la C.E.C.A à la C.E.D. dans la foulée, on ne passera aujourd'hui de la coopération d'armement à un projet viable de défense commune, sans changer de méthodes, d'esprit et d'enceinte[1]. Jean Monnet n'a jamais de son vivant prêté une grande attention aux questions militaires, et pour cause. Le « système Monnet » — l'intégration fonctionnelle par secteur, sur la base de solidarités de fait — s'est brisé en 1954 comme il le referait demain sur ce qui n'est pas un secteur parmi d'autres des

1. C.E.C.A. : Communauté Européenne du Charbon et de l'Acier (1951). C.E.D. : Communauté Européenne de Défense (1953-1954).

compétences nationales mais le cœur et l'instrument de la souveraineté. Autre enjeu, autres règles.

En attendant, sur les affaires internationales sujettes à une coopération politique possible — Proche-Orient, Europe orientale, Amérique latine par exemple —, il est sage pour la France de chercher en premier lieu, avec patience et loyauté, l'accord de ses partenaires sur telle ou telle initiative à laquelle l'Europe des Dix donnerait tout son poids ; il le serait moins de renoncer à poursuivre dans une voie juste sous prétexte qu'un partenaire ou deux ont opposé leur veto. Pour un grand pays souverain, le consensus communautaire est un optimum, non un préalable. Mieux vaut faire un peu de bien seul que ne rien faire à dix. Pour le dire avec les mots de Montesquieu : Si je savais quelque chose qui fût utile à ma famille et qui ne le fût pas à ma patrie, je la rejetterais de mon esprit. Si je savais quelque chose qui fût utile à l'Europe et préjudiciable à ma patrie, je chercherais à l'oublier. Si je savais quelque chose qui fût utile aux deux, je la regarderais comme un bienfait du Ciel. Mais si je savais quelque chose utile à ma patrie et préjudiciable à l'Europe, je ferais mon devoir la mort dans l'âme.

4. *La nouvelle donne.*

À sa manière, subtile et informée, Stanley Hoffmann a approché les contours de la nouvelle donne [1]. L'ancien système international stable et unifié, dont les acteurs, en nombre limité, sont quelques grands États maîtres de leur destin, réglant leurs rapports sous l'horizon du recours à la force (celui qu'a décrit Raymond Aron dans *Guerre et Paix entre les nations*), a cédé la place à un jeu incertain, labile, diffus où l'interdépendance économique et

1. « Redéfinir l'indépendance », in *Les Conditions de l'indépendance nationale dans le monde moderne* (Colloque international tenu à l'institut Charles-de-Gaulle, 21-23 novembre 1975), pp. 146-164.

nucléaire estompe la menace du recours à la force, où la souveraineté théorique des États est minée par une multitude d'interférences et d'interventions non étatiques et où s'enchevêtrent plusieurs systèmes internationaux. La politique étrangère elle-même, à l'intérieur d'un pays, se diffracte entre plusieurs centres de décision. (En France, chaque grand ministère a sa politique extérieure, qui tend à devenir « la dimension externe du souci dominant : le développement économique et le bien-être social ».) Dans ce monde de chantage multilatéral et réciproque, chacun devient l'otage de chacun et vice versa : les créanciers des débiteurs, l'Ouest qui vend de l'Est qui achète, les producteurs de pétrole de leurs clients fournisseurs, etc. Personne n'a intérêt à la ruine de son antagoniste, le jeu n'est plus à somme nulle. L'intérêt national dans ces conditions substitue aux anciens *objectifs de possession* des *objectifs de milieu,* pour façonner l'environnement et fixer les normes de la conduite des autres[1]. L'enjeu principal devient la *règle du jeu,* celle qui contraindra en douceur les partenaires à se plier aux besoins et aux aspirations du grand régulateur.

Diviser les dépendances, pallier une insuffisance ici par une prépondérance là, identifier, au sein de chaque filière industrielle, les créneaux prioritaires, circonscrire les dépendances provisoirement insurmontables pour décourager celui qui est en amont de les faire passer d'un échiquier à l'autre (du militaire au financier, ou du technologique au commercial), utiliser en retour ses propres atouts ou monopoles pour casser les tentatives extérieures de chantage, maintenir bien séparés les différents réseaux diplomatiques, opposer les unes aux autres les prétentions des plus forts tout en forgeant des coalitions avec les plus faibles, équilibrer un partenaire indispensable par un autre : toutes ces tactiques, et leur contraire, relèvent du travail quotidien et ce dernier n'a pas de fin car la dépendance rebondit, se transforme ou s'inverse, Phénix

1. La distinction entre « *Milieu goals* » et « *Possession goals* » est due à Arnold Wolfers, *Discord and Collaboration,* Baltimore, 1962, pp. 74-77.

infatigable. Qui veut garder les mains libres sans s'isoler (l'Albanie n'est-elle pas captive de son autarcie ?) ne peut défaire un nœud ici sans en refaire un autre là : de deux dépendances il faut choisir la moindre, mais l'évaluation à chaud des coûts comparés relève du risque de gouverner (on peut admettre qu'il y a plusieurs conduites rationnelles d'émancipation possibles à partir d'une même conjoncture). De même qu'il y a, selon un mot fameux, des politiques sans chance mais qu'il n'y en a pas sans risques, l'objectif de non-dépendance, on sait ce qu'il interdit, on ne sait pas ce qu'il commande à l'avance. Il ne peut donc dicter un catalogue de recettes, tout au plus un décalogue de précautions : ne pas s'en remettre entièrement au bon vouloir d'une puissance étrangère sur un sujet ou un secteur d'intérêt vital ; ne pas donner l'impression à un allié et ami qu'on a absolument et inconditionnellement besoin de lui [1] ; ne pas localiser toutes les menaces sur un même front, en se laissant hypnotiser, en temps de paix, par une seule dimension du champ stratégique (Est-Ouest ou Nord-Sud) ; ne pas se laisser enfermer dans un engagement passé, traité, convention ou organisation, si les conditions objectives qui légitimaient la conclusion du contrat ont entre-temps disparu, car ce sont les intérêts d'un pays qui dictent ses engagements et non l'inverse ; savoir renoncer à un besoin inessentiel, d'ordre technique, ou conjoncturel (renseignement ou détection-radar à longue portée d'une zone d'opérations éventuelles, par exemple), si la satisfaction de ce besoin par un tiers en situation de monopole peut compromettre à plus long terme sa propre liberté d'action ; ne pas accepter de se faire englober par une plus grande puissance dans un dispositif stratégique déterminé en dernière instance par elle seule, car la solidarité ne vaut pas pour identité d'intérêts et les

1. Comme l'avait fait Herriot à Londres en son temps, avec le premier gouvernement travailliste anglais, dirigé par MacDonald. « En 1924, écrit Jean-Noël Jeanneney, Herriot a aliéné l'indépendance de la politique française en témoignant à la Grande-Bretagne que son appui est désormais de première priorité : tournant majeur » (J.-N. Jeanneney, *La Faillite du Cartel, Leçon d'histoire pour une gauche au pouvoir,* Paris, Éd. du Seuil, 1981).

buts à long terme d'une nation quelle qu'elle soit sont spécifiques et irréductibles à ceux de toute autre; ne pas non plus se laisser régionaliser, limiter à son environnement immédiat ou à une « zone d'influence » privilégiée, quand l'histoire vous en a légué plus d'une où vous êtes réclamé, en laissant à d'autres mieux dotés l'exclusivité des « responsabilités mondiales » (la France, avec une zone économique d'environ onze millions de kilomètres carrés, est la troisième puissance maritime mondiale) ; ne pas confondre les rapprochements nécessaires d'une période avec des chèques en blanc sur l'avenir, ni prendre un antagonisme d'intérêts et d'idées avec un régime pour un serment d'inimitié historique avec un pays car une nation n'a pas d'alliés à vie ni d'ennemis héréditaires, en sorte que la seule permanence qu'elle ait à connaître est la sienne propre et qu'elle ne doit de fidélité qu'à elle-même; ne pas laisser les relations internationales se personnaliser car la cordialité peut masquer des divergences de fond, comme l'antipathie des convergences d'intérêts : « les dissentiments n'empêchent pas les sentiments » ni l'inverse (la familiarité ni l'animosité ne doivent pas franchir la porte des bureaux où l'on cause); ne jamais dévoiler complètement ses intentions car entretenir l'incertitude, chez l'adversaire bien sûr mais aussi dans son camp, augmente la marge de manœuvre et atténue ses vulnérabilités : la capacité de surprendre est un facteur supplémentaire de crédibilité. L'imprévisibilité accroît la puissance.

L'autorité appartient en règle générale à celui qui se place au carrefour de plusieurs réseaux de relations. Y rester n'est jamais facile. Pour la France en particulier, multiples sont ses réseaux de solidarité et d'information : européen, atlantique, méditerranéen, maghrébin, africain, francophone. Même si certains sont gravement menacés de redondance (la Communauté européenne et l'Alliance atlantique, le monde africain et l'univers francophone), elle n'a pas intérêt à les laisser se confondre; ni à s'enfermer dans une appartenance au détriment des autres. Si la concurrence se perd entre ces regroupements, les synergies cesseront. La liberté d'action en l'occurrence suppose la mobilité, un certain art de s'engager sans s'enfermer, en mêlant résolution et distances. Si l'autonomie de décision exige la mise en résonance des sources d'information et des critères d'évaluation, devenir l'otage d'un seul pôle d'approvisionnement et d'appréciation mondial équivaudrait à une perte insidieuse de souveraineté. Loin de la menacer, *l'interconnexion définit l'indépendance moderne.*

DES CHIFFRES ET DES IMAGES

(Intermezzo 6)

— Rappelez-moi donc ce que représente votre pays dans le monde. Et je vous en prie : pas de bla-bla, des faits.

— 0,8 % de la superficie de la planète, soit 551 700 km^2, et 1,2 % de sa population, soit environ 54 millions d'habitants, sans compter 1 550 000 dans les Départements et Territoires d'outre-mer. Au quinzième rang mondial pour la population, son produit intérieur brut le classe au quatrième rang, sa production au cinquième. Autosuffisant au plan alimentaire à 150 %, il dépend de l'extérieur pour 65 % de son énergie et plus d'un quart de ses besoins intérieurs est couvert par les importations. La part des échanges extérieurs dans le P.N.B. est passé de 9 % en 1958 à 22 % en 1980 (10 % aux U.S.A. et 12,5 % au Japon), échanges dont la moitié se fait avec la C.E.E., 20 % avec les pays de l'O.C.D.E. hors C.E.E. et 3 % avec le reste. Un pays dont 78 % des exportations portent sur des ventes de produits industriels, mais dont le potentiel industriel et les capacités concurrentielles se sont assez sérieusement dégradés ces dix dernières années, comme le prouve un taux de couverture de 92,1 % en 1981. Un pays qui, pour entretenir ses capacités remarquables dans les technologies et industries de pointe — nucléaire, spatiale, aéronautique, télécommunications, océanographie, biotechnologie —, consacrera 2,5 % de son P.N.B. en 1985 à la recherche et au développement. C'est aussi une des cinq puissances nucléaires, avec 80 ogives embarquées en 1983, qui seront 176 en 1985, et 496 en 1993.

Membre permanent du Conseil de sécurité, il est doté de la troisième zone économique maritime. Président du « club de Paris », centre de la zone franc qui regroupe treize pays, lié à six États d'Afrique par des accords de défense, à vingt-six États africains par des accords de coopération, qui les rendent éligibles aux prêts de la Caisse centrale de coopération économique, et à soixante-dix par des accords de coopération culturelle, la France n'est pas seulement représentée en dehors de l'Hexagone par ses quelque 25 000 soldats cantonnés en Océanie, Afrique, aux Antilles et au Proche-Orient, et ses 22 000 coopérants, principalement au Maghreb et dans l'Afrique francophone. Sa langue est parlée, comme langue véhiculaire, par 250 millions et comme langue maternelle par 90 millions de personnes, 34 États souverains appartenant, par le biais de l'Agence de coopération culturelle et technique, à la francophonie mondiale. Langue qui conserve donc la deuxième place aux Nations Unies, avant l'espagnol mais loin derrière l'anglais — un orateur sur six en Assemblée générale ayant en 1982 utilisé le français, mais un sur trois utilisant l'anglais. Si seulement 1 500 000 de ses citoyens vivent à l'étranger, la France a la veine de compter, courant 1983, 4 459 000 résidents étrangers sur son territoire, dont 163 571 réfugiés politiques.

— Bon. Et si vous quittiez ce pays pour vivre dans un autre, qu'est-ce qui vous manquerait le plus ?

— L'incertitude.

Ce je-ne-sais-quoi qui tournoie, s'éclipse et revient, et donne aux matins, au ciel, aux lendemains de France cette couleur d'imprévu, cette dégaine de vagabond sans quoi vivre est un voyage en rond ; je veux dire ce quelque chose d'à la fois nostalgique et anxieux, entre la fable et l'histoire, qui d'un clapier de fesse-mathieu fait, contre toute évidence, le seul coin du vieux monde où l'aube peut se lever sur un nouveau monde ; enfin vous connaissez, c'est frêle, espiègle et cela court au pied des lavoirs entre les saules et la mousse.

— Plus précisément...

— Puisque vous me demandez mon avis, au lieu de faire des sondages dans la population, vous feriez mieux de lancer la sonde au fond des fleuves, gaves et ruisseaux qui coulent encore dans votre tête.

La carte de France est dans nos songes. Tous les nomades en qui ce rêve habite y ont droit de cité. Nous n'habitons bien que ce qui nous hante. On nous somme de repeupler. Pour remplir la France, messieurs les démographes, laissez-vous d'abord envahir par elle.

La France est un souvenir d'enfance. C'est même le plus vieil enfantillage du monde, celui de la fontaine et des rigoles, de l'écluse et des caniveaux. C'est, en tous les cas, la France, un fait d'imagination. Et c'est un fait que nous crevons de l'absence d'image. Quiconque entend bâtir un parti politique, une stratégie de défense ou un gouvernement, et ne part pas de ces deux faits, *fera quatre pas dans les nuages avant de chuter, avec les réalistes, dans l'irréalité.*

Je sais : à l'intérieur on n'entend plus rien. Il faut s'expatrier pour que le murmure renaisse. Vous direz, vous avez dit un jour, comme tout le monde : « Égout, je ne boirai plus de ton eau. » Forfanterie. Le goût du pays, un peu de voyages en éloigne, beaucoup y ramène.

— Mais quand vous viviez aux Amériques...

— Moi, si j'avais quitté la France, ou si elle m'avait quitté, je me serais manqué moi-même. Comme on manque son train ou son suicide. Ou sa vie. Et pas comme on manque de baguette ou de frites, de ceci ou de cela. Le grand Machiavel recommande de placer sa ville natale plus haut que sa vie éternelle. Comme si on avait le choix. Comme si on pouvait trier entre son âme et son pays, prendre l'immortel et laisser le natal. C'est tout ou rien, quitte ou double. On sauve le pays et l'âme avec, ou on perd d'un coup les deux.

Tenez, quand j'ai quitté la France (en supposant que ça me soit vraiment arrivé), j'espérais découvrir un autre monde. Erreur. On apprend une langue, on n'apprend pas un monde. Il n'y a pas de monde, il y a une façon de s'y prendre avec les chauffeurs de taxis, les robinets, les garçons de café, les regards des filles et le temps qui passe. C'est prénatal, cette façon-là. On l'a dans les neurones, et les neurones n'en savent rien ; dans les pores de la peau, et la peau ne sent rien. Son pays, quand on est dedans, c'est une mémoire qui s'oublie et tombe juste à tous les coups. Les exilés sont pis que malheureux : maladroits.

— Revenons au sujet : qu'est-ce qui vous manquerait le plus ?

— Un refrain, un revenez-y d'écumes et de fontaines, de cascades et

d'avens. Pas les grandes eaux, graves et lourdes, qui sont germaines ou saxonnes. L'Océan fait méditer, non rêver : pas de surprises. Ni l'eau dormante des lacs alpestres, trop douce. Ni l'eau stagnante, coloniale, des tropiques — étangs, marigots, palus, bras morts des deltas, lagons et lagunes. Qui osera dire ces suintements poisseux ? Ces plats pays de servitude et d'abandon, le croupissement suceur des pourrissoirs équatoriaux ? Ces existences de somnambules, ces journées moites, ces nappes sans marées, ces années sans saisons, ces maisons sans caves ni greniers, ces cours sans puits, mémoires sans fil d'Ariane ? Qui dira le Sud, ses chapes de soleil et ses torpeurs ?

— Il y a partout de l'eau minérale, que je sache.

— Mais d'en France est l'eau vive. On a eu de la chance, question latitude. Inutile de drainer ou de retenir. Ça court tout seul, à son aise. Le pays peut tomber dans la fange, morose ou rigolard, 1940 ou 1980, il y a toujours en lui du torrent qui se cherche. La France est un acte de foi en une certaine image. Une certaine façon de se coltiner avec les choses et les gus. De jouer aux quatre cents coups pour déjouer l'espace plan, briser la droite, narguer la prévision : recoins des maisons, enclos et haies, bocages et greniers, embrasures des fenêtres et stries des persiennes (tous recours que la plupart des pays, même voisins, ignorent). Un petit air fringant pour fendre la bise à la bonne saison, début d'automne, le jarret sémillant, et le mot juste à la volée, du tac au tac. Ce tonus, cette tension, cette tonalité, qui sentent son « pays » à vue de nez. Ce profil, cette découpe, ce molto vivace *qu'a transposé Stendhal dans son Italie française. Le « frappé » au cul de plomb, le drapé un peu mat, le glacé solaire c'est limite : entre nous soit dit, le cornélien et le camusien, on s'en passe fort bien. Bien mieux que de D'Artagnan et d'Arsène Lupin, nos complices, avec Tintin, ce faux Belge, notre frère à tous.*

« À nous qui préférons le fleuret au sabre ; la flottille à l'armada, le hussard au sapeur, l'avion de chasse au bombardier, le franc-tireur au maréchal, le clavecin aux cuivres. Dès qu'on se confie à la cuirasse, au béton Maginot, aux plans d'état-major, on est perdu. La fortification : preuve de faiblesse. Quand le Français s'arrête à mi-course et se met à tirer des lignes et à creuser des trous — mauvais signe. On est à notre

main rue Quincampoix, boulevard Haussmann, c'est la fessée. Sans doute pourquoi les choses avancent côté Bastille, et refluent aux Champs-Élysées, en rectilignes patriotiques. Notre fringale, c'est la botte, l'esquive, le coup de main ; l'escampette ou l'escapade. La droite, le guindé, le kiosque à musique au milieu du parc : tristesse. La tangente, le guingois, la guinguette : rapatriement et joie. Inutile de biaiser : le crampon, le tenace, la défensive en profondeur, on ne les a pas dans le sang. Faire son deuil du tellurique, du grandiose, du Lohengrin. Et des blockhaus, et des grandes tours. Pas solide, la France. Fluide. Toujours en mouvement.

« *Impossible de s'ennuyer ici : personne n'est jamais sûr de rien. En somme, ce pays, si je l'avais quitté (toujours pour faire comme si), c'est le* rigolo *qui m'aurait manqué le plus. Ou l'espoir, si vous préférez. J'aime ce pays parce qu'on y a toujours quelque chose ou quelqu'un à attendre. Et tant mieux si on ne sait pas qui, ni quoi. Il y a de l'attente dans l'air, c'est comme ça. En branchant la radio, chaque matin, le petit frisson : sait-on jamais ? Il y a aussi ailleurs des millénaires, des pyramides, du gothique, du stuc et du marbre, bref des rentes de situation. Mais qui empâtent les descendants, qui leur donnent un air solennel et résigné, comme si c'était trop lourd ; comme s'ils en avaient assez de continuer. Il me semble que le nôtre de millénaire nous a donné un côté farceur, prestidigitateur de l'Histoire-Circus qui vous sort au dernier moment un lapin de son chapeau. Notre mémoire est un tremplin pour sauter dans l'inconnu comme l'acrobate dans son cerceau. Nos morts font de l'air. Nos contes nous réveillent. Si nous n'avions tant de fois connu, enfant, le vertige du " il était une fois ", serions-nous devenus la nation des premières fois ?*

— Mais vous pourriez amener Tintin et Michelet sur une île déserte.

— Non, car exilé, c'est la politique *qui me manquerait. L'autre nom du rigolo. J'aime les îles désertes du Pacifique ou d'ailleurs. Mais j'aime encore plus ce pays de courants d'air et de portes entrebâillées, où les meilleures pensées sont du possible et non de l'idéal, les rêveries de puissance et non de mélancolie ; les enjeux les plus hauts, ceux du pouvoir et non de la richesse. J'aime ce pays d'impatiences et de ratés ;*

où les hussards se promènent sur les toits, tout occupés d'affaires d'amour et d'État ; où les questions sont toujours plus intéressantes que les réponses ; qui vaut plus par l'élan que par la masse ; et dont les mensurations ne diront jamais la force. Un pays qu'on rêve d'attaque, rieur, bien planté et pas con, sans livrées ni galons, sans anciens combattants, rien que des futurs ; un pays sans Jules, sans Hippolyte, sans Ernest, un plein pays de Boris et d'Ursula, de Djamila et de Rachel, Milan et Julio. Un pays d'eaux résurgentes et de ressourcements. Un empêcheur de danser en rond, né pour embêter le monde.

— Soyez tranquille, il vous le rendra bien.

III. DE QUELQUES EMPÊCHEMENTS

Toutes choses égales par ailleurs...

Un pays mis sous surveillance par le F.M.I., qui compterait un quart de sa population active au chômage, une inflation de 800 % par an et dont la totalité des exportations ne parviendrait plus à couvrir le service de la dette, il va de soi qu'il n'aurait plus de politique extérieure.

Une diplomatie, c'est un État, une monnaie, un budget globalement en équilibre, un endettement extérieur raisonnable, une balance commerciale et des paiements sains. Ces grands équilibres fondamentaux, on les supposera, par convention, assurés ou en voie de rétablissement. « Faites-moi une bonne politique intérieure, je vous ferai une bonne politique extérieure » : puisqu'on ne peut parler de tout à la fois, mettons de côté le premier volet, insuffisant mais nécessaire, de l'adage classique.

Les obstacles monétaires, financiers, économiques à une politique d'indépendance sont mécaniques, évidents et traités d'abondance.

Par « empêchements », on entendra ici des oppositions plus souvent inaperçues, internes à l'action diplomatique, dues à l'inévitable retournement des outils en obstacles et des moyens en contre-fins. Agir, c'est s'engluer. On ne gouverne pas sans l'opinion, sans bureaux, et sans idées. Quand les mots pour le dire deviennent des cailloux dans la tête, l'information déformation et l'administration un establishment, les gouvernements ont à se battre avec, sous et contre une inconscience collective, une bureaucratie et un mandarinat, forces matérielles sourdes et tenaces. C'est d'elles aussi qu'il faut savoir se souvenir au moment des bilans.

1. *L'opinion publique.*

Quels sont les critères de réussite, ou d'échec, d'une politique étrangère ? À quelle aune en mesurer la valeur ? Cette question toute pratique, qui semblera théorique aux praticiens, ne se pose curieusement jamais : sur le moment, elle serait gênante ; avant, elle est absurde ; après, sans intérêt. La masse des citoyens, assez indifférente aux grandes affaires, se réveille au décret de mobilisation, mais trop tard, au moment où le diplomate, mis en échec, cède le pas au général. En temps normal, c'est trop tôt : flashes et titraille nous criblent d'émotions saccadées, sans rime ni raison. Entre le maelström de la guerre et les clapotis de la paix, entre le subit élargissement des consciences à un théâtre d'opérations mondial et le repliement sur sa province, un sillage a rarement le temps de se creuser sous les yeux d'un public tour à tour fasciné et distrait. Ce n'est pas d'hier. La conquête d'Alger n'a pu, en 1830, détourner l'attention intérieure des quatre ordonnances de Polignac. « Tenez pour certain, écrivait Guizot à Lord Aberdeen, en 1849, que la politique extérieure ne préoccupe pas du tout la France et n'y sera la cause d'aucun grand événement. Les gouvernements peuvent faire ce qui leur plaira ; si ce sont des folies, on ne les soutiendra point, si ce sont des sottises, on les sifflera sans colère, et sans les renverser pour cela, si par ailleurs ils sont bons à quelque chose pour les affaires intérieures du pays, les seules qu'ils prennent au sérieux. »

Du côté des hommes en charge, l'urgent chasse l'important, comme la mauvaise monnaie la bonne, c'est la fonction qui le veut.

Le tournis du courrier, des notes et audiences quotidiennes, les voyages incessants, le manège protocolaire, la bousculade des crises qui s'oblitèrent l'une l'autre, ne prédisposent guère aux vues d'ensemble ni aux retours en arrière. La diplomatie telle qu'elle se pratique est un art tout d'exécution, qui laisse peu de place à la conception et encore moins à la délibération ; aussi la technique supplante-t-elle aisément le projet. Le dessein est dans la tapisserie, Pénélope attend Ulysse pour demain matin, et le report indéfini des échéances diffère le bilan, sommation d'espérances toujours en suspens. La politique étrangère d'un gouvernement ressemble à un drame sans début ni fin et dont chaque acte repousse au suivant le dénouement. Le jeu est commencé depuis si longtemps, avec une donne reçue des prédécesseurs, et jamais de fin de partie en vue, ni de décompte définitif des points. Pas de perdant d'un jour — Allemagne et Japon en 1945 — qui ne puisse se retrouver en tête le surlendemain. Pas de gagnant qui ne puisse un jour déchanter : l'Angleterre de 1945 comme la France de 1918, épuisées par leur succès, étaient-elles bien avisées de chanter victoire ? « Perdant » l'Algérie, la France moderne n'a-t-elle pas beaucoup gagné au change ? Remontons plus haut. Talleyrand à l'issue du Congrès de Vienne se crut — et passa pour — triomphateur, ayant démantelé la coalition antifrançaise des Quatre Alliés. Personne ou presque ne remarqua que la Prusse se trouva de ce fait installée sur le Rhin. Les normes d'évaluation de la puissance ou la nature de la menace se modifiant avec le temps, chaque époque nouvelle métamorphose les évidences des précédentes, en s'exposant elle-même au démenti de l'avenir. Réfractaire au diagnostic comme au pronostic, le « milieu » de l'acteur international n'est ni homogène ni constant. Il échappe à la prise et résiste aux moyens d'action — de contrainte ou d'influence — dont dispose un gouvernement sur une situation intérieure [1].

1. Ce qui n'en rend que plus nécessaire, devant chaque conjoncture de crise, le « *contingency planning* », et de façon régulière un Centre d'analyse et de prévision (C.A.P.) !

Irritant clair-obscur. Il explique l'anxiété des décideurs et le besoin qu'ils ressentent le long du chemin qu'ils se taillent au jugé dans ce maquis de contraintes et d'impondérables, de se rassurer sur des repères tangibles et fiables. Mais quoi ? En économie, il y a des paramètres objectifs, quantitatifs, chiffrés, qui peuvent se suivre mois par mois : indice d'inflation et de productivité, taux de croissance, de couverture ou de change, courbe du chômage, déficit des paiements, réserves du Trésor, volume de production, etc. En politique intérieure, programmes partisans et réalisations gouvernementales sont soumis à des sanctions démocratiques régulières, à des votes au Parlement ou dans les instances des partis, à des gains ou pertes de voix (ou de « crédibilité »). Une défaite électorale ne vaut peut-être pas pour condamnation définitive du bien-fondé intrinsèque d'un programme politique, mais un responsable qui n'en tiendrait aucun compte pour infléchir sa conduite ou corriger son programme sera mis à l'écart comme doctrinaire ou sectaire. Mais quels clignotants s'offrent à la vue d'un président de la République et de son ministre des Relations extérieures pour piloter l'action extérieure ? Quel pôle magnétique ? Quelle pierre de touche ? Le maintien de la paix ? Évidemment non. D'abord parce que la paix n'est pas une fin en soi, s'il faut la monnayer par la servitude de la nation ou le démembrement de l'État dont on est le garant ; ensuite parce qu'il est, comme chacun sait, une façon d'éviter la guerre aujourd'hui qui la rend fatale demain : en acceptant passivement l'entrée des troupes allemandes en Rhénanie, Sarraut en mars 1936 précipitait l'escalade hitlérienne. L'intégrité du territoire ? Il n'est pas menacé en temps de paix, et cette condition nécessaire est évidemment insuffisante pour guider l'action quotidienne. Le développement économique et l'essor de la production industrielle ? À ce compte, les dépenses militaires, improductives, devraient être réduites au point de mettre en danger la sécurité du pays (et donc l'intégrité de son territoire). La prospérité n'est pas plus un but en soi que la paix, et pour les mêmes raisons. Arrêtons là cette liste formelle et vaine. Le dosage *a priori* indécidable des impératifs et des priorités (défense, prospérité, justice sociale, stabilité, intégrité) définit la tâche du responsable politique, comme recherche empirique et continuellement à reprendre de l'optimum, compte tenu des conditions existantes. Ce tâtonnement par nature incertain se fait dans la pénombre et la supputation. La tentation est dès lors grande de céder à la règle qui prévaut en politique intérieure : se guider d'après les réactions de l'*opinion publique*. Sera jugée en ce cas réussie ou satisfaisante l'initiative (ou plus sûrement l'absence d'initiative) qui ne suscite pas de critique ou de divisions majeures dans le pays et fait l'objet d'un large consensus national. Sur le bureau, chaque matin, la *revue de presse* affichera son verdict — pudiquement appelé « indication de tendance ».

En matière internationale, l'opinion est la voie la plus sûre vers l'abîme et la démission. C'est à la fois *a*) un constat, *b*) une constante historique et *c*) un invariant anthropologique. Le tout pose un redoutable problème, celui des rapports entre les contraintes générales du contrôle démocratique et les contraintes particulières de l'action stratégique.

L'opinion passe pour ne pas jouer de rôle majeur dans la décision ni la formulation diplomatique. C'est formellement exact. La décision relève du chef de l'État, assisté du ministre dont l'avis compte et le cas échéant d'un petit comité ; si elle n'a pas besoin de « remonter », du ministre seul, avec l'avis de son Cabinet. La formulation est la spécialité de professionnels du sérail. Quant aux élections, chacun sait qu'elles ne se jouent pas sur des enjeux extérieurs. « Il est toujours difficile, écrit Renouvin, d'apercevoir un lien précis entre la politique intérieure et la politique extérieure des États. » En fait, il y en a beaucoup, conjoncturels et structurels [1]. Le plus nécessaire et le plus dangereux pourrait bien être l'opinion. Elle imprègne du dedans les décideurs et les discoureurs. Parce qu'ils baignent dans l'air du temps ; parce qu'ils vivent en démocratie ; parce que presse, radio et télé sont

1. Lire Henry A. Kissinger, *Domestic Structure and Foreign Policy* (1966).

leur pain quotidien. L'action des gouvernements sur la presse (propagande, subventions, manipulation, etc.) a donné lieu à d'utiles études historiques (encore que les procédés et procédures de la mise sous influence d'une presse nationale par un gouvernement étranger gagneraient à être mieux connus) [1]. Plus rares mais encore plus utiles seraient des études de l'action exercée par la presse sur les gouvernements — cas de figure qui exclut bien sûr le monde des États-Partis. L'intox n'est pas en effet à sens unique.

La distinction des milieux dirigeants et de l'opinion profonde n'est pas vaine. En 1938 par exemple, l'élite et la presse sont unanimes à soutenir les accords de Munich. Mais l'un des premiers sondages réalisés en France, au même moment, donne seulement 53 % de Français pour et 37 % contre. Même décalage au temps de De Gaulle, et probablement de François Mitterrand. Un Français sur six lit le journal. L'opinion n'est pas la presse et la presse ne crée pas l'opinion ; mais elle en dépend, comme toute entreprise commerciale de la clientèle. Elle la canalise et l'instruit à la fois, en amplifie les mouvements et les retournements. Il n'est pas sûr cependant que l'opposition entre « milieux politiques » (Parlement, administrations, presse) et « pays profond » demeure aussi valable en 1984 qu'en 1950. Et l'interface gouvernants/citoyens devient la seule presse écrite et audiovisuelle (les deux informant en circuit unique). L'opinion pouvait jadis s'exprimer, en France, par le biais des partis, syndicats, associations, manifestations de rue ; par le Parlement et ses commissions. Le dépérissement des partis de masse, le repliement des syndicats, la décrue des manifs et défilés autre que corporatistes, la *diminutio capitis* du Parlement et le formalisme des débats en Commission, bref la disparition des enceintes, forums et contre-sociétés qui bariolaient naguère l'espace politique, concentrent et recentrent les anciens pôles d'émission sur les rituels du petit écran.

1. Par exemple, le chapitre intitulé « L'action sur les forces psychologiques collectives » in l'*Introduction à l'histoire des relations internationales,* de Renouvin et Duroselle.

Il y avait en 1914 à Paris vingt quotidiens « qui comptaient »; dix en 1934; cinq en 1984. La diversité des familles d'esprit et des sensibilités s'est réduite dans le même laps de temps, autant que le tirage et la circulation des journaux d'opinion. Les magazines interchangeables composent un espace homogène et lisse — mêmes rubriques, mêmes priorités, mêmes absences, bref même *découpage*. Une armée d'individualistes marchant au pas cadencé : c'est le mystère des consensus que ces symphonies sans chef ni partition. Gagnant en homogénéité, les messages ne perdent rien en « idéologie ». Demeurent les traditions hexagonales : information monomaniaque (douze titres à la une, dans un grand journal américain; un ou deux, dans son homologue français), et volontiers hystérique. Le commentaire ne fait pas seulement corps avec la nouvelle, il la chevauche et la résume, sous forme de titres-slogans, vengeurs ou exultants. La presse était un artisanat; elle devient une industrie. Régies publicitaires, coût des investissements, concentration des titres, transforment la traditionnelle prépondérance des « grands intérêts » en monotonie monopolistique — à deux ou trois quotidiens près (précieux d'autant plus). Ainsi s'unifient les critères du jugement public; et l'air du temps se fond dans cette unanimité passionnelle de rigueur, xénophobe, stridente, versatile, fascinée par le bouc émissaire du moment (le mythe Kadhafi répétant le mythe Nasser des années cinquante), obnubilée par la diversion, insouciante du principal, toujours au second plan. Projetant sur un milieu international infiniment complexe les simplismes partisans du milieu national, elle tranche sans entendre et juge avant de comprendre, sans appel. Si le clivage « gauche-droite » divise encore la presse d'opinion sur les enjeux de politique intérieure, c'est dans la rubrique « Politique étrangère » que la prophétie de Balzac s'est désormais accomplie : ici, il n'y a plus qu'un journal, un réflexe, une terminologie, une source d'information[1]. Les clivages en la matière tendent à

1. Les couacs du journal *L'Humanité*, l'exception rémanente qui confirme la règle, font utilement valoir les talents de l'orchestre. Mais combien de lecteurs *L'Humanité*? Et combien de décideurs?...

s'identifier aux frontières géographiques, on s'oppose de bloc à bloc, ou selon les latitudes. Une nappe d'images, de petites phrases et de clichés court d'ouest en ouest et d'est en est, quelques pôles plus ou moins non alignés au sud (Algérie, Inde, Mexique, Égypte, Indonésie, etc.) panachant et triant inégalement entre les deux. Les idées, les images et les mots dominants au sein d'un système politique étant ceux de l'économie qui domine ce système, cette violence symbolique en décalque d'autres, et toutes reflètent l'inégalité actuelle des nations. La presse n'est à ce titre qu'un lieu d'effectuation parmi d'autres d'un rapport de forces qui permet à l'information « occidentale » de dominer sans mal, par le simple jeu de la « liberté de l'information », le sous-système du Sud et le contre-système « socialiste ». L'insolite effet de cette domination logique (cohérente avec le reste) est qu'elle domine aussi l' « esprit et le cœur » de ceux qui sont supposés refuser le principe de la domination du fort sur le faible. L'électeur de gauche français qui écarte comme partisans et intéressés les sarcasmes de la grande presse contre les réformes entreprises dans le domaine économique et social assimilera comme légitimes et flatteuses les félicitations de la même presse dans le domaine international.

La responsabilité de la presse comme contre-pouvoir est de censurer les censeurs et de contrôler les contrôleurs ; on sait moins ce que ce droit légitime suppose d'irresponsabilité chez ceux qui l'exercent [1]. Il n'y a pas de sanctions extérieures dans le journalisme, énormité rime avec immunité, le papier endure n'importe quoi et son contraire. Si le comptable d'une entreprise se trompe dans ses comptes, il risque d'être remercié. Si un journaliste par exemple rapporte de travers ou prête des propos aberrants à un haut fonctionnaire, ce dernier perdra des heures à s'expliquer devant sa hiérarchie pour ménager son avenir, tandis que le journaliste aura fait florès. Annonce-t-il par erreur une dévaluation imminente, la Banque de France perdra quelques milliards,

1. Sauf à prendre au sérieux les gaietés de la correctionnelle (17e chambre), avec le franc symbolique et les entrefilets du lendemain.

mais lui ne perdra pas un centime de son traitement mensuel (et son capital social tendra plutôt à croître). Le grand éditorialiste a une mission : traduire des actes du « pouvoir » devant le tribunal de ses principes. Mais la juridiction qui fait la morale ne peut s'exercer qu'à partir d'une immoralité première, entendue ici comme dissociation garantie de l'acte et de la parole. L'opinion a le droit et le devoir de s'émouvoir, de s'indigner, de s'emballer. L'éditorialiste, lui, peut faire jurisprudence d'un chatouillement de l'âme. On comprend que les meilleurs d'entre les gens de presse, conscients des privilèges exorbitants de cette extraterritorialité, ont à l'honneur d'autolimiter leur *souveraineté,* comme le font après tout les États dans le cadre du droit public international...

Les « notables de l'opinion » seraient de piètres boucs émissaires : le bruitage à l'orchestre n'est que l'écho d'une rumeur plus redoutable encore, dont ils ne sont que les médiateurs. Si l'on considère les cinquante dernières années de la vie internationale — laissons de côté les erreurs judiciaires, de Ponce Pilate à l'affaire Dreyfus —, on verra qu'il n'est pas un forfait, doublé d'une grosse bêtise, qui n'ait suscité, *sur l'instant,* l'enthousiasme populaire et les applaudissements de la presse. — « Les cons ! s'ils savaient ce qu'ils acclament ! » : on se rappelle le mot de Daladier de retour à Paris le 30 septembre 1938, en découvrant (comme Chamberlain à Londres) les centaines de milliers de Parisiens qui l'accueillaient en triomphateur. Paris flambait de joie, rien de comparable depuis l'armistice de 1918 (Léon Blum : « Il n'y a pas une femme, pas un homme en France pour refuser à Neville Chamberlain et Édouard Daladier leur juste tribut de gratitude »). Et ceux qui osèrent faire bande à part du consensus (Tardieu, Kérillis, Gabriel Péri) furent alors brebis galeuses[1]. La majorité silencieuse a depuis pris Munich comme le symbole de la lâcheté aveugle ; « depuis » : rétrospectivement ; et cet unanimisme, retourné, disqualifie

1. Voir Henri Noguères, *Munich ou la drôle de paix* (Paris, R. Laffont, 1963), et particulièrement pp. 338-341 : Revue de la presse française.

aujourd'hui comme « munichoise » la moindre négociation qui heurte la même majorité silencieuse. Munich devrait plutôt symboliser la ferveur collective et le danger couru par le gouvernement qui se voudrait en phase avec l'émotion du jour, fût-ce du pays entier. Cotes d'amour, indices de popularité, sondages n'avaient pas cours en 1940. On frémit qu'ils aient pu exister : la Résistance y aurait laissé plus que des plumes, sa peau. Tout indique que le choix dit du « moindre mal », ainsi qu' « une collaboration raisonnable et réaliste » avec l'occupant, eussent été endossés par au moins 90 % des Français jusqu'en 1942. La guerre d'Indochine a traîné une nonchalante approbation majoritaire, jusqu'au réveil à Diên Biên Phu. Les plus jeunes se souviendront des transports de joie patriotique suscitée par des exploits plus récents, tels que l'arraisonnement de l'avion des leaders du F.L.N. algérien (22 octobre 1956), le débarquement franco-anglais à Port-Saïd (5 novembre 1956), le bombardement du village de Sakkiet en Tunisie (8 février 1958)... Les moins jeunes se rapporteront aux feuilles d'époque. Au début de 1960, sondage : un Français sur dix se déclare partisan de l'indépendance algérienne.

Tous les rassembleurs commencent par diviser. Le livre d'or d'une diplomatie s'écrit avec les pages noires d'un service de presse. Il n'y a pas d'histoire de l'opinion publique car elle ne peut avancer, comme l'information elle-même, qu'en effaçant ses traces. Seule l'amnésie permet à l'illusion de succéder sans remords à l'illusion. Les consensus du jour seront les hontes de demain, nos dissidences actuelles les consensus futurs. Et les vigiles d'une orthodoxie l'ont accueillie, sur le moment, à coups de pierre.

Prenons en exemple la période gaullienne. Janvier 1964 : reconnaissance de la Chine. Consternation à Washington, embarras à Londres, désapprobation à Rome, silence à Bruxelles. *L'Aurore* : « Sur cette voie où s'arrêtera-t-on ? » *Le Figaro* : « Les perspectives ne sont pas claires. » *Le Populaire* : « Extraordinaire désinvolture. » *New York Herald Tribune* : « L'attitude française pourrait se retourner contre elle[1]. » Février 1965 : première critique du système monétaire international fondé sur le dollar : « Les réactions dans les grandes capitales étrangères. » Washington : « Exaspération contenue. » Londres : « Doutes sur le réalisme des propositions françaises. » Moscou : « Le général n'a pas donné les éclaircissements attendus. » Genève : « Un retentissement qui pourrait être négatif. » À l'intérieur, *L'Humanité* (le jour de la conférence de presse) : « Ainsi ce gouvernement, qui parle volontiers de grandeur, continue froidement à placer la France sous la dépendance étrangère en matière énergétique. On croit rêver. » *L'Aurore :* « Distance avec le réel. » *Combat :* « Le chef de l'État semble se soucier de son propre prestige. » Février 1966 : retrait de la France de l'O.T.A.N. (organisation militaire). *L'Aurore :* « Pour se tourner vers qui ? Pour rechercher quelles alliances ? On préfère ne pas comprendre. » *Le Figaro :* « Un nautonier solitaire. » *Les Échos :* « Quel allié restera-t-il à la France ? » *La Dépêche du Midi :* « Il est scandaleux que de telles décisions soient prises par un homme seul. » « Un dangereux égarement », dit l'un. « Un coup mortel porté au monde libre », dit l'autre. « L'intégration est la condition indispensable d'une alliance militaire », explique le troisième, soutenu par un aréopage de généraux[2]. Etc. L'indignation générale n'est dépassée que par les réquisitoires des « journaux étrangers »[3]. Et la Commission sénatoriale des Affaires étrangères, à Paris, renchérit en adoptant une motion selon laquelle « la sécurité du pays, l'unité de l'Europe et la consolidation de la paix sont compromises »[4]. Septembre 1966, discours de Phnom Penh. *Le Figaro :* « Un discours inefficace. » *Combat :* « Il veut imposer sa conception de l'histoire. » Plus généreux, le *Washington Post :* « Le discours aurait pu être pire. » Le *Daily Telegraph* accuse le général de Gaulle de « basses

1. Voir *Le Monde* du 29 janvier 1964, pp. 4 et 5. « L'opinion des hommes politiques, de la presse après la décision de la France. »
2. *Le Monde*, 6 février 1965, pp. 6 et 7.
3. *Le Monde*, voir surtout 23 février, 10 mars, 20 et 21 mars 1966.
4. 16 mars 1966.

complaisances envers les puissances communistes ». *Il Popolo* (Rome, démocrate-chrétien) : « Vieilles attitudes et vieux ressentiments. » *Avanti* (Rome, socialiste) : « La voie de Ponce Pilate. » *Frankfurter Allgemeine Zeitung* (indépendant) : « Et la volonté d'expansion des communistes chinois [1] ? » Toutes les chancelleries d'Occident, Gaimusho compris, se voilent la face. Novembre 1967, sur Israël et la guerre au Moyen-Orient. « Odieux », « insupportable », « effarant », une « caricature », un « homme du passé ». « Jusqu'où ? » L'unanimité dans le haut-le-cœur décourage la relation [2]. Le scandale suscité par le « un peuple d'élite, sûr de lui-même et dominateur » occulte la rigoureuse prévoyance de l'analyse historique, dont tous les points, confirmés depuis par l'événement, sont devenus doctrine (à savoir : Israël est un fait accompli et nous n'admettrons pas qu'il soit détruit. Israël dispose d'une supériorité militaire écrasante dans la région, dont il ne devrait pas abuser dans son propre intérêt. L'occupation de nouveaux territoires engendrera résistance et terrorisme, en sorte que le conflit n'est que suspendu. « Un règlement doit donc avoir pour base l'évacuation des territoires qui ont été pris par la force, la fin de toute belligérance et la reconnaissance réciproque de chacun des États en cause par tous les autres »). Juillet 1967 : « Vive le Québec libre ! », « Trublion », « gâteux », « fou ». *Le Figaro :* « Une erreur irréparable. Du temps où la diplomatie française existait... toute surprise était d'avance éliminée. » Et André-François Poncet, ambassadeur de France, de conclure : « La politique extérieure, je l'ai souvent écrit, est la partie la plus contestable du régime actuel. » *Les Échos :* « On croit rêver. » *Combat :* « Le temps passant, les initiatives internationales du général de Gaulle effeuillent l'autorité, le crédit et la réputation de sérieux de notre pays. » L'Alliance républicaine fait observer que « de Gaulle, dont toute la politique est un constat de faillite, s'engage, dans son dernier quart d'heure, sur la voie dangereuse

1. *Le Monde,* 3 septembre 1966, revue de presse.
2. Lire *Le Monde* des 26, 27 et 28 novembre 1967.

de la provocation » ; et Jean Lecanuet, une fois de plus, doit déplorer « la vanité et la nocivité » de la politique internationale du chef de l'État[1]. Pas un mot en revanche dans la presse de ces folles journées sur l'évolution du Québec lui-même.

Personne aujourd'hui ne s'imaginerait que la France puisse réintégrer les commandements militaires de l'O.T.A.N., ne pas reconnaître la Chine, se féliciter du rôle du dollar dans le système monétaire international, approuver inconditionnellement toute initiative militaire israélienne, ne pas entretenir des relations suivies avec le monde arabe, de l'Égypte à l'Irak en passant par le Golfe, ni mettre fin à une coopération très bénéfique avec le Québec. En temps réel, c'était inimaginable ; et chacune de ces pierres d'angle de la diplomatie française tomba comme pavé de l'ours dans la mare des honnêtes gens, experts et commentateurs en tête. On aurait pu aussi bien évoquer la période actuelle, comme, par exemple, la consternation sarcastique qui accueillit en août 1981, à Paris et ailleurs, la déclaration franco-mexicaine sur le Salvador, devenue deux ans après une référence internationale obligatoire, mise en œuvre sur le terrain par tous ses anciens détracteurs, à commencer par les États-Unis d'Amérique. Mais ne mêlons pas trop l'actualité à l'histoire. « Consensus, attention, danger » : ce panneau de signalisation serait aussi utile aujourd'hui qu'hier.

Nul n'est contemporain de son présent. Dieu excepté, dont on dit qu'il se donne ses objets dans le même moment qu'il les connaît. Cette « intuition intellectuelle » n'est pas permise aux handicapés de la finitude, débordés par l'illimité des choses, et qui posent sur l'environnement un regard embué de souvenirs, d'attentes et de traces. D'où le décalage des perceptions et le porte-à-faux des conduites. L'actualité est inactuelle à la plupart et on passe son temps à se tromper de temps. D'ennemis, de paix et même de guerre. On se rue enthousiaste à la guerre de 14, la plus inutile des guerres civiles européennes ; on entre à reculons, et les

1. *Le Monde* des 26, 27 et 28 juillet 1967.

jambes flasques, dans celle de 39, dont l'enjeu est une civilisation. On a du cœur pour ce qui a peu de sens, on n'en a plus pour ce qui en a beaucoup. Et les événements charnières se mentionnent en bas de page. La perception des premiers jours ne dit jamais la vérité d'un événement, mais quand la vérité se fait jour, un mois, un an ou dix ans après, on a déjà tourné la page. Les hommes de gauche d'entre les deux guerres ont ainsi été obnubilés par le 6 février 1934, le 30 janvier 1933 passant presque inaperçu [1]. La Rocque escamota Hitler — d'où, en partie, Munich. On avait peu avant unanimement et comme de juste reconnu, dans le pacte Briand-Kellogg (1928), l'un des actes diplomatiques les plus populaires du temps, l' « ouverture d'une ère nouvelle dans l'histoire des hommes ». L'homme d'État dont on salue après coup la clairvoyance est celui qui a vu son temps à temps. Il nous semble en avance sur son époque parce que nous sommes en retard sur elle. Nous appelons « imagination politique » le sens pur des réalités, saisies sans délai ni addition étrangère.

Richelieu n'était pas aimé du peuple. « J'ai connu des vieillards, disait, au siècle suivant, le Père Griffet, qui se souvenaient encore des feux de joie dans les provinces à la nouvelle de sa mort. » Prière du matin obligatoire pour un ministre des Relations extérieures : « Mon Dieu, protégez-moi de la popularité, je me charge de mes subordonnés. » Il n'est pas là pour plaire et n'a pas à séduire. Ses collègues étrangers, cela s'entend. La France n'est pas faite pour être aimée, mais pour exister. La gratitude lui sera donnée en plus — et en retard. Ses compatriotes, c'est plus difficile, car l'amour-propre et le dernier rang dans les sondages feront tort à l'individu, qui ne pourrait faire, et se faire plaisir, qu'en reniant sa mission. Une politique d'intérêt national se distingue des autres par ceci qu'elle seule s'inscrit dans la durée. L'épreuve du temps est le dernier jugement de Dieu qui reste aux athées de l'histoire. Mais peut-on, sous la loi majoritaire, adopter

1. Lire « Le 30 janvier 1933 dans les journaux du lendemain », *Libération*, 29 et 30 janvier 1983.

la règle du « vingt ans après », qui fait toute seule le tri parmi les prédécesseurs, dans leurs écrits comme dans leurs actes ? Car il y a des élections tous les deux ans, un sondage tous les deux jours ; et l'opinion, qui n'attend pas, regimbe à l'expression du réel, qu'elle baptise gaffe. Le devoir de vérité donne à l'homme de pensée la vocation de la solitude — œuvrant à contre-courant, impopulaire par devoir et fonction (encore qu'à côté du classement hebdomadaire des livres, le système-media nous donnera bientôt des classements d'intellectuels selon leur cote dans l'opinion). Comme l'enseigne l'histoire des sciences, y compris humaines, la vérité scientifique qui inverse les illusions du bon sens et lèse les orgueils du sujet, déplaisante par essence, se heurte aux agressions des pouvoirs et aux quolibets de la foule, mais ne s'y brise pas : le savoir gagne son procès en appel. Mais un pouvoir qui échoue à convaincre ses contemporains immédiats, quitte à recueillir un jour l'assentiment ému de leurs petits-enfants, ne relèvera pas de l'histoire d'un pays, mais de l'histoire des idées. Toute politique est d'urgence ; et les démocraties modernes ne tiennent pas en place. La souveraineté à l'intérieur réside dans la nation et la loi est l'expression de la « volonté générale » (qui fut dans l'institution républicaine le nom de baptême de l'opinion). Or l'expérience montre souvent que, pour défendre la souveraineté à l'extérieur, il faut se rendre autant que possible extérieur, dans le cadre de la loi, à la dictature de la volonté générale. Douloureux paradoxe : l'indépendance nationale commence par la résistance aux pressions nationales, celles qu'exercent féodalités, partis, lobbies, églises, groupes économiques, organes de presse ; et finit quand elles prennent pêle-mêle la décision en lieu et place de l'État. Un intellectuel n'est pas normalement affligé d'un mandat électif : il n'a pas de comptes à rendre à une « base » de mandants ; et si la tentation est devenue forte de céder aux lois de l'instant et du marché, pour mettre la vérité aux voix (nombre de lecteurs, d'auditeurs, de téléspectateurs), le sophiste qui triomphe au forum demeure en droit et aux yeux de ses pairs un renégat du savoir. Mais un politique qui triomphe aux élections et vient en tête des sondages met le fait d'accord avec le droit : celui qui traite le vainqueur de démagogue est généralement le vaincu, juge et partie. Bien plus : le conformisme social, sous le nom de consensus, est à lui-même et à chaque moment son propre juge en sorte qu'en politique la posture de vérité, qui est d'isolement, de dissidence ou d'hérésie (chaque époque a ses termes), devient le signe évident de la faute. Dans la chronique des idées hebdomadaires, on ne lit pas (ou pas encore) que l'auteur d'un essai invendable est de ce fait un imbécile qui bat la campagne, car la justesse d'une idée n'est pas en principe indexée sur le volume des ventes en librairie ; mais on lit chaque jour à la page « politique étrangère » des éditoriaux sarcastiques sur « la France isolée » ; ce qui veut dire « la France sur la sellette », qui, faisant « bande à part », fait « fausse route ». « Elle n'a pas suivi ses alliés », « elle est montrée du doigt » par ses voisins, par l'Europe, par l'Occident, par la communauté internationale. L'idée que c'est la majorité du moment qui pourrait être dans l'erreur paraîtrait saugrenue. Lisez la presse de 1918, ou 1938, ou 1958, ou 1978 : vous verrez que les observateurs lucides de l'actualité font figure de marginaux ou d'originaux. Lucidité et impuissance, ce vieux ménage coule encore de beaux jours. L'isolement de l'analyste désabusé est cependant un luxe qu'un homme d'État ne peut se payer trop longtemps : sa fonction est d'avoir, en temps utile, les moyens de ses idées. Les crises nationales — guerres ou révolutions — viennent parfois à son secours — Gambetta, Clemenceau, de Gaulle. Mais combien de guerres et de révolutions par siècle ? Reste, dans l'ordinaire des jours, à soutenir la gageure d'être en même temps représentatif et perspicace. Car il y a pis que le prophète désarmé : le candidat battu, ou le chef de tendance écarté. Et la gageure, une fois élu, d'agir sur l'opinion sans être agi par elle ; de représenter la volonté d'un peuple sans céder à ses humeurs ; de se servir de la presse, sans la servir au point de s'y asservir. L'art de gouverner exige celui de communiquer, et ce dernier aussi doit ruser avec le temps. L'eût-il voulu que Roosevelt (« j'obéis aux sondages d'opinion », dit-il un jour) ne pouvait déclarer la guerre en 1940 ; ni un gouvernement français reconnaître l'indépendance de l'Algérie en 1957. Étrange chose que l'opinion pour un dirigeant démocratique : s'il la devance trop, il est désavoué ; s'il la suit, il ne dirige plus. Et comment surmonter une crise sans l'adhésion populaire ? Il y a aujourd'hui des techniques pour répondre à cette question : marketing, confection d'image, étude de prestations, public-relations. Il n'est pas sûr qu'elles suffisent à surmonter le hiatus de crédibilité suscité par une entreprise extérieure de longue haleine défiant les tabous du moment, qui, moins que toute autre, ne peut se faire dans les salles de rédaction, et ne peut se faire non plus tout le temps contre elles.

Tout ce qui accroît les prestiges de l' « actualité » accroît les chances de l'inconscience historique. La mise en spectacle de la vie internationale n'a pas pour seul effet de renforcer l'aveuglement des spectateurs à l'essentiel : elle entamera inévitablement la lucidité des acteurs contraints de composer avec les attentes et d'agir pour la galerie. Il n'y a pas que le *timing* des déplacements officiels et l'heure de clôture des conférences qui s'organisent en fonction du « 20 heures » ; les têtes et les discours aussi. La modernisation des techniques d'opinion (production et enregistrement) à l'intérieur signifie une réduction des facultés d'innovation et d'imagination politique à l'extérieur, dans la mesure où l'opinion, par nature conservatrice, décourage le courage et donne une prime au statu quo, au tranquillisant, au rassis. L'art stratégique coexiste difficilement avec la transparence (besoin de secret) et l'immédiat (besoin de délais). Suivre à l'extérieur la ligne de moindre résistance intérieure, en choisissant dans chaque conjoncture l'option qui « sera la mieux acceptée par l'opinion », conduirait vite au mouroir l'intérêt national, et le comble de la démagogie déboucherait, par un autre tour de malice, sur un conservatisme total, peut-être totalitaire.

Et si, ironie du sort occidental, le « 1984 » du diplomate se jouait à fronts renversés ? Cauchemar orwellien à l'envers : un État asphyxié par la société civile, cybernétiquement asservi à la dictature du « on », tétanisé par des sondages instantanés qui défileraient dans les bureaux sur des consoles d'ordinateurs. Potentats non élus, chefs de corporations et principautés régionales distribuant les impulsions vers les centres de décision et aiguillant à leur guise les flux d'information. Que resterait-il de l'organisation de la Défense, de l'Éducation, de la sécurité et de l'action extérieure — soit les fonctions fondamentales de l'État ? Imaginons le « on » ventriloque devenu sujet singulier, l'homme d'État à la carte : « Grand Communicateur » pavlovien réglant gestes et petites phrases sur les sonnettes et sucreries des réactions publiques, les yeux fixés sur sa cote de popularité, distribuant les aménités au prorata des expectatives, cédant au chantage des commentaires en leur emboîtant d'avance le pas. Ce paralytique secoué de spasmes en viendrait au fil de l'eau à renoncer au privilège spécifique du pouvoir, qui est de créer l'événement et de produire des faits accomplis — seul avantage certain du leader politique sur le leader d'opinion. Du moins lui resterait-il un dernier droit d'initiative : le référendum minute, miracle de l'âge électronique. Ne sourions pas de cet antihéros : ce ne sera peut-être qu'un héros fatigué. Les hommes d'État comme les autres ont bien le droit, de guerre lasse, de se rendre sympathiques un jour, en renonçant. L'abnégation qu'on met à s'user à contre-courant se paie de tant d'humiliations ! Il faut des nerfs d'acier, ou des trésors d'orgueil, pour résister sans craquer à la longue à une campagne d'opinion, ce quotidien tissu de quolibets et de calomnies, de caricatures et d'infamies, à la gêne de l'entourage, à la fausse gaieté de la famille, aux regards fuyants des amis, aux connaissances qui tournent le dos. Quelques stoïciens survivent à leur solitude. Mais chaque République est peuplée de Salengro aux joues roses, rescapés que personne n'aura à cœur de mépriser.

Les républiques, heureusement, sont prévoyantes, fidèles en cela aux plus vieilles précautions monarchiques. La politique étrangère y relève traditionnellement du pouvoir exécutif, dont le « domaine réservé » prolonge le « cabinet noir » et le « secret du roi » : sous l'Ancien Régime il arrivait déjà qu'ambassadeurs et ministres fussent court-circuités par une diplomatie parallèle royale, échappant au contrôle du Conseil comme au XVIIIe en France. Reprenant après le 18 Brumaire le portefeuille des Relations extérieures, voici comment Talleyrand entra d'emblée dans les bonnes grâces de Bonaparte : « Pour rendre le pouvoir du Premier consul plus effectif encore, je fis le jour même de son installation une proposition qu'il accepta avec empressement. Les trois consuls devaient se réunir tous les jours, et les ministres de chaque département rendre compte devant eux des affaires qui étaient dans leurs attributions. Je dis au général Bonaparte que le portefeuille des Affaires étrangères, qui, de sa nature, est secret, ne pourrait être ouvert dans un Conseil et qu'il fallait qu'il se réservât à lui seul le travail des Affaires étrangères que le chef seul du gouvernement devait avoir dans les mains et diriger. Il sentit l'utilité de cet avis ; et comme, au moment de l'organisation d'un nouveau gouvernement, tout est plus facile à régler, on établit dès le premier jour que je ne travaillerais qu'avec le Premier consul[1]. » La IIIe République radicale elle-même n'a pas dérogé. Quand un membre du gouvernement se hasardait à évoquer une question de politique étrangère en Conseil des ministres, l'habitude s'était prise qu'Émile Combes coupât court : « Laissez donc M. le président de la République traiter cette question avec M. le ministre des Affaires étrangères[2]. » De fait l'encerclement de l'Allemagne s'est opéré en catimini. Delcassé forge l'alliance franco-russe du fond de son bureau, ne se concertant qu'avec Loubet ; Cambon met à profit la distance pour nouer à Londres l'Entente cordiale. La diplomatie dans aucun pays ne met à l'honneur les contrôles démocratiques. Faut-il dire « tant mieux pour la démocratie » — en rappelant que le cabinet Sarraut a laissé les mains libres à Hitler en Rhénanie parce qu'un chef de majorité parlementaire ne décrète pas la mobilisation générale à deux mois des législatives ? Faut-il dire « tant pis pour elle » — en rappelant que la décision d'intervenir militairement en Égypte, en

1. Talleyrand, *Mémoires,* t. I, p. 304. (Paris, Ed. Plon, 1957.)
2. Anecdote rappelée par Alain Peyrefitte, dans *Le Mal français.*

1956, en accord étroit avec Israël, a été prise et élaborée par Guy Mollet et son ministre des Affaires étrangères, à l'insu du Conseil des ministres et sans information des services du Quai d'Orsay, ni consultation du Parlement ? Ni présidentielles ni parlementaires, les institutions de la Ve République paraissent favoriser un équilibre assez heureux, en cette matière, entre les nécessaires contrôles et l'indispensable domaine réservé, en conférant à l'Exécutif la continuité, la hauteur et la distance nécessaires — même si la « médiatisation », qui pousse d'elle-même au régime présidentiel, expose excessivement la personne du président de la République. Du moins est-ce une coutume salutaire que de soustraire le ministre des Relations extérieures à l'obligation du suffrage universel. Les responsables en charge ont besoin d'une protection particulière. S'ils font bien leur métier, qui est de préserver ou de rétablir l'équilibre des forces, hier européennes, aujourd'hui mondiales, ils auront toujours des choses scandaleuses à faire et à dire — et ce depuis François Ier. Il n'est jamais bien vu en pays catholique de s'allier avec le grand Turc, fût-il Soliman le Magnifique, pour faire pièce à Charles Quint ; ni de lier le sort de la fille aînée de l'Église à celui du protestantisme européen qu'on réduit chez soi par le fer et la loi, comme Richelieu et Mazarin. Ces paradoxes, qui sont monnaie courante *après,* sont difficiles à dévoiler *avant* et à expliquer *pendant* aux bons chrétiens. Par hérédité, recrutement et fonction, les diplomates penchent à droite : c'est que la diplomatie n'est pas spontanément de gauche et répugne au régime représentatif. Les régimes d'Assemblée lui sont funestes, et le premier lui fut fatal. La Constituante rétrograda au dernier rang les Affaires étrangères, synonymes de « fait du Prince », de complot et de guerre, et réduisit au minimum les prérogatives du roi. Quant au ministre suspect, la Législative, échaudée par la trahison de Dumouriez, en fit un « premier commis » des Affaires étrangères ligoté par un Comité. Et la Convention abrogea la fonction elle-même. La Révolution française est en somme le plus mauvais souvenir de la diplomatie française. Dans l'inconscient de la maison, cela se sent.

Un ministre socialiste n'est pas un socialiste ministre — le mot s'applique d'abord, par droit d'aînesse, au portefeuille des Relations extérieures (restauré par le Directoire sous ce nom, fort justement repris par Claude Cheysson, en 1981). Les diplomates doivent vivre avec leur temps et se plier à la loi commune? Ce n'est pas de gaieté de cœur. Les nostalgies autocratiques font partie du métier. Le vicomte de Chateaubriand, ambassadeur à Londres et ministre des Affaires étrangères de Louis XVIII, s'en plaignait drôlement : « Richelieu et Mazarin furent à l'aise, l'un pour rallumer la guerre de Trente Ans, l'autre pour la terminer : qu'auraient-ils fait s'ils eussent été forcés de traiter dans des conférences avec les ministres étrangers ou de repousser à la tribune les assauts de leurs adversaires, alors qu'en se justifiant, ils n'auraient pu dévoiler leurs plans? Le premier député disert les eût vaincus. Tout ouvrage qui demande du temps, du secret, une même main, n'est presque pas possible dans le gouvernement représentatif, tel que l'esprit français l'a conçu. Pourrait-on suivre aujourd'hui les négociations compliquées et mystérieuses qui servirent au maître de Louis XIII à humilier la Maison d'Autriche, en armant les protestants de l'Allemagne après avoir écrasé ceux de la France, en faisant sortir Gustave-Adolphe des rochers de la Suède? Cette vaste machine avait marché à l'aide du Père Joseph, qui portait dans son froc l'or et les promesses : interrogé sur un fait au milieu de sa messe, il disait entre deux *Dominus vobiscum :* " Pendez, pendez. " Mais qu'un journal ou qu'un parleur de Chambre se fût mis aux trousses du capucin, comment eût-il cheminé? Un grand esprit de cabinet n'est jamais sûr, dans ce pays-ci, de vivre au-delà d'une session : il est obligé de perdre les trois quarts de sa journée à défendre misérablement sa personne[1]... » Révérence parler, les successeurs du vicomte n'auraient rien là à redire.

1. *Le Congrès de Vérone,* 2e édition, t. I, pp. 393-394.

2. *L'hégémonie des bureaux.*

Il n'est pas plus facile à un gouvernant, ni moins crucial, d'utiliser les bureaux sans devenir leur instrument, que de s'allier l'opinion sans s'aligner sur elle. Tout conspire à emboîter le pas, au-dehors, de la folle du pays, au-dedans, de la sagesse des services. Ici encore, les obstacles à la mission sont dans les devoirs de la charge. Il est impossible de conduire une politique extérieure sans une administration compétente, mais l'administration, qui a pour vocation d'exécuter, a pour règle de téléguider. Les gouvernements passent, les fonctionnaires restent. Il n'est pas étonnant que les commis de l'État se croient les dépositaires de l'intérêt national, puisque eux seuls remplissent la même condition : s'inscrire dans la durée. Le mal commence dès que cette condition nécessaire se prétend suffisante.

C'est sans doute aux Affaires étrangères que le « mal français » ressemble le plus à un bien ; et que l'ambivalence suscitée par la continuité de l'État — bénie, maudite soit-elle — se justifierait le moins. L'administration et ses règlements disciplinent le caprice du prince, protègent de l'arbitraire du despote, amortissent les foucades de l'amateur : signature de l'État du droit. Mais obligation *sine qua non* dans l'état de jungle. Il faut une mécanique encore plus froide que les autres pour absorber les spasmes d'une histoire entre toutes surchauffée ; la société internationale, étant de soi anarchique, requiert d'autant plus d'ordre et de régularité pour réduire les dérives et maîtriser l'à-coup. Les rigidités précautionneuses du Quai d'Orsay ont pour excuse la nécessaire répression de la « vapeur » par l' « horloge ». Quand l'administration centrale est celle de l'aléatoire, et les services ceux de l'imprévu, sans cesse à la merci du télégramme nocturne « personnel, remise immédiate », la circonspection devient la règle, et l'immobilisme presque une vertu. Refroidissez avant de transmettre, si vous ne voulez pas que la chaudière explose. Périphrases, euphémismes, style indirect, conditionnels de prudence (« Le président m'aurait dit » — note le parfait ambassadeur pour transcrire un entretien), imparfaits du subjonctif, bref la langue de bois diplomatique est d'abord un thermostat. Nous lui devons sans doute quelques guerres de moins ; nous lui en devrions beaucoup moins si l'habitude des encodages n'élevait en même temps la susceptibilité des décodeurs. La fameuse dépêche d'Ems, réécrite par Bismarck, ne disait que ceci : « S. M. le Roi a refusé de recevoir de nouveau l'ambassadeur de France et lui a fait dire, par l'aide de camp de service, qu'elle n'avait plus rien à lui communiquer. » Il n'en fallut pas plus pour « produire sur le taureau gaulois l'effet d'un chiffon rouge » (Bismarck). Ce « de service » mit un comble à l'outrage. Au même moment, il est vrai, « en 1870, quand la mobilisation était presque achevée, M. de Norpois (restant dans l'ombre naturellement) avait cru devoir envoyer à un journal fameux l'éditorial suivant : " L'opinion semble prévaloir dans les cercles autorisés que, depuis hier, dans le milieu de l'après-midi, la situation, sans avoir, bien entendu, un caractère alarmant, pourrait être envisagée comme sérieuse et même, par certains côtés, comme susceptible d'être considérée comme critique[1]. " »

« Il y avait surtout que, dans une longue pratique de la diplomatie, il (M. de Norpois) s'était imbu de cet esprit négatif, routinier, conservateur, dit " esprit de gouvernement " et qui est celui de tous les gouvernements, et en particulier, sous tous les gouvernements, l'esprit des Chancelleries. Il avait puisé dans la carrière l'aversion, la crainte et le mépris de ces procédés plus ou moins révolutionnaires, et à tout le moins incorrects, que sont les procédés des oppositions. » L'administration, qui « détruit le ressort des âmes », est par nature conservatrice ; celle des Relations extérieures, qui peut sauver des vies humaines, l'est plus que nature et en vertu de sa nature propre : gardien des traités et dépositaire du statu quo, l'organe a pour fonction de veiller à l'intangible — frontières, conventions, droits, privilèges —, faisant en sorte que rien ne change. La résistance au changement du

1. *À la recherche du temps perdu*, La Pléiade, t. III, pp. 637-638.

caractère diplomatique ferait croire en l'hérédité des caractères acquis comme si la reproduction des grands corps démentait les lois les plus constantes de l'évolution biologique. On appelle « monstres froids » des pachydermes réglés par l'habitude. Au Quai, Darwin n'a pas encore éliminé Lamarck : la mémoire génétique du diplomate fonctionne par l'apprentissage, la mentalité germinale se transmet à l'abri des vicissitudes du corps. La continuité est sa raison d'être. Le principe de la prééminence du recrutement héréditaire ne fut-il pas consacré par l'Ordonnance royale de 1781 sur le statut des Consuls des « Échelles du Levant et de Barbarie », la première réglementation administrative de la fonction consulaire ? Il a survécu à la Révolution française, puisqu'il fut repris en 1833. L'ordonnance dite Polignac de 1830, qui esquisse une ébauche d'examen d'entrée dans la carrière, mentionne encore l'obligation pour les candidats d'une « fortune suffisante », et tout au long de la IIIe République la disproportion entre frais de représentation et modicité des traitements maintient fermé le Quai d'Orsay aux « couches nouvelles » chères à Gambetta qui lui préférèrent les autres branches de la fonction publique, plus accessibles. La fonction diplomatique a été la dernière à se professionnaliser (mais le concours, institué en 1891 et défini en 1907, en vigueur jusqu'à l'apparition de l'E.N.A. en 1945, ménage l'élimination sociale par le biais du « stage préalable ») ; la dernière à se réglementer selon un statut général du personnel (1891 et 1913) ; la dernière à tolérer la syndicalisation : encore aujourd'hui la plus rigoureusement hiérarchisée [1] et la plus inégalitaire [2]. L'aristocratie nobiliaire a cédé sa place à la notabi-

1. Listes des grades : ambassadeur de France, ministre plénipotentiaire hors classe, de première classe, de deuxième classe ; conseiller de première ; de deuxième ; secrétaire des Affaires étrangères, sept échelons ; secrétaire adjoint principal ; secrétaire adjoint des Affaires étrangères de première classe ; de deuxième classe. S'intercalent dans la hiérarchie les conseillers et les secrétaires d'Orient, première et deuxième classe.

2. Le barème de rémunération contient 169 grilles différentes pour l'indemnité de résidence. Les éléments familiaux de la rémunération sont par exemple adaptés au grade des parents.

lité bourgeoise, et des fastes de la Carrière aux plannings de carrière, de l'affectation des marquis aux affectations des agents, de « la vie des Cours et des Ambassades » d'Abel Hermant à l'ajustement des indemnités sur le taux de change et aux loyers grevés par la hausse du dollar, il y a eu les reclassements de la Résistance, les dégagements de la Libération, l'incorporation des anciens de la France d'outre-mer, le vieillissement des cadres, l'engorgement des grades supérieurs. L'Ancien Régime a rendu l'âme un siècle en retard. Demeurent le moule énarchique, le bridage des énergies en poste, le culte de l'insignifiance, la mise au pas des intrus (un sur sept ministres plénipotentiaires peut être nommé au tour extérieur), les barrières de l'âge et du grade, la langue de bloc, la non-transparence des postes à pourvoir, le dédale des coteries et réseaux — bref l'esprit de corps propre à n'importe quel grand corps de l'État, et qui n'est peut-être que la petite monnaie du sens de l'État. C'est une erreur en tout cas de parler d' « outil diplomatique », car un outil est amovible à volonté, inerte et sans réflexes ; le « Département » est un *organe* vivant, autonome, se reproduisant à l'identique d'un régime à l'autre, avec sa psychologie, ses habitudes, son patois, ses connivences. La diplomatie n'est pas une industrie ni une technique, opérant du dehors à l'aide d'un appareil d'État, ustensile inerte ; mais d'abord un privilège d'appartenance, à un corps qui se défend contre les assauts du milieu extérieur et qui est à lui-même sa propre fin. Un ministre des Relations extérieures n'est pas un artisan muni d'un marteau, ni un peintre avec un pinceau dans la main : il est la tête du marteau ou le poil du pinceau, auquel le « corps » sert de manche ; et l' « esprit de corps » est la main, sinon le cerveau collectif, de l'artisan ou de l'artiste individuels.

« Existe-t-il un précédent ? » : la question préliminaire de l'institution, face à la moindre innovation, est la planche de salut du fonctionnaire consciencieux. Les morts qui pèsent sur le cerveau des vivants du Quai d'Orsay le font d'un poids proportionnel à l'ancienneté du ministère. Si le palais lui-même ne fut inauguré qu'en 1853, c'est le 1er janvier 1589 que fut regroupé l'ensemble des Affaires étrangères sous un seul secrétaire d'État, Louis de Reval. Richelieu, « chef du Conseil et principal ministre du Conseil d'État », scella en 1626 l'unité de ce service, où s'illustrèrent Brienne, Lionne, Tercy, Vergennes. « La plus grave, la plus lente, la plus mystérieuse des administrations », comme l'appelait sous le premier Empire le comte d'Hauterive, ne comptait encore que 41 employés en 1789, à Versailles, et 36 diplomates en exercice, à l'étranger; 467 cadres diplomatiques et consulaires en activité, plus 59 ambassadeurs et ministres plénipotentiaires, en 1914; 324 en 1939, plus de 70 chefs de mission en poste : 1 024 à l'administration centrale en 1961, et 127 chefs de poste, 1 334 cadres de direction diplomatiques et consulaires en 1981 [1]. Mais il y avait 55 États en 1930, tandis qu'en 1982, les Relations extérieures entretiennent 152 ambassades et délégations diplomatiques, 34 consulats généraux de première classe, 42 de deuxième classe, 47 consulats de première classe, 30 de deuxième, 6 chancelleries détachées et 1 viguerie à Andorre (plus des délégations auprès de l'O.A.C.I., de la C.E.P.A.L., de l'A.I.F.A., etc.). La lourdeur de cette pyramide condamne à l'inefficacité quiconque n'aurait pas pour lui la durée. Le pouvoir mesure partout l'impuissance : plus on embrasse de choses par l'information, plus on déplore son incapacité à les changer. Les degrés de liberté diminuent à mesure qu'on monte l'échelle des responsabilités. Olaf Palme estimait un jour entre 3 et 5 % le volant d'influence d'un chef de gouvernement sur les affaires de l'État. C'est au Quai d'Orsay que la marge paraît la plus étroite. Car s'y combinent, malgré les illusions du Café du Commerce et les tapis magiques des tribunes, le plus faible degré de liberté dans l'action et le plus fort indice de viscosité dans la réaction. La première impuissance d'un pouvoir étant sa fugacité, c'est dans la lutte pour la survie collective qu'il importe le plus de la corriger.

1. Chiffres fournis par les *Affaires étrangères* de Jean Baillou et Pierre Pelletier (P.U.F., 1962). Pour 1981, voir *Le Budget voté de 1982* (Imprimerie nationale). On ne tient pas compte des agents d'exécution (C et D).

Plus indispensable à ce portefeuille qu'à nul autre, la longévité ministérielle aux Relations extérieures en vient à attester, au-delà des performances d'une politique, le rang d'une nation. Richelieu fut en charge dix-huit ans (1624-1642) ; Brienne, vingt (1643-1663) ; Vergennes, treize (1774-1787). Talleyrand fut quatre fois ministre entre 1797 et 1815 ; Delcassé, six entre 1898 et 1905 ; Briand, seize fois entre 1915 et 1931 ; Robert Schuman, presque cinq ans de suite dans huit gouvernements (1948-1953) ; Couve de Murville est resté aux Affaires étrangères dix ans jour pour jour, soit le plus long ministère depuis l'Ancien Régime (1958-1968). Tocqueville en six mois n'avait pu donner sa mesure, ni Lamartine en trois. La brièveté des gouvernements sous la IIIe République était également compensée par le très long séjour des ambassadeurs aux postes clefs (séjour limité après guerre à un maximum de quatre ans) : ving-sept ans pour Barrère à Rome (1897-1924) ; vingt-deux ans pour Paul Cambon à Londres (1898 à 1920) et pour Jusserand à Washington (1902-1924). Ces exploits n'ont plus d'équivalent aujourd'hui qu'en Union soviétique, dont un atout majeur est la continuité de sa politique extérieure, l'absence de mécanismes de succession à l'intérieur de l'oligarchie dirigeante jointe à l'absence de contrôles démocratiques, par l'opinion ou le suffrage, garantissant la longévité des personnels. Gromyko fêtera bientôt ses noces d'or diplomatiques : mariage de l'audace révolutionnaire des débuts (nommé ambassadeur à trente-quatre ans) et des tranquillités d'Ancien Régime ensuite (vingt-sept ans ministre).

Nous sommes tous des héritiers : c'est un fait, non une plainte. Et si privilège il y a, il est cher payé. Le passé hante et meut le présent, comme les Achéménides la guerre entre l'Irak et l'Iran, ou la rencontre sur une même terre de trois monothéismes millénaires, les conflits du Proche-Orient. Nous avons appris avec Fernand Braudel qu'il y a plusieurs temps au travail en même temps, sous le plat des chronologies : l'histoire insistante et cyclique des rapports de l'homme avec le milieu qui l'entoure ; l'histoire lentement rythmée des groupes ; l'histoire nerveuse et brève des individus. Embrassant les grands courants sous-jacents, toujours silencieux, une conscience diplomatique vraie a l'immense vertu d'échapper au tumulte pointilliste des nouvelles, en rappelant l'actualité à plus de modestie devant l'histoire, qui seule permet sa compréhension. La continuité des bureaux reflète en ce meilleur sens le temps long de la France — cristallisé aux quatre coins de la terre en immeubles, églises, congrégations, ressortissants, bases, comptoirs, droits et devoirs. Le diplomate partage avec l'historien la perception de la durée profonde, dont il a, mieux que la théorie, la pratique. Un consul général de France à Jérusalem, siège d'un patriarcat latin fondé en 1099, communauté de plus de cinquante mille Arabes catholiques en 1980, rencontre Charlemagne et François Ier dans son bureau chaque matin; le protectorat octroyé à l'empereur franc sur les lieux saints par Haroun al-Rachid et la première capitulation signée entre François Ier et Soliman sont à l'origine du privilège reconnu à la France par le traité de Berlin (1878) de défendre les droits de la catholicité en Orient, privilège dépourvu d'exclusivité depuis les accords de San Remo (1920) mais qui investit encore la République du soin de veiller à la liberté d'accès aux lieux saints (firman de 1852), d'un droit de regard sur les travaux à y entreprendre et du privilège des honneurs consulaires. L'ambassadeur à Beyrouth, entre deux explosions, peut et doit méditer la prise de sa ville de résidence par les Croisés, après une bataille acharnée et grâce à l'intervention d'une escadre de quarante navires génois, en 1110, et de l'erreur commise peu après par le comté de Tripoli et le royaume de Jérusalem qui négligèrent de rattacher la Bekaa, zone d'influence franque, à telle ou telle principauté. L'ambassade à Rome et le département s'inquiètent chaque année des frais d'entretien de Saint-Louis-des-Français, la Sainte-Trinité-des-Monts, Saint-Yves-des-Bretons, Saint-Nicolas-de-Lorraine et Saint-Claude-des-Bourguignons, « pieux établissements » légués aux bons soins de la République par Charles VIII, à son insu sans doute, du fait que son père Louis XI avait appelé à son chevet un thaumaturge de Calabre, François de Paule, auquel il devait reconnaissance. Ces survivances illustrent plus qu'une rémanence, une permanence non seulement des intérêts à défendre mais du passé dans le présent, mémoire morte dont l'institution assure la charge pour le bien des vivants. Il y a plus. Les relations internationales seront un jour la suprême religion de l'humanité. En attendant, la régularité du cérémonial diplomatique rend manifeste dans la vie quotidienne des États la pérennité du sacré inhérent à n'importe quel ordre politique. La direction « Afrique du Nord et Moyen-Orient » nous fait toucher du doigt les Capitulations; celle d'Europe occidentale, la Renaissance. Le protocole ne fait pas qu'assujettir la Ve République aux arrêtés du Premier consul — la hiérarchie des grades, les uniformes et l'ordre des préséances républicaines remontent à l'an VIII; ni veiller au respect, en matière d'immunités, privilèges et franchises, des règlements du Congrès de Vienne (seulement modifiés en 1961 par la nouvelle Convention sur les relations internationales). La plus grave des responsabilités, la seule proprement métaphysique, dévolue au chef du protocole, nous rend contemporains de l'éternité. *Omnis potestas a Deo.* Cérémonies, cortèges et honneurs officiels attestent, par la fixité des liturgies, que la Maison des Princes décalque la Maison du Seigneur, les hiérarchies de la terre celles du Ciel, où s'échelonnent Dominations, Puissance et Vertus. Matrice de tous les ordres protocolaires d'Occident, Byzance et la cour de l'empereur-Dieu, reflet des hiérarchies séraphiques, laissent filtrer à travers nos préséances rancunières, sur les palais et les tribunes de la République, les rayons dorés du Pantocrator.

Tout ce qui est ancien n'est donc pas vétuste. Il y a un intemporel obligatoire, qui met au jour l'invariance de la fonction par rapport aux organes de pouvoir : celui des rites. Et il y a un intemporel anachronique, qui nuit à la fonction en paralysant les organes : celui des habitudes. Que la révérence tirée au protocole ne nous voile pas les méfaits du machinal.

Que signifie « accéder aux responsabilités »? Se retrouver au milieu d'un vol intercontinental dans la cabine d'un Boeing à pilotage automatique. On ne prend pas les commandes; on déchiffre les cadrans et on obéit. À découvrir le fabuleux tableau de bord, auquel les passagers n'ont pas accès, le nouveau pilote ressent d'abord un certain sentiment de puissance ; à le découvrir lui, le reste de l'équipage international une certaine méfiance. Tout le monde tient à ses aises. Et nul novice n'est légitime de but en blanc. Qu'il se dépêche de faire ses preuves, en répondant aux signaux aussi ponctuellement que ses voisins, en répétant les gestes et les formules qu'on attend de lui ; bref qu'il montre expérience et compétences (celles des autres). À vrai dire, si faible soit son crédit, les coéquipiers n'ont pas trop d'inquiétude. Ils savent, eux, que la machine commande. Tout ici est programmé : itinéraire, altitude, couloirs, délais, réponses, calculs. Avant même que le président et son ministre s'assoient dans leur fauteuil, les différentes tours de contrôle ont déjà rempli l'intégralité de leur agenda. Ils n'auront à choisir ni leur emploi du temps, ni leurs interlocuteurs ou correspondants, ni même les lieux de rencontre. Traités, conventions et échanges de quarante années se sont cristallisés en une course annuelle d'obstacles baptisée « calendrier diplomatique », le parcours du dirigeant, balisé semaine après semaine : sommets et réunions du Conseil des Communautés européennes, sommets et réunions ministérielles du Conseil atlantique, sommet des pays industrialisés, sommet franco-africain, sommets bilatéraux à intervalle fixe, semestriel ou trimestriel (franco-allemand, franco-britannique, franco-italien, etc.), sessions et conférences des Nations Unies, O.C.D.E. et autres agences, grandes commissions mixtes, « groupe de contact », visites aller de travail ou d'État, visites officielles retour (150 cas de figure × 2), cérémonies et anniversaires — pour s'en tenir à la partie émergée de l'iceberg. Quant aux services, en dessous de la ligne de visibilité, ils marchent tout seuls, avec leurs homologues, qui ont leurs propres rendez-vous. Pas d'inquiétude donc : les télégrammes de félicitations aux chefs d'État étrangers (fêtes nationales, deuils, élections, etc.) sont déjà rédigés, comme les toasts, communiqués et projets d'allocution prononcés à l'issue des entretiens à venir avec X et Y, comme aussi les réponses aux futures questions orales des députés. Les dossiers sur chaque pays, à remettre aux responsables avant la visite officielle annoncée, sont prêts et ficelés, les mêmes furent d'ailleurs remis par les mêmes aux prédécesseurs, comme ils le seront, mis à jour, aux suivants. Le chef de protocole attend de pied ferme, tel le metteur en scène la doublure qui remplace un deuxième rôle à mi-tournage, car les rails du script sont déjà posés. N'exagérons rien : chez lui, le président est libre de fixer à sa guise la date de sa conférence de presse, et le ministre le jour de son audition par la Commission des Affaires étrangères.

Le pilotage automatique réduit considérablement les risques d'accident. On sait aussi qu'il n'exclut pas d'indicibles catastrophes, les dérives et erreurs de navigation se produisant alors à l'insu de l'équipage, et, bien sûr, des passagers — l'espace aérien n'étant jamais vide de chasseurs hostiles, eux-mêmes automatisés et implacables. En cabine et dans l'immédiat, la surveillance des cadrans, la complexité des manœuvres, la rapidité des délais sont tels que s'interroger sur la route suivie et *a fortiori* sur la fiabilité de l'appareillage apparaîtrait, en temps réel, comme inconvenant, sinon provocant. On ne change pas en plein vol le programme de l'ordinateur de bord.

L'esprit de tradition ne répugne pas à l'automatisation : il est lui-même un automatisme. La tradition à l'horizontale des temps se traduit à la verticale par un certain système de transmission unissant la base au sommet. On aurait tort de croire que les données viennent d'en bas et le code d'en haut ; que les fonctionnaires apportent le pétrole brut de l'information aux raffineries des cabinets, eux-mêmes branchés sur le moteur ministériel. Les mécanismes de la reproduction étatique sont ainsi faits que le code est dans la donnée, les deux arrivent en haut ensemble. Une action diplomatique est d'abord faite de mots : une politique internationale se traduit en fin de parcours par quelques décisions, mais ces dernières résultent d'un certain parcours verbal. Une diplomatie, ce n'est pas seulement une suite de discours, déclarations, communiqués, mises au point, interviews et allocutions, mais c'est d'abord cela. Ces mots sont déposés et classés, en blocs tout faits ou par modules amovibles, dans des notes ou des modèles que l'administration fabrique, entrepose et classe, chaque intitulé ayant son service correspondant ou sa direction spécialisée. La fabrication est en réalité un exercice de transcription de notes ou modèles préétablis, eux-mêmes recopiés d'après d'autres, certains font remonter la chaîne reproductive jusqu'à Toutankhamon. Prenons l'exemple le plus simple. Le président X d'un pays Y — la logique structurale des places à l'intérieur d'un système est indépendante des individus en place — doit recevoir d'ici à quelques jours un haut responsable du pays Z, qu'il ne connaît pas. Il fait demander à l'un de ses conseillers la note d'usage (dite « note d'entretien »). Ce dernier passe la commande au directeur du cabinet du ministre, qui la répercute, via le conseiller technique en charge, sur le directeur géographique concerné, lequel la renvoie au sous-directeur compétent, qui se retourne logiquement sur le « rédacteur » dit « de base » affecté au service qu'il dirige, et dont c'est le métier. Ce dernier s'en va ouvrir le carton du pays en question, trouve une note déjà rédigée quatre ans plus tôt, assez satisfaisante à ses yeux, qu'il transcrira ou mixera à l'occasion avec d'autres du même dossier, pour faire la note demandée (de toute urgence). Laquelle remontera la filière, chaque échelon y apposant en bas son paraphe. Qui ne voit que le rédacteur, même s'il se contente de mettre à jour, est ici le *concepteur* — puisque le choix des mots de base, en dernière instance, aura été son fait ? Il est donc à la pointe, non à la base de la pyramide. Son nom disparaîtra en chemin, mais il aura mis en route l'immémoriale médiation. Sans doute serait-il logique que la note soit en remontant revue et corrigée par les différents niveaux hiérarchiques. Ce serait oublier deux choses : le facteur temps d'abord. Plus on monte, moins on a de liberté car on a plus de travail, plus il est impossible de refaire ou de remettre en question les *a priori* de la rédaction d'un texte (d'autant moins que le niveau supérieur le réclame à cor et à cri). Le directeur de cabinet travaille douze heures par jour sur cent affaires différentes, toutes plus urgentes les unes que les autres, et le conseiller de la Présidence croule littéralement (sans compter ses propres audiences, l'enfilade des réunions internes et interministérielles, les coups de fil en retard, les notes personnelles à dicter, etc.) sous un amas de dossiers cruciaux, au côté desquels cette modeste note est une bien petite affaire. La congestion au sommet donne toutes ses chances au téléguidage par la base. La logique de l'autorité, ensuite. Au sein de n'importe quel système, le pouvoir appartient à celui qui transmet, non à celui qui conçoit ; à celui qui signe et renvoie la chemise sous son nom au patron qui lui en saura gré, non à celui qui travaille la chose elle-même. Il est donc normal que l'acte de communication, à chaque échelon, retienne plus l'attention du communicant que le contenu ou la valeur exacte de ce qui est communiqué, le pouvoir de chaque élément s'indexant sur le volume et le nombre des messages passant par lui qu'il est à même de faire monter (car plus il communique d'information vers le haut, plus il en recevra, selon la spirale ascendante du pouvoir). Cette logique fonctionnelle garantit une rapidité maximale des remontées par échelons au sein du système (à condition que chaque niveau puisse s'approprier en nom propre l'apport du niveau inférieur). Et c'est ainsi que la note, à travers cinq ou six signatures successives, arrivera telle quelle en très haut lieu et au moment voulu. D'où elle redescendra, estampillée par le regard suprême, et par là même fétichisée, en direction des archives, prête, quelques années plus tard, pour un nouveau circuit identique, sous un autre président de signe contraire.

Ce schéma trop simpliste ne rend compte d'aucune expérience concrète *hic et nunc* : elle décrit un mécanisme d'État abstrait, de l'État en tant que tel. Dans la réalité, il va de soi que le président ne s'en laisse pas conter par les services et n'en fait qu'à sa tête ; que le conseiller, exigeant et scrupuleux, a pris le temps de refaire la note de fond en comble ; et que le directeur de cabinet, au Quai d'Orsay, l'a déjà renvoyée à l'expéditeur pour remise en chantier, etc. Il s'agit d'illustrer la nature de tout fonctionnement administratif qui organise cette paradoxale subordination aux subordonnés que tous les bons auteurs français déplorent depuis le XVIIIe siècle : « Les commis sont les véritables maîtres » (d'Argenson). Sans doute les *cabinets* — ministériels et présidentiel — sont-ils là pour représenter et imposer auprès de chaque administration la volonté du seul pouvoir responsable. Ils ont à tâche d'ordonner l'élaboration administrative à la décision politique, puisque leur séparation est à la base de la division du travail étatique. Mais, de même qu'on recrute les militaires dans le civil, on forme les cabinets avec les membres des administrations en place, car ni les ministres ni la présidence ne disposent de fonds propres pour rémunérer leur cabinet, dont les membres sont prêtés par l'administration au pouvoir politique ; en sorte que l'inamovible administration a quelque raison de retourner dans les faits l'argument : elle se fait représenter auprès du ministre par des délégués émérites chargés de convaincre l'amateur de passage du bien-fondé professionnel de ses propres partis pris. En ce cas, l' « outil » se sert de l'ouvrier.

Pour une force de changement qui arrive aux affaires — c'est bien arrivé quelquefois depuis 1789, point zéro de l'alternance —, la stratégie internationale exige deux fois plus d'efforts : contre elle-même et contre l'armature administrative. Dans cette lutte ambiguë, le front extérieur est plus coriace que le front intime ; la sclérose plus redoutable que la tendresse. Le militant s'attache aux fins, sans considérer les moyens ; le fonctionnaire aux moyens, sans considérer les fins. Ces deux irréalismes sont concurrents mais une administration en place ne fera qu'une bouchée d'une idéologie qui n'est pas la sienne. La lettre ancienne ridiculise l'esprit nouveau. Quelle formulation du souhaitable peut résister à « ce quelque chose de sec, de décisif et d'impérieux » qui n'a pas quitté, depuis Saint-Simon, le visage des grands intendants ? Eux seuls savent ce qui est possible et ce qui ne l'est pas, et donc ce qu'il convient ou non de souhaiter. « Donnez-moi votre loyauté, je vous donnerai ma confiance », propose chaque nouveau régime aux vieux intendants, dès son investiture. Mais la réalité de ce donnant-donnant se lira bientôt à l'envers : « Confirmez-nous dans nos postes, nous vous confirmerons dans le vôtre. » Le poids décisif des habitudes est proportionnel à la stabilité des emplois — qui semble plus assurée en bas qu'en haut. Ce n'est pas d'un establishment diplomatique, quel qu'il soit, l'attrait de l'inconnu n'étant pas son fort, qu'il faut attendre une initiative du même nom, *a fortiori* un virage ou une rupture avec les habitudes que l'usage transforme en évidences. La continuité des bureaux suppose et entretient le mythe de leur neutralité politique. La question des buts à poursuivre ou des finalités d'une action n'est pas officiellement du ressort des services mais la permanence, évidemment indispensable, d'une administration spécialisée implique qu'elle continue, mais sans le dire et peut-être sans se le dire, de faire siennes les décisions politiques, élevées au rang de postulats apolitiques, du ou des régimes antérieurs [1].

Les choses essentielles sont justement celles dont on ne parle jamais : c'est ce qu'atteste la vie de famille, de parti, de couple, d'église, d'amis. Ajoutons-y l'État. Ce qui vaut pour les petites communautés de droit privé vaut encore plus pour lui. « En toute chose il faut considérer la fin. » Cette subversion de bon sens devient saugrenue lorsque la technique a submergé le dessein — ou les technos, les militants. À vrai dire, on s'adapte fort bien au confort administratif, tant y prédisposent ses rythmes courts et l'impérieux éparpillement des affaires. La discrète évaporation des finalités propre au train-train donne le vertige, qui peut devenir

1. Quand, par exemple, un grand service d'État a pris l'habitude pendant vingt-cinq ans de sélectionner pour représenter la culture française à l'étranger, comme missionnaires, conférenciers, colloquants ou congressistes, tous frais payés et frais de mission en plus, une gamme restreinte de personnalités émérites mais inamovibles provenant du même milieu et du côté droit de la tribune, cette administration, bien qu'ultra-partisane, est la première convaincue de son apolitisme ; aussi bien ressentira-t-elle comme une intrusion sans précédent de l'esprit partisan dans la vie de l'esprit, si un nouveau directeur vient à lui suggérer qu'elle pourrait un jour, sans renoncer à ses académiciens et ses pamphlétaires abonnés, les mêler quelque peu, disons pour un quart, à d'autres personnes du bord opposé, également compétentes ou brillantes. Preuve que l'idéologie est toujours celle de l'autre, et que chaque culture politique se vit elle-même comme un état de nature.

angoissant — « à quoi bon, tout cela ? » — ou délicieux — « service-service » — selon les caractères ou les moments de la journée. Ceux qui somme toute font la politique extérieure d'un pays détestent parler entre eux « politique ». « Que faut-il vouloir et que *peut*-on aujourd'hui vouloir ? », ou bien : « Quelle est la nature de ce régime, est-il à soutenir ou à combattre ? », « Et ce petit pays là-bas, qui nous occupe tant, est-ce un allié, un ami, un ennemi ou rien du tout ? » : ce type de questions élémentaires fait sourire l'expert qui traite le dossier, même si elles sont en amont de sa pratique et décident de son sens. Comme chaque décision se prend sur la lancée de multiples décisions antérieures qui mettent devant le fait accompli et canalisent le choix, l'expédition des affaires courantes s'effectue par inertie et se gouverne par des non-dits, prémisses qu'il serait indécent de remettre à plat. On peut traiter à fond un dossier sans un instant le traiter au fond. Une administration nationale a atteint ses buts et formé ses étudiants lorsqu'elle a rendu obscène à leurs oreilles le langage des valeurs. Le devoir politique consiste, sans se dérober au feu quotidien de l'action, à poser aux administrations la question de leur fin, et donc de leur raison d'être ; question que les administrateurs sont en droit de leur retourner puisque la réponse ne leur appartient pas. Mais si le dialogue échoue à se nouer, le sens de l'État tournera bientôt au non-sens d'État. Une machine tourne sur elle-même dès lors que la préparation fastidieuse et subtile d'un voyage officiel ou d'un sommet politique exclut les questions : « À quoi sert, dans les circonstances présentes, un pareil sommet — et à qui ? Ce voyage, quel but ? » La machine élabore et peaufine des instructions pour tel ambassadeur en partance. Mais d'abord, pourquoi cette ambassade a-t-elle été ouverte et quelle est sa fonction ? On connaît quelques rivages des Syrtes où la République entretient, à des fins improbables, des « flâneurs de l'apocalypse vivant libres de soucis matériels au bord de leur gouffre apprivoisé, familiers seulement des signes et des présages, n'ayant plus commerce qu'avec quelques grandes incertitudes majeures et catastrophiques, comme dans ces tours de guet anciennes qu'on voit au bord de la mer », et dont personne au département ne saurait plus expliquer la présence (Oulan-Bator, beau sujet de réflexion diplomatique...). On connaît même une mission dont le coût de fonctionnement est supérieur aux crédits de coopération affectés au pays en question, où l'on ne verrait du reste que des avantages politiques et économiques à voir réaffecter l'équivalent de ces dépenses de représentation ainsi immobilisées à l'aide bilatérale sur le terrain. Opération administrativement impensable. L'engluement technicien évoque plus souvent Alphonse Allais que Julien Gracq.

La pesanteur des héritages a pour effet d'anachronisme le déphasage entre les réponses et les défis nouveaux, entre les moyens disponibles et leur affectation. Cet effet quasiment physique est inévitable, raison de plus pour le surveiller. Le vieux monde à cet égard doit être deux fois plus vigilant que le nouveau, tous les pays n'ayant pas eu la chance d'être détruits par la guerre (encore qu'il soit plus facile de raser une installation industrielle qu'un appareil d'État). Une administration est une sédimentation, chaque organigramme offrant au regard la coupe géologique des réformes, inventions et réorganisations des régimes et gouvernements passés. Aucune strate ne chasse la précédente, elles s'empilent. La fonction d'hier fait l'organe d'aujourd'hui. La contingence vieillit en nécessité, un beau hasard devient doctrine. Comme une stratégie d'école militaire, une idéologie dominante ou un mobilier d'appartement, un système administratif moderne a trente ou cinquante ans de plus que les conditions objectives qui l'ont engendré ; ou de retard sur celles qu'il faudrait à présent satisfaire. La carte d'implantation de nos missions et de leur importance respective reflète le monde de l'après-guerre. Le Pacifique, berceau d'une nouvelle économie-monde, centre de gravité probable de demain, est pour nous une zone déserte ou marginale : nos catégories mentales comme notre réseau missionnaire ont un trou à la taille de l'autre moitié du monde. Aux États-Unis mêmes, les sites de pouvoir et de croissance ont glissé, depuis trente ans, de la côte Est vers les États du Sud et de l'Ouest ; notre implantation, politique, économique et culturelle, était restée jusqu'en 1981 fixée aux lieux traditionnels. Los Angeles et San Francisco sont les centres du huitième État industriel du monde, la Californie : les moyens et l'attention que nous y affections en étaient-ils dignes ? Pas de consulats à Denver, Phoenix, Dallas, Miami ; mais Trèves, Fribourg, Mons, Alicante, Malaga ont leur consul. Il suffit de quelques décennies pour que le monde fausse compagnie à la représentation qu'on s'en fait, et qu'on y entretient.

« Le monde, disait Stendhal, n'admet pas les différences, l'originalité l'offense, et s'il ne parvient pas à l'annuler, il la châtie. » La haute administration, elle, a rarement besoin de punir ; elle pratique l'eugénisme. Le formalisme expéditif des études, le système de notation continue, la concurrence permanente entre les élèves, la cooptation des maîtres de conférence garantis conformes, la hantise du rang de sortie permettraient presque à l'École nationale d'administration de tuer l'originalité dans l'œuf. Instrument de reproduction politique et social, cet atelier d'apprentissage, qui n'est pas une école mais un système de classement, forme, en même temps qu'à la compétence, au conformisme. Il n'est pas certain que la rafraîchissante « troisième voie » suffise à renouveler l'ambiance, pour fidèle qu'elle soit à l'esprit des origines : le projet d'une manufacture centrale de fonctionnaires est une idée quarante-huitarde, reprise par le Front populaire et mise en œuvre comme « conquête de la Résistance ». Sans doute y a-t-il des paris qu'il vaut mieux ne pas prendre, sécurité oblige. Un professionnel sans créativité sera toujours plus fiable qu'un créatif sans pedigree. La coexistence est-elle pour autant impossible ? L'État est un appareil si sensible qu'il est préférable d'en confier la maintenance à une compétence administrative sans imagination ni expérience politique que l'inverse. Reste que l'élimination des francs-tireurs par les diplômés, à laquelle nous assistons, stérilise dangereusement les capacités d'innovation politique (ou d'appréhension des réalités extérieures). Tous les énarques méritent le respect et certains, très sincèrement, l'admiration. Mais l'énarchisation du service public atteint la cote d'alerte dans la mesure où, refluant vers les sommets, elle colonise sans partage les instances de la décision politique. Il n'est pas dit que l'histoire de France doive toujours marcher au pas de l'Inspection des Finances.

Nul ne peut sauter par-dessus son temps, ni son âge. L'extinction des promotions dites spéciales d'après guerre, comme de certains corps historiques, diminue la probabilité d'apparition de fortes personnalités, formées à la dure ou recrutées sur le tas : anciens de la France libre ou de la Résistance, officiers des Affaires indigènes, anciens élèves de la « France d'outre-mer », professeurs expatriés, missionnaires. Ces briscards, dont beaucoup d'originaux ouverts aux quatre horizons, cèdent la place (retraite oblige, cette honteuse, inhumaine absurdité qui prive la nation et l'État d'hommes éminents déclarés invalides au meilleur de leur âge) à des cadres bien cadrés, circonspects et conformes, cerveau propre et costume trois pièces, dont le confort intellectuel se blinde en se dilatant, au fur et à mesure que l'État devient leur club et le Bottin administratif celui des anciens élèves. Dans n'importe quel milieu, la valeur d'une idée et d'un individu est celle que lui reconnaît son voisin. Ici, cabinets et services ministériels se valident les uns les autres, en miroir. Au Quai d'Orsay, le concours d'Orient (dont la déformation professionnelle, l'excessive spécialisation, redresse la tendance inverse de l'énarchie à la généralité), l'ouverture récente de l'administration centrale aux cadres de l'industrie et des affaires, sans parler d'une poignée de nominations au tour extérieur, élargissent heureusement, sans le briser, le cercle de famille [1].

1. Reste que le dédain de l'expertise handicape la diplomatie française, les obligations de titularisation s'ajoutant trop souvent aux contraintes de la titulature : un universitaire peut devenir conseiller culturel, non conseiller politique d'une ambassade. Les détachements temporaires ne sont pas le fort de notre fonction publique. Le Centre d'analyse et de prévision du Quai d'Orsay, qui peut faire appel à des spécialistes extérieurs, sur contrat, comble ce handicap dans toute la mesure du possible. Michel Jobert en fut l'initiateur.

L'empirisme britannique paraît plus tolérant aux outsiders ; et le recrutement des services, décentralisé et sportif, moins fermé à l'audace et à la dissonance. L'Empire britannique, il est vrai, avait d'autres dimensions (ceci expliquant cela) et les hommes du grand large sont plus nécessaires à une île de commerçants qu'à une terre de paysans et de rentiers. Peut-être moins démocratiques, car privilégiant ici les castes et là l'argent, les systèmes de pompage des élites britanniques et américaines privilégient beaucoup plus le non-conformisme que ceux de la République. La saine circulation du privé au public, comme l'aller et retour de l'Université à l'administration par exemple, aère autant les esprits que les bureaux, les intelligentsias que les gouvernements. C'est un fait, pour s'en tenir à l'Europe, que nos jésuites d'État font historiquement pâle figure à côté des aventuriers d'État d'outre-Manche, corsaires ou agents secrets, entrepreneurs et poètes casse-cou ; et qu'un T. E. Lawrence aurait chez nous terminé son odyssée avant de commencer, en maison d'arrêt. Dans un domaine voisin, faire un service d'intelligence civil avec et sous l'égide des militaires de carrière, cette façon de jouer la sécurité au détriment de la productivité paraîtrait sans doute navrante aux adeptes du grand large. Aussi bien n'y a-t-il pas, hélas, de comparaison possible entre le M.I.6. et la C.I.A. et notre ancien et trop modeste S.D.E.C.E. Populaires ou non, les deux premiers services ont une légende, le dernier n'a eu que des « affaires »[1].

1. Le M.I.6., ce qui semble logique, dépend administrativement du Foreign Office, lequel prête volontiers ses agents aux indispensables services spéciaux, hélas mieux dotés, plus étoffés et politiquement mieux considérés en Angleterre qu'en France. À une époque où la menace, notamment terroriste, déborde du militaire sur le civil, les services d'intelligence revêtent une importance cruciale pour l'exercice diplomatique quotidien.

3. *Ce qu'on appelle « idéologie ».*

Dans l'ordre des difficultés, après les journaux et les administrations, les gérants de l'universel occupent en France une place plus qu'honorable. S'il faut bien s'accommoder des médiateurs et composer avec les grands commis, il n'y a rien à négocier avec les haut-parleurs de l'air du temps. Frustration d'autant plus pénible à la gauche que, longtemps victime du roman national (le pendant collectif du « roman familial »), elle se croit tenue de séduire les séducteurs de l'opinion, au nom d'une généalogie commune qui parle de Voltaire, de Victor Hugo et de l'affaire Dreyfus. En s'arrachant à ce mythe passéiste, l' « intellectuel de gauche » (expression où l'épithète de nature survit à la fonction comme dans l' « aurore aux doigts de rose » ou « Achille aux pieds légers »), les amis de Marianne, fidèles à leur devoir de solitude, renonceront à l'ultime tentation du narcissisme français. La république des lettres, physiquement proche de l'autre, concentrée qu'elle est dans la capitale, en est moralement la plus éloignée : il serait imprudent de vouloir l'associer à une lutte historique réelle. Du « parti intellectuel », indifférent au souci national, et de ce fait même à l'horizon mondial, il faut savoir prendre son parti, avec tous les honneurs dus au rang éminent qui est le sien dans l'imaginaire, et le protocole, du pays (le seul où l'académicien et le recteur prennent place officiellement dans l'ordre des préséances publiques, au rang qui était celui, avant 1905, des autorités ecclésiastiques). Donner aux gens du bel air hochets, places, rubans, colloques, fêtes, du moins à ceux et celles qui en ont le goût (en général, on aime), fait partie des devoirs de la fonction gouvernementale; on peut respecter les traditions républicaines sans prendre les vessies pour des lanternes. Si le clivage de demain doit passer entre les « patriotes » et les autres, la haute intelligentsia ne sera pas, dans sa masse, du côté des premiers.

« Intérêt » et « national », cela fait deux raisons pour écarter la fraction la plus bruyante et interventionniste de la population intellectuelle française. Elle n'aime pas aller à contre-courant et répugne aux complications : soviétocentrique dans les années cinquante, sinomane dans les années soixante, américanolâtre à partir des années soixante-dix, elle préfère la puissance mondiale bien établie à des vertus moins rayonnantes comme la patience, la volonté, la subtilité — à faible performance médiatique. Réjouissons-nous de cette commisération distante : elle nous protège du nationalisme, cette religion contagieuse que les stylistes du prêt-à-penser auraient tôt fait de relancer sur le marché des illusions publiques.

Intérêt évoque des considérations objectives de rationalité politique ou économique. *Idéologie* (terme générique qui englobe aujourd'hui la condamnation proclamée des idéologies) renvoie à un guidage subjectif, affectif du raisonnement. Si une idéologie était un système d'idées ou un simple montage doctrinal, elle n'aurait aucune emprise sur les hommes ni aucun rôle historique, car personne n'est prisonnier de ses idées, lesquelles ne sont pas des cages. Tout le monde s'accorde — degré zéro de la sagesse politique — à dénoncer le placage de l'esprit de système sur les réalités. Seulement voilà : il n'y a plus de systèmes d'idées en état de marche, et nous marchons, plus que jamais, malgré nos dénégations, « à l'idéologie ».

On a essayé de montrer ailleurs l'inanité d'un mot qui tourne le dos à ce qu'il désigne en donnant à croire qu'on fabrique une idéologie avec des idées comme un mur avec des briques. Une idéologie (pensons au « communisme » ou à l' « anticommunisme ») recouvre un dispositif non logique mais proprement lyrique de phobies et d'attirances, de connivences et d'antipathies, par quoi la sensibilité commande à l'intelligence : quand le pathos gouverne, c'est de pathologie qu'il faut parler (et le communisme est une maladie de l'esprit, pas plus incurable ou honteuse que d'autres, mais dont la convalescence peut s'avérer aussi grave et plus longue que la phase aiguë). L'extase collective est l'état normal des groupes dynamiques en activité — notamment des nations en formation ou en réveil. Parce que nous les chiffrons en

« idées », nous appelons « idéologies » nos passions partagées. Ces délires moutonniers ne prédisposent pas au détachement du regard stratégique, qui doit embrasser sans discontinuer un système de forces disparates en mouvement, attention froide incompatible avec les coups de cœur, intermittences ou toquades. La longue veille aux remparts messied aux gens de croisade et d'algarade, de scandales et de coteries. Qui discrimine entre la guerre et la paix doit vivre loin du bruit et de la fureur, sans s'immiscer dans la foire sur la place, ni céder à l'énervement du jour.

L' « intellectuel engagé » est d'abord un émotif. Qui — air connu — ne brille pas par son discernement. Il véhicule une perception mythique du monde extérieur, qu'il frappe à l'effigie de ses obsessions. Il n'en est pas responsable, c'est la vision de son groupe d'appartenance qu'il hystérise et systématise. Cette névrose consensuelle fait la santé mentale d'une époque. Une société se définit par cela qu'elle s'accorde à tenir pour réel (ou « non idéologique »). Les idéologues en vogue sont les grands réalistes du moment dans lesquels se reconnaît une majorité silencieuse dont l'irréalisme stupéfiera les petits enfants. La production sociale du grand homme, clef de voûte du consensus intellectuel dont chaque mort capitale nous donne un instantané, combine heureusement, en France, l'éphémère et l'amnésie. Le conformisme d'une époque se mire dans le visage du « dernier des sages » qu'elle enterre avec pompe, mais, vingt ans après, ces tombeaux d'éloges nous font honte ou rire, rire de honte. Une apothéose chasse l'autre, et personne ne feuillette sans angoisse l'album de photos jaunies où la République des mirages et des consciences consigne ses élans et ses deuils. Maléfice des unanimités : le sérieux de notre époque égaiera la suivante, qui préférera tourner la page pour, en se moquant de nous, se prendre elle-même au sérieux. Et ainsi de suite. Ce tourniquet s'appelle « idéologie ».

Nul ne peut entrer dans son temps, ni en sortir, sans y passer[1].

Pas facile non plus de regarder un planisphère sans hallucinations. Les évidences qui ne se discutent pas *hic et nunc* cristallisent en une « géographie sentimentale » (René Rémond) dont les grands traits décalquent l'imaginaire vécu d'une période ou d'un groupe. Chaque famille politique traîne après elle son réseau inconscient de *pro* et d'*anti* : anglophilie des radicaux et socialistes, depuis la Première Guerre mondiale, anglophobie de la droite vieille France; antiaméricanisme des communistes, depuis la Seconde; antisoviétisme de la droite libérale (désormais partagé par neuf Français sur dix) ; pro-arabisme de la droite nationaliste, prosionisme de la gauche social-démocrate, antisionisme de la gauche marxiste, etc. Les noms de pays avant de renvoyer à des réalités géopolitiques désignent des mythes intimes où se nouent d'obscurs et impérieux affects. Il faudrait de temps à autre allonger sur le divan les agents d'une politique extérieure comme des patients qui s'ignorent. Subtilement habités par d'anciennes légendes (perfide Albion, inconstante Italie, redoutable Allemagne, Sainte Russie, etc.), ou par des souvenirs collectifs d'une génération (l'Amérique de ceux qui ont accueilli les libérateurs de 1944 n'est pas celle des écoliers de la guerre du Vietnam). Ou bien emportés par ces transports émotifs qui font et défont l'actualité passionnelle des blocs (pensons à la « filière bulgare » et à « l'assassinat de sang-froid » du Boeing coréen). La géopoétique du monde est cachée dans les êtres, la géopolitique opère à ciel ouvert.

La seconde détermine en général la première, le sentiment divorce rarement de l'intérêt. Mais il ne le dit pas, faute sans doute de le savoir. Le propre d'une vision du monde est d'en soustraire son point de vue, la subjectivité qui s'ignore définit l'objectivité qui s'impose. Cette inconsciente partialité est plus celle d'un lieu d'énonciation que d'un arbitraire individuel : une idéologie politique est souvent une géographie intérieure qui s'ignore. D'où

1. Paris, octobre 1983 : l'étonnant consensus sur R. Aron.

l'importance des changements de lieu pour la mise à distance des passions déguisées en jugements : les routards sont aussi peu portés au fanatisme politique que les intellectuels français à sillonner les routes du monde. La douleur physique se définit comme une attention extrême portée à un et un seul point du corps ; la fixation idéologique, à un et un seul lieu de la planète. Pas d'éducation stratégique sans aller et retour entre les quatre points cardinaux, qui croise et confronte l'est-ouest avec le nord-sud, les spécialistes d'un axe n'ayant que trop tendance à négliger l'autre. Un spécialiste des pays de l'Est européen échappera difficilement à l'antisoviétisme, un spécialiste de l'Amérique latine contemporaine à l'antiaméricanisme, tout est fait pour qu'ils ne se rencontrent pas, les « anti-impérialistes » détestent les « anticommunistes » qu'ils ignorent et vice versa, aussi sûrement que se côtoient à Paris, sans se voir, réfugiés chiliens et réfugiés polonais, salvadoriens et afghans. À chacun ses colloques, ses mots de passe et son planisphère sentimental. Ce serait se rassurer à bon compte que d'imaginer cette cloison entre la démocratie et le totalitarisme, selon la vulgate « deuxième guerre froide ». Comment sinon expliquer que la plus grande démocratie du monde — l'Inde, 700 millions d'habitants — se fait une tout autre idée des menaces qui pèsent sur la démocratie dans le monde que les champions français de la bonne cause ? Les priorités de l'intelligentsia parisienne recoupent la mise en pages des nouvelles dans la presse française comme les priorités de l'intelligentsia de Delhi la disposition des rubriques dans la presse indienne, soit 18 000 titres et 4 500 quotidiens, apparemment plus pluralistes que les quelques dizaines d'organes français équivalents. Les priorités extérieures de l'attention indienne, politique, journalistique et morale, sont l'Afrique australe et Israël, l'apartheid (où s'éduqua Gandhi) et les territoires arabes occupés (pas d'antisémitisme en Inde, sans complexe historique de culpabilité). Les priorités de l'attention française sont la Pologne, l'Afghanistan, la dissidence. Ici, on parle S.S.-20 ; là, Diego Garcia. Qui est provincial, qui est partial ? Le grand journaliste indien sourit du mythe afghan qui a cours à

Paris, car il connaît, ou croit connaître, ce qui se passe réellement en Afghanistan, et ce depuis les Moghols et non pas depuis décembre 1979; le grand journaliste français sourit du mythe israélien qui a cours à Delhi, car il connaît Israël, ses institutions, l'esprit critique et libertaire du peuple juif, et ce depuis longtemps. Supposez qu'ils se rencontrent, ces miracles arrivent. Le tributaire de l'idéologie française sera tenté d'accuser ses homologues indiens de complaisance envers l'Union soviétique : lesquels ne se gêneront pas pour évoquer la complaisance des intellectuels français envers les États-Unis. Il est vrai que l'indépendance, l'industrie, l'agriculture et l'armement de l'Inde doivent beaucoup à l'Union soviétique, avec laquelle elle n'a pas de frontière commune, ce qui entretient spontanément l'amitié entre États. Il est vrai que la France doit beaucoup dans son histoire aux États-Unis, qu'elle n'est pas loin de l'Europe de l'Est et que la Pologne est comme elle de tradition catholique. À des intérêts nationaux objectifs différents, répondent des prédilections individuelles opposées. Tout honnête homme d'Occident connaît le visage de Walesa et presque aucun le nom de Mandela; pour dix colonnes ou heures consacrées par nos journaux écrits ou télévisés à l'épopée de *Solidarnosc,* nous aurons une brève ou une minute consacrée à l'Afrique du Sud; la presse indienne, qui n'a réservé que de modestes bas de pages au Nobel de Walesa, titre sur les condamnations à mort des militants de l'A.N.C. et les raids « terroristes » de l'aviation israélienne sur ses voisins. Aucune censure ni orientation ne jouent ici ou là. Sites et perceptions sont autres. Il n'y a pas les démocraties d'Occident et les despotismes d'Orient, les consciences critiques et les domestiques aveugles. Il y a ceux ici pour qui le communisme fut l'expérience principale de leur vie, qui en infèrent que le pouvoir soviétique est la question majeure de l'humanité moderne et qui lui destinent à cet effet leurs Mémoires, essais, articles et discours : l'information sur la Pologne est pour eux réalité, sur l'apartheid, propagande ou dévotion. Et il y a ceux pour qui l'indépendance a été l'expérience décisive, puis la sortie de l'arriération et du fanatisme religieux, et qui en infèrent que la lutte contre le sous-développement social et économique est l'enjeu majeur de l'époque : notre mobilisation aux côtés des fidèles polonais relève pour eux du fantasme rétro, voire de la provocation sectaire (qui déstabilise l'Est, disent-ils, réduit la marge de manœuvre des pays du Sud vis-à-vis de l'Ouest en menaçant de les priver d'un contrepoids précieux). De même la lutte contre la faim dans le monde relève-t-elle à Paris d'une attitude morale ; à Calcutta les marches contre la guerre nucléaire paraissent surréalistes : il faut d'abord manger. Bref, c'est l'enchevêtrement, la réciprocité de ces perspectives qu'il faut non seulement admettre, mais organiser. Nulle « idéologie » aujourd'hui dominante ne permet de les embrasser en un faisceau intelligible : chacune est le produit d'un démembrement local du monde.

Projetée sur la mappemonde, la carte du Tendre du « grand intellectuel français » laisserait à l'abandon trois pays sur quatre : que faire des Communautés européennes, des deux tiers de l'Afrique, du sous-continent indien, de la totalité du Pacifique, du Sud-Est asiatique, d'une Chine ni chair ni poisson, du continent latino-américain (exception faite des quatre ou cinq pays à l'index) ? Un historien, sociologue, écrivain français peut vivre à Paris ou New York en pleine cohérence avec lui-même et son milieu en ignorant ces *no idea's lands,* limbes qu'il n'aura guère l'occasion de fréquenter (sinon de survoler). Un fonctionnaire international, non : il est tenu par la force des choses de s'informer et donc de s'évader du champ idéologique, celui où, les réponses précédant les questions, on peut être intelligent sans être informé. Entendant par « force des choses » l'obligation où il est chaque jour de réagir à des messages en provenance de cinq continents et d'une vingtaine d'organisations internationales, dont chacun reflète une situation assez malignement compliquée pour qu'on ne puisse départager d'emblée le bon du méchant, ni prendre d'instinct la décision que commandent à l'évidence le droit des gens et les « leçons de l'histoire ». Substituer partout l'enquête au réflexe est impossible. Mais le diplomate idéal ressemblerait, dans ses procédures, à un homme sans qualités ni affinités, affectivement neutre, dont la seule passion serait celle de son vouloir : an-idéologique en somme.

Gageure encore : avoir la passion de l'intérêt national sans devenir passionnel ; s'en pénétrer sans hystérie ; poursuivre un roman historique sans romantisme historique. Tel fut le propos proprement révolutionnaire de la « raison d'État » lorsqu'elle s'introduisit pour la première fois au XVIIe siècle dans la conduite européenne : ne pas mêler les questions religieuses (celles que nous appelons « idéologiques ») aux intérêts purement politiques. Cette dissociation volontariste n'a pas seulement sécularisé les rapports entre États, première étape sur le chemin de la séparation de l'Église et de l'État ; elle fit de la tolérance un devoir d'État (et de Mazarin ou de Richelieu le contraire d'un fanatique) ; elle « dépassionne » le débat stratégique, le soustrayant aux délirants qui ne voient dans la guerre et la paix entre les nations qu'un moyen d'assouvir leur haine de secte ou de personne. Ce pur égoïsme rationnel, intolérable aux clercs d'Église, qui tranchent *urbi et orbi*, le demeure aux yeux de leurs successeurs en absolu, les porteurs d'*ismes*. Nationalistes compris, qui, pour absolutiser la nation, ont fait l'impasse, tels Barrès ou Maurras, sur les relations internationales qui relativisent, et pour cause, les États nationaux. La notion tout empirique, utilitaire et imparfaite d'intérêt national, bien qu'elle ne se confonde pas, comme nous le verrons, avec la raison d'État, est incompatible avec la tradition doctrinaire qui ne considère pas les États existants pour rechercher les facteurs permanents de leur conduite, et prévoir ainsi quelle conduite adopter à leur égard, mais poursuit la chimère de l'État le meilleur, dont le fantasme contemporain de la Société sans État est un avatar parmi d'autres. Il y a quelque chose de profane et de court dans l'intérêt national, qui rebute le clerc vaticinateur, succédané du prêtre, auquel échoit l'administration des majuscules sacrées, Transcendance ou Droits de l'homme. Là où le stratège observe et expose les faits sans crier d'horreur ni de joie, le prophète stigmatise, expose son âme et apostrophe. Pas de langue commune entre l'amant des modèles et l'amateur d'exemples, entre le tenant du droit naturel, en qui parle la raison du genre humain, et celui du droit historique, qui se contente de la raison des peuples. Entre le philosophe qui postule et dénonce, et le romancier qui raconte (ou le journaliste qui relate). Le patriote est du côté des artistes ; les intellectuels, du côté des empires. Chiens et chats : les médecins, et les messies. Ces derniers ont l'avantage de la popularité que leur vaut le manichéisme libérateur des messages de grande consommation, délimitant le Bien et le Mal dans l'espace et le temps. L'hystérie soulage l'angoisse, une phobie bien localisée en assure le transfert. « Ce qui est simple est faux, ce qui ne l'est pas est inutilisable. » La naïveté d'un face-à-face planétaire sans concession et des morales bipolaires trouve un véhicule idéal dans les supports audiovisuels, qui supportent mal la nuance, la demi-teinte ou le scrupule critique. Place à la synthèse-flash. Les mass media encouragent le retour des prophètes. La diplomatie à l'estomac, hyper-idéologique, consomme à l'accéléré des Satan et du Bon Dieu. Déraison religieuse qui fera regretter la vieille raison d'État ?

« Le chemin des choses proches pour nous autres hommes, écrit Heidegger, est de tout temps le plus long et pour cette raison le plus difficile. » C'est pourquoi l'idée de nation, la moins porteuse, la plus ringarde des séquelles d'école primaire aux yeux des guides de l'opinion, prend à contre-pied les centrifuges qui suivent le vecteur du moindre effort, le plus fréquenté. Le lieu le plus obscur est toujours sous la lampe, et notre premier mouvement consiste à nous fuir en regardant ailleurs — fuir la contingence qui nous a fait naître ici plutôt que là. Au regard des nécessités logiques, la nation est une idée bête comme la taille ou la couleur des cheveux : une évidence d'état civil — il faut bien naître quelque part. Un hasard factuel n'a pas la dignité d'une idée, ni d'un but, et encore moins d'une valeur. Cette fausse impression de banalité explique peut-être le singulier hiatus existant entre l'universalité du phénomène national dans l'histoire moderne et la pauvreté de la réflexion philosophique sur le phénomène. On a fait théorie de tout dans le monde sauf de cela qui domine le monde ; en sorte qu'à une invasion de théories sociales sans pratique a répondu une pratique envahissante sans théorie, cette rencontre qui n'a pas eu lieu nourrit un siècle de malentendus entre l'histoire collective qui fait la nique aux penseurs et la pensée que ces derniers n'ont pas eue du collectif. Le sujet de pensée se pense lui-même à travers son groupe d'appartenance (que le regard franchit comme une vitre), mais le groupe s'ignore en tant que sujet d'action, faute d'être devenu objet de pensée. Le premier mouvement de la pensée la porte à l'*entité,* et il comble le sens commun, peu porté à réfléchir d'où il est ce qu'il est. Discours payant des fictions automates : le Socialisme, l'Occident, le tiers monde, la Démocratie, l'Europe, la Révolution. Ces fétiches passe-partout marchent tout seuls à l'horizon et mobilisent d'autant mieux qu'ils escamotent l'environnement. Un grand écrivain qui fut aussi, par ses petits côtés, un intellectuel célèbre (et on gardera souvenir du premier quand le second aura disparu) a défini l'intellectuel comme celui qui se mêle de ce qui ne le regarde pas. Sartre aurait dû compléter (joignant le vrai à l'agréable) : et qui ne se mêle pas de ce qui le regarde, d'où il tire paradoxalement un grand avantage. *La France est le seul grand pays d'Europe qui n'ait pas de troupes étrangères sur son sol.* Combien d'intellectuels français s'en sont avisés ? Et que peut-on dire en France de sensé sur la paix et la guerre si on commence par négliger ce petit détail — excusez du peu ?

« Devenons new-yorkais ! » « Tous polonais ! » « Autonomes italiens ! » « Maos ! » Etc. L'intelligentsia hexagonale est de type hystérique. L'identification à l'autre explique ses conversions successives, sa mémoire est une chambre d'échos, la libido réfléchissante passe d'un objet idéal à son contraire sans guérir l'angoisse. Les passions intellectuelles du terroir sont contagieuses et sympathiques, mais la sympathie du lointain y confine à la transe. Les cinquante dernières années de l'opéra national nous ont fait représenter sur l'avant-scène des séductions terroristes tous les chefs rédempteurs d'États étrangers, de Lénine à Reagan en passant par Mussolini, Mao et Khomeyni. Nous avons représenté aussi des héros et des martyrs mais ce n'étaient pas les nôtres. D'où ce constant paradoxe : les meilleurs agents du conformisme national (vingt ans de retard sur l'histoire mondiale, deux ans d'avance sur le consensus social) sont au départ les agents de l'étranger. La passion de ressembler ignore le modèle intérieur, et l'identification altruiste de soi s'opère en mimant l'effervescence d'actualité : à gauche on ne joue pas à Rossel, à Blanqui, à Gambetta, à Clemenceau ou à Jean Moulin ; mais à Trotski, à Ben Bella, à Castro, Mao, Kennedy, Arafat, et maintenant à Walesa. Plus faible l'identité collective, plus nécessaire l'identification à l'autre, c'est le cercle vicieux des chaînes hystériques. Comment arrêter l'enchaînement des vertiges, reconvertir sur soi le mécanisme de conversion, sinon par une révolution copernicienne à l'envers : je ne graviterai plus autour d'eux, ils graviteront autour de nous ? Mais si l'intelligentsia littéraire récuse les « nous », tient son statut d'y soustraire son « moi je », et se délecte du vulgaire « ils » (le « eux » du « pouvoir »), à qui d'autre qu'à d'autres emprunter la force de gravité requise ? Elle pensera donc et agira dans le siècle par procuration, par « nous » interposé, ce collectif singulier et précaire qu'elle devra chaque fois hypostasier dans son ciel intérieur en représentant du genre humain. « Votre cause est notre cause. Votre lutte est notre lutte » : scandaleux, généreux refrain. Est-on incapable de soutenir une cause qui n'est pas la nôtre ? Le droit à la différence n'existerait-il que sur des chartes de papier ? Si les héros à décalquer avaient été ou étaient vus pour ce qu'ils sont, des patriotes luttant avec les moyens du bord (parmi lesquels les idées disponibles) pour ériger leur peuple en nation, comme nous-mêmes en d'autres temps, et avec les idées de ces temps-là, ils n'auraient pas été propres à la consommation universelle. Il fallait que Gandhi fût la Non-Violence, Ben Bella l'Humanisme, Castro la Rébellion, Mao la Révolution mondiale, Khomeyni la Spiritualité, Walesa la Lutte antitotalitaire pour qu'ils adviennent, chacun son tour, en paradigmes. Ces idéologies ou ces religions ont codé l'avènement ou la remontée de nouvelles puissances sur la scène des nations : chez nous, on néglige l'énergie pour thématiser le code. Faire sien le nationalisme des autres n'est pas la meilleure définition de l'internationalisme, c'est celle qui nous fourvoie depuis l'Octobre russe. Ne le regrettons pas trop : l'humanité fait bon usage de ses fantasmes. Des jugements faux peuvent inspirer des actions justes (et le discernement, une philistine passivité). Le sort du capitalisme français ne se jouait pas en 1960 dans les djebels d'Algérie, mais le Manifeste des 121 — dernière manifestation d'une éthique de corps dans l'intelligentsia française — sauvait l'honneur et précipitait une prise de conscience[1]. Les maquis vietnamiens ne luttaient pas pour la victoire de la démocratie au Vietnam et dans le monde, mais le Tribunal Russell manifesta à bon escient une solidarité démocratique avec une lutte d'indépendance. Le culte marial ne paraît pas devoir incarner la cause de l'émancipation humaine, mais tant mieux s'il permet à la société polonaise de s'émanciper : solidarité avec *Solidarnosc* ! On regrettera simplement que le recours à une mémoire longue et à des valeurs culturelles propres, fût-ce les plus rétrogrades, admirable mystique au loin, devienne, à la maison, et avant le moindre examen, passéisme minable, voire fanatisme suspect. Le « nationalisme révolutionnaire » sied donc à tous sauf à nous. Nul ici n'est prophète que des autres pays. Chacun le sait pourtant : qui n'est pas présent à soi-même n'est pas présent aux autres. La honte de soi fait en même temps des racistes et des larbins, des xénophobes et des girouettes. Un effort de nationalisation — cesser de se prendre soi-même pour un autre et l'autre pour soi —

1. *Déclaration sur le droit à l'insoumission dans la guerre d'Algérie,* publiée le 6 septembre 1960, signée par 121 « intellectuels de gauche » (universitaires, journalistes, peintres, écrivains, comédiens, etc.). Certains fonctionnaires, en représailles, furent cassés, et les écrivains, journalistes et comédiens interdits d'antenne à la radio et à la télévision. Cette prise de position était en France ultra-minoritaire. Se couper de la société civile et des grands moyens de communication — c'est ce double risque de chômage, inhérent à tout acte de résistance authentique, que les nouvelles conditions de vie et de pensée de l'intelligentsia rendent improbable, non sans en multiplier les pantomimes sur tous les vecteurs de la communication publique.

est urgent si l'on ne veut pas payer un jour les pots cassés du nationalisme. Ou les ridicules du cocorico. Dans la Cité des Lettres, l'aliénation mesure les gratifications. Plus et mieux l'on dira aux téléspectateurs ce qu'ils ont envie d'entendre, plus et mieux on s'en fera aduler. Et ils ont d'abord envie de se fuir. La lutte au couteau pour la notoriété, qui sacrifie l'orgueil à la vanité et le travail à l'image, pousse à se démarquer du proche et à penser de loin, ou de haut — la reconnaissance internationale commandant désormais l'image intérieure. Il faut être connu à New York pour être reconnu à Paris (mais dans quel journal « intellectuel » new-yorkais a-t-on parlé de Giono, Julien Gracq, Aragon, Perec ou Claude Simon) ? D'où la tentation de prendre ses distances et dénoncer à tous vents la petitesse, la nocivité françaises.

Le mal du royaume s'appelle peut-être l'universel. L'homme d'importance, chez nous, est l'homme de tous les hommes. « La France, écrivait Balzac, est le pays où se trouvent le plus d'hommes universels parce qu'elle est le pays où il y a le plus d'écrivains. Elle est dévorée par des hommes dits spéciaux auxquels on se fie. Un homme spécial ne peut jamais faire un homme d'État, il ne peut être qu'un rouage de la machine et non le moteur[1]. » Il est dans la nature du spécialiste national des généralités de se rêver homme de gouvernement ; et d'un chef d'État de se faire le champion d'une idée sans rivages. À vrai dire, le ministère de la parole fut l'invention d'un siècle où la Grande Nation, fille aînée de la République romaine, pouvait « déclarer la paix au monde » (1790) et, en abolissant l'esclavage par décret, « proclamer la liberté universelle » (1794). Cette heureuse coïncidence a longtemps donné à nos hommes d'esprit le privilège d'une double appartenance : à la quintessence du genre humain et à une espèce nationale parmi d'autres. Il fut donc un temps où l'on ne pouvait être citoyen du monde sans être un patriote ; où la cause du peuple français ne faisait qu'une avec la liberté des peuples ; où le narcissisme d'une culture rejoignait la culture de l'universel. Les

1. Lettres russes, *Revue parisienne,* 23 août 1840.

héritiers de ce bonheur, Jaurès et Romain Rolland, sont morts au début de ce siècle. Comment y aura-t-il encore un intellectuel français s'il n'y a plus d'universel français ? Comment échappera-t-il à la neurasthénie si le reste du monde peut se passer de ses services ? Par un transfert de fantasmes. La valeur d'universalité s'investit d'abord sur le prolétariat européen, lui-même identifié à l'Union soviétique (1920-1956) ; sur le tiers monde (1958-1968) ; sur la Chine (1968-1976) ; sur l'Occident à présent, identifié aux Droits de l'homme, valeur solide s'il en fut (1976-1990 ?). Vaut la peine, sinon le voyage, si et seulement si la Liberté, l'Histoire, la Loi passent par le pays phare.

Les nations séculières qui n'ont pas de règle à proposer à l'humanité ennuient les clercs. Malheur aux pays qui ne prétendent pas faire le bonheur des autres, ni leur salut, en se contentant de nourrir leurs propres ressortissants, d'aménager une démocratie et de sauvegarder leur indépendance. L'Inde, puisqu'on a pris cet exemple, n'a jamais été une référence dans l'intelligentsia française contemporaine : ce colosse s'est ouvert un chemin d'autant plus méritoire vers la démocratie politique que lesté d'une société civile parfaitement antidémocratique, sans briser avec son passé ni renier ses cultures religieuses, en évitant de se jeter dans les bras de plus puissants que lui, et ses performances tant économiques que sociales gagneraient à n'importe quelle comparaison. La maolâtrie l'a traversé comme une vitre. Et la mode en l'espèce a fait loi : de 1965 à 1975, aucun ministre français n'a daigné mettre les pieds dans la plus nombreuse démocratie mondiale. Malheur à qui reste soi-même : hier l'Inde était trop pro-occidentale pour accéder au panthéon révolutionnaire. Aujourd'hui, elle ne l'est pas assez pour trôner dans le panthéon démocratique. Avec les Français, la modestie ne paie pas.

Une certaine idolâtrie internationaliste a longtemps servi de métaphore au narcissisme national. Mais les Narcisse de l'universel sont myopes, et distinguent mal le mien du tien. Si je défends ma différence je reconnais du même coup celle des autres ; mais je perds le droit de parler au nom de tous. À l'inverse, si je renie chez moi la singularité historique, je la renie chez les autres, et je tombe de mon haut dès que je la découvre, quand « la guerre est finie ». Mais en ce cas, il y a fort à parier que j'aurai encensé les combattants de loin sans prendre ma part du fardeau. Les combats réels sont d'ordinaire douteux, et ceux qui n'aiment pas la dialectique regardent en métaphysiciens les combats des autres. Le goût de l'absolu ne fait pas bon ménage avec le goût du large; le premier porte à la spéculation, le second à l'action. De là vient peut-être la supérieure envergure des aventuriers d'État britanniques sur nos clercs d'État. La lente, empirique et cahotante formation nationale du Royaume-Uni, qui ne s'est jamais posé en confident de la Providence ni investi d'un message universel comme celui de 1789, jetait ses hommes d'esprit sur les routes du monde, au moment où il enfermait les nôtres dans l'arrogance sédentaire des hégémonies philosophiques. Il y a dans toute affirmation nationale quelque chose d'à la fois romanesque et pragmatique qui rebute le tempérament intellectuel français, plus porté à la morale qu'à l'imagination, à l'intimisme qu'à l'exotisme, à la doctrine qu'au document. La différence qui sépare le Commonwealth de la zone franc, c'est celle qui sépare Chateaubriand de Byron, Bugeaud de Raffles, Zola de Conrad, Loti de Kipling, Anatole France de T. E. Lawrence, Camus d'Orwell, Mauriac de Graham Greene; et l'Intelligence Service du Deuxième Bureau (la valeur des services d'intelligence est un aveu). Si la République n'avait trouvé parmi certains officiers des trois armes la capacité d'analyse, l'originalité et l'audace qu'elle aurait en vain cherchées dans l'intelligentsia professionnelle, nous serions peut-être une grande Suisse. Mais ne nous abusons pas : nous sommes toujours un pays où l'exercice d'introspection est *a priori* plus coté que le récit de voyage, et la chronique d'une amourette qu'un roman de science-fiction; où l'on traduit moins d'auteurs étrangers que nos voisins, ce qui permet d'en recopier plus; où l'idéalisation du moi prend l'autre pour idéal, assez servilement; où l'on est à la fois chauvin sans connaître son pays et cosmopolite sans « penser mondial »; où la pétulance mesure l'ignorance; et l'universalité des prétentions le provincialisme du propos; où ignorer sa géographie n'empêche personne de faire la leçon aux « sous-développés »; où le nombrilisme s'entretient du tourisme organisé; et l'excentricité du défaut d'originalité. La culture française n'a pas le pied marin : elle dédaigne les navigateurs et les pionniers.

Qui veut épouser la France ne peut être l'inconditionnel de rien, pas même d'un pays qui sent encore à ce point le renfermé; qui des « arpents de neige » de Voltaire à « la Corrèze plutôt que le Zambèze » a régulièrement choisi le pré-carré contre l'outre-mer; qui sait administrer, non entreprendre; spéculer, non prospecter; thésauriser, non investir; inventer, non commercer. La France est un projet en chantier, dont quelques pierres d'angle ont été posées. Le tout est de ne pas se tromper d'ouvriers.

« En France, disait Thibaudet, un homme de gouvernement doit représenter une idée. » Quand il la perd en route, inutile d'aller quêter auprès des professionnels, il risque de troquer un projet répondant à l'intérêt national contre des coquecigrues à la mode mais sans portée pratique. Or les gouvernements quels qu'ils soient sont sûrs de perdre assez vite leur légitimité symbolique, en vertu du rendement décroissant des machines politiques. On a déjà suggéré que dans tout pouvoir d'État il y aurait une part de potentiel coercitif et une part de potentiel symbolique dont la somme est invariante mais le rapport variable : d'où il s'ensuit un jeu de balançoire entre l'autorité politique du pouvoir intellectuel et l'autorité intellectuelle du pouvoir politique. À État fort et sûr de lui, intelligentsia faible; à État faible et incertain, intelligentsia résonnante et sûre d'elle. Fin des grands desseins, début des grandes synthèses. Un État ou un gouvernement qui ne font plus rêver réveillent le fantasme idéologique. Cette alternance se vérifie sur les cycles longs d'une histoire séculaire comme sur le cycle court d'un septennat présidentiel. En France, un gouvernant n'a jamais avantage à devancer le retour du pendule, fût-ce après deux ans d'usure. Il ne faut pas flatter les intellectuels — pas plus que la jeunesse. Il suffit de respecter le travail de tous les travailleurs.

PRINCIPES

(Intermezzo 7)

« *Un État changera d'esprit à mesure qu'on rétrécira ou qu'on étendra ses limites* », *notait l'auteur de* L'Esprit des lois ; *et celui du* Contrat social, *pour qui, la souveraineté ne se déléguant pas, tous les citoyens devaient pouvoir se réunir en corps sur la grand-place pour légiférer de concert, réservait le régime républicain aux petits territoires (ne sourions pas : au début de ce siècle il n'existait encore dans toute l'Europe que trois républiques, la France, San Marin et la Suisse). La superficie ne mesure plus la puissance. Mais c'est un fait aujourd'hui que l'idéal socialiste trouve ses terres d'élection plutôt dans les petits pays — Scandinavie, Portugal, Autriche —, peut tenter sa chance dans les moyens — France, Allemagne, Espagne —, mais contourne obstinément les très grands. Comme si la vigueur des principes universels était inversement proportionnelle au poids des intérêts nationaux. Comme si le respect des valeurs morales augmentait en descendant l'échelle des forces physiques. Cette corrélation inconvenante ouvre une jolie boîte de Pandore.*

De même que la teneur de gauche d'un discours paraît aux mauvais esprits fonction de la distance qui sépare son auteur d'un portefeuille ministériel, on remarquera que le soutien des gouvernements en place à la cause des peuples croît avec les kilomètres qui les séparent du champ de bataille. Cette loi de la physique politique se moque de l'alternance et de la volonté des acteurs. La France, discrète sur les atteintes aux droits de l'homme en Afrique francophone, est plus diserte sur les dictatures d'Amérique latine : observation entendue au « State Department ». Lequel oublie qu'il y a vingt-cinq ans d'ici, les États-Unis chapitraient la France colonialiste à la face du tiers monde, soutenaient en sous-main les maquisards algériens et vendaient en 1957 des armes à la Tunisie, alors base arrière des « hors-la-loi soi-disant algériens », tout en vaquant lestement à leurs affaires dans l' « arrière-cour » des Caraïbes (renversement militaire d'Arbenz, soutien politique à Batista, Perez Jimenez, Trujillo, etc.). L'U.R.S.S. « appuie sans réserve la juste lutte du peuple noir sud-africain et salvadorien », mais n'a que des réserves à faire... sur celle, contiguë, des ouvriers de Gdansk et des villageois du Nuristan. Le gouvernement de Sa Majesté applaudit aux efforts d'Amnesty pour secourir les emprisonnés de l'Est, le traitement des prisonniers politiques en Irlande du Nord ne regarde que lui. La Chine, dont la sauvegarde des droits du peuple tibétain n'est pas le premier souci, préfère dénoncer l'hégémonisme des autres en Afrique et au Proche-Orient, plutôt que renoncer aux normes de suzeraineté de l'Empire du Milieu sur ses marches traditionnellement tributaires. L'Inde, admirable exemple de tolérance religieuse et politique, berceau de la non-violence, ne s'embarrasse pas de scrupules excessifs au Pendjab, ou bien au Nagaland ou en Assam, provinces tampons de l'Union indienne dont certaines, au nord-est, sont interdites aux étrangers. Le Mexique nationaliste, loin de Dieu mais proche des États-Unis, réprouve les turpitudes du Salvador, sans frontières communes avec lui, mais fait silence sur les quinze mille assassinés annuels du Guatemala, loin de Dieu mais proche du Mexique. Arrêtons la liste. La géopolitique est une discipline en vogue, la géomorale *gagnerait à être mieux connue. Les graduations philanthropiques n'annulent pas de substantielles différences de cruauté, de régimes ou de mœurs. Elles indiquent seulement une corrélation entre l'éloignement des unités souveraines et le droit des gens, réinsèrent dans l'espace l'observance des normes. Les faits révèlent une constante dans la conduite des États et sans doute dans la conscience de leurs ressortissants :* politique de puissance à la périphérie, politique de principe au-delà. *Ce n'est pas une alternative, mais un dégradé. À quelle distance change-t-on la couleur ? « Un village à la frontière, disait Frédéric II, a plus de valeur qu'une principauté à soixante lieues de là. » Quand les conditions ne permettent pas de modifier la frontière, ni de réduire la principauté en protectorat, elles n'empêchent pas la zone d'influence. Il y a intérêt pour n'importe quelle puissance à prévenir la formation d'un gouvernement hostile dans un État limitrophe pouvant servir de voie de passage à son ennemi principal. Cet impératif de sécurité limite la souveraineté internationale des plus faibles au bénéfice de leurs voisins plus forts. Quand cette limitation prend une forme violente, par l'occupation militaire ou l'intervention directe, on sort de la norme, et il y a lieu de faire un esclandre. Quand elle est pacifique et indirecte, on reste dans la norme et il y a lieu de faire attention. Les États-Unis* canadisent, *la Chine* birmanise, *l'Inde* népalise, *Israël et la Syrie* libanisent *et l'U.R.S.S.* finlandise. *Imputer ce phénomène d'hégémonie à un isme particulier (impérial ou commun) relève de l'idéologie. Le caractériser* urbi et orbi *comme* finlandisation, *injurieuse inexactitude, révèle que ceux qui se laissent « panamiser » pour ne pas se laisser « finlandiser » n'en sont plus à une injustice près, fût-elle cocasse*[1].

Les appels au respect du droit des gens se perdent-ils dans l'intérêt national comme les fleuves dans la mer? Les isobares de la pression morale paraissent bien croître au fur et à mesure qu'on s'éloigne des zones d'intérêt vital. La liberté est indivisible et le droit international ne se partage pas : dans le monde moral, c'est sûr; sur l'atlas

1. La Finlande n'est pas un État anciennement indépendant tombé sous la tutelle soviétique, mais un ancien grand-duché intégré à l'Empire russe qui lui a arraché son indépendance en 1917. Ce petit pays l'a par surcroît défendue avec son sang en 1939, contre une Union soviétique quarante-cinq fois plus peuplée, qui a utilisé contre cette république de 4 millions d'habitants, mobilisant 200 000 hommes, 1 200 000 hommes, 1 500 chars et 3 000 avions. Entre octobre 1939 et mars 1940, les Russes eurent 48 000 tués et 158 000 blessés, les Finlandais 25 000 tués et 45 000 blessés. On souhaiterait à la France d'avoir autant de courage et de fierté nationale que le peuple finlandais. Le terme « finlandisation » a été inventé par Richard Lœwenthal, dans la revue *Encounter,* en décembre 1962. Repris aussitôt par l'extrême droite allemande d'alors, il a gagné les U.S.A. via la Grande-Bretagne, pour rejaillir, comme d'habitude, sur l'establishment français (voir Fred Singleton, « The Myth of Finlandisation », *International affairs,* printemps 1981).

stratégique, ce l'est moins. Et pitié pour la raison d'État, qui a bon dos. En fait, les opinions (là où il y en a) réagissent dans leur masse comme les gouvernements. On ne voit pas en France beaucoup de manifestants, signatures ou pétitions, devant les ambassades du Maroc, du Zaïre ou d'Arabie Saoudite (où on lapide les femmes adultères et coupe le poignet des voleurs). L'homme de la rue de New York est aussi convaincu du bon droit de son gouvernement à la Grenade ou à Managua que celui de Moscou du sien à Kaboul. Par chance, ce qui est vital pour moi est marginal pour lui : nos périmètres de sécurité ne sont pas les leurs. Les angles morts de la vision d'un camp coïncident avec ses zones sensibles, économiques ou stratégiques, et inversement ; en sorte que la flagrante mauvaise foi du camp adverse ne crève que les yeux de l'autre et vice versa. Se dessine ainsi une rassurante harmonie sous la cacophonie des accusations croisées. On se conforte soi-même en se dénonçant mutuellement. Le concert mondial des indignations impuissantes obéit en ce siècle aux mêmes règles de symétrie subtile que jadis le concert des puissances européennes : c'est un équilibre de déséquilibres. Chacun est malheureux et tout le monde est content. Tout le monde est malheureux mais chacun est content.

Des inconscients intransigeants (deux qualités qui se recoupent) reprochèrent en leur temps au président Carter ses maladresses et ses incohérences. Son administration avait eu la bonne idée de forger l'arme des « droits de l'homme » pour la déployer dans l'arène stratégique, laissant aux idéologues du forum, dans les pensoirs européens, le soin d'en faire une philosophie. C'est ce reproche qui paraît maladroit et l'administration Carter parfaitement cohérente. Dès lors qu'elle entend s'insérer dans un système international pour peser comme une force contre d'autres forces, la loi du cœur doit se plier à la loi de la gravité. La pesanteur des intérêts américains interdisait de morigéner des enjeux aussi stratégiques que l'Iran du chah ou la Corée du Sud, ni de trop insister auprès de celles des dictatures latino-américaines affligées sur leur sol d'une menace révolutionnaire crédible. Face à l'Union soviétique et au Paraguay, en revanche, la physique des intérêts (sans oublier le poids et l'influence de la communauté juive dans l'électorat américain) relayait utilement l'impératif catégorique. Il n'est pas rare de voir dénoncer une contradiction entre telle pratique et telle théorie par ceux qui se trompent de théorie, et déplorent une incohérence qui n'existe que dans leur tête. Selon le mot immortel du colonel guatémaltèque au sénateur démocrate de passage qui le pressait d'en finir avec la subversion en respectant les droits de l'homme : « You can't do it both ways. » *Gouverner c'est choisir, et les priorités s'imposent d'elles-mêmes. Les pasteurs baptistes échappent d'autant moins à la loi de l'attraction universelle qu'ils en faisaient fi au départ. Qu'attendre* a fortiori *des sans-Dieu qui n'ont d'autre idéal que la puissance, d'autre loi que le fait accompli ?*

« Écœurant cynisme ! » On comprend l'aspiration générale au « retour de la transcendance » dans les relations internationales. Brisant avec l'ordre noir de la puissance, j'affirmerai la souveraineté inconditionnelle des individus contre les Etats, que je récuserai publiquement pour ne plus le cautionner, que je dénoncerai implacablement pour m'identifier comme son lumineux contraire, son procureur et son remords. Je dirai et ferai dire : « Non je ne serai plus jamais le conseiller du prince. » Devant la déplaisante analyse des corrélations, je dresserai le discours glorieux des entités, qui tient prudemment les vertus éloignées des richesses, les degrés de liberté des unités de puissance (watts ou chevaux-vapeur), les formes de gouvernement du P.N.B. per capita, l'esprit de la Loi, du corps des peuples. À la religion inhumaine de l'État, j'opposerai la Cour suprême de la personne humaine, moi-même. À l'internationale des monstres froids, l'internationale des résistants aux mains nues. Ce fla-fla en impose aux bonnes gens. « Homme de chair contre raison d'État » — quel meilleur dossier pour les avocats de Dieu qui se bousculent au prétoire ?

Le discours des droits de l'homme est le nouvel opium des intellectuels, suite et non fin. L'individualisme n'est pas un moins bon stupéfiant que le communisme. Jadis, on déréalisait l'individu pour abolir la séparation de l'homme d'avec la communauté : l'égoïsme était repoussoir. À présent, on déréalise le collectif pour abolir la suprématie de la communauté sur l'individu : le collectivisme est le repoussoir. Juste retour de bâton. Au nom du droit des peuples, tant de tyrannies personnelles et de despotisme d'État ont foulé aux pieds la dignité et les droits élémentaires de la personne humaine que ce cri de détresse devait se faire entendre : la créature humiliée demande le respect. Au nom de quoi le lui refuser ? Notre dernier Évangile a ses docteurs, ses saints et martyrs, ses prédicateurs et sa vulgate ; tiers monde et pays de l'Est sont terres de mission. Nos nouveaux missionnaires — les médecins du monde sans frontières, non moins admirables que les anciens — reçoivent des oboles comme naguère les lazaristes et les Pères Blancs ; ceux qui croient sans pratiquer accumulent, par mandat-chèque, les mérites. Ces volontaires de l'humanisme sont la bonne et mauvaise conscience d'un monde sans conscience, l'âme d'un monde sans âme. Ils authentifient à eux seuls la doctrine de salut aux yeux du peuple laïc. Le Père de Foucauld ne prouve pas l'existence de Dieu ; mais qu'il y a des hommes qui y croient et qui font du bien à d'autres hommes. Enrôler le Père de Foucauld pour démontrer la vérité du christianisme est de bonne guerre, non de bonne méthode.

Comme toute religion, les droits de l'homme ont deux faces : élévation et assoupissement moral ; le plus touchant des sentiments et la plus cynique des hypocrisies ; le soupir de la créature enchaînée et le rivetage organisé des chaînes. Comme toute critique de la religion, la critique des droits de l'homme se verra donc imputer, pour sa honte, la noblesse des sacrifices et le dévouement des fidèles, sans compter l'immensité des misères qu'ils soulagent. Elle est sûre, comme l'autre, de n'avoir pas bonne presse mais fera contre mauvaise figure bon cœur. Faut-il faire remarquer aux souffrants que l'opium ne guérit pas ? On ne se permettrait pas de critiquer les églises si l'on ne construisait des hôpitaux à côté. Le discours clérical des droits de l'homme est à la sauvegarde effective de ces droits ce qu'est l'essai philosophique parisien au rapport annuel d'Amnesty International, le meeting de soutien à la bataille de rues, ou la Lune à la Terre. Aussi bien le rapport d'Amnesty (cent dix-sept pays passés au crible pour 1982, sans sympathie ni antipathie) n'a-t-il jamais été un succès de librairie en Europe de l'Ouest, qui inscrit les droits de l'homme à son ciel, ni une référence ou une source d'information dans l'intelligentsia dont c'est le credo, qui fuit à la fois le chiffre précis et le panorama mondial.

Il est plus facile de faire de la bonne littérature avec de bons sentiments qu'une bonne politique. Ce qui fait pour un individu la meilleure stratégie médiatique, garantie d'audience maximale et carte de visite tous azimuts (« Les droits de l'homme, vous êtes contre ? ») ne peut fonder ni une théorie ni une pratique des relations internationales. Les « droits de l'homme » peuvent s'inscrire dans une démarche nationale, comme un moment, une plate-forme de mobilisation, un moyen de lutte contre l'arbitraire — pensons à l'Argentine ou, mutatis mutandis, à la Charte 77 des Tchécoslovaques ; ou dans une stratégie d'affrontement international de camp à camp, comme l'a fait Brzezinski en son temps, en tant qu'instrument de contre-offensive et de délégitimation idéologique de l'adversaire, en même temps que de réarmement moral chez soi. Ils peuvent et doivent servir dans une négociation diplomatique avec l'Est, comme dans la troisième corbeille d'Helsinki, en tant qu'exigence morale et contrepartie politique permettant un espoir de protection internationale de sociétés bâillonnées contre leur État, qui n'est pas le leur propre. Ils ne font pas en eux-mêmes une politique.

Et pourtant l'intouchable touche-à-tout entend faire la leçon aux politiques, et le redresseur des torts le prend de haut avec l'État comme tel, du haut d'une légitimité itinérante exemptée de contrôle et de titres. Or ce discours qui revendique l'autonomie de ses raisons, et en tire fierté, se révèle au premier examen entièrement déterminé par l'ordre même des facteurs qu'il récuse. La démystification des délires politiques n'est pas le moins mystifié de ces délires. Le discours contre les idéologies est toujours un joli concentré des idéologies ambiantes. Ici, l'attaque de l'État en général est permise et sollicitée par un groupe d'États particulier, la dénonciation de la loi des rapports de forces est le produit et le reproducteur d'un rapport de forces avantageux, ne serait-ce que des capacités mondiales de communication (qui détient les caméras, les micros, et les magazines de circulation mondiale, qui décide de braquer l'objectif ici plutôt que là ?). La revendication de moralité est immorale car stratégique ; la proclamation d'universalité est locale et conjoncturelle car la tardive invention de l'homme entendu comme atome social, élément isolé de son groupe, monade de base des systèmes collectifs, n'a que trois siècles et ne reflète qu'une histoire culturelle propre à un canton dominant de la planète, l'Europe et ses prolongements. Le discours de la tolérance est un racisme de l'abondance, cet altruisme est l'égoïsme des puissants fait morale universelle. À travers les apôtres de la lutte mondiale contre la raison d'État, c'est la raison d'État de l'Occident qui parle.

Renégociant en 1979 les accords de Lomé avec les pays A.C.P. (Afrique, Caraïbes, Pacifique), la Commission européenne voulut introduire dans la nouvelle Convention, sur proposition britannique et néerlandaise, une « clause opératoire » stipulant le respect des droits de l'homme. C'était au temps d'Idi Amin et de l'empereur Bokassa. La réaction des A.C.P. fut unanime, et défendue par les plus « impeccables », tel le Sénégal. Et si nous demandions un droit de regard, suggéra-t-il, sur les droits et les conditions de vie des travailleurs africains en France ? En ajoutant : Vous nous dites que nous sommes entre égaux. Au nom de quoi les Neuf s'érigeraient-ils en juges du respect des droits de l'homme ? Ne sommes-nous pas assez grands pour y veiller nous-mêmes ? Y a-t-il une référence internationale acceptée en la matière ? Une supériorité intrinsèque des pays européens qui ont aussi fait cadeau au monde d'Hitler, Mussolini, Drancy, et plus récemment de quelques millions de torturés, regroupés, abattus, exploités — dont beaucoup d'Africains ? La clause discrètement fut remplacée par une simple mention dans le préambule, puis disparut d'elle-même.

« Nous autres en Occident, aurait pu répondre au négociateur sénégalais un commissaire européen qui n'aurait pas été Claude Cheysson, nous n'avons pas aujourd'hui une mais deux supériorités morales sur vous : la paix et l'abondance, conditions sine qua non *de l'exercice des libertés publiques. Les malheurs de la guerre et l'administration de la rareté, qui sont votre lot, ne font pas bon ménage avec le droit des gens. Nous n'avons pas à nous battre au couteau en famille pour le partage d'un gâteau assez copieux pour assurer aux membres de toutes nos catégories socioprofessionnelles une voiture, un réfrigérateur et trois mille calories par jour. Nous n'avons pas à instaurer la censure, à ouvrir la correspondance ni à centraliser le bourrage de crâne parce que le consensus social à l'intérieur, fruit des*

" trente glorieuses " et de trois révolutions industrielles, et la solidarité européenne au-dehors, fruit de vingt guerres passées, nous garantissent contre l'invasion du voisin, la guerre civile ou le séparatisme. La France en guerre, que ce soit celle des maquisards et miliciens ou de la bataille d'Alger vingt-cinq ans après, n'est pas exactement la France des droits de l'homme, vous avez raison de le faire remarquer. Faites donc comme nous : devenez riches et paisibles. En attendant, reconnaissez notre magistrature. »

Aux vertus que l'Occident exige des États démunis, combien d'États occidentaux auraient-ils pu s'édifier? Les droits de l'homme, dit le dicton, c'est comme le gazon anglais, il faut l'avoir planté sept siècles plus tôt et l'arroser tous les matins. L'hypocrisie s'appelle ici amnésie, et l'iniquité, l'inégalité des chronologies. La journée de huit heures est devenue norme mondiale et le travail des enfants quatorze heures par jour, bien que largement pratiqué dans les N.P.I. et ailleurs, répréhensible. Et si le Sud de la planète, repu et exigeant, avait imposé ces normes au Nord en 1750? Parce qu'il y a partout des codes, des tribunaux et des prisons, on abolit la profondeur de l'histoire et les souffrances de l'accumulation primitive, qui commence dans l'Ouest européen au premier Moyen Âge, dans l'espace éternitaire du droit; de même qu'on abolit l'asymétrie des conditions économiques dans la plate symétrie des institutions politiques, parce qu'il y a partout des États, des ministères et de la police. Toutes les nations ne sont pas nées le même siècle et le fuseau horaire est un joli mensonge. Des rives de la Seine à celles du Nil ou du Gange il n'y a pas deux ou cinq heures de différence, mais deux ou cinq siècles au moins. Le fuseau millénaire des formations historiques permet à l'Occident d'avoir ses hécatombes et ses bûchers derrière lui, pas très loin du reste (Auschwitz n'a pas quarante ans...), et dans les jacqueries, les luttes tribales, les Saint-Barthélemy d'Afrique et d'Asie, il n'ose pas reconnaître une image de son propre XVe *ou* XVIe *siècle; ni, dans les révolutions nationales contemporaines, de son propre* XVIIIe *ou* XIXe. *Il préfère se voiler la face. Prude comme une prostituée devenue dame d'œuvres, légaliste comme un général « latino » après son putsch, sourcilleux comme le joueur qui rafle les mises, arrête la partie et compte les points. Expression de l'unité idéale de l'es-*

sence humaine, l'idéologie des droits de l'homme traduit la scission réelle de l'humanité entre maîtres et serviteurs, héritiers et déshérités, tôt levés et tard venus sur la scène moderne. Et pour cause : comme la monnaie est un rapport économique (donc social), et non une chose, la liberté est un rapport social (donc économique), et non une entité. Dissociez le produit de ses conditions, isolez le terme du rapport, et vous aurez le fétiche. *Voilà le billet de cent francs qui prend de et par lui-même valeur d'échange, l'atome libre de sa parole et de ses mouvements, valeur d'exemple, dans l'éther des principes. Le fétichisme est une commodité pour l'esprit mais c'est le surtravail prélevé sur d'autres durant des siècles par un État ou un groupe d'États, une classe ou une alliance de classes qui sert de socle à l'émancipation politique d'une population. Le surplus est libérateur. Encore faut-il le confisquer : il faut des esclaves aux hommes libres. Il n'est pas étonnant que l'Internationale des fétichistes regroupe les quinze pays les plus riches du monde. Les « droits de l'homme » sont l'Évangile officiel de l'O.C.D.E. Loin de déranger l'ordre établi, il le réassure symboliquement en déplaçant l'accent des rêves du « changer la vie » au « protégez-nous du changement ».*

Ici, la pierre de touche entre gauche et droite est un mot manquant : citoyen. *Son omission symptomatique a fait basculer l'entièreté du discours « droits de l'homme » dans le vacuum libéral. Qu'il revienne, et tout se recompose. Retournons à la source, 1791 et 1793, nos « Déclarations des droits de l'homme et du citoyen ». Qui dit égalité dit que la loi est la même pour tous : il dit donc pouvoir législatif et institution judiciaire. Qui dit loi dit volonté générale, suffrage régulier, partis. Qui dit sûreté et propriété dit police et gendarmerie. Qui dit liberté, laquelle « consiste à pouvoir faire tout ce qui ne nuit pas à autrui », dit donc armée nationale, pour dissuader autrui de nous chercher noise en notre territoire. Ces droits n'échoient à l'homme que pour autant qu'il est un citoyen : ils sont même si peu naturels qu'ils doivent faire l'objet d'une Déclaration, acte de droit public. Le petit jeu à somme nulle entre le collectif et l'individu, selon lequel tout ce qui serait enlevé à l'État serait autant de donné à la personne, tout ce qui serait prélevé sur le droit des peuples serait ajouté aux droits des individus, est un jeu d'enfer. Pour avoir plus de droits, il faut toujours plus de citoyens de par le monde et de civisme dans la Cité, donc plus et non moins d'États. L'antiétatisme marque le début de la barbarie. Les « droits de l'homme », pathétique trompe-l'œil, ne s'opposent pas aux droits des États comme le jour à la nuit car ils supposent eux-mêmes l'État de droit. Avoir un toit, dira-t-on, ce n'est pas avoir la santé : faut-il fermer le ministère du Logement parce que le ministère de la Santé donne du souci ? L'État national n'est pas la liberté politique, mais sans celui-là, pas de celle-ci. La seule façon de servir la cause des peuples comme la dignité de la personne humaine est d'encourager la constitution d'États de droit ; la meilleure façon de les ruiner, d'encourager leur dislocation. De même qu'il n'y a pas, historiquement, libération de l'individu sans affirmation de l'État, l'alternative n'est pas, moralement, entre « cautionner l'État » et « s'identifier contre lui », le point d'orgue et le point d'honneur. Car il existe un troisième terme possible, à condition de changer de terrain : refaire l'État. Désormais, les hommes d'action ne seront plus partie prenante à l'antique dialogue des ombres entre « hommes de pouvoir » et « hommes de culture ».*

Dernier acte, coup de théâtre : Jean de la Lune revient en capitaine Fracasse. Est-ce le même : il dénonçait hier la violence côté cour, il dénonce à présent la faiblesse en rentrant côté jardin. Il déclamait au nom du droit contre la politique des États, il réclame de l'État une politique de force. Les flûtistes battent le tambour : comédie française qui distrait la gazette, cosmodrame des idées folles. Le retournement comme dénouement résume l'histoire du moraliste qui voulait rendre l'histoire pieuse et finit en baroudeur au Figaro *ou à* Commentary. *L'intellectuel tournait le dos à la guerre — soulageons les victimes, mes frères —, le voici légionnaire et sanglé — allez-y les petits gars. Exit Carter, entrée de Reagan ? Mais le cow-boy est la vérité du pasteur. Qui voulait faire l'ange fera la bête. Conclusion : n'en demandez pas trop.*

À l'exception miraculeuse du bouddhisme, qui n'est pas proprement une religion, les religions universelles portent la guerre comme les nuages la pluie. Et les idéologies du salut laïc, substituts des premières, lancent leurs troupes, Armée rouge ou force de déploiement rapide, sus aux infidèles. Bellicosité et religiosité, agression et messianisme grandissent et diminuent ensemble. Quand le carré se forme au pied des autels, les secouristes ceignent l'épée, les moines-soldats bousculent les franciscains : place aux chasseurs de sorcières. Immunisé contre les grandes causes, peu porté à l'hystérie, l'orphelin des missions civilisatrices de l'Occident, qu'on taxera de jacobin étriqué, ne sera pas de ce genre d'aventures. On pourra donc compter sur lui, demain, au retour, pour remonter le moral des défroqués défaits.

IV. LA REALPOLITIK ENTRE HIER ET DEMAIN

S'accordant à ne tenir pour réels que les États, seuls facteurs, à ses yeux, de la paix et de la guerre, la *Realpolitik* de papa fait eau de toutes parts. Croyant parler le langage de la puissance, elle étale depuis trente ans une impuissance certaine à maîtriser des événements rebelles qu'elle exorcise sous le nom de « terrorisme international », « subversion étrangère », « fanatisme rétrograde », etc., prêtant aux autres son aveuglement propre. À vouloir noyer dans les « eaux glacées du calcul égoïste » les frissons sacrificiels de la passion religieuse, chiite ou judaïque, sunnite ou catholique, de l'enthousiasme national d'un peuple, vietnamien ou polonais, cubain ou israélien, ou des communautés imaginaires et motrices, que ce soit l'Ouma de Kadhafi, l'Europe de Thomas Mann, ou l'Amérique de Bolivar, on se noie soi-même. Les moins gogos ne sont pas les plus malins et on ne défend pas aujourd'hui ses intérêts nationaux en singeant Bismarck, pas plus que Don Quichotte ne fait le bonheur des opprimés. La critique des superstitions de la gauche, cette ancienne invalide de paix, regardait en arrière car l'illusion lyrique, à l'ouest, appartient au passé. La critique des superstitions de la droite, ou d'une gauche qui se tromperait de modernité, s'exerce à fleur d'establishment car l'illusion « réaliste » est le dernier cri et la religion du taux ou de l'indice, sa variante économiste, tient les païens sous le joug. Et ce n'est pas parce que le « toujours plus » dissipe ici la volonté d'histoire qu'elle ne remue plus ailleurs les imaginations, donc les peuples, donc les États. Une « *Realpolitik* de gauche » (expression sans doute trop française) n'est pas une cote mal taillée où la part du rêve viendrait excuser le poids des réalités. « De gauche » désigne ici la part du futur ou du réel de demain à l'échelle du monde, la gauche ancienne et ses mythes, dussent-ils disparaître de la carte.

La vraie *Realpolitik* se moque de la *Realpolitik*.

1. Au-delà des États.

Le qualitatif *international* remonte à la fin du XVIIIe siècle, Bentham passant pour être son inventeur. Les appareils diplomatiques et stratégiques en place voudraient depuis longtemps réduire *les relations internationales* à des *relations interétatiques.* Sans doute sait-on à première vue ce qu'est un État : la réunion d'une population, d'un territoire et d'un gouvernement unique. Comment définir, circonscrire, incarner une nation, fantôme aussi peu juridique qu'une « culture » ? Une nation n'est pas une source de droit : elle ne conclut pas de traité, ne signe pas de contrat pétrolier, ne déclare pas la guerre. Comment un État pourrait-il entrer physiquement en rapport avec des zombies comme la nation géorgienne, entité infra-étatique, ou la nation arabe, entité supra-étatique ? Le semblable traite avec son semblable, à son niveau, et décide tacitement que le reste n'existe pas. De fait : l'extension universelle du modèle étatique et le quadrillage des continents découpent l'intégralité du globe en États, de sorte que l'étatisme est un idéalisme heureux : le monde est bien sa représentation.

Oublier les peuples en chemin n'est pas une garantie de réalisme : à preuve la faillite périodique de ces « plans de paix » et « projets de règlement » au Proche-Orient, cuisinés à distance. Pas plus que la question politique ne se réduit à celle de l'État, les relations internationales ne commencent et ne finissent avec les relations qu'entretiennent entre eux les gouvernements. L'État n'est ni l'origine ni la fin des rapports de puissance : c'est un moyen, ni plus ni moins, de la souveraineté nationale. Il y a là pour un socialiste une question de principe, pour un citoyen français une question d'histoire. Notre Déclaration des droits de l'homme stipule, en son lieu central, que la souveraineté réside dans la nation et que la loi est l'expression de la volonté générale. Principe des nationalités et souveraineté populaire se confortent l'un l'autre. Sans quoi la porte s'ouvre aux expansions incontrôlées et aux annexions à prétexte « ethnique » ou idéologique des petits par les grands frères. De là découle le principe du droit des peuples à disposer d'eux-mêmes, donc le non-droit des États à disposer des peuples, surtout là et quand l'État s'autorise du Peuple avec majuscule et se déclare son représentant ontologique, par le biais d'un Parti-État. Pour un républicain, la nation passe avant l'État, comme, pour un socialiste, la classe ou le peuple, avant le Parti. La nation-peuple est l'ultime référence de l'État-nation, non l'inverse. Le sens de l'État, indispensable, ne remplace pas le sens national. Les deux choses en France, heureuse tradition, vont souvent ensemble. Elles ne se confondent pas. Heureusement pour l'État, il est mille moyens de servir la nation sans le servir directement lui.

L'intégrité, disait aux chefs d'État africains François Mitterrand à Vittel, c'est « l'exercice de la souveraineté des autorités légitimes. Toujours, lorsqu'un État se trouve atteint dans son intégrité, c'est au sein du peuple de cet État que se trouve la réponse. Par l'intermédiaire de ceux qui le représentent et s'il se révèle que cela n'est pas suffisant, par la décision de leur peuple »[1]. La souveraineté tend de soi à monter, communiste et conservateur accompagnent le mouvement ; c'est bien pourquoi il faut la tirer sans cesse vers le sol en criant que *le bas a le pas sur le haut.* Ici, au sud, et à l'est. L'intangibilité des frontières, qui se

1. Discours d'ouverture de la Conférence franco-africaine de Vittel, septembre 1983.

décrète « en haut », ne signifie pas l'inamovibilité des régimes, qui doit se décider « en bas ». Là gît l'ambiguïté de l'Acte d'Helsinki. « Sortir de Yalta », qui est une image, veut dire sortir d'un monde où la logique des blocs issue de l'avance des armées alliées en 1945 interdit aujourd'hui à des peuples entiers de vivre en tant que nations dans des États librement choisis ; où des pays sont objets et non sujets de leur histoire ; où un État décide pour les autres de leur façon de vivre ou de penser.

L'ironie de l'histoire et le retard des idées dominantes veulent que nous appréhendions la période la plus « révolutionnaire » de l'histoire du monde, la nôtre, dans les catégories mentales et pratiques héritées du système qu'elle est précisément en train de disloquer. Cet ordre est du XIXe. Or nous sommes bien plus proches du XVIe siècle que du XIXe, le « Renacimiento » planétaire fait craquer notre statique mentale et institutionnelle. Les États sont débordés, au-dehors et au-dedans. Les acteurs non étatiques de l'économie mondiale se jouent des frontières et déjouent les contrôles d'antan. Dans la « grande politique », les internationales confessionnelles, qui supplantent les idéologiques, subvertissent elles aussi le jeu classique. Pensons à l'Eglise catholique, principale force d'opposition en Pologne et aux Philippines (où elle regroupe les quatre cinquièmes de la population) ; aux Frères musulmans en Égypte, en Tunisie, en Syrie et ailleurs. Le flou des mouvances, le chatoiement des obédiences traversent les unités territoriales. La violence se réduit de moins en moins aux conflits déclarés entre États ; elle diffuse dans le quotidien, elle se dispute les esprits autant que les espaces. Et la non-violence de masse déstabilise en temps de paix l'ordre simple des mécanismes d'État (aussi bien nous rassurons-nous à bon compte : « le pacifisme allemand manipulé par Moscou »...). Entre et contre les armées nationales, se glissent les bandes, mouvements, fractions, commandos sans uniforme ni drapeau. La puissance échappe aux puissants. Le système juridique est dépassé parce que le « système » international n'en est plus un (mais trois ou quatre enchevêtrés). L'inadaptation du droit de la guerre et des conventions internationales aux formes nouvelles de combat (statut des guérillas, protection des blessés, prisonniers et civils, etc.) reflète celle de nos cadres de pensée et d'action. « Le XXIe sera spirituel ou ne sera pas », disait un maître aux yeux perçants. Ce qui veut dire : cruel formidablement. Nos croyants ont des moyens, l'arquebuse et l'épée n'ont égayé qu'un lever de rideau. Les disputes théologiques étaient au XVIe siècle affaire d'État — *cujus regio, ejus religio* — parce que l'affrontement des hérésies, comme dans la chrétienté des premiers siècles, masquait des prises de conscience nationales, et qu'il est dans la nature des nations d'accéder à la souveraineté. La même loi régit, à plus grande échelle, nos turbulences et dissidences.

Pour la première fois depuis quatre siècles, une idée donne aujourd'hui naissance à un État : Israël, via Herzl. Une idée encore a modifié la nature d'un autre État déjà ancien : l'Empire russe, via Lénine. Et une idée ancienne renouvelée modifie le physique des forces d'une région : le Moyen-Orient, via Hassan el-Banna. À une époque où l'État confessionnel renaît partout de ses cendres, en droit et en fait, où le choc des credo et des schismes éventre les États laïcs ou multiconfessionnels, où la folie de Dieu tend à supplanter la raison d'État, nos politiciens, par un autre tour de folie, accèdent aux postes de décision sans s'être promenés dans l'histoire des religions et des cultures. L'administrateur civil, qui a percé les mystères du bordereau d'envoi, dédaigne à tort ceux de la double nature du Christ comme si le concile de Chalcédoine ne projetait pas son ombre sur la « zone de crise » qu'il observe à la jumelle. Une pensée stratégique qui n'intègre pas l'histoire longue des civilisations au premier rang des facteurs d'analyse se rêvera moderne mais ne sera qu'inactuelle. Au vrai, le réalisme n'est pas un problème de culture ou de connaissances, mais de sympathies, voire d'empathie. L'inculture historique n'est pas rédhibitoire, mais la fermeture à l'autre. Redoutable paradoxe du diplomate : comment à la fois se tenir à distance des névroses ambiantes et des passions du jour sans jamais oublier que « les passions mènent le monde », et que les temps forts de l'histoire sont ceux où des hommes meurent pour une idée ? Dès que l'incrédulité professionnelle du spécialiste le conduit à négliger chez les autres la force motrice des croyances (c'est-à-dire des appartenances collectives dont elles sont l'empreinte individuelle), le stratège déchoit en conférencier, et l'agnosticisme des forts, en ce scepticisme mondain, ce relativisme fatigué et frivole qui tiennent lieu, dans la Carrière, de distinction. « Pas de zèle ! » enjoignait Talleyrand. Ce désabusement, auquel tant de diplomates doivent de subir en aveugles l'histoire faite par des aveugles « qui y croient », est l'illusionnisme propre du métier, cette fausse profondeur, sa vanité la plus coûteuse. Metternich, qui se piquait de « rationalisme », abhorrait les romantiques. La Sainte-Alliance est morte de cette répugnance. Plus réaliste, en 1824, était Byron.

La diplomatie des lacs flotte dans les mémoires : c'est un legs intellectuel. La *Realpolitik* des illusions est inscrite dans l'État : c'est un legs institutionnel. Héritage autrement plus lourd que l'autre, indivis celui-là.

C'est d'abord un appareil diplomatique qui donne en général la priorité à la *représentation* sur l'*intervention* politique. La machine tourne sur elle-même, s'use à se reproduire. Cérémonies, réceptions, démarches protocolaires, formalisme des gestes : les servitudes de la fonction deviennent sa finalité, le petit four, l'horizon du prestige. Même en période de vaches maigres, les frais d'entretien des représentations, réduits, absorbent encore le gros des crédits. (Chaque poste se doit de fêter le 14 Juillet. Reste la mécanique des vanités, qui permet plus facilement de trouver de l'argent pour changer les rideaux de la résidence ou repeindre la piscine à la veille d'une visite officielle que pour offrir un billet d'avion à une personnalité non gouvernementale d'un pays de résidence, un secours à la famille d'un détenu politique, ou une vidéocassette à un journaliste.)

Précisons. Le lustre des cérémonials n'est pas seulement une politesse, mais un élément de puissance. C'est la confusion des genres qui ne semble pas opératoire. Les monarchies à cet égard permettent une heureuse division du travail ; la Couronne assure la représentation permanente de par le monde, sans empiéter sur le temps et les soucis du personnel gouvernemental. Passé le temps des héros, la légende supplée à l'histoire, ducs et princes véhiculent un charisme en perdition. Révérence parler, il manque à la République une famille royale. Si, n'en déplaise à Alphonse Allais, cette requête était déboutée, une vice-présidence ne ferait pas de tort à la présence française dans le monde. Mais, plus que le dédoublement de l'Exécutif américain qui permet à un prestigieux second de porter les messages et multiplier les tournées des popotes alliées, c'est la virtuosité britannique dans l'art de séduire qu'on a envie d'envier. La France aime les idées et la littérature d'idées parce que la République est une idée, l'Angleterre aime les personnes et sait les faire aimer, comme elle préfère aux essais les romans et les biographies, parce qu'elle est elle-même une personne, monarchie oblige. Le cocon de tendresse inlassablement filé autour du globe et des quarante-huit pays membres du Commonwealth, dont vingt-cinq républiques, par une famille royale itinérante (de Lady Diana au prince Édouard, en passant par les cousines au chapeau vert), embobeline l'homme de la rue, frappe les esprits à l'estampille d'une maison mère. *Nous deux* est un meilleur outil d'appartenance que le *Journal officiel.* L'intimité publicitaire et l'aura princière frayent la voie des contrats et des votes aux Nations Unies (Malouines comprises). L'impression de familiarité entretenue grâce à des péripéties domestiques mondialisées dans une langue commune par la radio-télévision, prolonge en connivence sentimentale l'allégeance impériale. Le prestige abstrait des républiques et la froideur de leurs pompes (hormis de brefs moments de grâce comme la visite au Panthéon) ne sont pas de nature à conforter ces sous-ensembles flous qu'on appelle des mouvances, qui, comme le Commonwealth, maximisent l'influence d'un pays. Elles ont peu de puissance évocatrice auprès des pays de droit coutumier ancien, notamment d'Océanie, d'Asie du Sud ou des Caraïbes, qui se sentent plus d'affinité avec les hiérarchies personnelles. C'est l'insipide désincarnation républicaine qui oblige à multiplier les frais et confondre les rôles. Le parasitage protocolaire est l'autre face d'une carence des ressources de prestige, concentrées sur la seule personne du président de la République, qui n'est pas Vishnu. Ministres et présidents d'Assemblée sont, dans la représentation, des béquilles plus que des avatars, et si l'hôtel de Lassay peut meubler l'emploi du temps d'un haut visiteur, la dorure ne remplace pas l'incarnat [1].

— Une représentation à l'étranger qui ignore ou dédaigne les sociétés civiles ; où le personnel des ambassades limite ses contacts aux autorités en place, se risque à côtoyer les notabilités, mais fuit comme la peste les forces d'opposition religieuses, syndicales, universitaires ou politiques (les dissidents de l'Est étant sans doute mieux traités que les forces de gauche du Sud et à l'Ouest) ; où l'on ferme sa porte aux représentants de l'opposition française en voyage ; où l'on fait surélever un mur autour de sa Chancellerie pour dissuader d'éventuels opposants, menacés de mort, de venir demander l'asile ; où le chef de mission, parce qu'il est accrédité par le chef d'État qu'il représente auprès d'un autre chef d'État, oublie qu'il représente aussi un peuple auprès d'un autre peuple, et que l'opposition d'aujourd'hui, même clandestine, peut être le gouvernement de demain (qui osera dresser la liste des « terroristes » devenus ici ou là les respectables interlocuteurs de nos gouvernements ?). Résultat : une diplomatie passive, hautaine et frileuse ; des missions pathétiquement coupées de leur pays réel de résidence ; sans influence ni prévoyance, intoxiquant l'administration centrale car intoxiquées elles-mêmes, comme il sied à des « diplos » ne fréquentant plus que les collègues du corps diplomatique local.

Pareille fermeture n'est pas imputable aux agents. L'état d'esprit des diplomates reflète les limites inhérentes à toute diplomatie d'État, et la française en particulier, qui doit jouer sa partie en solitaire, faute de pouvoir s'appuyer comme la plupart de

1. Ces remarques, par bonheur propices à la plaisanterie, s'inscrivent dans l'évaluation des coûts et avantages des diverses formes de gouvernement. Elles ne justifient pas dans notre esprit une demande de restauration immédiate du régime monarchique. L'opinion, ça se prépare.

ses voisines, et à quelques exceptions près (comme l'Alliance française), sur les ressources d'une société civile ouverte, généreuse, ou astucieusement stimulée par les pouvoirs publics (au plan fiscal par exemple). Nos relations extérieures souffrent du manque de Fondations. Les États-Unis ont la Rockefeller, la Ford et mille autres auxiliaires ; l'Allemagne a, par le biais de ses partis, la Friedrich Ebert, la Konrad Adenauer, etc. Ces organes d'influence, de captation ou de pénétration, ne se contentent pas de braconner sur les marges : ils peuvent assurer sinon le gros, du moins l'avant-garde d'une stratégie nationale. Il y a en France un institut Charles de Gaulle, modeste; il n'y a même pas de fondation Jaurès. Le Français, chacun le sait, est inhospitalier et ne reçoit pas les étrangers chez lui ; nos universités entrouvrent leur porte, mais le Collège de France ne peut même pas élire de professeur étranger. La République aussi est pingre et mufle, avec tout ce qui n'a pas titre ou fonction officielle (espérons que les entreprises compensent, et que les hommes d'affaires aient plus de moyens que les fonctionnaires). Déjà chiche de ses bourses, d'un montant dérisoire, et dure à la subvention, l'administration française a les mains liées par les commissions mixtes et les règles de droit (un boursier doit être présenté ou avalisé par son gouvernement). Les officiels traitent avec les officiels : lourd handicap pour l' « aide au développement et à la coopération ». Comment répondre à la demande des organisations non gouvernementales, non reconnues et parfois non autorisées qu'une société civile invente en marge d'un État répressif pour échapper à l'asphyxie : universités parallèles ou critiques, centres de recherches, revues, radios, cercles, etc. ? Notre dispositif administratif se révèle impropre à répondre à l'appel des opprimés : mais n'était-ce pas le cadet des soucis, jadis ?

Autre symptôme : la carence radiophonique. Quand la voix de la France ne s'adresse qu'aux puissants, imprudemment identifiés aux gouvernants, une administration centrale ne peut que se désintéresser de l'action radiophonique extérieure, qui vise plutôt les gouvernés, voire les analphabètes (85 % de la population en

Haïti). Radio-France internationale n'était-elle pas descendue en 1981 au vingt-huitième rang parmi les radios internationales, après l'Albanie — la plupart des émissions en langue étrangère ayant été supprimées en 1974 « faute de crédits », comme disent les services lorsque fait défaut la volonté ?

En traitant de haut le « culturel » — cette « quatrième dimension » des relations internationales, qui pourrait bien devenir à notre insu la première — pour le livrer tout cru aux forces du marché, la *Realpolitik* de jadis trahit sa méconnaissance de l'éclatement des modes traditionnels de puissance. Kissinger, mieux informé : « Par rapport à des pays intérieurement faibles, un émetteur de radio peut constituer une forme de pression bien plus efficace qu'une escadrille de B-52. La puissance, en d'autres termes, ne se traduit plus dorénavant en influence de façon automatique. » Elle n'a pas compris que Gramsci vaut plus encore dans la sphère internationale que dans l'intérieure, où le pouvoir culturel est l'antichambre du pouvoir d'État ; que l'hégémonie n'est pas l'accessoire mais le levier de la maîtrise — ou l'influence de la puissance ; et que le pouvoir d'informer, qui détermine la perception des menaces, transforme les rapports de force matériels.

— Un mode de relation avec le bloc oriental qui sacrifie aux apparences du dialogue officiel la réalité des échanges et des progrès ; qui cultive la mythologie des sommets, d'autant plus emphatique que sans contenu ; qui s'abandonne au fil de la détente inconditionnelle, codifiée, solennisée par des rencontres à programme fixe, agencée en sorte que ce qui peut arriver aux sociétés n'altère pas la nature ni le rythme des rapports entre États ; où la confiance se limite aux mesures du même nom, tactiques et militaires ; où l'on en vient ainsi, par automatisme diplomatique — les États ont de ces paresses —, à cautionner les faits accomplis et avaliser ici ou là le rétablissement de l' « ordre socialiste réel ». Bref, où le ronron des ministères couvre les cris des cultures.

— Une évaluation des forces en présence, sur tel ou tel théâtre stratégiques qui se méprend sur les tendances longues en négligeant la cohésion profonde des sociétés pour s'en tenir à l'apparence des pouvoirs d'État plus ou moins homogènes et centralisés. Entre un régime « fort » surplombant une société fragile — disons l'Irak du Baas — et un régime « éclaté » surplombant une société plus homogène — disons l'Iran mollarchique —, on misera sur le premier. Oubliant peut-être que les personnalités passent et les identités restent. En règle générale (même si le modèle d'organisation communiste, qui allonge les délais de la vérification historique, semble témoigner du contraire), sur le long terme, c'est l'être social d'un pays qui frappe à son effigie son type de conduite politique, non l'inverse. La rigidité d'un État ne fait pas la solidité d'une société ; et la capacité de résistance d'un tissu social est aussi un facteur de puissance politique, donc militaire. Le jacobinisme français, qui donne une prime au volontarisme dans les programmes politiques intérieurs, aura tendance, à l'extérieur, à considérer les façades administratives plutôt que les fondations historiques et culturelles des États. Version diplomatique du « mal français », qui n'est pas sans conséquences stratégiques.

Il est un autre modèle de relations politiques avec l'extérieur, plus fidèle au primat des sociétés civiles, qui rapproche les souverainetés décidantes de leur vrai centre de gravité. On parlera plus avant de la Défense et de la Dissuasion — thème apparemment propice aux pensées de survol qu'exalte l'ignorance des données (tome II). Tenons-nous, délibérément, au ras de nos pâquerettes. D'une diplomatie au quotidien qui :

— Face au bloc oriental récuse la fausse alternative, « rupture ou complaisance », et se montre prête à pratiquer la détente, mais aux mêmes conditions que ses adeptes soviétiques, les premiers à dire, avec raison, que « la coexistence ne saurait s'étendre au domaine idéologique ». En d'autres termes : ce n'est pas parce qu'on veut aider l'Afghanistan qu'il faut renoncer au dialogue avec Moscou ; mais ce n'est pas parce qu'on dialogue avec Moscou qu'il faut renoncer à aider l'Afghanistan. Qui mesure les contacts à leur utilité, sauvegarde sa liberté de langage, sans sacrifier les rapports entre sociétés aux relations entre États, ni pénaliser les peuples (aide alimentaire et refus du blocus). Qui différencie, autonomise, singularise (par une sorte de « doctrine Sonnenfeldt » à l'envers).

— Reconnaît comme interlocuteurs effectifs et légitimes des mouvements de libération nationale (O.L.P. palestinienne, F.M.L.N. salvadorien, S.W.A.P.O. namibienne, A.N.C. sud-africaine, représentants des mouvements afghans, etc.), pour s'en tenir au Tiers Monde.

— Défend en principe, et en fait, contre les populismes globalisants et les unanimismes d'État, les *droits culturels* des minorités, tout en veillant à ne pas faire le jeu des séparatismes et des classiques manipulations coloniales (diviser pour régner), attentatoires à la souveraineté et à l'intégrité des jeunes nations.

— Décide de gérer la pénurie générale en redonnant, dans la ventilation de son budget (1,7 % du budget de la nation), sa primauté à la fonction sur l'organe, à la mission des services sur leurs moyens fixes, quitte à réduire les représentations à l'étranger, bref qui dégraisse pour muscler[1]. Qui donne la priorité à l'intervention politique et à la solidarité (forte augmentation des contributions aux programmes humanitaires de l'O.N.U., enfance et réfugiés) ; et continue d'accroître le montant de l'aide publique au développement, en particulier au développement rural et à l'équipement sanitaire et social (pour atteindre l'objectif fixé par le président de la République de 0,7 % du produit intérieur brut en 1988[2]).

— Fait du « projet culturel extérieur » une cheville ouvrière de sa stratégie internationale, projet à double voie, axé sur la réciprocité des échanges et les coproductions et non plus sur la seule défense d'un héritage ; délesté de tout paternalisme inconvenant, comme il sied à un pays qui, se sachant menacé lui-même

1. Sept consulats de France seront fermés en 1984 : Izmir, Salonique, Palerme, Brême, Cardiff, Winnipeg et Rosario.

2. 1984 : 0,53 %, hors D.O.M.-T.O.M. La part consacrée aux P.M.A. (pays moins avancés) atteint 0,14 % pour un objectif de 0,15 % en 1985.

dans son identité, sait devoir respecter celle des autres ; dont la priorité est d'assurer la place de la France dans les réseaux mondiaux de la communication, en relevant le défi des industries culturelles ; et qui entend « désofficialiser » les relations, en faveur d'un dialogue plus direct, en marge des institutions, entre chercheurs, artistes et producteurs [1].

— En deux ans, a augmenté de moitié le budget de Radio-France internationale (dont les deux tiers sont assumés par les Relations extérieures) et met en exécution un plan pluriannuel d'action radiophonique extérieure, en direction des pays de l'Est d'abord (deux émissions quotidiennes en polonais), de l'Amérique latine ensuite (reprise des émissions en espagnol sur ondes courtes et achèvement de l'émetteur de Guyane), de l'Asie du Sud-Est enfin. Objectif : un service mondial digne du « World Service » de la B.B.C. (quarante relais à travers le monde, contre un seul pour R.F.I., au Gabon).

— Articule la « défense de la langue française » sur la mise en communauté des pays francophones — seule la deuxième opération, politique et diplomatique, pouvant garantir la première, éducative et culturelle —, communauté souple d'échanges à double sens, où l'Algérie et le Vietnam, par exemple, auraient toute leur place, et qui ne serait pas pour nos partenaires un instrument détourné de recolonisation mais une contribution parmi d'autres à leur identité. La latinité est une valeur d'opposition plus que de position, à laquelle nous ne pouvons rien apporter que de marginal, si n'est pas d'abord tracé en son sein un « premier cercle » francophone comme sphère d'appartenance.

1. Voir, de Jacques Boutet, le projet culturel extérieur, juillet 1983 ; et le rapport d'Alain Touraine au Premier ministre « France-Amérique latine, De la défense d'un héritage au codéveloppement culturel », mars 1983.

2. *Le stade suprême de l'idéalisme.*

Opère en secret, dans le dos du peuple, en faisant fi des principes de moralité publique : vieux procès, derechef instruit par Carter contre Kissinger, « cavalier seul et secret d'une aventure internationale ». Nos moralistes sont mystifiés, et les accusés des mystificateurs. Le déplorable est que l'aventure tourne court, chaque fois. Et pour cause : les Kissinger chevauchent des chimères. Ce n'est pas la cuirasse qui devrait inquiéter chez ces messieurs-dames de fer, mais le carton-pâte repeint acier. En matière de puissance, le mépris des petits, hommes et peuples, est sans doute la suprême méprise. La *Realpolitik* : stade suprême de l'idéalisme.

Première illusion : l'importance exagérée accordée à l'activité diplomatique en général, et aux négociations au sommet en particulier. Les juristes sont généralement convaincus qu'une bonne société pivote sur le respect du droit, les économistes, sur un taux de croissance, les idéologues, sur des idées justes, et les médecins, sur la santé des populations. Rien d'étonnant que les diplomates se croient le nombril du monde : à chaque métier, son idiotisme. Ce dernier révèle le lien nécessaire unissant la superstition de l'État à l'illusion diplomatique. De même que les princes ne gouvernent pas le monde, les diplomates ne font pas l'histoire ; au mieux communiquent-ils, d'en haut, un certain *code* à l'*énergie* qui vient d'en bas. Ce sont donc de *faux sujets* (et la diplomatie, un mauvais sujet pour un historien). Le Quai d'Orsay n'est pas l'endroit où les choses se passent, mais là où elles se parlent. Ce n'est pas Talleyrand et Metternich qui ont réordonné l'Europe, mais Robespierre et Napoléon. Le fait essentiel de la période, c'est Valmy, non le Congrès de Vienne — où les gendarmes de la légitimité dynastique s'essaient à endiguer les effets à retardement d'un drame inouï : l'irruption d'un peuple sur la scène où les princes jouaient son destin au tric-trac. Yalta n'a évidemment pas décidé le partage du monde (ni préjugé du régime futur de la

Pologne) : pour l'essentiel, cette conférence a entériné les lignes de force que les combattants de Stalingrad, des Mariannes et de Tobrouk ont tracées avec leur sang à la surface des champs de bataille. Staline reprenant à son compte le vieux *cujus regio, ejus religio,* le sort des armes devait sceller le sort des âmes. Ce n'est pas la Conférence de Genève qui a fait la paix en Indochine, elle a tiré un trait au bas de Diên Biên Phu et de cinq ans de victoires politico-militaires vietnamiennes. Camp-David n'aurait pas été possible sans la traversée du Nil par les paras de Sadate... La diplomatie du spectacle — les peuples n'étant plus conviés pour acclamer les rois à leur balcon mais devant leur télé à vingt heures — renchérit sur l'illusionnisme, la mythologie des chefs et de la décision au sommet. Grâce à l'art et aux moyens de communiquer d'Henry Kissinger, on a naguère pris au sérieux ce bluff *urbi et orbi*; mais la vanité de ce théâtre d'ombres platoniciennes ne diminue pas quand augmente la taille des simulacres. Rappel de Diogène aux apprentis Alexandre : le soleil est dans ton dos et c'est en contrebas que « les choses se passent », dans la rue, les usines et les labos (où se fabriquent et se découvrent les nouvelles technologies), les vallées et les montagnes, bref dans la tête et le cœur des quidams. L'histoire se fait par en bas, la penser d'en bas, en première instance, c'est déjà se rapprocher d'une maîtrise possible. Commun au Café du Commerce et aux métaphysiciens, le survol de nos jours est devenu casse-gueule. Dans un monde sens dessus dessous où les pyramides reposent sur les « sommets », curieuse façon de « stabiliser » — une *Realpolitik* de gauche commence par remettre les choses à l'endroit — et les stratégies à pied d'œuvre.

La comédie des Grands s'accrédite de notre part d'enfance. Je pense le monde magiquement chaque fois que je me laisse aller, cette paresse est en chacun de nous, commode et disponible. Aussi bien la conception élitaire des États, cette utopie de repus, qui assigne la puissance aux seules superpuissances, est-elle paradoxalement la plus populaire. La puissance au sens premier de cause motrice, faculté de faire et défaire, genèse et antigenèse, « nouvel ordre international » et « apocalypse » nucléaire. Bénéfique ou diabolique, principe de vie ou de mort, Moscou ou Washington, il y a là-bas, donc là-haut, du mana qui manigance. Pas d'action sans agent, du K.G.B. ou de la C.I.A., conscient ou inconscient, pas d'agent sans une force qui l'agit, pas de force sans une volonté suprême cachée. L'intelligence ne consiste plus dès lors à comprendre de quoi un peuple peut être la cause mais à déjouer les apparences de la complication pour reconduire l'effet — révolution, coup d'État, sécession, attentat, crise, guérilla, émeutes — à sa source secrète en amont. Les décrets de Kennedy ou Khrouchtchev, Reagan ou Andropov, Smith ou Popov décident du destin des humains, et les demi-dieux dans la confidence du Kremlin ou de la Maison-Blanche, qui connaissent formules et codes, allument ou éteignent en leur nom, sur commande, les « foyers d'incendies » aux quatre coins du monde. Les olympiens des aréopages internationaux rejoignent ainsi dans la « culture de masse » les stars et les vedettes de variétés ; ces dernières cachent leur vie privée, les premiers leurs ambitions publiques, mais, amours ou grands desseins, les échotiers et les analystes sont là pour percer les secrets. Kissinger superstar réconcilie les genres, les potins de la commère pimentent les plans de paix éphémères : interviews, discours sibyllins, « fuites » et petites phrases sont jetés en pâture à la piétaille des chancelleries et des rédactions. Pour cabotins qu'ils soient, les acteurs de la « scène internationale » ne sont pas les auteurs de ce bluff. Nous sommes tous des midinettes devant les « actualités », nous voulons de la puissance visualisable, nos vedettes répondent « présent ». L'imposture est en nous, qui projetons sur eux nos fantasmes démiurgiques.

Cette *Realpolitik* fait comme si l'essentiel des relations internationales se réduisait aux relations entre les deux superpuissances. Les petits prennent part au jeu mais ne sauraient en déterminer ni les règles ni l'issue. Ils en sont la donne : États-Unis et Union soviétique jouent à cent soixante cartes ou boules. La « relation triangulaire » mit un court moment la Chine de la partie. Les esprits forts élargissent parfois, en rechignant, le nombre des joueurs aux cinq membres permanents du Conseil de sécurité, étant entendu qu'ils doivent eux aussi se répartir en deux camps. Et le reste ? Des objets, enjeux, prétextes. L'idéalisme d'État est un mécanisme, selon lequel les nations, peuples, individus ne peuvent restituer que la quantité de mouvement qu'ils ont reçue d'ailleurs, d'un plus grand, d'un supergrand qui téléguide, manipule, commande, induit. Vocabulaire familier des pions, marionnettes, satellites, « proxies », relais, otages, par l'intermédiaire desquels se poursuit le « dialogue stratégique ». Les Grands s'affrontent par petits peuples « interposés » : peut-être ces derniers sont-ils soudoyés pour offrir leur vie ou leur sang à leurs protecteurs ? Il faut bien inventer des suppléants, en effet, puisque le film ne correspond pas au scénario : il y a eu des millions de victimes de guerre depuis 1947, mais pas un Américain tué par un Soviétique, ni l'inverse. Ce mécanisme, physique simple du mépris, ne donne pas cher des petites nations, comparses périphériques qui feront les frais de la « grande politique » (Europe centrale ou Asie du Sud-Est) ; ni des « rébellions, guérillas et crises locales », ces faux-semblants vite dissipés. Si les petits s'entêtent, c'est qu'ils répondent à des choix décidés ailleurs. À en juger par ses défenseurs attitrés, le « monde libre » ne paraît guère faire confiance en la liberté des hommes ; pas beaucoup plus que l'autre. Il ira donc de soi, pour les autres, qu'Israël est un satellite des U.S.A., comme l'Afrique du Sud, sans volonté propre ni marge de manœuvre ; et, pour nos magiciens à nous, que la Syrie, Cuba, le Vietnam ne bougent pas un bataillon sans demander la permission de l'U.R.S.S. D'où ces longues chaînes de dépendances toutes simples et faciles que déroule le sens commun d'un air pénétré : la guérilla salvadorienne est une émanation du Nicaragua sandiniste, lequel est une créature de la Cuba fidéliste, laquelle est un satellite de l'Union soviétique. Chaque maillon de la chaîne n'a d'existence que par l'autre. Ou encore : les Druzes libanais, otages de la Syrie, relais du Kremlin (ici, la chaîne bifurque sur le Malin, jusqu'à l'angoissante question gnostique : Comment le Tout-Puissant a-t-il pu créer son contraire absolu ?).

Cette théologie primitive n'en veut pas au fait, et les rappels d'histoire élémentaire ne serviront de rien. Elle cherche le soulagement. Dès qu'un individu pense par lui-même, donc le contraire de son milieu, ce dernier se rassurera aussitôt en le disant « manipulé ». La seule idée que les « manipulations » puissent être réversibles et que les petits se servent autant des grands dans leur propre intérêt que l'inverse; qu'il peut être de l'intérêt d'un « petit », dans certaines circonstances, encerclement ou agression, de se constituer délibérément dépendant d'un « grand » lointain pour le prendre à son tour en otage et le responsabiliser à son corps défendant, face à un « grand » antagoniste proche — l'alliance avec l'U.R.S.S. pose moins de problèmes à qui n'a pas de frontières communes avec elle; qu'un « petit » puisse encore mettre son « grand » manipulateur devant le fait accompli en prenant une initiative qui réponde d'abord à l'idée qu'il se fait de son intérêt (Cuba en Angola en 1975, le Vietnam au Cambodge en 1979, la Syrie au Liban en 1983) — bref que, l'intérêt national étant la chose du monde la mieux partagée entre les nations, tout système d'alliance, fût-il du fort au faible, doit se lire dans les deux sens — voilà ce que ne peuvent comprendre les naïfs mécaniciens de l'ordre par le haut, qui fantasmaient naguère un *condominium*, sur cent soixante unités politiques souveraines, et parlent à présent, sans rire, d'un système de *copilotage* des crises. Le mécanisme qui se veut machiavélien, parle de « marionnettes » et de « mercenaires », répète en grand les puérilités logiques de la vision policière des mouvements sociaux : pour supprimer les conflits du travail, mettez les « meneurs » à l'ombre; pour en finir avec la rébellion algérienne, mettez Nasser à l'eau; et, pour « stabiliser » enfin l'Amérique centrale, Castro au trou. Les obsédés du téléguidage et de la manipulation ont oublié que *la cause externe* (État, Parti, « chef d'orchestre ») *n'agit que par l'intermédiaire de la cause interne,* et que cette dernière ne s'invente pas. Si l'on ajoute à cette constante élémentaire et sans âge cette caractéristique de l'ère nucléaire dérivant de la « destruction mutuelle assurée » (M.A.D.) que sont l'impuissance avérée des superpuissances et la marge accrue des faibles, on comprend que l' « exploitation des opportunités », imprévisibles et fugaces, est le seul expédient qui reste aux empires lorsqu'ils veulent pousser leur avantage. Encore doivent-ils sauter sur l'occasion, sans traîner. Si la partition est prête, les exécutants ne font que se prêter, et on sera de moins en moins à l'abri des surprises — décrochages ou renversements des alliances. L'idéalisme impérial devient un narcissisme fragile : un empire classique (la Chine impériale d'antan par exemple) n'ayant pas d'égaux ni d'interlocuteurs, mais des vassaux ou des clients, il ne se parle qu'à lui-même. La glace aujourd'hui se brise, où les Grands contemplaient leurs ombres.

« Généraliser est le fait de l'imbécile. Particulariser est l'unique distinction du mérite. Les connaissances générales sont les connaissances que possèdent les imbéciles [1]. » On comprend que le mécanisme ait le vent en poupe : c'est un globalisme. Substituant le confort des clichés à l'analyse fine des déterminants singuliers de la conduite diplomatique d'un pays, il a pour alliées la vitesse de l'information, qui oblige à faire gros, et la bipolarité du champ stratégique nucléaire, propice au fatras d'apocalypse et à l'intimidation paniquante. Le détail ne l'intéresse pas, ni l'histoire. À trop fantasmer les guerres planétaires qui n'ont pas lieu, entre fusées, on devient aveugle à celles qui tuent aujourd'hui sur le terrain, les seules capables d'enclencher l'escalade nucléaire. Celles-là sont petites, rebelles aux généralités, intelligibles d'abord à partir des données locales, même si l'horizon s'en élargit. Toujours sûr de lui, le métaphysicien reconnaît d'emblée l'essence derrière le phénomène, le manipulateur derrière le fantoche : Andropov derrière Kadhafi, et Kadhafi derrière Goukouni ; Israël derrière Gemayel, et Reagan derrière Israël. Féerique transparence. Ici, c'est le « complot impérialiste », la « lutte des classes à l'échelle mondiale », comme hier la Trilatérale, qui rendra compte, immédiatement, de la guerre civile au Tchad, des ambitions syriennes, voire de la partition à Chypre, et de la

1. William Blake, *Annotations to Reynolds.*

sécession des Karens en Birmanie. Là, le totalitarisme, l'expansionnisme soviétique, on disait hier le Komintern, fera l'affaire. Entre la réalité absente et l'apparence présente : le désert. D'où vient Kadhafi, quelle culture, quel espace, quelle société, quelle histoire représente-t-il ? La stratégie presse-bouton chère aux gens pressés évacue l'adversaire immédiat, concret, comme un vilain fantasme : plus d'armée en face, plus de fusées sol-air, plus de fantassins, plus de Libyens même capables de se battre, de résister, voire d'abattre en plein ciel les anges démocratiques d'Occident, auxquels il suffira de paraître (foin du rayon d'action des bombardiers, de leur logistique, de l'appui au sol et autres sordides détails) pour exterminer les ombres portées sur l'Islam du projet totalitaire mondial. Cette gigantomachie d'autant plus intimidante que planétaire, et à ce titre même aveugle et creuse (les majuscules payent sur le papier mais perdent sur le terrain), sait compter jusqu'à deux, mais suspecte les tiers et n'admet que les décimales de 1 à 2. Dans le « tiers monde », elle ne concevra le non-alignement qu'en termes d'*équidistance,* notion absurde et méprisante qui appréhende dans un vocabulaire de bloc le refus de la notion de bloc. « Équidistance » suppose deux et seulement deux points fixes, le reste des figurants, mobile, n'ayant que la liberté de choisir leur case dans l'entre-deux. À quoi un non-aligné « authentique », disons indien, répondra que c'est aux superpuissances et aux blocs militaires qu'elles dirigent de se déterminer par rapport à son intérêt national, voire de se rapprocher ou de s'éloigner de lui, et non l'inverse. L'idée fixe et globale nous vaut nombre de bévues et d'amnésies : le bloc « sino-soviétique » a quinze années durant harcelé et obsédé le « monde libre », sans que ses realpoliticiens officiels (Kissinger utilisa l'expression au long des années soixante, quand de Gaulle, qui souffla à Nixon en 1969 l'idée d'une normalisation possible, l'avait mise au rancart dix ans plus tôt) aient prévu ni conçu la dislocation du « bloc ». Et Khomeyni de retour à Téhéran apparaissait à Paris, en couverture de magazine, sur fond d'étoile rouge ! Il est vrai qu'en 1953 déjà, le gouvernement français (pressé par l'opinion ?) exila à Madagascar le sultan du Maroc, alors protectorat, Mohammed ben Youssef, car « aucune coopération n'était plus possible » avec un homme lié aux « nationalistes extrémistes de l'Istiqlal ». Et le résident général d'ajouter dans sa conférence de presse : « Je ne dis pas que l'Istiqlal est communiste, mais il est calqué sur le régime bolchevique [1]. » *Nil novi sub sole.*

Inventée en 1956, l'entité floue à souhait, car englobant une centaine de pays « mineurs », dite « tiers monde », permet désormais d'évacuer le secondaire d'un mot. Aux affaires, Viet-nam et Proche-Orient mis à part, Kissinger et ses émules ne se sont jamais intéressés à ces banlieues brouillonnes : un bon joueur d'échecs ne contemple pas son échiquier. Acteur unique et symbolique, le tiers-monde des tiers-mondistes était un mythe mobilisateur. Non-acteur global, « arc de crise », entremêlement de « points chauds », réservoir à sec de débiteurs en faillite et de consommateurs insolvables, zone de « troubles » et de « menaces », voie d'approvisionnement pétrolier, simple sphère d'intérêts occidentaux à protéger, vue à travers le seul prisme du conflit « Est-Ouest », le tiers monde devient la chasse d'eau de l'Occident. L'ancienne ère coloniale s'intéressait aux folklores, au pittoresque, à l'exotisme des cultures lointaines. La nouvelle fait table rase de ces faux-semblants, et n'en veut plus qu'aux « théâtres » stratégiques, d'où tous les facteurs socioculturels ont été évacués. Objet négatif aux mains des seuls protagonistes « responsables », le fourre-tout baptisé « tiers monde » n'existe qu'en fonction de leur propre sécurité, notamment énergétique, et doit être envisagé « au plan global et stratégique ». On trouvera une illustration officielle de ces rêveries égocentriques dans le rapport intitulé *La Sécurité de l'Occident : bilan et orientations,* préparé par les quatre principaux instituts des relations internationales des États-Unis, de Grande-Bretagne, France et Allemagne [2]. L'*ego* est

1. Rabat, 20 août 1953.

2. Institut français des relations internationales, 1981. Précisons que l'on doit à l'I.F.R.I. de remarquables travaux dans le domaine économique (les rapports annuels « Ramsès »).

celui, homogène mais indéfini, du sujet Occident, ce fondement jamais fondé, ni en raison ni sur la carte, des raisonnements stratégiques [1]. Pour neutraliser les menaces que font planer ces zones barbares et floues, sans histoire ni personnalités, et mieux répartir le fardeau de l'homme blanc, on propose l'instauration d'un « mécanisme efficace de consultation et coordination », garantissant le secret des délibérations, au sein d'un Directoire, groupe de « nations principales » chargées de « traiter de l'évolution » des autres, les nations secondaires. « Le nombre et l'identité des nations principales varieraient en fonction du problème considéré. Toutefois nous pensons que le noyau de base serait en général composé des États-Unis, de la Grande-Bretagne, de la France, de l'Allemagne et du Japon. » La mission de ce « groupe de surveillance » *(sic)*, à géométrie variable (on y adjoindrait l'Italie pour les crises en Méditerranée, l'Australie pour le Pacifique), serait de « surveiller une zone potentiellement dangereuse, préparer des plans de crise et faire face à cette crise si elle devait éclater » [2]. Qui a mandaté ces « pays responsables » des affaires du monde ? Eux-mêmes. Au nom de quoi ? De « leurs intérêts communs ». Pourquoi seraient-ils communs au reste, immensément majoritaire, des nations ? *Quia nominor leo-occidentalis.* Suicidaire égoïsme, naïveté de ce cynisme. Après la Sainte et Quadruple-Alliance, voici la Quintuple. Les Congrès de Vérone, de Troppau et de Laybach (1820-1822) ressemblaient déjà au Grec qui dirigeait les navires du haut d'un promontoire. Bien avant le printemps des peuples, le soulèvement de l'Amérique espagnole, de la Grèce, de la France de 1830, de la Belgique, etc., réduisit à néant le « système » de Metternich. Les Metternich de 1984 sont sans doute mieux équipés pour maintenir en l'état leur fiction synthétique — à preuve, pour l'Europe, Prague, Varsovie, Budapest, Berlin. Mais, pas plus aujourd'hui qu'hier, ne sont

1. Nous y reviendrons.
2. *Op. cit.*, p. 77.

éternels des régimes politiques incohérents avec l'histoire propre des peuples. Un système stratégique international auquel ne correspond pas une communauté de valeur culturelle reste une entité artificielle, et dût-elle s'imposer par la coercition qu'elle échouerait toujours à s'inscrire dans l'histoire. Le « système interaméricain » construit par le traité de Rio se brise sur la coupure entre cultures latine et anglo-saxonne ; comme se brisera demain, sur la coupure entre les cultures occidentales de la « Mitteleuropa » et la culture byzantine russe, le « système socialiste international » scellé par le pacte de Varsovie. Ce qu'oublient les usurpateurs de la *Realpolitik,* c'est que l'histoire en définitive obéit à la nature, laquelle n'est pas la géographie mais la civilisation, qui seule fait socle. Le realpoliticien ne deviendra sérieux qu'à ne jamais séparer culture et politique.

Question du realpoliticien officiel : comment revenir à Metternich après Lénine et Fermi ? Le Congrès de Vienne passe pour avoir instauré un siècle de paix relative en Europe. Quelle recette en tirer ? Il n'est pas étonnant que Kissinger et d'autres aient commencé leur carrière en méditant sur le système de « concertation » inventé par un chancelier d'Empire resté quarante ans aux Affaires, qui abhorrait les élans nationaux et se connaissait bien : « Le premier élément moral en moi, dit-il un jour, c'est l'immobilité [1]. » Le concert européen reposa un demi-siècle sur l'équilibre de cinq puissances (dont la France dès 1818) se faisant contrepoids. Kissinger l'historien a raison de souligner que cette stabilité ne fut pas tant l'effet d'un équilibre physique que moral : elle supposait une *légitimité* partagée, donc un *consensus* : dynastique dans son principe, l'harmonie européenne impliquait la restauration, *manu militari* s'il le fallait, de l'ordre prérévolutionnaire. Ce n'est pas le pacifisme qui a rendu alors la guerre impossible, ni même l'équilibre des forces — lequel engendra à sa manière la guerre de 1914 —, mais l'adhésion des gouvernements, tous chrétiens, à un système de valeurs communes, clef de voûte d'une

1. Henry Kissinger, *A World restored,* le Chemin de la paix (1812-1822).

interdépendance des intérêts d'État. Quel intérêt et partant quel principe commun peuvent aujourd'hui reconstituer un système international viable dans un monde éclaté, au moral, par des légitimités concurrentes et exclusives, et ce depuis 1917 ; puzzle par surcroît physiquement démembré, depuis l'après-guerre, par la décolonisation et la prolifération des souverainetés, où l'on compte davantage d'unités politiques, qui peuvent plus (se nuire mutuellement) et veulent plus (chacun pour soi) ? L'épigone de Metternich a acquis un sérieux avantage sur l'émule de Kant, ou l'homme d'ordre sur l'homme de loi, en remplaçant l'idée d'une obligation juridique formelle par celle d'une communauté d'intérêts, comme fondement d'un ordre international. Quel sera donc le nouveau consensus ? L'intérêt de tous à la paix. La catastrophe du fait nucléaire, rupture de l'ordre ancien, se renverse en moyen de recomposition d'un nouvel équilibre. « Si les rivaux courent tous le même risque, n'ont-ils pas quelque chose en commun ? » Le fait technique : bombe + missile, crée en retour l'effet Cité humaine. Ce raisonnement logique déclenche et supporte le rapprochement pratique des deux Grands ; la « négociation permanente » a un objet permanent : la prévention de la guerre nucléaire, qui va du téléphone rouge à l' « *arm's control* ». D'où découle le grand dessein de Kissinger : « La détente est impérative... car, dans un monde assombri par le danger d'holocauste nucléaire, il n'y a pas d'alternative rationnelle à la réduction des tensions [1]. » Retrouvailles, par un autre tour d'idéalisme, plus malicieux, avec l'idée d'une politique intérieure mondiale.

Le « globalisme » kissingérien, mélange de classicisme quant aux fins et de modernisme quant aux moyens, est un pragmatisme impraticable car encore solidaire d'une utopie rationnelle. Le *linkage,* censé éviter les marchés de dupes, entend proportionner coûts et gains et établir une corrélation entre les progrès dans les négociations stratégiques sur les armements, auxquels l'U.R.S.S. a avantage (vu les handicaps technologiques et financiers d'un pays

1. Décembre 1973, Discours au Pilgrim's Club de Londres.

au P.N.B. inférieur de moitié à l'américain), et une retenue des « avancées soviétiques » dans le tiers monde, à laquelle les U.S.A. ont avantage. Simultanément une multiplicité d'accords commerciaux, techniques, culturels, financiers prendra l'U.R.S.S. au filet des interdépendances de fait entre Est et Ouest, et l'U.R.S.S. se trouvera alors intégrée au système international, d'où le retour à la stabilité moyennant une « codification des rapports de force ». Le vice de ce raisonnement réside dans *l'extrapolation de l'État comme agent central de formation des codes* (ou de la « communauté internationale » constituée par la réunion de ces États) à *la société comme rapport de forces en mouvement* (ou à l'anarchie inhérente au devenir de la société mondiale). Cette erreur matricielle engendre une cascade d'inférences abusives, du militaire au politique, de l'économique au culturel, des accords au sommet à leur exécution sur le terrain, de l' « Est-Ouest » au « tiers monde ». La coexistence ordonnée des États ne signifie pas la stabilisation des antagonismes sociaux. Il n'y a simplement pas connexité des théâtres ni des domaines de compétence. L'abstraction conservatrice a pu faire d'autant plus illusion que le supposé perturbateur, à qui revenait le rôle de la France révolutionnaire dans cette nouvelle Restauration, contestant cette fois la légitimité de l'ordre démocratique libéral, contre toute attente et d'abord celle des marxistes, se révélait lui-même ultra-conservateur et par certains côtés complice. Alliance d'orthodoxies naturelle aux empires, surtout quand l'un est byzantin de tradition. L'idée que les États sont les sujets exclusifs, en droit et en fait, des relations internationales sied à ravir à un État sans société civile. Les empires archaïques détestent le mouvement qui déplace les lignes, sauf à les déplacer eux-mêmes. Ils pensent naturellement en termes de *limes,* de frontières et d'enclos. La République démocratique allemande est née en fait, un jour d'août 1961, de l'érection d'un mur (la reconnaissance internationale de la R.D.A. a ensuite pris acte que le ciment crée le droit). Et la diplomatie soviétique a poursuivi pendant vingt ans une idée fixe : faire entériner les frontières européennes issues de la guerre, vœu exaucé à Helsinki en 1975, sommet de la détente.

Le malheur des diplomates (qui fait parfois le bonheur des non-diplomates) est que le mouvement des sociétés et des esprits ne répond ni ne correspond aux arrangements entre États, comme l'affrontement des légitimités idéologiques propres à chacun de ces États, sur les « théâtres » extérieurs, ne s'arrête ni ne se limite par décret, convention ou traité. Un marxiste est fondé à répondre aux rêveurs de condominium et de codes de conduite que la lutte des classes ne se commande pas ; ni celle, ajoutera-t-on, des nations et des cultures. *Ce n'est pas parce que le monde est globalement bipolaire au plan militaire qu'il l'est au plan politique, religieux, culturel.* Aussi bien le plafonnement salutaire des armes de destruction massive (Salt 1 et Salt 2) ne peut-il avoir pour conséquence le « relâchement des tensions », ni la « solution des litiges pendants » et encore moins la disparition des « foyers d'instabilité » à la périphérie — au contraire. Il y a quelque chose de comique dans la plainte des espérances déçues, lorsque tel ou tel constate que les Soviétiques n'ont pas joué le jeu de la détente et que l'enchaînement cruel de la puissance a continué comme par-devant (après Genève, Vienne, Salt 1, Helsinki, etc.), partout où il était possible. Ces éplorés, généralement vindicatifs, imputent à crime à leur adversaire leur propre bévue; ou à une ruse, leur cécité. D'abord, l'Union soviétique n'a jamais caché que la détente ne concernait pas le « mouvement révolutionnaire mondial », ce qui est l'a b c de la théorie marxiste; ensuite, eût-elle juré du contraire qu'elle aurait dû violer dix fois sa parole, faute de pouvoir abandonner à leur triste sort Neto, Mengistu, Babrak Kermal et d'autres qui firent appel à l' « internationalisme prolétarien », sans renoncer à sa raison d'être. La « détente » n'est pas la résolution de problèmes auxquels il n'y a pas de solution : c'était seulement, ce qui est déjà assez, la moins mauvaise gestion possible des risques de déflagration.

Présidents, ministres et conseillers, encore un effort pour être realpoliticiens ! Ce n'est pas la détente (nixonienne ou autre) qui s'est avérée, ainsi conçue, illusoire. Ni la volonté, à la fin du XXe, de revenir à la sagesse d'un XIXe siècle qui avait su ou pu garder le sens des proportions, entre États, arsenaux, risques et gains. L'illusion réside dans l'idée même de stabilité globale. La preuve : elle est toujours perdue, et les realpoliticiens rétro, faute d'affronter la réalité organique de l'instabilité, se condamnent à l'idéalisation du passé et à la nostalgie. Leur mot clef : restaurer, rétablir, retrouver. L'Europe d'avant 1790 en 1815. Celle de la Restauration après 1848. Celle de 1848 en 1918. Celle de 1918 en 1945. Celle d'avant la guerre froide en 1975. Celle de l'acte final d'Helsinki en 1984 ; et ainsi de suite. À chaque réveil du volcan, on voudrait danser dessus et refaire un Congrès de Vienne. La promotion en valeur du *statu quo,* la « déstabilisation » peinte en noir et le « système stable » en bleu paradis — cette superstition de l'ordre (rien à voir avec l' « ordre par le bruit ») révèle une mythologie spontanée de l'*étanche* et du *solide,* réfractaire à la fluidité du cours des choses et des contradictions. La *Realpolitik* officielle est hantée par une métaphysique du « système » héritée du paradigme laplacien ou newtonien, celui qu'on appelle « mécaniste ». L'intelligence de la mort s'investit dans la mesure des masses et l'arpentage des espaces, le décompte arithmétique des engins, le tracé de lignes de partage diplomatique ou stratégique comme pour en conjurer sans cesse l'inévitable transgression : frontières entre guerre totale et guerre limitée, armes nucléaires et armes conventionnelles, armes de théâtre nucléaire et armes stratégiques, entre les théâtres d'opérations aussi. On répartit les zones d'influence respectives, on cloisonne les secteurs stabilisés par le rapport risque-enjeu et les « terrains de chasse » ouverte, « Est-Ouest » et « Sud ». On en vient logiquement à sacrifier son propre discours de légitimité — l'autodétermination des peuples d'Europe orientale en l'occurrence — à l'espoir d'une stabilisation de la détente (plan Sonnenfeldt). Irréaliste immoralité. Ne se paye-t-on pas de mots en déclarant souhaiter, comme Kissinger en son temps, un « ordre mondial *stable et créateur* » ? C'est l'un *ou* l'autre, poire ou fromage. La dissuasion nucléaire engendre l'équilibre de la terreur, c'est son immense mérite ; mais l'instrument de la stabilisation n'est pas lui-même stabilisable, comme il devrait l'être, dans un monde rationnel : les découvertes technologiques modifient les données de l'équilibre en haussant les paliers de la parité tous les cinq ans et « on n'arrête pas le progrès ». Même au niveau formel et vérifiable des « accords de plafond », la glaciation du statu quo s'avère impossible. En somme, de même que ce siècle est trop révolutionnaire pour être communiste, il est trop dynamique pour souffrir une Sainte-Alliance entre Grands. Tout projet de « partage du monde » repose sur un mode de confrontation historique en voie d'obsolescence. La doctrine de Monroe a sans doute de beaux restes ; et la frontière politique de l'Elbe, cruelle à ceux qui sont derrière, coupe l'Europe en deux. Mais ces cloisons ne sont plus hermétiques. Walesa ne peut sortir de la Pologne pour recevoir son Nobel, mais le gouvernement polonais ne peut empêcher ses compatriotes de se réjouir en public, ni même enlever le droit de parole au leader ouvrier. Il y a trente ans, à l'inverse, l'Afrique, l'Amérique latine et le Moyen-Orient étaient zones interdites à l'Union soviétique. Sans doute le monde n'est-il pas encore à tous et à personne, mais déjà le front glisse partout et nulle part. Sans doute les États-Unis ont-ils les moyens d'obérer la souveraineté des pays latino-américains, interdits de gouvernement « marxiste » (Guatemala 1954, république Dominicaine 1965, Chili 1973, Grenade 1983, Nicaragua...), comme l'Union soviétique la souveraineté des pays du pacte de Varsovie (Hongrie 1956, Tchécoslovaquie 1968, Pologne 1982). Mais déjà Cuba ici et la Yougoslavie là font kyste. L'interdit kissingérien sur la participation communiste aux gouvernements européens (Portugal 1973, Italie 1976) a bien dû finalement assimiler le cas français (1981). La *réversibilité des déstabilisations* ne met pas fin mais au moins en question l'ancien compartimentage de l'espace politique. Metternich peut s'accommoder d'un monde où deux empires, deux idéologies s'arc-boutent de part et d'autre d'une ligne centrale ; d'un « théâtre » d'opérations unifié par en haut et nettoyé en bas de ces scories de l'histoire, ces survivances folkloriques qui s'appellent l'Islam ou la Chrétienté, Confucius ou les Veda ; où tous les soldats sont en uniforme et l'agression signifie : « franchissement de frontières par une armée régulière » ; où « Le pape, combien de divisions ? » ne fait encore rire personne ; où les *bases* militaires extérieures ont une signification stratégique (pas seulement pour les flottes de guerre) et les traités d'amitié et de coopération scellent des alliances de longue durée. Metternich peut même intégrer dans son jeu conceptuel un élément tiers, la « carte chinoise », du moins tant que la Chine accepte d'être une carte dans un jeu qui n'est pas le sien. C'est ce jeu lui-même qui apparaît aujourd'hui une vue de l'esprit. Un pape, c'est beaucoup plus et beaucoup moins puissant que cinquante divisions et le « plus » pèsera de plus en plus dans la balance. Ne joue plus la sécurité, qui ne pense encore qu'en termes de sécurité, nationale et internationale.

3. *Une tradition au rendez-vous.*

Hommes de culture, et d'une culture européenne, allemande ici, polonaise là, universitaires d'Harvard formés à l'histoire, Kissinger et Brzezinski, malgré leurs différences, eurent en commun de vouloir ordonner une politique étrangère à une certaine idée du monde. À l'ouest, ce n'est pas si fréquent. Pour critique qu'on soit de cette idée, et des intérêts particuliers que recouvrent leurs systèmes d'interprétation, ceux-là autant que d'autres, il faut leur reconnaître le mérite d'avoir suivi la pente américaine en la remontant. L'histoire et la géographie de chaque grand pays déteignent sur sa perception de l'étranger, structurent un type de réaction à l'événement, profilent un archétype de réponse aux défis. Les États-Unis d'Amérique partagent avec l'Union soviétique certains handicaps de la puissance ; dont le principal est la surestimation de la force militaire. Mais les forces et les faiblesses de chacun ne se répondent pas terme à terme — comme le montrera l'examen de leurs rapports.

Bien qu'elles s'entre-déterminent, séparons-les un instant. Le modèle « occidental » des *Realpolitiken* nous concerne de l'intérieur, le modèle soviétique relevant d'une autre famille, mentalité, traditions historiques[1]. La communauté de valeurs peut seule prêter à confusion. Rome n'étant pas Washington, ni la Grèce l'Europe, le contre-exemple américain n'a pas de précédent, la combinaison d'un maximum de puissance mécanique avec un minimum d'intelligence historique. Il en ressort une *stratégie sans politique,* quelque chose comme un canon sans viseur, un missile sans guidage. À la fois moderniste par ses moyens et rétrograde par son esprit, ce cas d'espèce témoigne que le pragmatisme n'empêche pas l'irréalisme. Les trois défauts majeurs de cette disposition mentale, qui handicape l'ensemble du « monde libre » en vertu de sa subordination de fait aux États-Unis, ont l'intérêt d'indiquer en négatif les traits saillants de la « *Realpolitik* de gauche ». À son étiage, la politique ordinaire de la puissance américaine apparaît courte, plate et simple.

Courte, car sans mémoire, ponctuelle et spasmodique, ne replaçant pas secousses et accidents dans l'histoire longue des déterminants locaux ou régionaux ; découvrant soudain un pays ou une région, le Salvador, l'Afghanistan, le Tchad, à la faveur d'une crise, après des décennies d'inattention, pour s'en obnubiler trois jours, trois mois, trois ans, et l'oublier le lendemain ; sans savoir que cette négligence prépare à son tour de nouvelles catastrophes (les ruptures mûrissent en période de calme apparent, pendant lesquelles on se désintéresse pour se réveiller ensuite en sursaut : l'Afghanistan de 1954 à 1979). L'histoire des peuples travaille dans la durée, le silence et la patience. Une diplomatie en pointillé, de crise et de rush, donc de dernière minute, se condamne elle-même au retard des gendarmes.

Plate, car « matérialiste » et sans relief, gommant les facteurs psychiques, culturels, ethniques des conduites comme des personnalités collectives, confondant un rapport de force politique avec

1. Le tome II — *L'Alliance et la menace* — en traitera plus spécialement.

celui des forces militaires, et la force militaire avec l'étendue des arsenaux ; confondant de la sorte analyse et comptabilité, évaluation stratégique et dénombrement d'engins (« *military balance* »), puissance et pesanteur ; obsédée de « quincaillerie » et prête à faire reposer sa sécurité propre sur des technologies ou des systèmes d'armes dont les conséquences politiques ou stratégiques sont d'autant moins prises en compte qu'elles sont qualitatives, à long terme et concernent les alliés (ainsi des A.B.M. à énergie dirigée ruinant les fondements de la dissuasion nucléaire[1]) ; opposant dans le Golfe des porte-avions à des poignards, du nucléaire à du T.N.T. et à une foi religieuse exacerbée un renforcement des assistances militaires ; ne saisissant pas, face à l'évolution allemande, qu'un recouplage des systèmes de défense, par Pershing et Cruise missile interposés, accompagné d'un découplage culturel et politique des peuples, s'appelle une victoire à la Pyrrhus.

Simple, car binaire, inapte à la nuance comme à la gestion des entre-deux, des transitions ; brutale, exigeant tout tout de suite, la capitulation des ennemis, la subordination des alliés, le leadership pour soi ; réfractaire aux rapports évolutifs et différenciés avec les pays d'un bloc ; abstraite, sommaire, répugnant autant à distinguer un « libéral » d'un « radical », un « radical » d'un « socialiste », un « socialiste » d'un communiste, et un communiste d'un autre communiste, qu'un Togolais d'un Kenyan, un Péruvien d'un Vénézuélien ou un « Européen » d'un autre « Européen ». Mais également toute prête à croire qu'un bon libéral succédant à un méchant dogmatique changera en un tournemain la politique du Kremlin et vice versa. Qu'un interlocuteur qui se durcit annonce la guerre et un sourire, la paix. Qui « sanctionne » l'adversaire pour le punir, non pour l'inciter (tout en s'exemptant des règles recommandées aux autres), et « récompense » ses clients tachés de sang, pour peu qu'ils soient du bon côté. Bref, manichéenne ingénument, et d'autant plus furieusement « idéolo-

1. A.B.M. : *Anti-ballistic missile.*

gique » qu'elle croit en la perversité des idéologies étrangères à la sienne. Ignorant que le bien et le mal ne sont pas des catégories pratiques, que la politique est la science des problèmes insolubles et la diplomatie l'art de survivre avec.

Les nations comme les hommes et les diplomaties ont les défauts de leurs qualités. « Amnésie » veut aussi dire vitalité, fraîcheur du regard, prestesse, confiance, qualités propres à un peuple jeune, de pionniers avides de nouvelles frontières. « Illusionnisme technique » : esprit pratique, innovation, créativité scientifique, audace et stimulations économiques, propres à un peuple d'ingénieurs et d'entrepreneurs. « Manichéisme » : noblesse biblique, énergie puritaine, rectitude et vertu, propres à un peuple de justiciers et de juges, qui a le culte et le sentiment du droit, pour lui-même et pour tous. Quand le Nouveau Monde considère l'Ancien à jeu renversé, sans doute lui est-il moins facile qu'à nous de trouver des vertus à nos travers.

S'appellera simplement *Realpolitik* l'inverse de cet idéalisme inefficace : celle qui inscrit son action dans une mémoire, rapporte la conjoncture à la tendance, et mise sur le long terme ; celle qui ne se trompe pas dans ses comptes parce qu'elle compte autrement ; qui n'ignore pas qu'aucun système stratégique ne peut désarticuler un système de solidarités hérité de l'histoire — la coupure de 1945, l'unité culturelle de l'Europe, ou le mur de Berlin, le sentiment national allemand ; et qui sait qu'à un problème politique, en Europe comme en Amérique centrale, ou au Moyen-Orient, il n'est pas de solution militaire qui tienne ; celle qui ne s'estimant pas investie par un Très-Haut sait distinguer entre une croisade et un sauvetage, et demande leur avis aux gens avant de les mettre en sûreté.

Il n'est pas impossible que la France ait les défauts de ces sobres vertus, du fait de sa taille, de sa place et de son passé. Lorsqu'une tradition historique vient rencontrer une configuration moderne, qu'il soit permis à un agnostique sans parti-pris, inapte aux divines surprises, de reprendre courage.

Une addition de négations ne fait pas une politique extérieure.

Une somme de contradictions, peut-être. Une « nation amphibie », partagée entre ses façades maritimes et ses frontières terrestres, entre une Europe du Nord vers où la porte son économie et une Europe du Sud vers où l'incline sa culture, est vaccinée contre l'esprit de système. Depuis sa naissance comme nation, la France a eu pour tradition de veiller aux équilibres et de lutter contre les empires. Elle a eu à combattre tour à tour l'Anglais, le Bourguignon, l'Espagnol, l'Autrichien, l'Allemand — et elle a eu en son sein un parti anglais, espagnol, autrichien et allemand (arrêtons ici la liste à 1945). Cette variété des menaces dans son passé prédispose à comprendre la complexité des forces en jeu dans le présent ; et que sa politique d'équilibre des forces en Europe n'ait jamais été liée à un seul système d'alliances, qui a changé en même temps que les prépondérances de tel ou tel. On est parfois tenté d'opposer deux constantes dans notre tradition diplomatique : une politique de préservation du statu quo européen, circonspecte et soucieuse de stabilité ; et une politique de mouvement, qui s'exprima sous la Révolution (et jusqu'à Clemenceau) dans la doctrine des frontières naturelles, et plus tard, dans le soutien aux nationalités opprimées. La première, plus rassise et « bourgeoise », est une tradition de chancellerie ; la seconde, plus romantique et « populaire », une tradition d'opinion. C'est un fait que les grands élans de sympathie sous la Restauration et la monarchie de Juillet, pour les insurgés grecs, belges, polonais, italiens — auxquels s'apparente la vague d'émotion pour la cause polonaise en 1981 —, ont toujours été déçus par la prudence des diplomates et les contraintes du statu quo. En réalité, le respect démocratique des souverainetés nationales, sans lever le conflit des tendances, réconcilie le romantique et le classique : qui respecte l'unité allemande, par exemple, doit renoncer à la frontière naturelle sur le Rhin — ce que fit Clemenceau à la fin. Inévitable tension, mouvement de pendule qui dynamisent les administrations, et recentrent l'intérêt national. De Vergennes à la Constituante, de 1777 à 1790, il n'y a pas rupture ; et, de 1777 à 1984, la sagesse d'une nation répète ses règles d'or : « se contenter de son arrondissement » et renoncer aux conquêtes ; défendre les petits et moyens États contre les « trop grandes souverainetés » ; maintenir l'équilibre des forces en Europe : les trois « instructions » de Vergennes sont-elles surannées ? Ne devrait-elle pas être d'aujourd'hui, cette admirable conclusion tirée des *Instructions* données en 1814 à Talleyrand : « À ces motifs de justice se joint une raison d'utilité pour la France : ce qui est l'intérêt des petits États est aussi son intérêt. » Trop entouré pour être isolationniste (la France ne gagne pas ses guerres seule) ; trop amoindri pour être encore ou longtemps impérialiste ; trop désabusé pour être messianique, le plus ancien État indépendant d'Europe n'est plus dangereux pour personne, mais peut encore en mettre quelques-uns à l'abri du danger. Il a déjà étanché la soif des dieux.

Les peuples, disait Hegel, ne peuvent faire époque qu'une seule fois. L'histoire ne repasse pas les plats. Avoir un jour dominé la scène exclurait-il à jamais un pays de la distribution ? Il y aurait deux façons de se mettre hors l'histoire : n'y être jamais rentrés, comme les Nambikwaras d'Amazonie ; s'y être trop fatigués, comme certains Européens. Il y aurait aussi une façon d'y rester : l'éducation permanente. Nous pouvons bénéficier de la rencontre d'une formation nationale singulière et de l'essor contemporain des formations nationales. Notre apprentissage historique sied à la « nature des choses », plus pétroleuse et moins « réac » qu'on ne croit, tant il est vrai que prendre le parti de la nature (même racine que « nation » : ce qui naît, pousse et grandit tout seul), contre les fausses synthèses et les artefacts, expose fort justement aux reproches de « subversion ». Demander que les agents effectifs des processus sociaux ne soient pas dépossédés par des agents de police internationale de leur pouvoir de décision, c'est sans doute mettre en question un « système international » qui élimine systématiquement du jeu les non-États (Kurdes et Afghans des campagnes, guérilla salvadorienne et « Solidarité » polonaise mises de côté ici par la commission Kissinger et le groupe de Contadora, là par les instances financières internationales). C'est le fait qui est subversif, non le droit. Et qui se guide sur la faculté d'autodétermination des peuples se propose simplement de mettre le fait d'accord avec le droit. S'opposer à la polarisation des forces nationales en lutte autour de deux blocs, c'est s'accorder à un monde spontanément multipolaire. Le réalisme aujourd'hui, c'est de gérer le fluide, déglacer les gelés, donner leur chance aux isolés. C'est de rappeler aux simplificateurs de l'Ouest et de l'Est que, dans une mosaïque de peuples sans espoir de fusion par en bas ni d'unification par en haut, l'acceptation de l'autre devient opérationnelle, plus que la domination. Si vous persistez à dire : « Je ne peux être — juif ou arabe — que si l'autre n'est pas — arabe ou juif », vous courez le risque de disparaître l'un et l'autre. Le réalisme, c'est de rappeler aux simplificateurs du Sud, empêtrés dans les blocages en cascade du parti unique, que la démocratie politique aussi est opérationnelle, sous toutes les latitudes, et que, seule issue au sous-développement économique, elle a finalement plus d'avantages que d'inconvénients. Si vous voulez que vos paysans vous alimentent, que vos usines tournent et que la plomberie fonctionne dans vos hôtels, acceptez de rendre des comptes à vos administrés, et lisez plutôt deux journaux qu'un. Rappelant à la réalité, non pour intimider mais pour coopérer, la France ne se donne pas en modèle mais paye de sa personne. Elle évite d'autant mieux de globaliser les singularités qu'elle refuse de se laisser englober (elle ou ses têtes nucléaires) par les deux Grands, dans leurs propres calculs et négociations. Elle a d'autant plus de chances dans le chaos des guerres civiles de pouvoir identifier de quel côté se trouvent les porteurs de l'intérêt, de l'imaginaire, de la force nationale d'un pays — sachant que l'avenir tôt ou tard penchera de ce côté — qu'elle paye elle-même le prix, avec sa force autonome de dissuasion toujours à moderniser, de la résistance.

Un pays doit avoir la politique de ses moyens ? Une *Realpolitik* de gauche est à la portée de la plupart, car ses moyens ne sont pas d'ordre matériel. Toutes les nations ont des moyens limités, la *Realpolitik* nationale exige des moyens illimités. Pas en étendue, comme le mauvais infini onusien, mais en intensité éthique, comme l'infini intérieur, celui du temps et de la valeur, ramassés en « détermination ». Le secret de la *Realpolitik : le moral est tout, tout est moral.* L'âge nucléaire qui indexe la sécurité sur le risque mesure la vitalité politique des peuples à leur consistance intime et, de même qu'on a dit des esclaves : « Leur liberté est morte de la peur de mourir », les hommes et les peuples en vie sont ceux qui ne craignent pas la mort — vérité classique à laquelle le sous-marin lanceur d'engins reconduit un chef d'État, qui doit pouvoir catalyser en quelques minutes la mémoire d'une nation. Au moment suprême, un État est un être spirituel, et la spiritualité veut une communauté. La dissuasion, c'est nous. Vous, elle, mézigue — donc lui. La défausse sur l'arithmétique des arsenaux comparés — quotidienne illusion des spécialistes — ne compense pas l'abaissement moral d'un peuple : elle en est le produit ; comme l'est le formalisme des chiffres, du relâchement des fibres ; et le fétichisme des lanceurs, du désarroi des âmes. Il n'est de dissuasion que nationale, mais la nation n'est plus idéalisée ni vécue : périlleux décalage. Comme si la détention de la technique par une élite militaire escamotait l'éthique qu'elle suppose chez les civils. Si un malin génie donnait à choisir à un realpoliticien moderne entre un sous-marin nucléaire de plus et la refonte de l'enseignement de l'histoire dans les lycées, il n'hésiterait pas une seconde. Car une Cité consciente et debout fait plus pour la dissuasion qu'une batterie supplémentaire de M.4.

Sur le terrain des relations internationales, disions-nous en commençant, un homme de gauche au pouvoir ne semble avoir le choix qu'entre humilier ses idées et résilier ses fonctions. Il peut aussi surmonter son idéologie pour assumer sa culture — celle de tous les siens. Le combat des nations, le hasard, la seule possibilité de l'erreur technique, la brutalité bête des rapports de force sont, il est vrai, humiliants pour la raison. Mais, au-delà de la faculté d'ordre qu'est la raison classique, il y a ce que Hegel appelait la « capacité intérieure de la mort » qu'est la conscience, ou la santé éthique d'une collectivité. Le champ clos où s'affrontent les États, exposé à la dureté des oppositions extrêmes, n'est pas celui de la diplomatie ni de la stratégie. C'est « le terrain où s'affrontent les esprits des peuples et où l'esprit du monde affirme son droit suprême » : celui des civilisations et des cultures. Ceux qui désagrègent un peuple en individus concurrents, consommateurs, solitaires, amnésiques et spectateurs ne sont pas les mieux placés pour remporter les batailles spirituelles de demain.

DANGER : RALENTIR

(Intermezzo 8)

« *Les affaires extérieures, écrit Napoléon à un commis, sont des affaires qui doivent se traiter longuement ; vous devez toujours garder mes lettres trois ou quatre jours sous votre chevet avant de les faire partir.* » *Ce conseil ne venait pas d'un lambin ; il devrait s'inscrire en lettres d'or au fronton de nos palais. Que nul n'entre ici s'il ne sait prendre son temps. L'esprit de décision ne s'oppose pas à la lenteur de la conception, il la suppose. Plus longue la réflexion, plus prompte l'initiative. Les trouées d'un homme d'État qui prennent l'opinion au dépourvu, ou de vitesse, sont toujours l'aboutissement d'une très ancienne méditation. Une rhapsodie d'éclairs n'a jamais fait une stratégie.*

Il n'est pas arbitraire de demander au chef d'une diplomatie, qui est « *la guerre des temps de paix* », *les qualités d'un chef militaire (et il n'est pas étonnant que Clemenceau, auquel on doit la formule, ait réuni les deux). Napoléon encore :* « La guerre c'est la pensée dans le fait. » *Or, que voyons-nous aujourd'hui ?* De moins en moins de pensée dans plus en plus de faits. *Moins de pensée, parce que le temps a rétréci et qu'il en faut beaucoup pour avoir une pensée ; plus de faits, parce que le monde s'est élargi et que l'événement prolifère. Ce déséquilibre croissant entre le hasard et la nécessité d'une politique extérieure fera-t-il un jour sauter la planète ? En attendant, leur propre emploi du temps désarticule la plupart des décideurs, automates aux pièces détachées. Talleyrand recevait dix dépêches par jour et n'avait pas le téléphone ; ses successeurs ont trois cents télégrammes et autant de dépêches à dépouiller, on les sonne à volonté, et l'avion attend. L'abdication de Napoléon ne fut pas une mince affaire — séisme de l'ordre européen s'il en fut. C'est dans la précipitation qu'on expédia le prince de Bénévent au Congrès de Vienne ; mais avec un cahier d'instructions, chef-d'œuvre qu'il mit lui-même un mois à peaufiner ; et huit jours pour le ressasser en chemin, car, quittant Paris le 16 septembre 1814, la voiture de Talleyrand arriva à Vienne le 23 au soir. Aujourd'hui, la crise est du matin, l'échange téléphonique à midi, et l'arrivée sur place le soir. « Ce soir on improvise. » Les hommes ne sont pas en cause ; mais un changement de vitesse dans la transmission des nouvelles et les moyens de transport qui, sans changer l'essence de la « guerre », modifie les aptitudes des chefs, et d'abord à maîtriser le déroulement des « guerres », crises ou conflits.*

Reportons sur la diplomatie la définition de l'empereur : « Loin d'être une science exacte, c'est un art soumis à quelques principes généraux. » Une science exacte s'apprend à l'école, se transmet par des livres ; un art requiert une expérience en profondeur, irréductible à la seule formation scolaire. Doctrines et querelles d'école ne suffiront jamais à « un art simple et tout entier d'exécution », où le bon sens est tout et l'idéologie rien. Mais le pragmatisme napoléonien ne déboute les idéologues que pour introniser l'esprit *: il faut à l'esprit du monde à cheval « autant de base que de hauteur ». Aujourd'hui comme hier, la conduite sur le terrain vaut ce que valent la pensée qui l'inspire et le caractère qui lui donne son style. Or, et notre drame est là, technique dans ses causes mais politique dans ses effets, l'abréviation des délais élargit la base et rogne la hauteur des responsables. On est mieux informé et moins formé. L'assimilation en express des données supplante la patiente éducation des volontés. Dans un temps dix fois accéléré, le retard à l'allumage se paye dix fois plus cher ; la performance des actions diplomatiques comme des actions de guerre dépend plus qu'auparavant de leur rapidité. Elle ne se calcule plus en semaines mais en heures et parfois en minutes. Cette vélocité de plus en plus indispensable et permise par les techniques de transmission — un président peut aujourd'hui diriger la manœuvre sur le terrain, à des* *milliers de kilomètres et en temps réel — ne rend que plus nécessaires et cruciales la maturité des desseins politiques et l'élaboration des plans stratégiques. Il faut aujourd'hui des années de rumination stratégique pour contrebalancer le raccourcissement des temps de la décision tactique, car rien ne sera fulgurant qui n'ait été posément pesé. C'est entendu : au Quai d'Orsay comme à la Défense, doit prévaloir la doctrine des circonstances. Mais plus aléatoires les circonstances, et plus démesuré l'effet des décisions, plus éprouvée la doctrine et mûris les calculs. « Bien calculer toutes les chances d'abord et ensuite faire la part du hasard. » Plus dangereux devient le hasard, plus incontournable cette « géométrie du hasard » dont rêva en son temps un Guibert*[1]. *Il est vrai que l'arme nucléaire et les télécommunications ont enlevé au commandement militaire une grande part de son autonomie et donc de ses responsabilités d'antan. Ce sont les politiques qui ont le doigt sur le bouton, et directement l'oreille au téléphone. Conclusion : les qualités stratégiques, d'esprit et de caractère, qui étaient naguère exigibles des chefs militaires, le sont à plus forte raison aujourd'hui des responsables politiques. L'art stratégique ne se délègue plus au soldat. Il s'incorpore dès le temps de paix à la décision civile. Déplacement du champ militaire, renversement des métaphores : la guerre d'aujourd'hui, c'est la diplomatie. Depuis l'arme nucléaire et le satellite, c'est désormais au soldat qu'on doit demander les qualités du diplomate.*

Parce que la guerre repose sur les épaules du politique, la stratégie du temps est primordiale. Il faut redouter un monde où les responsables d'une diplomatie, emploi du temps oblige, n'auraient qu'une heure par semaine pour débattre entre eux de dix sujets capitaux. Où un ministre se déciderait quant au fond sur un coup de téléphone. La vitesse est une alliée ambiguë : elle accroît la capacité des engins, mais diminue la pénétration des esprits qui ont à s'en servir (ou à menacer de le faire pour ne pas s'en servir). Elle fut de tout temps le privilège des puissants (qui allaient à cheval au milieu des piétons). Elle devient le handicap

1. Et plus indispensable la lecture de Lucien Poirier, notamment « Les voies de la stratégie, Guibert (1743-1790) », Cahier de *Stratégique*, n° 8 (Fondation pour les études de défense nationale).

des privilégiés, qui peuvent en faire le tombeau du quidam. Plus rapide la flèche, plus calme la visée : les fusées balistiques exigent des décideurs lestés de plomb. Le projectile rapide appelle un projet lent. Si l'homme d'action fait la course avec ses vecteurs, s'il mesure le prestige à la mobilité, il perdra en allonge ce qu'il gagne en vitesse. Or tout est machiné autour de lui pour le hâtif et l'expéditif, sinon pour la nervosité. Le sens du tragique passe mal par téléphone ; mais une foucade téléphonique entre deux chefs d'État peut déclencher des catastrophes. En 1883, Albert Sorel, dans un article sur « la Diplomatie et le Progrès », réfléchissait sur ce qu'un diplomate anglais, Lord Rossel, avait appelé « la fatale facilité du télégraphe électrique ». « La télégraphie, écrit-il, a bouleversé toutes les conditions de l'ancienne diplomatie. Elle a multiplié tout d'un coup, sans préparation et sans transition aucune, dans les rapports des États, un élément que jusque-là tout l'art des chancelleries s'était efforcé d'en bannir : la passion. » Naguère « le temps et le voyage engourdissaient la fièvre... Il n'est point d'homme d'État subalterne ou de mince plénipotentiaire à qui il ne faille aujourd'hui, rien que pour éviter les fautes lourdes et les sottises funestes, dix fois plus de prudence que n'en avait Mazarin. » Le Congrès de Paris de 1857 (le télégraphe reliait la France et l'Angleterre depuis 1851) marquerait la charnière entre l'avant et l'après [1]*. Les révolutions du téléphone et de l'avion ont ajouté à la diplomatie de la passion, à côté de réelles facilités, un nouvel ingrédient, la frivolité (sans assurer pour autant une meilleure sécurité aux communications : il est techniquement plus facile d'intercepter une téléphonade internationale que de casser un chiffre). La révolution du* XIX*e siècle passe pour avoir réduit les ambassadeurs au rôle de « drogmans télégraphiques » ; celles du* XX*e — les conférences alliées de la Seconde Guerre mondiale servant ici de date-charnière — élèvent les ministres, voire les chefs d'État, au rang de vedettes du petit écran. La* jet diplomacy *est une diplomatie du spectacle, à l'estomac : intolérante à l'insistance et à la répétition, elle veut de la variété. Et vit en quelque sorte de son obsolescence même. À la contraction de l'espace*

1. Duroselle, *La Politique étrangère et ses fondements* (*op. cit.*, p. 341).

par la vitesse des véhicules (civils et militaires), répond la contraction du temps par la vitesse des nouvelles (télé et radio). La mobilité devient alors son propre motif comme le chef politique, son propre journaliste : il fait l'article en voyageant (escorté de journalistes) et voyage pour décrocher l'article. Se déplaçant pour un rien, il finit par se déplacer pour rien. Voyant les affaires de haut, comme se garde de le faire la hauteur de vue, il n'est pas à l'abri de bévues, parfois drôles (quel ministre français des Affaires étrangères posa naguère le pied sur l'aéroport d'un pays latino-américain en se croyant arrivé dans un autre, le temps pour ses hôtes officiels de le détromper gentiment ?), parfois moins. Dans le théâtre classique les héros de l'Antiquité regardent le monde du haut d'une terrasse. Dans le théâtre de la modernité, les puissants découvrent les peuples derrière un hublot. Tant va la cruche : on avale de l'espace pour gagner du temps. Le matin à Copenhague, l'après-midi à Beyrouth, le soir à New York. Comme jadis le paquebot sauvait du courrier quotidien, le « Glam »[1] *a la vertu d'arracher à l'« Inter » (pas de téléphones sur les tablettes des « Mystère » 20 ou 50), et les télégrammes ne dérangent qu'à l'escale. Précieux répits, trop brefs. Mieux vaut penser en mer qu'en l'air — c'est plus solide (et Claudel arrivait à Tokyo préparé par un long bercement). Devoir décoller de la terre pour pouvoir réfléchir à ce qui s'y passe entre deux* « stop-over » *expose dangereusement aux « pensées de survol ». La diplomatie des lacs se donnait le temps de la rêverie. L'aérienne, plus fugace encore, tue jusqu'à l'émotion. La première avait de la tendresse ; celle-ci n'est plus que désinvolte. Aussi bien, à force de traquer la nouvelle, n'est-elle plus elle-même une nouvelle.*

Les malheurs des nations viennent-ils de ce que leurs chefs ne savent pas se tenir au repos dans leur chambre ? Aux siècles classiques, il était fort rare que les rois de deux pays voisins se connussent personnellement. Ils ne se faisaient pas plus la guerre pour autant. Les négociations étaient conduites directement par leurs ambassadeurs plénipotentiaires,

1. *Glam :* Groupe de liaisons aériennes ministériel. *Inter :* téléphone interministériel.

dans la limite des « Instructions » très détaillées qu'ils emmenaient avec eux. Les traités de Westphalie se sont négociés quatre années durant à Münster, sans que l'empereur d'Allemagne, ni les rois de France et de Suède, ne s'y rendent en personne. Ils ont pourtant mis fin à la guerre de Trente Ans et jeté les bases du droit public européen. Au XIX*ᵉ*, *les ministres supplantent les ambassadeurs dans les congrès (de Vienne à Berlin) — mais Napoléon invente à Tilsitt le sommet international. Au* XX*ᵉ*, *les chefs d'État et de gouvernement se mettent eux-mêmes de la partie — depuis le Congrès de Versailles. Plus rapides les moyens de communication, plus élevés les niveaux de la décision. Mais aussi plus éphémères les résultats. Jusqu'à aujourd'hui, où les Sommets, banalisés, ne décident de rien. Purs effets de l'emprise des media sur les décideurs, ils transposent la cérémonie, jadis adjacente, au centre même de la décision internationale, au point de la paralyser. Justifiées en principe par l'inefficacité des circuits réguliers de la délibération, ces contre-performances accroissent en retour l'inefficacité qu'elles devraient pallier, puisque chaque étage de la pyramide se déleste de ses responsabilités sur l'étage supérieur, en sorte que le sommet se retrouve à la base — et au point de départ. Ainsi trône à présent au pinacle de la vie diplomatique la négation même de la diplomatie ; où la transparence obligée ruine dans son principe toute négociation sérieuse ; mais surtout où la brièveté condamne à la superficialité : un sommet ne peut durer que deux jours (soit une heure ou deux d'entretiens directs, soustraction faite des fanfreluches), pour la simple raison que des chefs d'État ne peuvent trouver beaucoup plus de temps libre sur leur agenda. La multiplication des contacts directs et personnels, entre présidents, ministres et conseillers des pays alliés, crée une illusion d'intimité bénéfique aux plus puissants, au détriment des intérêts objectifs des moins puissants. Pendant des siècles les hommes de relations — guerriers ou diplomates — ont buté sur la question : comment réduire les distances ? Sémaphore, télégraphe, téléphone, aéroplane, jets ont finalement répondu. Mais la diffusion du télégraphe électrique correspond paradoxalement à la reprise des guerres en Europe, et celle des télécommunications dans le monde à la démultiplication des crises mondiales. Mobilité, docilité : les catégories sociales* *qui voyagent le plus, remarquait un jour Bourdieu, sont les plus prédisposées à la soumission ou à la démission. Ce trait sociologique a une portée diplomatique. Les puissances sont invitantes, les clients sont invités. Et militaire : ce sont les paysans qui ont « tenu » en 14-18.*

L' « homme pressé », qui se fuit et se traque au même instant, est l'allégorie moderne du destin, qui est d'avoir soi-même comme ennemi. La bousculade a empiré depuis Paul Morand. Mais le décideur contemporain ressemble de plus en plus à son broyeur de vent. Ainsi du tout-venant des responsables politiques en Occident — exception faite des grands impassibles qui par leur immobilité intérieure dominent la scène et leur camp (chez nous, de Gaulle ou Mitterrand, le paysan de Paris). Ce sont les immobiles, non les agités, qui mettent les hommes en mouvement. Bouddha est resté sept semaines assis sous son figuier, à Bodh-Gaya, pour parvenir à l'Illumination. Après quoi sa pensée put conquérir l'Asie. Nous avons vaincu l'espace, nous voilà vaincus par le temps.

Opinion et fonction publiques obligent : un responsable politique n'a pas le droit d'être fatigué, amoureux, distrait, grippé, enthousiaste, déprimé. Ces droits de l'homme lui seraient-ils un jour reconnus qu'il manquerait du loisir de les exercer. À peine nommé, un ministre, un conseiller, un directeur n'a plus le temps : de lire un livre, de se promener dans la rue, de rêvasser, de converser pour le plaisir ou d'écouter de la musique, de ne pas répondre quand on le sonne (l' « interministériel », sans filtrage, est imparable) ni de tomber malade — ultime défense et suprême pensée. Accélération de la vie, pulvérisation des jours, désintégration de la personne : l'aliénation n'est plus loin. À peine rentre-t-on dans son bureau qu'il regarde furtivement sa montre. « Faites vite, je suis attendu. » On lui parle mais il est déjà ailleurs, à la réunion suivante. Où il arrivera en retard et partira avant la fin. Y fut-il vraiment ? L'important est qu'il puisse après assurer lui-même et les autres qu'il en était (preuve d'autorité). Voilà un influent sous influence, sans lest intérieur, humant le vent, saisissant une bribe d'argument ici, un bout de note là, entre deux portes, voyages, ou réunions. Bref, asservi. Un homme qui ne se promène plus est un homme qu'on promène ; qui n'a pas le temps de prendre l'air devient le jouet de l'air du temps. Les « cerveaux » sont les plus menacés car les plus faciles à décérébrer : ils vont plus vite que les autres. Le temps aussi joue à qui perd gagne.

L'homme-réflexe, en avance sur l'instant, vit donc sur l'acquis — sur sa réflexion antérieure, lectures, rêveries et maladies passées. Sur les épreuves subies. Mais tout le monde n'a pas la veine d'avoir rencontré un jour le malheur, la souffrance, la pénurie, la solitude. Pis : ces chances s'amenuisent avec le temps qui passe, en Europe. La Résistance et la guerre s'éloignent, vont bientôt disparaître les générations qu'elles ont trempées (l'homme qui y est passé se reconnaît aussitôt : pas pressé d'arriver, comme nos « jeunes messieurs », il sait, et on sait qu'il sait, faire la part de la comédie et que l'essentiel se joue sur une autre scène sans témoins ni costumes). Les grands événements suscitent des hommes à leur mesure, et si le génie historique ne croise pas l'accident historique, personne ne s'avisera, ni lui-même, de son existence. Une grande politique, qui commence et finit par la rencontre d'un homme et d'un événement, ne se décide pas dans une grosse tête : il faut être deux pour l'engendrer, et l'autre ne se commande pas. En attendant, puisque nulle doctrine, nulle école, nul concours d'État jamais ne remplaceront le hasard qui seul féconde, les responsables de demain risquent de faire leur la règle des « fast-foods *» : ils voudront le fruit sans la maturation, le métier sans l'apprentissage, le mot de la fin au début, sans les sueurs dialectiques du milieu. Et ils auront plus d'intelligence que de caractère. Tout le monde a des idées. C'est la pensée qui devient rare. Ce que le caractère est à l'humeur, la pensée l'est aux idées, et la sève au pollen. Si les citoyens étaient au fait de leurs intérêts, et les nations démocratiques de leur avenir, les prétendants au pouvoir devraient être d'autorité enfermés dans un couvent ou une prison, au moins un an avant les élections, chacun dans une cellule solitaire, livres et cartes à volonté, un seul journal par jour et une visite par mois. Loi de sécurité nationale.*

Toute la vie internationale contemporaine peut se lire comme un duel inégal entre feux follets et grands ruminants. Volubiles et taciturnes. Schizos et paranos. Bêtes à concours et bêtes de labour. Hommes cultivés, à idées, et hommes d'une culture, à idée fixe. Des myriades de fonctionnaires et d'émissaires vibrionnent aux quatre coins de la terre et cette agitation est provoquée en définitive par une poignée de sédentaires obsédés, lourds et bornés, obstinés à leur sillon, les pieds dans la glaise et un seul rêve en tête. Ces hommes sortent peu de leur pays ou quand ils le font, par nécessité, ils ont une manière bien à eux, imperméable, de transporter leur tente, de ne pas s'adapter au milieu, de l'assimiler en quelque sorte au leur propre. Les décentrés offrent incessamment leurs bons offices, marchands ou médiateurs. Les autocentrés voyagent, si besoin est, mais en croisés, en missionnaires ou en conquérants. Kemal Atatürk, Gandhi, Staline, Mao Tsé-toung, Castro, Begin, Kadhafi, Khomeyni. De Gaulle aussi, peut-être. Les Kissinger font illusion un moment, mais ces égocentriques solitaires et mondains sont gens de miroitement et de court terme, adaptés au spectacle, inaptes à laisser quelque part la griffe d'une volonté. Pas assez lourds, ni assez lents, ni assez durs, pour faire souche. Le grand cosmopolite polyglotte, spatialement universel, contre le têtu qui s'enterre, habité par le temps d'une seule culture, la sienne (il ne parle généralement que sa langue), ou bougeotte contre mémoire, c'est pot de terre contre pot de fer. Faiseur contre bâtisseur. Ce que le premier gagne en extension (en informations, en connaissance des lieux et des hommes, en maîtrise des données objectives, économiques et financières), le second paraît le reprendre avantageusement en intensité et pénétration. La manœuvre endigue, mais l'obsession déborde. La première n'a pas l'initiative : elle pare aux dangers de la seconde. L'urbain diplomate connaît mieux le monde extérieur, mais le stratège paysan devient à son insu une partie de ce monde qu'il ignore ou dont il n'a cure ; il peut vivre sans connaître les autres, qui bientôt ne pourront plus l'ignorer. On le voit : le globe-trotter serait plutôt démocrate, et l'autochtone, plutôt autocrate — qu'il n'ait pas de public ou qu'il agisse dans son dos. Cette histoire n'est décidément pas morale (à moins que la morale — bricolée — de l'histoire ne réside dans l'utilité des tandems, Nixon-Kissinger par exemple...).

Rappel : la vitesse, quand elle est valeur et non moyen, est de droite, comme l'est le raccourci en littérature, où l'emphase porte à gauche.

L'avant-garde futuriste, qui lança le culte de la vitesse (la voiture de course plus belle que la Victoire de Samothrace), fit en Italie la courte échelle au fascisme, son frère en politique, qui lança le culte de la jeunesse, aussi conservateur que l'autre. La lenteur est révolutionnaire — comme la mémoire. Thèse stratégique, si l'on veut bien se souvenir que les guerres justes sont défensives — le contraire du Blitzkrieg. *La guerre du peuple se mène en profondeur, non en vitesse. « Populaire » et « prolongé » sont militairement des synonymes. Le paysannat mondial peut s'adjoindre des techniciens, la guerre courte, technique et scientifique, reste l'apanage des métropolitains. Jusqu'à présent et à quelques exceptions près, les enracinés ont gagné, et les bolides perdu. À la longue.*

Nous devrons cependant, à la lumière des nouvelles donnes, revisiter sur le terrain le lièvre et la tortue[1].

1. Ce que l'État soviétique gagne sur le temps long, la société américaine peut-elle le rattraper par sa maîtrise absolue des temps courts ? L'information de tous n'est-elle pas en voie d'annuler la formation des cadres ? Voir tome II, *L'Alliance et les menaces.*

LIVRE II

Compositions Bussière
et impression S.E.P.C.
à Saint-Amand (Cher), le 20 février 1984.
Dépôt légal : février 1984.
Numéro d'imprimeur : 207-103.
ISBN 2-07-070137-9. Imprimé en France.